술잔에 스며드는 얼굴

술잔에 스며드는 얼굴

김홍섭 지음

좋은땅

서문

한 사람의 인생은 다양한 경험이 모여 이루어지고 많은 기억 속에서 그 의미를 되새겨 간다. 유년과 학창 시절의 경험과 추억도 인생의 큰 부분을 형성하지만, 직업을 갖고 사회인으로 출발하게 되면서 직장생활에서 겪게 되는 경험과 기억을 간직하게 되고 그런 직장생활은 개인의 삶을 더욱 무겁게 지배하게 된다. 그래서 직업의 의미를 논할 때 경제적 생활을 위한 수입의 원천이라는 단순한 수단을 넘어 사회구성원으로서의 사회 참여, 자아실현의 토대라는 더 근본적인 목적을 이야기하는 것인지 모른다.

나는 공무원이라는 직업을 선택하여 고위직 공무원 시험(행정고시, 5급으로 채용)에 합격하는 은혜를 누렸다. 아마도 아버지의 염원이 없었다면 나는 다른 직업을 선택했을지도 모르지만, 지금에 와서 생각해 보니 공직자의 길이 나에게는 최적의 진로였다고 판단된다. 공무원으로서 생활을 시작하고 나서 직업 선택에 대해 후회를 해 본 적이 없기 때문이다. 그런 공직자의 길이 벌써 27년에 이르렀다. 지난 시절을 되돌아보면 기쁜 추억, 슬픈 기억, 아픈 쓰라림, 성취의 보람이 이어져 왔는데, 그 가운데에서도 가장 기억에 남고, 꼭 다시 한번 되짚어 보고픈 시간이 있음을 거역할 수 없었다. 그 시간이 항상 가슴 한구석에 깊숙이 남아 외롭고 어렵던 좌절의 순간에도 나를 지탱해 주었다.

그랬던 시간을 가슴에만 간직하기에는 아쉬움이 있음을 늘 깨닫고 그 기억을 꺼내어 글로 표현하고 싶다는 욕심을 간직하다가 지금에서야 그 용기를 드디어 내었다. 시간이 주어지고, 가슴속에서 기억이 되살아날 때마다 뚜벅뚜벅 한 페이지, 한 페이지를 채우다 보니 조금씩 채워져 가는 기쁨을 맛보게 되었고, 그런 과정이 끝나는 시점에서 이 글이 완성되는 순간을 맞았다. 20년도 더 지난 일임에도 여전히 내 가슴속에 생생한 기억으로 남아 있어 이 글을 채워 가는 것이 그렇게 어렵지만은 않았다. 그 시간을 되새겨 보면서 그간 다 사라졌을 거라 생각하고 있던 기억들도 나의 어디선가에서 잠자고 있다가 다시 머리 밖으로 떠올라 나조차도 놀라움을 금치 못했다. 나에게 내재되어 있던 것들이기에 더 소중한 마음으로 글에 담았다.

여기서는 내가 공무원 시험에 합격하고 공직 생활을 시작한 시점 (1996년)부터 북한 평양을 다녀오는 여정(2006년)을 마무리할 때까지 10년의 시절을 기록하였다. II부는 공무원 시험에 합격하고 공직과 군대 복무까지의 시간이고, III부는 노동부장관 수행비서관으로서의 1년이며, IV부는 주사우디아라비아 한국대사관에서의 노무관으로 보냈던 시절 3년이고, V부는 북한 평양 방문의 1주일 여정으로 구성되었다. 그 10년의 시절을 생각해 보면 나는 조금 이색적인 직장생활을 하였다고 말할 수 있겠다. 그 과정도 그렇지만 그 시간들에 섞여 있는 경험이 더 특이해서일지도 모른다. 장관 수행비서로서의 1년은 노동부 역사에 기록될 만큼 장관님과 특별한 관계를 맺은 시기였고, 사우디에서의 노무관 생활은 2001년 9월 11일 발생한 미국 뉴욕의 테러로 인해 중동에서 겪어야만 했었던 고난과 공포의 시절이었으며, 북한 평양 방문 여정은 노동부 공무원으로서 감히 상상도 할 수 없었던 경험이었다.

그런 특수한 경험의 시간이 내게 왔다는 것이 어떻게 보면 나의 인생에 큰 영광인지도 모른다. 그래서 더욱 소중히 간직해 왔을 것이다. 그리고 그렇게 특별했던 기억들은 생각만으로도 나를 살아 숨 쉬게 하는 동력이 된다. 지금 이 순간에도 그 기억들이 나의 머리와 가슴을 파노라마처럼 스쳐 가고 있기에, 나는 그 기억을 담아 앞으로 다가올 시간을 기다림으로 맞이한다. 그 기다림은 상상이 아닌 현실로 연결될 것이라 믿기에 낯설지 않다.

기억과 함께 기다림을 담아 2023년을 보내는 이 시점에서 드디어 그 시간을 글로 상세하게 풀어 가게 되었다. '글로 기록해도 될까?'라는 많은 고민이 있었지만 '공직자로 지내 오시면서 가장 기억에 남는 시간은 언제였는지' 묻는 어느 직원의 질문을 받고 나는 주저 없이 공직 생활 시작 이후의 10년, 장관 수행비서와 사우디아라비아 노무관 시절과 북한 평양 방문 여정이 가장 소중한 시간이었다고 말해 버리고 말았고, '언젠가는 글로 그 시간들을 기록할 것이다'라고 약속하였기에 이 글을 마무리해 가는 시점에서 주저는 없다. 언젠가는 해야 할 일이었기에 글로 기록하고 나니 오히려 마음이 편안해진다.

직원들과 술잔을 나누며 풀어놓았던 나의 기억과 경험의 시간으로 여러분을 초대하고 싶다. 술잔을 기울이다 보면 지난날의 기억이 하나의 추억으로 승화된다. 단순한 기억을 넘어 기억과 함께 떠오르는 사람들의 얼굴을 떠올리면서 어느새 기억은 추억으로 변해 간다. 어떤 경험도 그 경험을 함께 나누었던 사람과의 이야기로 엮다 보면 아름다운 추억이 되는 것이다. 기억도 경험도 결국은 모든 것이 사람과의 관계고, 사람은 그의 얼굴로 말한다. 내 경험과 기억의 순간에 많은 추억을 만들어 준 그 사람들의 얼굴을 다시 되새겨 본다. 그 얼굴들이 지금도 그날의 기억과 함께 술잔에 스며든다. 술잔을 나눌 때마다 술잔에 스며드는 얼굴이 있기에 기억과 경험이 또 다른 추억으로 남겨진다.

이 글을 마무리하는 즈음에 추석 연휴를 맞아 고향을 방문하여 며칠의 여유를 가지면서 부모님의 농사일을 조금 도와드리고 왔다. 이제는 나이가 여든을 넘어 육체적 노동에 힘겨워하는 모습을 보며, 나의 어린 시절 왕성히 일하시던 부모님의 모습도 그려 보았다. 어렸던 나를 여기까지 이끌어 주시고, 나의 길을 찾을 수 있게 도와주신 것은 부모님이었다. 부모님은 내가 공직자의 삶을 시작하는 계기를 제공해 주셨지만 내가 공직 생활을 하는 동안에는 한 번도 나에게 이런저런 간섭을 하지 않으셨고 묵묵히 나를 지켜봐 주시고 응원만 해 주셨다. 그런 부모님에 대한 고마운 마음까지 담아낼 수 있었다면 더 좋았을 것이지만, 여의치 않아 아쉽다. 그럼에도 불구하고 나의 이 글이 부모님에게는 '우리 아들이 공무원이 되어 그 직분을 다하면서 열심히 살아가고 있구나'라는 마음을 가지시게 하는 계기가 되고, 조금이라도 위안을 드릴 수 있는 통로가 되었으면 하는 바람이다.

'공직자는 욕심 없이 살면 언제나 당당할 수 있다. 그리고 나보다는 남을 먼저 생각하고, 남에게 해를 주지 않고 도움을 주는 삶을 살아라'라는 부모님의 말씀을 늘 기억하며 앞으로의 인생도 그렇게 살아간다면 그 자체로 보람이 될 것이다. 나의 부모님에게 사랑과 존경을 보내듯이 이 세상의 모든 부모님의 헌신과 사랑에도 감사와 존경의 마음을 보낸다.

2023년 늦겨울의 찬바람을 바라보며
춘천의 관사에서 글을 마무리하였다.

목 차

I

타향살이의 길에 들어서다

1

가족이 있는 집을 떠나, 때로는 고향을 떠나 타지에서 혼자 생활하게 되는 시간이 있을 때가 있다. 이런 시간을 타향살이라 했던가? 학업을 연유로, 직장생활에서의 발령 때문에, 혼자만의 고독을 목적으로, 머나먼 장기간의 여행을 이유로 갖게 되는 시간이 모두 해당되리라. 왠지 새로운 기대감과 함께 낯설음과 불안함이 안기는 미지의 세상살이이기도 하다.

한파가 몰아치는 겨울의 중간 즈음, 경춘선 기차는 눈으로 덮인 산과 들을 가로질러 달리고 있다. 열차의 창밖으로 보이는 세상은 찬바람에 모두 얼어 버렸는지 미동도 하지 않아 하나의 정물화를 보는 듯하다. 승무원은 무전기 비슷한 기기와 객석 점검용 기계를 손에 든 채 어김없이 통로를 따라 걸어 다니며 승객들에게 말을 걸기도 하고, 무언가를 열심히 점검하고 기록하기도 한다. 손에 든 무전기에서는 알 듯 모를 듯 작은 소음이 비어져 나온다.

2023년 새해가 시작되고 첫 업무가 시작되는 월요일 이른 아침, 기차를 타고 타지로 떠나는 이들에게는 여행용 가방이 하나 또는 두 개씩 따라가고 있다. 두꺼운 외투에 목도리를 한 중년의 남자, 롱패딩 잠바에 모자를 눌러쓴 젊은이, 열심히 거울을 보며 머리를 가다듬고 화장을 고치는 여성, 모두가 제각각이다. 새해 첫날 출근길이어서 지각하지 않아야 한다는 마음으로 발걸음은 빨라지고, 해를 바꾸어 처음 만나는 직장 상사와 동료들에게 좋은 이미지로 다가가야 하기에 옷차림에 더욱 신경을 쓸 수밖에 없는 날이다. 작은 흠이라도 잡히지 않으려 애를 쓴 흔적들은 모두의 인지상정이리라.

객실 한쪽 창가에 앉아 눈을 감고 있는 50의 나이에 접어들었을 한 남자, 목도리를 걸치고 신사풍의 슬림한 회색빛 외투를 걸치고 있다. 아주 오래전에 유행하던 전투복 같은 회색 외투, 목 주위는 보호가 되지 않고, 무릎까지 내려오는 롱코트형이다. 매서운 바람을 막아 주지 못하는 목 주위의 디자인 때문에 목도리를 둘러야 추위를 이길 수 있다. 손에는 검은 가죽 장갑을 낀 채 두 손을 모으고 얌전히 앉았다. 무슨 고민이 있는 걸까? 아니면 새해 첫날이라 업무적 구상을 하는 걸까? 너무 무표정한 모습으로 눈을 감고 있는 터라 머릿속에서 무슨 일들이 일어나는지 짐작하기에는 무리가 있다. 어쩌면 잠에 빠져 있는지도 모른다.

"잠시 후 우리 열차는 종착역인 춘천역, 춘천역에 도착하겠습니다. 내리시는 손님은 하차 후 승차권의 QR코드를 이용하여 주시기 바랍니다. 안녕히 가십시오." 열차가 도착한다는 안내방송이 나오고 승객들은 기지개를 펴고, 짐을 챙기기에 분주하다. 강원도 춘천. 여기가 타향살이를 해야 하는 도시이다. 서울에서 1시간 남짓이면 오는 도시임에도 불구하고, 이 도시를 찾는 방문객 마음의 거리는 꽤 멀고도 먼 지방 도시인 듯한 느낌이 스며드는 곳이다. 오고 가는 많은 인파에 묻혀 춘천역사를 빠져나와 대기하고 있던 승용차에 올랐다. 부임하는 나를 맞이하기 위해 마중 나온 사무실의 차량이다. 직원과 인사를 가볍게 나누고 관용차에 탑승하여 사무실로 가는 길이다. 가끔씩 보이는 간판들, 한가해 보이는 길거리의 건물들, 도로 가장자리 양쪽으로 늘어져 서 있는 차량들, 모든 것들이 움직임이 없고 정지된 듯 잠잠해 보인다. 알 수 없는 무엇인가를 감추고 있는지도 모른다. 낯선 땅을 찾은 나를 경계하는지도 모르겠다.

사무실에 도착하여 간단한 짐을 풀고, 직원 한 명 한 명과도 인사를 나누고 간단한 업무보고도 받았다. 그렇게 첫날 하루를 보냈다. 퇴근 시간이 지나 나의 잠자리가 될 관사로 왔다. 사무실에서 멀지 않은 곳에 있는 아파트의 1401호다. 기관장 관사여서 그런지 홀로 사용하는 독채다. 직원들은 여러 명이 한 채를 공동으로 이용한다고 한다. 비밀번호를 누르고 관사에 들어오니 냉기가 가득한 거실은 더욱 쓸쓸함을 자아낸다. 생활에 필요한 가전제품과 침대 등이 갖추어져 있어 큰 불편함은 없을 듯하다. 이곳에서의 시간은 오롯이 나 혼자만의 것이다. 직장 사람들도, 가족도 없다. 홀로 보내는 시간이 가득할 것이다. 외로움이 될지, 자유로움이 될지 모를 일이다. 아파트 베란다를 통해 보이는 바깥 풍경은 장애물이 없고 멀리에 작은 야산이다. 밤이어서 선명히 보이지는 않지만 메마른 나뭇가지를 뒤로 하고 여전히 하얀 눈으로 덮여 있는 설경도 어둠 속에서 더욱 빛을 발하고 있다. 이 밤을 보내고 아침에 눈을 뜨면 또 다른 세상이리라. 맑은 아침을 기다리며 잠자리에 든다.

2

아침에 눈을 떠 텅 빈 침실과 거실을 둘러보았다. 차가웠던 어젯밤의 온도의 밤새 어느 정도 올라가 추위를 느낄 수는 없었다. 냉장고를 열어 물을 한 잔 마시고, 부지불식간에 나의 눈은 창밖으로 향하였다. 여전히 눈이 소복하게 쌓여 있는 거리와 풍경은 벌써 낯설지 않다. 이미 환경에 적응이 되었단 말인가? 아니다, 지금까지 살아오고 경험해 오던 환경과 크게 다르지 않기 때문일 것이다. 새로운 곳에서의 빠른 환경 적응력도 하나의 능력이라 했던가?

다시 눈길을 돌려 세면실에서 간단히 씻고 출근 준비를 한다. 서울 집에서 가지고 온 세면도구와 면도기로 세수를 하며 거울을 보았다. 오늘따라 얼굴 피부가 더 탄력을 가진 듯이 느껴진다. 그 바람에 얼굴을 손으로 한 번 더 쓰다듬어 본다. 어색하지만 왠지 만족스럽다. 팽팽한 피부, 탄력이 있는 얼굴이 만족스러워 입가에 엷은 미소가 보인다. 옷을 차려입는다. 급히 챙겨 온 옷과 세면도구 외에는 아무것도 없었기에 아침 식사는 건너뛰었다.

이튿날의 출근과 함께 본격적으로 나의 업무는 시작되었다. 새로운 지역에서의 고민과 행동이 시작되는 것이다. 아무런 연고가 없어 생소한 곳, 강원도라는 지역이 나에게 어떻게 다가올지 궁금증도 일었다. 하나하나 익숙해지려면 시간이 조금은 필요할 것이었다.

아침 출근길에 나서 보니, 관사에서 사무실까지의 거리는 걸어서 10

여 분이 소요되는 정도다. 아파트 현관을 나오는데 매서운 추위가 '훅' 하고 다가온다. 서울보다는 아침 기온이 5도 정도는 더 낮아 보인다. 장갑을 끼고 목도리를 여미어 본다. 차가운 바람이 상체보다는 하체를 더 공격하는 듯하다. "이런… 날씨마저도 이렇게 매섭구나." 한탄이 섞인 목소리가 나도 모르게 뱉어진다. '내일부터 좀 더 두꺼운 바지와 양말을 신어야 할까 보다.' 며칠 전에 내린 눈이 얼음으로 변신하여 아직도 길목에 자리하고 있다. 햇빛이 비치지 않는 응달의 거리는 눈이 얼음처럼 굳어 버려 매우 미끄럽다. 조심조심 발을 옮기며 미끄러지지 않게 신경을 바짝 가다듬는다. 길마저 나를 긴장하게 만든다.

사무실에 도착하여 비서실 여직원에게 인사를 건넨다.

"안녕하세요."

"어제 첫날밤인데, 잘 주무셨어요? 춥지는 않으셨어요?"라는 인사말이 돌아왔다.

"춘천은 서울보다 더 춥군요. 어젯밤 집 보일러가 잘 가동되지 않아 힘들었어요. 새벽에 눈을 떠 보니 방 온도가 조금 올라갔더군요. 흐흐."

"그러셨군요. 첫날 밤부터 고생하셨네요."

"예, 조금 익숙해지면 괜찮겠지요."

외투를 벗어 옷장에 넣고, 사무실 소파에 앉아 조금의 여유를 가지면서 하루 일을 생각한다. 그런 와중에 갑자기 떠오르는 생각, '내가 왜 강원에 왔을까?'

직장인이 다 그렇듯이, 본인이 원하는 지역에서 근무를 할 수 있는 기회는 흔하지 않다. 특히, 지방으로 발령이 나는 경우는 대부분이 당사자의 의사와 관계없는 경우가 많다. 세종으로 정부 부처가 이전한 이후로 주거지가 있는 서울지역에서 근무 기회를 갖는 것이 더 힘들어졌다. 자녀의 교육 문제를 이유로, 맞벌이 부부의 직장을 이유로 지방으로 가족 전체가 거주지를 변경하는 것에 한계가 있기에 서울 근무를 선호한다. 다만, 자녀 교육과 맞벌이 등의 상황에서 조금 떨어져 있는 젊은 직원들은 세종으로 많이 이주하였고, 중년의 나이에 접어든 직원들은 서울을 근거지로 두고 세종에서 혼자 살거나, 힘겹게 열차를 타고 출퇴근을 한다. 나 역시도 세종-울산-세종으로 이어지는 5년간의 근무를 하다가 겨우 서울로 올라왔었다. 그런데 서울 근무를 시작하고 5개월이 지난 시점에 다시 강원도로 옮겨 오게 된 것이다. 그런 상황이었기에 이번 객지 근무가 썩 내키지 않았던 것인지도 모른다.

'이유가 어떠하든지, 춘천으로 부임을 한 이상 잘 적응하고 즐겁게 생활하는 것이 중요하지 않을까?'라는 생각으로 내 마음을 다잡아 본다. '현실을 직시할 수 있어야 덜 불행하다', '현실을 부정하는 순간, 모든 일은 제대로 이루어지지 않는다'라는 말들이 나를 위로해 준다. '강원도를 잘 알아 가고, 빨리 적응하여 나의 공간을 찾아가자. 분명 내가 강원도에 부임하게 된 이유가 있을 것이다'라는 다짐이 새로운 희망을 품게 해 준다.

3

　어느덧 또 다른 하루도 마무리하는 시간이 되었다. 사무실 시계의 바늘은 6시를 지나쳐 가고 있다. 가만히 서 있는 듯 보이는 시곗바늘인데, 아무도 모르게 혼자서 잘도 간다. 피곤하지도 않은지 시곗바늘은 쉬지도 않는다. 어쩌다 내 시선이 자기를 바라볼 때는 가만히 잠자는 듯 멈춰 있다. 시계와 숨바꼭질하는 느낌이 간혹 있을 때도 있다.

　'너도 오늘 수고 많았다. 하루 종일 운동하느라'라고 인사를 건네고 사무실을 나선다. 퇴근길에 나선 직원들의 발걸음은 빨라진다. 해도 지고 밤이 어느새 자리 잡았다. 퇴근 이후 어디론가 가는 길이 그래도 가벼운 마음이다. 사무실을 나선 나는 생각에 잠겨 느긋하게 걷는다. 하루 바쁘게 살았는데, 퇴근길만이라도 여유를 갖고 싶은 마음이다. '몸도 마음도 피곤한데 뭔 생각을 또 해야 할까?' 반문해 보지만 내 머리는 나도 모르게 움직이고 있다. '이것도 병이려니…' 한숨만 나온다. 지끈지끈 아프던 머리는 바깥바람을 쐬니 한결 나아졌다. 바람이 나의 걱정거리를 날려 준다. 하지만, 어느새 어둑어둑해진 길거리는 찬바람으로 매섭다. 그늘진 곳에서는 얼어 버려 눈이 빙판길로 변해 있어 내 발걸음을 조심스럽게 만든다.

　오늘은 저녁 약속이 없어 집으로 바로 왔다. 아파트 현관 앞에는 택배로 배달된 박스가 쌓여 있다. 먹을거리를 주문했더니 빠르게 도착했다. 햇반 한 박스, 햄·김·김치 등의 반찬이 한 박스, 오뎅 등 신선 제품도 한 박스다. 박스 안에는 얼음과 함께 식료품이 포장되어 왔다. 주문한 음식들이 배달되었으니 오늘 저녁은 요리나 조리를 해서 먹어야겠다는 생각으로 음식 준비를 시작한다. 요리라 하기에는 뭔가 많이 부족하지만, 그래도 단순한 조리는 아니다. 먼저, 햇반은 비닐 뚜껑을 열고 전자레인지에 넣어서 2분간 데웠다. 햄은 한 통의 절반 정도만 칼로 잘라 냄비에 넣었다. 김치는 포기를 꺼내어 보관용 그릇에 담고, 한 포기만 꺼내어 적당한 크기로 베어 넣고, 물은 그냥 수도꼭지에서 나오는 식수를 200리터 정도 부었다. 그리고 가스레인지를 켜고 그 위에 냄비를 올리고 끓을 때까지 기다렸다. 김치찌개를 만든다는 느낌으로 하는데, 진짜 김치찌개가 되리라 기대할 수는 없다. 여하튼 지금은 실력이 이것밖에 되지 않으니 어쩔 수 없는 노릇이다. 지인에게 전화로 김치찌개를 만드는 방법을 물어볼까 하고 고민하다 전화기를 그냥 내려놓았다. 남에게 요리하는 법을 물어본다는 것이 내키지 않는다. 그 이유는 모르겠다. 그냥 싫었다. 그렇다고 인터넷으로 레시피를 조회해 볼까 생각하다가도 포기했다. 그냥 내 방식대로 해 보자는 생각이 나를 지배하고 있었다. 김치찌개 맛이 날지 확신할 수 없지만 그냥 해 보자는 심산이다. 이건 간단한 요리에 해당한다고도 볼 수 있겠다. 또 다른 반찬으로 김도 하나 준비했다. 어색한 요리솜씨와 조리이지만 어쩔 수 없다. 이제는 이런 것에도 익숙해져야 할 때다. 나이도 이제 50세를 넘어가고 있고, 혼자서 지내야만 하는 시기도 늘어나고 있기에 요리 실력을 키워야 한다.

어색한 요리의 시간이 지나고 밥상이 차려졌다. 먼저 두려운 마음으로 김치찌개 국물을 숟가락으로 떠 맛을 보았다. "대박… 맛있다. 우와, 이 정도면 성공이다." 순간적으로 나도 모르게 감탄사가 입술 밖으로 나왔다. 돼지고기나 두부, 고추 등 다른 재료는 일체 넣지 않았다. 준비해 둔 재료가 없기 때문이다. 그리고 고춧가루, 다진 마늘, 대파 등 부재료도 없다. 어떤 사람은 쌀뜨물로 육수를 한다는데 난 그냥 식수로 대체했다. 그러고 보면 김치찌개 레시피에 필요한 건 아무것도 없는 상태에서 요리라고 한 것이었다. 그런데도 담백하고 오묘한 김치찌개가 되었다. 나의 입맛에 문제가 있는 것일까? 이것이 바로 나만의 김치찌개 레시피다. 이렇게 이 세상에 하나뿐인 나만의 김치찌개 레시피가 탄생하였다. 듬성듬성 모양도 없이 썰어 넣은 햄도 찌개의 맛을 더 풍성하게 해 주었다.

햇반은 전자레인지에 2분간 데웠더니 따끈따끈한 밥으로 변신했다. 1식 2반, 햇반 하나에 반찬은 김과 김치찌개, 이것이 전부다. 그렇게 나의 첫 집밥 밥상이 완성되었다. 혼자서 먹는 저녁이지만 나름대로 만족스럽다. 내가 직접 요리와 조리를 하여 한 끼를 해결했다. 참으로 대단한 사건이다. 내 인생의 새로운 변화가 시작되는 순간이다.

저녁을 간단히 해결하고 나니 또다시 고독의 시간이 다가왔다. 운동을 위해 산책이라도 나갈까 고민하다가 '저녁 바람이 차가울 거야'라고 핑계를 대며 소파에 홀로 앉아 버렸다. 여기는 사실 아침과 저녁에 기온이 매우 낮아 춥기는 춥다. '날씨 탓을 하는 것이 단순한 핑계만은 아니다'라고 스스로를 위로해 본다. 그렇다면 집에서 이제 무엇을 할까? 딱히 생각나는 것도, 의욕이 생기는 것도 없다. 무념무상이다. 내가 너무 게으른가 하며 자책도 해 보지만 모든 것이 귀찮다. 시간만 죽이는 것 같아 약간 불안한 마음도 고개를 든다.

혼자서 시간을 잘 보낼 수 있는 방법을 찾아야 한다. 고민이 다시 시작된다. 특별한 대안이 없어 스마트폰을 손에 쥐고 인터넷을 본다. 볼 만

한 뉴스가 있는지 검색해 보지만 뚜렷하게 눈에 들어오는 기사는 없다. 이제는 유튜브를 열었다. 또 카카오톡도 활용해서 가족들에게 연락도 해 본다. 아무런 반응들이 없어 그냥 소파에 편히 누웠다. 이대로 눈을 감고 잠들지도 모르겠다. 오늘 밤에는 꿈이 나를 초대할까?

4

아침부터 신문을 탐독하고 있다. 매일 아침 비서실 직원이 4개의 신문을 사무실의 책상 위에 올려다 준다. 중앙 일간지 2개와 지역 일간지 2개. 지역에서의 소식을 총망라한 지역 언론이 지역 신문, 소식을 듣자 하니 어느 지역보다도 언론사의 조직 규모가 크고, 지역에서의 인기와 무게감도 높다고 한다. 지역을 알아 가고 지역 주민들에게 흡수되어 일체감을 갖기 위해 다양한 노력을 할 수 있는데, 지역 신문을 탐독하는 것도 매우 좋은 방법이 될 것이라는 기대를 품고 꼼꼼히 읽고 있다. 이 지역에 고향을 두고, 지역에서 오랫동안 지내 온 직원의 말에 의하면 지역 신문 2개가 서로 경쟁하듯이 지역의 소식을 전하고 있다고 한다.

"강원도청이 소재하고 있는 춘천에서 발행되는 지역 신문은 강원 전체의 소식을 실어 나르고 있어요. 특히, 스포츠 뉴스에서는 손흥민 선수의 골 소식이 가장 인기입니다."

"손흥민이 영국 프로축구에서 골을 기록하면 지역 신문 1면 기사를 도배합니다. 흐흐흐, 손흥민이가 강원도의 영웅이에요."

진짜로 신문의 1면 기사에 손흥민이 골을 넣고 환호하는 장면을 전면 사진으로 실었던 날도 있었다. 손흥민 선수가 이 지역에서 태어나 유년 시절을 춘천에서 보냈는데, 세계적으로 유명한 축구 선수로 성장했다는 사실이 강원도민의 자랑거리였다.

"지역의 신문이 중앙 일간지만큼은 되지 않지만 상당한 조직 규모를 가지고 운영되고 있어요. 신문사의 기자와 직원이 100명을 넘으니 그 위상을 알 수 있겠죠? 지역 신문이 이 정도의 위상을 가지고 있는 곳은 아마도 부산(국제신문)이나 경남(경남신문) 지역의 일부 신문사 외에는 없을 겁니다." 이 말이 사실이라면 정말 대단한 지역 언론이라 할 수 있겠다.

새해부터 지역 신문의 1면 헤드라인은 '강원특별자치도의 성공적 출범을 위한 각오와 다양한 과제'로 채워진다. 2023년 6월 11일, 강원도는 강원특별자치도로 새출발한다. 새해의 신년 인사회의 주된 관심도 모두 강원특별자치도 출범이다. 지난해 강원특별자치도의 출범을 위한 특별법이 제정되어 출범 일자는 확정되었다. 지금은 강원도지사를 중심으로 강원도청, 강원도민들이 일체가 되어 제대로 된 출범을 위한 특별법 보완 작업에 매진하고 있다. 현재의 특별법에 181개의 법률 조항을 새롭게 만들어 포함시키겠다는 것이다. 강원특별자치도의 비전은 '미래산업, 글로벌 도시'로 명명되었다. 반도체 등의 미래산업을 지역에 유치하고, 그동안 중앙정부의 각종 규제로 묶여 있던 것을 풀어서 지역을 새롭게 개발함으로써 제대로 된 강원을 만들어 가겠다는 것이 핵심과제다. 그러기 위해서는 산림, 환경, 군사, 농림의 4대 분야에서 확실한 규제 완화가 필요하다는 것이다.

강원도는 북한과의 접경 지역이 많아 군부대 시설이 많이 자리 잡고 있고, 수도권의 상수도 역할을 하는 강이 조성되어 있어 그동안 개발에 있어서는 많은 제한을 받아 왔던 것이 사실이다. 최근에는 강원도가 수도권 사람들의 식수를 제공하기 위해 상수도 보호구역으로 묶여 엄청난 희생을 받아 왔다고 주장하기도 한다. 분석 자료에 의하면 1973년에 조성된 소양강댐이 지난 50년간 유지되어 오면서, 소양강댐이 창출한 경제적 가치는 10조 원 이상이 된다고 주장한다. 그러나 지역에는 오히려 피해를 가져왔으며 지금까지 수도권 시민들만을 위한 것이었다는 것이다. 이제는 강원도가 지역민에게 도움이 되고 지역의 발전을 위한 공간으로 변하여야 한다는 것이 주된 변화의 방향이다. 상당히 수긍할 수 있는 주장임을 인정하지 않을 수 없다.

5

　어느 정도 강원도를 알아 가는 1월 중순 즈음 나는 '2023년 강원 경제인의 신년 인사회'에 초청받아 갔다. 중소기업중앙회 강원지역본부와 지역 언론사가 주최하는 행사였다. 강원도지사를 비롯하여 강원도의회 부의장, 지역 경제인, 지역 국가기관장과 공공기관장들이 모두 참석하였다. 정해진 순서에 따라 참석 귀빈 소개, 개회사, 축사가 이어지고, 강원특별자치도 출범 의미의 특강도 진행되었고 간단한 점심 식사로 이어졌다. 원탁 테이블에 참석자들이 8명씩 둘러앉아 서로 인사도 하고 다양한 주제로 교류도 이어졌다. 이 행사에서 만난 지역 경제인과 국가기관 기관장들과의 대화 중에 기억에 남는 것이 있었다. 지역에서 오랜 기간 사업을 하여 사업장도 조금 규모가 있게 성장시켜 왔고, 지금은 지역 경제인 단체에서 높은 직책까지 맡은 연세가 지긋하신 분의 말씀이 있었다.

　"지역 기관장님들, 강원도라는 지명의 의미를 알고 계십니까?"

　"지역의 지명은 해당 지역의 도시 이름을 가지고 지어졌다고 알고 있습니다. 경상도는 경주와 상주, 전라도는 전주와 나주, 충청도는 충주와 청주가 합쳐서 지어졌듯이 강원도는 강릉과 원주라는 도시 이름의 초성을 따서 만들어진 것이 아닙니까?"

　서울에서 춘천으로 객지 근무를 온 한 기관장이 자신감 있게 대답하였다. 모두 동조하는 표정으로 고개를 끄덕였다.

　"예, 정확히 알고 계시는군요. 그런데 그것은 옛날 말입니다. 시대에 맞지 않는 해석이지요."

"그럼, 강원도의 현대적 의미가 따로 있다는 말씀입니까?"

테이블에 동석한 사람들은 모두 의아한 눈으로 서로를 바라만 보고 있었다. 과연 어떤 해석을 내놓을까 하는 궁금증이 일고 있었다.

"여러분들도 잘 알고 계시듯이, 6월이 되면 강원도는 강원특별자치도가 됩니다. 엄청난 지역의 변화가 시작되는 것이지요. 그래서 강원도는 이제 강릉과 원주를 합하는 강원도가 아니라, 강(强)은 강할 강을 말하고 원(ONE)은 하나를 뜻하여 강하게 하나가 된다는 의미의 강원도로 새로 출발하는 것이지요. 강원도민들이 강하게 원팀으로 뜻을 모아 강원특별자치도를 성공적으로 출범시킬 것입니다. 하하하"라며 호탕하게 웃어 보였다.

그 얘기를 들은 기관장들은 모두 공감을 하는 듯이 고개를 끄덕였다. 좋은 해석이고, 감명을 주는 뜻이었다. '앞으로 강하게 하나가 되는 강원도를 볼 수 있겠구나' 하는 기대도 함께 느껴졌다. 새로운 큰 변화를 앞두고 있다는 생각에 저마다 생각도 깊어질 수밖에 없었다.

6

1년에 두 번씩, 상반기와 하반기 직원 인사이동이 이루어진다. 상반기 인사이동은 1~2월 사이에 진행되는데, 올해도 어김없이 직원들이 오고, 또 일부는 가는 변화가 있었다. 강원권역(행정구역상 강원도에 위치하고 있는 노동청 전체를 통칭) 전체 직원 중에서 절반 이상은 타 지역에서 객지 근무를 온 사람들로 구성된다. 주로 서울 등 수도권에서 대부분 근무지를 옮겨 오는데, 객지로 근무를 가야 하는 순번제를 운영하면서 공정을 도모하고 있다. 1년에서 2년 정도 근무를 마치면 다시 본 근무지로 돌아가는 시스템이다. 이리하여 직원들이 새로 바뀌고 첫인사를 나누게 되었다. 관리과 인사업무 담당 직원의 안내에 따라 회의실로 향했다. 20여 명의 직원들이 회의장에서 기다리고 있었다.

전근을 온 직원들의 얼굴을 보았다. 처음 대면하는 자리여서 그런지, 조금의 어색함과 낯설음이 회의실의 분위기를 압도하였다. '저 기관장이 우리에게 어떤 말을 할까?'라는 생각을 하며 나를 주시하는 사람도 있었다. 나는 전근 온 직원 한 명, 한 명의 얼굴을 눈여겨보고 난 후 인사말을 건네기 시작하였다. '무슨 말을 해 줘야 할까?' 하는 고민을 하지 않은 것은 아니었다. 객지 근무를 왔기에 따뜻한 위로와 새로운 지역에서의 기대와 설렘도 가질 수 있도록 해야 한다는 의무감이 있었다. 새롭고 낯선 곳에서는 첫인상은 매우 중요하기 때문이다.

"직원 여러분, 반갑습니다. 지청장입니다. 먼저 강원도에 오신 것을 환영합니다. 아침 첫 출근길, 강원도로 오시면서 어떤 느낌을 가시셨습니까? 춥지는 않으셨는지요. 강원도가 수도권보다는 훨씬 더 춥다는 것은 사실입니다. 여러분보다 1달 먼저 강원도로 전근 온 저도 매일매일 추위와 힘겹게 싸우고 있습니다. 이렇게 추운 곳에 근무를 오신 여러분을 뵈니까 왠지 안타깝다는 느낌도 가집니다."

아침 출근길이 많이 추웠던지 모두가 공감한다는 듯 고개를 끄덕이고 있었다.

"여러분, '강원도는 모든 국민의 제2의 고향이다'라는 말이 있던데, 들어 보셨습니까? 강원도로 여행을 와 보지 않은 국민이 없을 것이고, 휴가철 등에 여행을 간다고 하면 가장 먼저 강원도를 고민한다는 사실에서 나온 말일 수도 있습니다. 특히나 청춘 시절에 연인과 함께, 때로는 친구들과 함께 놀러 온 경험들이 모두에게 있기에, 그 시절의 그 여행이 참으로 좋았다고 기억 속에 늘 가지고 있기에 그런 얘기가 회자된다고 생각합니다. 저에게도 마찬가지로 그런 강원도에서의 추억이 있습니다. 여러분도 그런 추억이 떠오르겠지요. 그렇게 생각해 보면 이 지역에 그렇게 낯설게만 느껴지지는 않을 겁니다."

지난날 학창 시절, 대학 동창과 함께 강원도 어딘가의 민박집으로 여행을 왔던 추억을 되새기고 있는지 회의실 분위기가 조금은 따뜻해졌다. '정말 강원도가 나의 제2의 고향이라 할 수 있을까?' 하는 의문부호를 가지는 사람도 간혹 보였다. 아직도 표정이 굳어 있는 직원들은 그럴 것이라고 확신이 들었다.

"여러분과 같이 근무를 하게 되어 정말 기쁩니다. 강원도를 여행으로 간혹 오지만, 거주나 근무를 목적으로 상주를 하면서 생활해 보는 것은 우리 모두 처음입니다. 대한민국 어디나 그렇듯이, 지방은 모두 인심이 좋고, 환경도 깨끗합니다. 낯설음이 익숙함으로 바뀌고, 조금씩 생활에 적응하시면서 강원도만의 매력을 한번 느껴 보는 것도 좋지 않겠습니까? 하루가 지날 때마다 강원도에 대한 사랑이 깊어질지도 모르겠네요. 저도 그렇게 되어 보려고 노력하고 있습니다. 업무적으로나, 개인 생활적인 측면에서 좋은 성과와 추억, 기억을 담아 보았으면 합니다. 저도 힘이 되는 한 열심히 여러분들을 지원하겠습니다. 감사합니다."

나의 인사말을 마치고 나자, 인사 담당 직원이 "혹시 궁금하신 사항이나 건의사항이 있으시면 지청장께 하셔도 된다"고 말하였다. 아직 어색함이 있는지, 질문이나 건의사항은 없었다.

'언제든지 필요하신 사항이 있으시면 저에게 또는 우리 인사담당 직원에게 얘기해 달라'는 부탁과 함께 새롭게 전근 온 직원들과의 첫 교류를 마치고 돌아섰다.

7

 오늘따라 눈이 많은 지역, 강원도답게 함박눈이 펑펑 쏟아진다. 텔레비전에서 나오는 일기예보의 정확도가 요즈음은 매우 높다. 며칠 전부터 눈 소식이 있다고 예고하던 터였다. 특히, 강원 영동지역은 대설주의보가 내려졌다고 자막뉴스로 나오고, 눈 내리는 현장에서 방송기자가 내리는 함박눈을 맞으며 날씨를 전해 준다. 벌써 10센티미터 쌓였는데, 앞으로 밤사이 더 많은 눈이 내릴 것이라 예보하면서 피해가 없도록 대비해 달라고도 말한다. 강원도 내륙지역인 영서지방도 눈이 내렸다. 눈이 내려 도로나 길에 쌓이고, 쌓인 눈이 녹지 않고 얼게 되면 빙판길이 된다. 기온이 항상 영하권에서 유지되다 보니 눈이 쉽게 녹아 없어지지 않고 오랜 시간 우리의 눈을 즐겁게 한다. 때로는 빙판길로 인해 항상 조심스럽기도 하다.

 나는 벌써 눈이 내리는 광경을 여기서 종종 보았다. 이번에 전근 온 직원들은 내리는 눈을 바라보며 어떤 생각을 할까? 수도권에서 내리는 눈과는 그 양이나 속도에 있어서 차이가 크다. '함박눈이 펄펄 내리고 있다'라고 표현하면 정확할지 모르겠다. 오히려 짙게 내리는 눈의 광경을 표현하는 데 부족할 듯싶다. 눈발이 세고 짙어 시야가 확 좁아진다. 여름철 소나기가 내리듯이 검은 구름이 낮게 형성되면서 어둠을 몰고 와 무서움도 밀려든다.

 두꺼운 외투를 걸치고 아파트 단지 내 편의점으로 향했다. 늦은 저녁 시간인데도 어린 학생들은 눈밭에서 뒹굴고, 눈과 장난치며 마냥 즐겁다. 벌써 눈사람도 여러 개 만들어 놓았다. 눈사람은 다 모양이 그럴듯한데, 아쉬운 것은 눈도, 코도, 목도리도 없는 밋밋한 벌거숭이 눈사람이라는 것이다. 눈사람이 눈을 맞으니 눈사람도 추위를 느낄 것 같았다. 그런 상념을 뒤로 하고 편의점 문을 열고 들어갔다. 편의점에서 일하는 직원은 카운터에서 마냥 스마트폰을 보면서 바쁘게 손을 움직이고 있다. 손님이 들어오는 거에는 무신경하다. 그냥 익숙한 것일 수도 있다. 계산대로 다가가야 계산을 위해 손님에게 집중한다. 그렇게 크지 않은 편의점은 음식료품 중심으로 배열되어 있다.

편의점에 온 목적은 소주 한 병과 안줏거리를 장만하기 위함이다. 소주 중에서 제일 도수가 높은 빨간색 뚜껑의 소주병을 하나 집었다. 그리고 고민하다가 스팸 한 통, 참치 통조림 하나를 안주로 하기로 결정했다. 더 이상의 고민은 싫어 계산을 마치고 빨리 편의점을 나와 집으로 다시 돌아왔다. 식탁 위에 소주병과 참치 통조림을 내려놓고, 스팸은 뚜껑을 열어 칼로 일정하게 자른 다음 프라이팬에 놓고 익혔다. 5분쯤의 노력으로 안주도 다 완성하고, 식탁에 홀로 앉았다. 이런 것이 바로 혼술이라 했던가?

아파트 거실을 통해 통유리로 보이는 바깥 풍경, 눈이 짙게 내리는 광경, 길거리에 가로등도 눈에 묻혀 희미해진 모습이 유독 눈을 즐겁게 한다. 내리는 눈을 창으로 바라보며 소주잔에 따라져 있는 술을 한 모금 마셨다. 완샷이다. 목을 타고 내려가 위로 전해지는 찌릿함에 있어 첫 잔의 소주는 완샷(소주잔의 술을 완전히 한꺼번에 마시는 것, 술잔에 있는 술을 원하는 만큼만 마시는 것은 원샷이라고 구분하여 부름)이고 항상 매력적이다. 짜다고 느껴지는 스팸과 담백한 참치 한 젓가락도 소주 안주로 안성맞춤이다. 소주 한 잔과 안주 한 젓가락, 술맛의 풍미가 느껴지는 조합이다. 술 식탁이 그런대로 잘 꾸려졌다. 단출하지만 홀로 소주를 음미하기엔 적당하다. 한 잔, 또 한 잔, 이렇게 이어지다 보니 어느덧 소주병이 비어 간다.

소주 한 병의 용량은 소주잔으로 여덟 잔 정도다. 왜 여덟 잔이 나오도록 소주잔이 설계되었을까? 새삼스럽게 짙어지는 밤에 혼술을 즐기다가 문득 떠오른 의문이다. 소주를 생산하는 회사관계자에게 다음에 꼭 물어봐야겠다는 다짐도 해 본다. 그 답은 뒤에 알기로 하고, 술을 마시는 나의 입장에서는 소주 한 잔, 한 잔마다 의미를 담으면 된다. 그러면 술의 풍미를 더 즐길 수 있을 것이다. 술을 마시면서 사람들은 종종 그 맛을 음미하여 술잔에 의미를 담기도 하였다. 술을 마시는 자신을 마음을 담는 것이다. 그렇다. 그러기 위해서 술을 마시는지도 모른다. 오늘 나는 술잔에 나의 어떤 마음을 담고 있는 것인가?

첫 잔은 내리는 눈송이에게 "오늘 밤 나랑 친구할래?"라는 속삭임,

둘째 잔은 "오늘따라 술이 받네…"라는 기쁨,

셋째 잔은 "그래, 오늘은 느낌이 좋은 날"이라는 안도감,

넷째 잔은 "어디선가 혼술을 하는 그대들에게도 행복이 다가가길" 바라는 소망,

다섯째 잔은 "왠지 전화를 걸고 싶은 이에게 내 마음이 전달되겠지?"라는 푸념,

여섯째 잔은 "고요한 이 밤을 즐기는 나는 낭만주의자"라는 독백,

일곱째 잔은 "벌써 한 병이 다 비워져 가네"라는 아쉬움,

여덟째 잔은 "맑은 내일의 아침을 위해"라는 바람…

- 1월 말

8

'봄바람 살랑살랑, 안전의식 녹으면 큰일'

사무실에 걸려 있는 2023년 달력의 2월의 날짜들 위에 적혀 있는 문구다. 이 달력을 만들어 배포한 곳은 산업현장에 안전과 관련된 예방사업과 함께 전문기술을 지도하는 산업안전보건공단, 2월이 되면 날씨가 조금씩 풀리면서 봄소식을 기다리게 되는데, 그러한 2월에 안전의식까지 같이 녹으면 큰일이라는 경고의 의미를 담고 있다. 특히, 2월은 날씨가 따뜻해지기 시작하면서 얼었던 땅이 녹고, 움츠렸던 마음도 조금씩 풀리는 해빙기(2월 말~4월 초)로 접어드는 시점이기에 산업현장의 안전을 위해 매우 조심하여야 하는 시기임이 분명하다. 어쩌면 2월뿐만 아니라 365일 내내 안전에 대한 경각심은 항상 유지되어야 하는 것이 맞지만, 2월부터 해빙기에 접어들면서 건설 현장에서 지반이 침하되거나, 굴착면 및 흙막이 지보공이 붕괴되는 등의 안전사고가 다발적으로 일어나기에 더욱 긴장감을 높여야 하는 시점이다.

산업현장의 안전사고를 예방하기 위해 지도하고 감독하며, 안전사고가 발생하는 경우 수사를 통해 사업장의 안전조치 의무 미흡과 소홀에 대해 형사처벌까지 부과하는 업무를 담당하고 있는 곳이 고용노동부다. 전국에 분포되어 있는 고용노동부 각 지방관서(청 또는 지청)마다 '산재예방지도과'라는 부서를 두고 산업안전감독관을 배치하여 업무를 처리하고 있다. 2022년 1월부터 중대재해처벌법이 시행되면서 중대산업재해에 대해서는 고용노동부가 추가로 업무를 수행하기 때문에 고용노동부 지방 관서의 역할은 더 강화되었다. 산업안전감독관들은 사법경찰관의 신분 이 부여되고, 사업장에 대한 강제수사까지 검찰의 지휘를 받아 수행할 수 있는 권한을 가지고 있다. 이처럼 고용노동부와 산업안전감독관은 산업 현장의 안전사고를 예방하고, 발생된 사고에 대해서는 철저한 수사와 함 께 재발을 방지하기 위한 중추적 역할을 수행하는 막중한 책임을 가지고 있는 것이다.

각 지역에서는 사업장이 자율적으로 자체적 협의체를 만들어 안전활 동에 대한 정보와 의견을 나눈다. 참여하는 사업체의 안전관리 담당자들 이 그 회원이다. 제조업, 건설업, 보건업 등 업종별로 모인 결사체는 민 간 차원의 자구적 노력을 도모하는 것이다. 그러한 안전 협의체가 사업 장 및 근로자의 안전과 건강을 기원하는 안전기원제를 계획하고 행사를 진행하기도 하는데, 그간 코로나19로 그 행사가 중단되었다. 올해는 그 러한 장벽이 제거되었으므로 안전기원제 행사를 재개하기로 하고, 고용 노동부 강원지청도 참여해 주면 좋겠다는 요청이 있어 함께하기로 하였 다. 춘천의 조그만 산의 국사봉(國士峰, 1919년 고종이 붕어하였을 때 춘 천의 선비들이 일제의 감시를 피해 봉우리에 올라 망제(望祭)를 지냈다 는 것에서 유래, 나라 잃은 슬픔을 달래던 산)에서 진행되는 안전기원제 에 지역 안전협의체 소속 사업장의 안전관리 담당자 40여 명이 모였다. 준비된 제수를 차려 놓고, 축원문 낭독부터 시작하여 행사가 진행되었 다. 술을 따르고 제를 올리고, 안전을 기원하는 마음을 담아 다양하게 기 원 행사를 드리고, 마지막으로 축원문을 불로 태워 마무리하였다. 이 의 식의 뜻이 하늘 위로 올라가 높은 곳에 도달하였으면 하는 의례다.

행사가 종료된 후 참여자들끼리 음식을 나눠 먹으며 서로의 우의도 다졌다. 제수로 차려졌던 음식으로 간단히 뒤풀이가 현장에서 진행된 것이다. 안전기원제를 무사히 마쳤다는 안도감 때문인지 모두의 마음이 한결 가벼워졌다. 모두가 바라는 안전도 담보되는 듯했다. 이 시간을 활용하여 나는 오늘 참여한 사업장의 안전관리 담당자들과 담소를 나누었다. 먼저 건설 현장에서 근무하고 있는 10여 명과 만났다.

"날씨가 추워서 현장에서 고생이 많으셨습니다. 날씨가 빨리 따뜻해져야 할 텐데요"라며 인사를 건넸다. "오늘 이렇게 안전기원제를 성공리에 마칠 수 있도록 참석해 주서서 감사합니다. 지청장님. 저희는 건설 현장에서 오랜 기간 작업을 해 와서 이 추운 겨울도 거뜬히 잘 넘기고 있습니다."

"이른 새벽부터 일을 시작하시죠? 얼마나 고생이 많으십니다. 추위를 잘 이기시고, 안전과 건강을 모두 챙겨 가시도록 힘을 냅시다."

"지청장님 근심을 덜어 드리도록 저희들도 안전에 매진하고 있습니다. 안전하게 일하는 것이 우리에게도 기쁨이고, 아울러 우리의 책임이지요. 올해 안전에 대한 확신이 오는 듯합니다."

"저도 여러분을 뵈니 마음이 든든해집니다. 자주 뵙고 안전을 위한 정보도 공유하면서 좋은 성과, 무재해를 달성합시다."

자리를 조금 이동하여 이번에는 사업장에서 보건 업무를 담당하며 근로자의 건강을 지키는 10여 명과 대화를 나누었다. 주로 대학병원, 요양병원 등 의료사업장에서 근무하고 있었다.

"지청장님, 강원도 근무는 처음이시라고요? 강원도에 근무 오심을 축하드립니다."

"예, 감사합니다. 이렇게 따뜻하게 맞아 주시니 너무 좋습니다. 하루하루 지낼수록 강원도에 빠져들고, 강원도의 매력을 느껴가고 있습니다."

"건강을 지키기 위해서는 스트레스를 멀리해야 합니다. 기쁜 마음으로 일을 하시면 스트레스 날릴 수 있습니다."

"예, 명심하겠습니다. 여러분들도 항상 밝은 마음으로 근무하시기 바랍니다. 직장에서의 스트레스가 사라지도록 좋은 직장 문화, 편안한 근무 여건을 만들어 가는 데 노력하겠습니다."

다음은 제조 사업장에서 근무하시는 분들과 담소를 나누었다. 춘천과 강원도 영서지역은 주로 바이오, 의료기기 및 의료시약, 음식료품 등 업종의 공장이 운영되고 있었다. 강원도의 맑은 물을 이용하는 사업장이었다.

"바이오 등 의약품이나 맥주 등 음식료품을 만드는 데 강원도의 청정 물이 최고죠? 강원도 맑은 물로 만들었다면 제품의 인기도 더 높아질 듯합니다."

"그렇지요. 그것도 하나의 경쟁력이 됩니다. 앞으로는 지청장님 말씀처럼, 강원도 청정 물로 맥주를 만들었다고 광고해야겠습니다. 그럼 매출이 획기적으로 늘어날 듯합니다."

"제가 좋은 광고 문구를 하나 만들어 드릴까요? 허허허, '청정 강원의 청정 맑은 물을 흠뻑 담은 우리 맥주, 여러분의 세포를 깨어나게 해 줍니다' 어떠세요?"

"회사 사장님께 가서 얘기해야겠어요. 안전기원제 갔다가 좋은 광고 아이디어를 얻어 왔다고 자랑하겠습니다. 허허허."

이에 앞서서 안전기원제가 준비되고 본격적인 행사가 시작되기 전, 안전기원제 진행자는 "고용노동부에서 특별히 오늘 행사에 참여해 주셨는데 축하 및 격려의 말씀을 해 주시면 좋겠습니다"라고 요청하여 간단한 인사말을 하였다.

"여러분 모두 반갑습니다. 우리는 모두 강원도에서 강원지역의 발전과 강원지역의 안전 일터 조성을 위해 각자의 역할을 충실히 해 오고 있습니다. 산업현장의 안전과 근로자의 건강은 어떠한 가치보다 소중한 것임을 다시 한번 명심하고, 안전한 근로환경을 조성하는 데 더욱 힘을 내어 봅시다. 강원도는 자연환경이 깨끗하고 아름답기에 '청정 강원'이라고 부릅니다. 그러한 강원도가 '청정 안전'으로 자리매김할 수 있도록 노력해 주실 것을 부탁드립니다.

오늘 행사를 준비하신 모든 분의 수고에 감사를 드리고, 참석해 주신 여러분 모두에게도 고마운 마음을 전합니다. 옛말에 '지성(至性)이면 감천(感天)이다'라는 말이 있습니다. 정성이 지극하면 하늘도 감동한다는 뜻으로 우리가 안전을 기원하면서 모두의 마음을 모으고 정성을 다해 노력한다면 하늘도 우리의 노력을 저버리지 않을 것입니다. 올 한 해 안전한 일터를 만들고 근로자의 건강을 지켜 나가는 데 우리가 가진 모든 역량과 열정을 최대한 발휘해 봅시다. 감사합니다."

9

"여보세요."

"지청장님, 산재예방지도과장입니다."

"예, 과장님."

혹시나 관내 지역에서 중대재해가 발생하여 이를 보고하는 전화일까 지레짐작을 하였다. 중대재해가 발생하면 사업장에서는 고용노동청에 중대재해 발생 신고를 하게 되는데, 해당 신고가 접수되었을 때 산업안전감독관이 현장으로 바로 출동하여 초동 조사와 작업중지 명령 등의 조치를 하게 된다. 중대재해 신고가 접수되어 산업안전감독관이 재해 발생 현장으로 출동할 때 산업안전감독 패트롤카(경찰차처럼 산업안전감독이라는 문구가 차량 외벽에 새겨진 업무용 차량)를 이용한다. 그만큼 사고 발생 상황에 대한 신속한 보고와 초기 대응이 중요하기에 긴급 전화도 종종 걸려 온다.

"다름이 아니라, 강원지역 신문에서 중대재해 예방과 수사 상황에 대한 칼럼을 요청해 왔습니다. 지청장님 이름으로 하나 게재할 수 있도록 협조해 달라고 합니다. 괜찮으실까요?"

일단 사고 발생에 대한 보고는 아니었기 때문에 안도를 하고 칼럼을 게재하는 방법과 시기 등을 서로 상의하고 칼럼 준비에 들어가기로 하였다.

"좋지요. 좋은 기회가 될 듯합니다."

"그럼 칼럼을 게재하겠다고 해당 기자에게 전달하고, 칼럼 초안을 작성하여 지청장님께 드리겠습니다. 검토해 보시고 수정하시면 좋겠습니다."

　기존에 쓰고 있던 사무실 공간 부족으로 500미터 떨어진 산업단지 건물에 임대공간을 확보하고 사무실을 이전하여 활용하고 있는 산재예방지도과장으로부터 연락이 왔다. 강원지역에서도 중대재해처벌법 시행 이후 중대산업재해가 빈번히 발생하고 있는데, 사고 발생 이후의 수사 상황과 정부의 대책 등에 대해 지역적 관심이 높은 편이다. 중대재해 발생 현황과 중대재해처벌법 시행 이후의 성과와 향후 방향 등에 대해 정확한 정보를 전달하고, 중대재해 예방을 위한 향후의 정책적 과제 등을 제시할 수 있는 좋은 기회가 될 것이라 판단하여 칼럼 게재를 수용하게 되었다. 칼럼의 내용은 중대재해 발생 현황과 원인, 지역에서의 안전조치의 주요 미비점, 안전의식 제고와 재해예방을 위한 중점 과제 등으로 구성하였다. 특히, 강원지역에 맞는 가장 핵심적인 과제를 제시해 보기로 하였다.

중대재해처벌법 시행('22. 1월) 이후 산업현장에서의 중대재해예방 노력이 집중적으로 추진되었음에도 불구하고 그 성과는 뚜렷하지 않아 고민이 깊어진다. 근로자에게 안전한 작업환경을 제공하는 것은 산업현장의 가장 기본적이고 최우선적인 과제이기에 더욱 많은 관심을 가지고 산재예방에 최선의 노력을 기울여야 한다는 숙제가 우리에게 남겨져 있다.

전국적 산업재해 현황을 살펴보면, 지난해 중대재해로 사망한 근로자는 644명으로 '21년에 비해 소폭(39명) 감소하였으나, 중대재해처벌법이 적용되는 사업장에서의 사고사망자는 256명으로 '21년에 비해 오히려 8명이 증가하였다. 강원지역도 지난해 중대재해로 사망한 근로자는 38명에 이르고 있는데, 업종별로는 건설업이 절반 이상을 차지하고, 임야가 많은 강원지역의 특성으로 벌목작업의 중대재해도 10%의 비율을 보이고 있다. 그러면 왜 이렇게 산업현장에서의 중대재해가 지속적으로 발생하는 것일까? 중대재해가 발생한 사업장을 대상으로 고용노동청 감독관들이 수사를 해 보면 그 원인은 바로 기본적인 안전조치가 이루어지지 않았기 때문이다. 사업주는 산업안전 관련 법령에서 규정하고 있는 안전보건관리체계를 구축하고, 안전시설·장비 설치와 안전교육, 위험성평가를 통해 유해·위험 요인을 개선하는 등의 의무를 준수하여야 함에도 불구하고, 사고가 발생한 현장에서는 기본적인 안전조치 미흡에 따른 법령 위반이 다수 발견된다. 특히, 사업 규모가 작은 현장에서의 중대재해가 많고, 하청 근로자들의 피해가 높아 더욱 가슴을 아프게 한다.

이러한 현실 앞에서 고용노동부 강원지청이 최우선적 과제는 산업현장의 중대재해 예방에 모든 역량을 집중하는 것이다. 또한 중대재해가 발생한 사업장에 대해서는 작업중지명령 강화, 사법처리 등으로 엄정 대응할 것이고, 중대재해가 추가적으로 발생되지 않도록 감독과 지원을 병행하여 유해·위험 요소가 개선되도록 끝까지 점검할 것이다.

특히, 강원지역은 ① 중대재해 비중이 높은 중소 건설업, ② 중대재해 예방이 취약한 임업(벌목), ③ 노후 시설·장비로 인해 중대재해가 빈번한 시멘트 제조업이 집중적인 점검 및 관리 대상이다. 중소 건설 현장에 대해서는 재해예방을 위한 인력, 시설, 예산 등이 확보되는 안전보건 관리체계가 갖추어지도록 지원하고, 임업 분야의 벌목사업은 산림청, 강원도청 등 지자체와 협업체계를 구축하여 작업 전 안전교육, 작업 과정에서의 재해예방 매뉴얼 마련 등의 노력을 강구할 것이다. 또한 제조업에 대해서는 안전보건공단의 안전시설 지원 사업이 노후 시설·장비 개선에 적극 활용

될 수 있도록 하는 등 다각도의 산재 사망사고 감축 방안을 추진할 계획이다.

산업현장 중대재해 예방의 첫 출발점은 안전에 대한 인식 제고이다. 이와 관련하여 대기업 선대 회장님의 좋은 가르침을 공유하고자 한다. "네 식구를 데려다가 일하고 있다는 마음으로 안전조치를 하라"는 것으로, 중공업 육성 등이 근대화 과정에서 중대재해가 빈번히 발생하자, 이에 대해 회사 임원들에게 지시한 말씀이다.

산업현장의 중대재해는 반드시 극복해야 할 최우선 과제이다. 안전과 관련한 법과 제도가 잘 마련되고, 기본적인 안전조치가 현장에서 완벽히 이루어지도록 모두가 지혜를 모아야 할 때다.

- 고용노동부 강원지청장 김홍섭, 「"가족 데려다 일한다는 마음 가져라"는 말의 교훈」, 『강원일보』, 2023년 2월 10일

10

춘천으로 부임한 이후 직원들로부터 업무보고를 받으면서 어느 정도의 현안 사항들에 대해 익숙해져 가고 있다. 지방노동관서는 지역에 위치하면서 관할지역의 사업장과 근로자들을 대상으로 고용노동정책을 효율적이고 효과성 있게 집행해 가는 것이 본연의 역할이다. 그러한 역할 속에 어떠한 마음으로, 얼마나 섬세하게, 어떤 이슈에 대해 집중할 것인가 하는 것도 매우 중요한 선택의 문제다. 왜냐하면, 업무를 추진함에 있어 필요한 인력과 예산은 제한되어 있고, 이해관계자의 이해충돌이 첨예한 장애요인도 존재하는 것이 현실이기 때문이다. 특히, 노동자와 사용자의 이익이 상반되는 노사관계 현안에 있어서 협력적, 상생적 해결방안을 찾아가는 문제에 있어서는 더욱더 그러하다. 그런 연유로 조직의 기관장과 관리자의 업무추진 방향 설정과 합리적인 리더십 발휘가 더욱 돋보여야 한다.

지역협력과의 업무보고를 마치고 사무실 인근 식당인 한정식집으로 자리를 옮겼다. 직원들과 함께 보고 시간에 다 하지 못한 업무 얘기와 소통의 시간을 갖자는 지역협력과장님의 제안으로 저녁 자리를 갖게 되었다. '정담채'라는 상호를 가지고 있고, 사무실에서 걸어서 7분 거리에 있는 한정식집은 독립된 방이 있어서 편안하게 직원들과 대화할 수 있는 분위기였다. 춘천에 와서 직원들과 또는 지인들과 종종 먹었던 음식은 춘천 닭갈비였다. 지역의 대표 음식이니 춘천에 오면 먹어 보아야 한다며 권유도 있었고, 서울에서 먹는 닭갈비에서 느낄 수 없는 오리지널한 맛을 느껴 보고 싶었던 이유도 있었다. 오늘은 닭갈비가 아니라 특별히 한정식으로 메뉴를 정하였다. 직원들도 모두 메뉴 선정에 만족하는 눈치였다.

서로 담소를 나누면서 직원들의 이름도 기억하고, 일상적인 생활 정보도 공유하였다. 만남을 축하하는 의미에서 술잔도 같이 기울였다. 요즘 가장 대표적인 술은 소맥이던가? 소주는 처음처럼, 맥주는 테라를 주문하고 소주와 맥주를 일정 비율로 섞어 마시는 소맥을 주조하였다. 첫 잔은 건배를 하자며 건배사를 해 달라고 과장이 요청하여 건배사까지 하게 되었다. 이렇게 술잔도 몇 잔 기울이며 얘기가 무르익어 가고 있을 즈음이었다. 공무원 생활을 시작한 지 3년 정도 지났다는 직원이 밝은 모습으로 웃음을 지으며 나에게 궁금한 질문을 하기 시작했다. 요즘 소위 말하는 MZ세대의 젊은 여직원이었다.

"지청장님은 술을 많이 마시나요? 주량은 얼마나 되세요?"

"30대 때는 저도 술을 좋아해서 많이, 자주 마시곤 했죠. 그런데 이제 50대 나이에 접어들고 나니 술 주량이 많이 줄어들었어요. 요즘은 소주 1병에 생맥주 2잔이 딱 좋은 것 같아요."

"벌써 50대에 접어드셨어요? 얼굴이 매우 동안이신가 봐요. 실제 나이보다 매우 젊어 보이십니다. 제가 지청장님께 아부하는 거는 아니고요, 그렇게 느낌이 들어서 사실대로 말하는 거니까 오해하지 마세요."

수줍어하는 모습으로 말하고 있어 진심인 듯 느껴졌다.

"그렇습니까? 말이라도 젊어 보인다고 해 주시니 감사하군요. 젊을 때가 좋은 것 같아요. 젊을 때 좋은 시간과 추억을 가지는 게 무엇보다 소중해 보입니다. 젊다는 것이 최고의 선물이니까요. 저도 젊은 시절로 돌아가고 싶습니다."

"그런데, 지청장님은 지금까지 공직 생활을 하시면서 가장 뿌듯했던 때는 언제였나요? 저는 공직 생활 초짜라 지청장님의 경험담을 들으면 도움이 될 것 같아 여쭈어 봅니다. 말씀하기 난감하시면 그냥 넘어가도 되고요."

이런 질문을 받으면 난감함을 느끼는 게 사실이다. 그런 때가 언제였나를 깊이 있게 생각해 보지 않아서일 수도 있고, 지난 시간과 기억을 한참이나 되짚어 보아야 하기 때문이다. 누구나 세월을 보내고 나이를 점점 먹어 갈수록 가슴 한켠에 지워지지 않고 남아 있는 추억과 기억들은 있다. 가끔씩 그 시절의 기억과 추억을 되새김하는 것도 필요하다. 그렇지 않으면 그냥 완전히 잊어버릴 수도 있기 때문이다. 소중했던 추억과 기억이라면 항상 가슴 한켠에 남겨 두고 싶은 것도 인지상정이리라. 남과 공유하지 않고 자기 홀로 간직하고 싶은 거라면 더 그렇다. 공무원을 시작하고 지금까지의 시간을 신속히 되짚어 보았다.

회사원이 아니라 공직자로서 직업을 가졌기에 가질 수 있었던 특이한 경험도 많았다. 아울러, 같은 공무원이라 할지라도 근무하는 부처가 어디인가에 따라서 또는 같은 부처 내에서도 부서의 성격에 따라서 타 공무원이 갖지 못한 특별한 시간도 있었다. 물론 다른 공무원은 경험해 보았지만 나는 갖지 못한 경험도 있을 것이다. 가만히 생각해 보니 타 공직자보다 나에게는 더 특별한 경험의 시간이 많았던 것 같다는 느낌은 분명하다.

"글쎄요. 생각해 보면 여러 순간이 있었는데, 첫째는 20대 후반의 나이(2000년~2001년)에 노동부장관 수행비서로서 보내던 시기였어요. 공무원으로 2년간 근무를 하고 군 복무를 마치고, 복직하였으니까 젊고 건강한 청년 시절이지요."

　지금으로부터 벌써 20년을 훌쩍 넘긴 시기의 일들이다. 지나고 되돌아 보면 세월이 빨리 흐른다더니, 내 느낌이 그렇다. 정장을 잘 차려입고 하루 도 흔들림 없이 오로지 장관님 일정에 따라 모든 것을 집중하던 시기였다.

　"두 번째는 30대 초반 시기에 중동의 사우디아라비아라는 나라에서 대 한민국 외교관(노무관)으로 근무(2001년~2004년)하던 경험입니다. 주된 임무는 간호사 등 우리나라 의료인력의 해외진출을 지원하고, 사우디아라 비아 건설현장에서 70년~80년대에 일하던 한국 근로자가 사우디아라 비아 정부에 납부했던 사회보험료를 환불해 오는 작업이었죠. IMF 외환 위기를 극복하던 시기였으므로 사우디아라비아 정부로부터의 사회보험 료 환불이 외화 확보의 좋은 수단이 되었고, 근로자들에게는 조금이나마 부가적인 소득원도 되었습니다."

　사우디아라비아 사회보험청을 1주일에 2번씩 찾아가서 조속한 업무 처리가 되도록 부탁하던 순간들이 떠오른다. 한국에서는 조속히 처리가 되지 않는다는 민원이 계속해서 들어오고, 사우디아라비아 정부의 공무 원들은 업무 처리가 매우 늦어 곤혹스러웠다.

　"그리고 세 번째는 북한이탈주민에 대한 직업훈련지원 정책을 설계하여 그들의 남한 사회 정착을 돕던 역할을 하면서 우연한 기회에 통일부의 도 움으로 북한 남포항과 평양을 방문(2006년)하는 기회를 가졌던 일입니다."

　북한을 방문할 수 있다는 통일부 직원의 말에 반가우면서도 살짝 긴장 도 되었던 것이 사실이다. 그러나 '이번 기회가 아니면 어떻게 북한, 아니 그것도 평양을 가서 직접 볼 수 있는 기회를 가질 수 있을까?' 하는 마음 에 흔쾌히 승낙했던 기억이 난다. 설레기도 하고 두렵기도 한 이색적인 기다림 속에서 이루어진 시간이었고 너무나도 나에게는 소중하고 값진 방문이었다고 지금도 생각한다.

직원들의 표정이 예사롭지 않았다. 약간의 놀라움이 눈빛에서 전해졌다.

"우와, 그게 언제쯤이에요? 북한 평양도 갔다 오셨다니 부럽기도 합니다. 평양은 서울하고 많이 다를 것 같아요. 가끔 텔레비전 화면에 나오는 걸 보면 엄청 낙후되어 보였어요. 그런데, 북한 사람들이 무섭지는 않으셨어요? 어느 경로로 무엇을 타고 갔다 오신 거예요? 공무원 생활을 하면서 일반적으로 경험할 수 없는 매우 특이한 기회였던 것 같아요. 특히, 지역에서 근무하는 저희들에게는… 혹시 그때의 시간들을 기억하고 계신다면, 말씀을 듣고 싶습니다. 너무 재미있을 것 같아요."

"다 얘기하자면 오늘 아마 밤을 새야 할지도 몰라요. 저도 처음으로 겪어 본 경험과 추억이어서 그런지 생생하게 그때의 기억들이 제 머리와 가슴속에 차곡차곡 쌓여 있습니다. 하나하나 꺼내어 보도록 노력해 볼게요. 오늘은 그중에서 한 가지만 말씀드릴게요. 나머지 추억들은 다음에 또 만나서 합시다."

11

시간이 지나면 지난 시간은 기억 속에 남아 추억이 된다. 머릿속에 잘 남아 있는 시간들이라면 추억의 자락으로 되새길 수 있지만, 머릿속에서 멀어져 버린 순간들은 이제 기억하고 싶어도 기억하지 못한다. 일 분, 일 분 모든 시간을 다 기억할 수 있다면 좋겠지만, 그렇지 못할 때는 기억과 기억 사이에 다른 무엇인가가 채워진다. 지금 생각해 보면 그것은 작은 상상일 수도 있다. 지난 기억과 그 기억 속에 남은 상상을 놓쳐 버릴 수 없어 여행을 가는 사람들은 사진에 매달리는지 모른다. 여행객들이 사진 찍기에 집중하는 이유를 이제야 깨닫는다.

기억 중에는 꼭 간직하고픈 것도 있지만, 때로는 기억 속에서 지워 버리고 싶은 것들도 있다. 그러나 그 지워 버리고 싶은 기억도 시간이 아주 오래 지나면 하나의 추억으로 모습을 바꿀 때도 있다. 아무런 변수도, 기억의 재탄생도 없었지만, 세월의 흔적 속에 하나라도 더 붙잡고 싶은 기억이기에 그런지도 모르겠다. 그렇다. 세월이 오래 지나면 지날수록 그 기억 속의 사실도 의미를 달리하여 내 마음속으로 헤집고 들어오는 경우도 많다. 이런 마음과 저런 생각을 다 버리고 있는 그대로 다시 한번 지난 시간을 짚어 보자. 그 어떤 순간일지라도 하나하나 되새겨 가며 이제서 라도 기억하고 말할 수 있으면 더 좋지 않겠는가?

합격의 순간부터
직장생활이 시작되기까지

12

초겨울이 시작되는 12월의 어느 날 밤, 12시가 되었다는 것을 확인하고 기다리던 공중전화기 앞에서 조심스럽게 동전을 넣고 전화번호를 눌렀다. 저절로 신경이 곤두서고 있었다. 이번에 떨어지면 또다시 처음부터 1차 시험을 준비해야 한다. 합격이냐, 불합격이냐는 하늘과 땅 차이만큼 큰 차이임을 누구보다 잘 알고 있기에 더 긴장될 수밖에 없었다.

"안녕하십니까? 총무처입니다. ARS 안내를 통해 제39회 행정고시 합격자 명단을 알려 드리고 있습니다."

공중전화기의 다이얼이 돌아가고 전해져 오는 목소리다. 전화기를 잡은 손은 조금씩 땀에 젖어 가고 전화기를 바싹 붙이고 있는 귀의 나팔관은 온몸의 신경을 곤두세우고 있었다. 합격 여부가 가져올 미래가 확연히 다르다는 것을 알기에 불안감과 초조함은 극에 달하고 있지만 합격인지, 불합격인지 확인을 해야만 하는 순간이다.

"귀하의 수험번호를 눌러 주십시오."

전화기 다이얼을 보면서 천천히 수험번호를 한 글자, 한 글자 눌러 갔다. 머릿속에서 수백 번이나 되새겨 본 수험번호이므로 기억하고 있었지만, 바지 주머니에 넣어 두었던 수험표를 꺼내 두 눈으로 확인하면서 조금의 착오도 없도록 정신을 더욱 집중하였다.

"귀하의 주민등록번호를 눌러 주십시오."

13자리를 누르는 시간이 매우 길었다. 나의 주민등록증에 선명하게 새겨진 주민등록번호는 언제든지, 무의식중에서도 외워지는 숫자이다.

"띠리릭 띠리릭, 귀하의 이름은 김홍섭, 제39회 행정고등고시 시험에 최종 합격하셨습니다. 축하합니다. 합격에 따른 건강검진과 서류 제출 내용은 추후 안내해 드리겠습니다."

'드디어 합격하였구나' 하는 안도의 마음과 함께 진짜 합격한 게 맞는 가 하는 걱정이 함께 밀려왔다. 그래서 기쁨과 환희의 시간을 잠시 뒤로 한 채 다시 전화를 붙들고 번호를 눌렀다. 다시 한번 합격 여부를 확인해 봐야겠다고 생각하였다. 긴장된 몸은 조금 풀렸으나 숨이 여전히 가쁜 상태에서 상대편 ARS 음성에 따라 똑같이 순서에 따라 확인해 보았다.

"띠리릭 띠리릭, 귀하의 이름은 김홍섭, 제39회 행정고등고시 시험에 최종 합격하셨습니다. 축하합니다. 합격에 따른 건강검진과 서류 제출 내용은 추후 안내해 드리겠습니다."

그 이후에도 세 번이나 더 전화기를 붙들고 똑같은 ARS 전화 음성을 들었다. 나의 이름, 김홍섭을 또박또박 말해 주는 상대방의 목소리가 너무나 선명하게 다가왔다. "만세, 합격이다!" 크게 외치고 싶었지만 입을 꾹 다물 수밖에 없었다. 지난 시절이 먼저 떠올랐기 때문이다. 최종 합격일까 아닐까 하는 불안한 상황을 가슴에 안은 채 오늘까지 기다리며 온갖 상상을 해 왔다. 그 기다림의 시간은 나의 장밋빛 미래를 꿈꾸게도 하였지만, 눈물을 흘리며 좌절하는 모습으로 다가오기도 했다. 가장 두려웠던 것은 합격하지 못한 상태에서 늦은 나이에 머리를 짧게 커트하고 군 훈련소로 향하는 쓸쓸한 뒷모습이었다. 그때가 벌써 대학원 1학년 생활을 마무리하던 연말이었으니 나이는 23살이었다. 군 복무를 마치고 와서 시험공부를 하는 것도 좋지 않겠느냐는 주위의 권유가 있었지만, 군대 입대라는 마지막 배수진을 치고 절박한 마음으로 시험 준비에만 매진하고 싶었던 것이 나의 결심이었다. 그렇게 버티며 시험에 매진해 온 세월이 3년 6개월, 그 결실을 이렇게 이룬 것이다.

한겨울에 접어든 1995년 12월 중순, 밤 12시를 조금 넘긴 시간의 바깥 기온은 차가웠다. 최종합격했다는 것을 확인하였기에 바로 고향에 계시는 부모님께 전화를 드렸다. 기쁜 소식을 늦은 밤이었지만 전해 드리고 싶었다. 깊은 잠에서 깨어나 전화를 받은 부모님 목소리는 놀라움과 가쁨에 흥분되어 있음을 알 수 있었다.

"정말이가. 축하한다. 그동안 고생 많았다. 이렇게 기쁜 소식이 오려고 했는지 아침에 까치가 앞마당에서 그렇게 울어 대더라."

길조로 통하는 까치가 시골집 마당에 찾아와 아침부터 울어대었다니 그 까치는 먼저 알고 있었다는 말인가? 부모님 눈에는 찾아온 까치가 얼마나 반가우셨을까?

"합격했다는 것을 잘 확인한 거는 맞제. 우리도 합격 확인을 해 보고 싶구나. 어떻게 하면 확인할 수 있는지 그 방법을 알려 주라."

그래서 합격 여부를 통보해 주는 전화번호와 수험번호, 주민등록번호를 알려 드리고, 확인하는 절차를 상세히 알려 드렸다. ARS 음성으로 확인하는 것은 나이가 드신 부모님에게는 매우 낯선 방식이고, 생전 처음으로 해 보는 전화였다. 전화기 수화기를 들고 다이얼 번호를 하나하나 누르는 모습이 상상이 되었다. 그런 기쁜 상상을 하면서 5분의 시간을 보낸 후 다시 부모님께 전화를 드렸다.

"그래, 전화를 우리도 해 봤다. 너의 이름이 또박또박 들리고, 최종합격하였다고 아가씨가 말하더라. 도통 믿어지지가 않아서 세 번이나 전화를 해 보았다. 똑같이 네 이름을 말하면서 최종합격했다고 말하더라. 너무 고맙다고 말하고 끊었다. 정말이지 너무 기쁘다."

밝은 목소리와 함께 들떠 계시는 부모님의 얼굴을 느낄 수 있었다. 그러면서 잠시 숨을 고르시더니 다시 말씀이 이어졌다.

"어제 낮에 전화가 걸려 왔는데, 어디 신문의 기자라고 하면서 너를 찾더구나. 그래서 아들은 지금 서울에 있다고 했더니 네 연락처를 알려 달라 하더라. 전화 오지 않았느냐. 왜 그러시냐고 물었더니 우리한테는 상세한 얘기를 해 주지 않아서 의아해하고 있었다. 네가 무슨 잘못을 했나 하고 걱정도 했었다. 이제 와서 생각해 보니, 그 기자라는 사람들은 너의 합격을 미리 알고 있었던 모양이었던가 보다."

'기자들이 왜 나를 찾았을까?' 의아했다. 언론사 기자들이 나를 찾을 이유는 전혀 없었다. 그런데 언론사에서 나를 찾아 고향집으로 전화를 했다니 그런 사정을 전혀 알 턱이 없었다. 고향집 전화번호는 어떻게 알았을까도 궁금했다. '아마도 시험 응시서에 적어 놓았던 집 전화번호를 입수했을 수도 있겠구나' 하는 생각이 들었다. 그 시절은 지금의 스마트폰처럼 즉각적으로 연락이 되는 전화가 없었고, 전화번호를 남기는 일명 '삐삐'라는 것이 있었는데, 초조하고 긴장된 마음이어서 며칠 전부터 그 연락기기도 꺼 놓았던 터였다. 아무런 연락도 받고 싶지 않았기 때문이었다. 합격이 되었다면 어디선가 연락이 오겠지만, 연락이 오지 않는다면 합격하지 못했다는 것을 증빙한다고 생각하니 그게 두려웠던 것이었다. 그래서 그냥 연락은 다 끊고 합격 여부를 직접 ARS로 확인해 보는 것이 마음 편하겠다고 생각했다. 그것이 그 긴장된 나날을 보내는 나에게 가장 올바른 선택이었고, 스스로 직접 확인하고 그 결과를 통보받는 것이 바람직하다고 판단했다.

"우리 집에 이런 경사가 있구나. 너무나 고맙다. 공부한다고 얼마나 고생이 많았느냐? 서울에서 공부하는 너희들을 많이 지원해 주지도 못했는데… 이렇게 어려운 시험에 합격했다고 하니 지금도 믿기지 않는다. 조상들이 우리를 지켜 주고 있나 보다."

군대도 일찍 가지 않고 행정고시를 준비한다던 아들을 걱정스러운 마음으로 지켜봐 주던 부모님이었다. 아들이 의기소침하면 어쩌나 하는 마음에 시험 결과 발표를 앞두고는 전혀 내색도 하지 않으셨다. 그런 상황이었기에 '이번에 합격하지 못하면 이제 군대를 더 늦기 전에 가야겠구나' 하는 결심도 어느 정도 하고 있던 차였다.

"얼렁 고향에 한번 내려오너라. 얼굴을 보면서 축하해 주고 싶구나. 네형들한테도 연락을 해 줘라. 어제도 전화를 하더니 잘될 거라며 너무 걱정하지 말라고 우리를 안심시켜 주더라. 네 형들도 소식을 기다리고 있을 거다."

"예, 그렇게 하겠습니다. 최종 합격하고 나면 여러 가지 서류를 준비해서 제출해야 합니다. 병원에 가서 건강검진도 받아서 그 결과도 제출해야 하고요. 그런저런 일들을 마무리하고 최대한 빨리 내려가서 뵙겠습니다."

그렇게 통화를 마쳤다. 공중전화기 앞에서 30분 이상 서 있었던 것 같다. 안도의 한숨도 나왔다. 어렵게 열심히 공부해 온 것에 대한 보답을 너무 과분하게 받았다는 느낌이었다. 얼마나 이 순간을 꿈꾸어 왔던가? 고향에서 고등학교를 졸업하고 대학에 진학하여 캠퍼스를 거닐면서 더 넓은 세상을 보았고, 고향 떠나 서울에 와 생활하면서 저마다 우수한 역량을 가진 많은 사람들이 있으며, 세상의 가치는 매우 다양하다는 것을 알게 된 후, 인생의 진로를 본격적으로 고민했다. '어떤 직업을 가지고 어떻게, 무엇을 지향하며 살아갈 것인가?' 하는 논의와 토론도 해 보았다. 그러나 쉽게 내 마음을 결정할 수는 없었고, 그런 와중에 군 입대를 일찍 하겠다는 친구들도 있었다. 대학교 1학년을 마치고 군 입대를 할 것인가는 매우 중요한 결정이었다. 군대를 다녀오면 어른이 된다는 말도 있었다. 하지만 그것은 또 생각과 행동이 너무 현실적으로 바뀐다는 우려도 내게는 있었다. 그래서 친구 몇 명이서 모여 2학년 여름방학을 시작하면서 같이 행정고시라는 시험을 준비하자고 다짐하였다. 그렇게 시작된 행정고시 시험 준비, 그 순간부터 오로지 최종합격이라는 통보를 받는 이날만을 기다려 왔다. 1차, 2차, 3차 시험을 거치면서 힘들고 지칠 때에도 이 순간을 상상하면 다시 용기를 가질 수 있었다. 그렇게 보낸 시간이 3년 6개월이었다.

늦은 밤, 이미 새벽 시간에 들뜬 기분이 쉽게 가라앉지 않았다. 어디를 갈까 고민하였지만 딱히 가야 할 곳은 없었다. 그래서 그냥 밤거리를 걸었다. 명륜동에서 혜화동 로터리를 지나 종로에 이르렀다. 종로는 새벽 시간임에도 여전히 많은 사람으로 북적였다. 술집도 예외는 아니었다. 혼자 술을 마실 수는 없어 비디오방이라는 간판을 보고 가게로 들어갔다. 칸막이로 된 공간에서 비디오를 대여하여 시청할 수 있는 곳이었다. 아무런 생각 없이 혼자만의 시간을 가질 수 있는 공간이라 그 당시 유행하던 비디오방이다. 보고 싶은 비디오를 한참 동안 고르고, 맥주도 두 캔을 구입하였다. 주인은 자리를 안내해 주고, 비디오테이프를 넣어 비디오 화면을 켜 주었다. 비디오를 바라보는 위치에 놓인 긴 소파에 덜렁 드러누워 비디오에 집중하였다. 무상무념의 시간을 갖고 싶었다. 벌써 시간은 새벽 3시를 향하고 있었고, 맥주를 조금씩 마시다 보니 금방 피로가 몰려왔다. 대여한 비디오는 'ghost(사랑과 영혼)'라는 제목을 가진 사랑을 다룬 영화였다. 데미 무어가 여주인공이고, 패트릭 스웨이지가 남자 주인공인데, 사랑하던 사람을 불의의 사고로 잃어버렸지만, 그 영혼은 떠나지 못하고 사랑하는 여인 곁에 남아 끊임없이 자신의 사랑을 전달하면서 아름다운 러브스토리가 엮어지는 내용이다. 1990년에 제작되어 한국에 상영되면서 젊은 청춘들을 영화관으로 몰려오게 한 매우 유명한 작품이었다.

사람이 죽고 나면 육체는 한 줌의 재가 되어 사라지더라도 사후세계에서 영혼은 살아남는 것인가? 현세에 살아가는 사람의 눈으로는 볼 수가 없지만, 사랑하는 여인 곁을 지키며 끊임없이 사랑을 전달하려는 영혼의 지극정성이 돋보이며 청춘 남녀의 심금을 울리게 하는 러브스토리가 이 영화의 핵심 포인트이다. 죽음이 온다 해도 사랑하는 사람을 위해 저승으로 떠나지 못하는 영혼이 있음을 깊은 사랑을 해 본 자만이 느낄 수 있는 것인가? 어느 누구도 이것이 현실임을 주장할 수 없지만 그럼에도 불구하고 이 영화는 불가능한 일들이 현실에서 발생할 수도 있지 않을까 하는 기대를 품게 하고, 실제로 그러한 영혼이 존재하고 있음을 알아야 한다고 일깨워 주는지도 모른다.

조용한 비디오방에 혼자서 영화 속으로 빠져들어 가던 시간도 벌써 1시간을 넘어섰다. 오랜 걸음을 걸어온 후라 그런지 비디오방의 소파는 그럭저럭 편안함을 주었다. 긴장된 마음으로 서성이던 5시간이 끝나고 이제는 마음속 두려움과 불안감을 떨쳐 버렸다. 약 4년간 이것 하나만 바라보고 시간을 투자해 왔다. 고등학교 수험기간을 마치고 나면 마음껏 누려 보고 즐길 수 있으리라 기대했던 대학 생활의 즐거움과 낭만도 뒤로 하고, 또다시 강의장 수업과 도서관, 숙소를 오가며 오로지 공부에만 매달려 왔었다. 긴장 속에 보낸 지난날들이 떠오르는 가운데 새벽 시간이 늦어지면서 서서히 눈은 감겨 오기 시작했다. 그렇게 나도 모르게 비디오방에서 잠이 들어 버렸다. 꿈속에서 나의 향후의 나날이 그림처럼 펼쳐질까? 앞으로의 내 생활은 어떻게 전개될 것인지, 한없는 기대를 품게 하는 꿈이다.

13

"선서, 나는 대한민국 공무원으로서 헌법과 법령을 준수하고, 국가를 수호하며, 국민에 대한 봉사자로서의 임무를 성실히 수행할 것을 엄숙히 선서합니다. 1996년 4월 15일 노동사무관 시보 김홍섭."

개나리와 목련이 활짝 핀 봄날, 정부과천청사 옆에 위치한 중앙공무원교육원에 입소하면서 공직자로서의 삶이 시작되었다. 교육원을 들어서면 '내 일생, 조국과 민족을 위하여'라는 휘호가 적혀 있는 큰 바위를 볼 수 있다. 이곳에 교육을 받으러 오는 공직자에게 던지는 첫 메시지다. 평생 그 의미를 잘 새기며 공무원으로서 국가와 국민에게 봉사하는 마음으로 살아야 한다는 각오를 다지게 하는 것 같아 어쩐지 숙연해진다.

오전 10시에 맞춰 대강당에 모인 200여 명의 연수생은 입소식을 거행하고 있었다. 국기에 대한 경례와 애국가 제창에 이어, 연수생 대표의 선창에 따라 엄숙한 마음으로 오른손을 들고 공직자 선서문을 낭독하였다. 한 글자, 한 글자 또박또박 읽어 가면서 공무원으로서의 마음을 다잡았다. 선서문 낭독이 끝나자, 교육원장님을 비롯한 선배 공무원들의 박수 소리가 우렁차게 들렸다. 이어서 원장 선생님의 축하 말씀이 이어졌다.

"여러분 반갑습니다. 저는 여러분의 공직 선배인 교육원장입니다. 큰 뜻을 품고 각고의 노력을 기울여 모두가 선망하는 행정고시에 합격하고, 오늘 중간관리자로서 첫 발을 내딛는 여러분의 공직 생활이 시작됨을 축하합니다. 그리고 중앙공무원교육원에 입소하신 것을 진심으로 환영합니다."

오늘부터는 모든 것이 달라졌다. 자유로움과 여유로움을 만끽하던 대학교 생활을 지나 이제는 어엿한 사회인이자 직장인이 되었다. 많은 사람이 함께 일하는 조직에 편입되고, 일정한 규율을 지키고 따라야 하는 구성원이 된 것이다. 그것도 평범한 직장이 아닌 정부 조직의 구성원인 공무원으로 신분이 전환되었다. 어느 조직보다 엄격한 구성원 윤리가 적용되고, 개인의 창의성과 자유로운 사고보다는 조직의 규율이 우선이고, 집단적 생활에 구속된다. 그 대표적인 일례로 의상도 편안한 생활복을 벗어던지고 양복에 넥타이를 매었다. 단정한 옷차림을 하고 직장으로 첫 출근을 한 것이다. 흰 와이셔츠와 넥타이, 검은색 양복은 낯설고 어색한 옷차림이지만 이제부터는 익숙해져야 할 대상이다. 공직 생활이 이어지는 한 매일같이 입고 다녀야 하는 정형화된 복장이기도 하다.

첫날 주어진 일정대로 근무를 마치고 난 이후의 퇴근길이었다. 연수원에서 처음 만난 동료들과 헤어져 저녁 야간 수업을 위해 발길을 재촉했다. 재학 중인 대학원 2학년을 마쳐야 했기에 주간 수업을 야간 수업으로 이동시켰다. 직장을 다니면서 수업을 듣고자 하는 사람들을 위하여 야간 과정이 개설되어 있었다. 각자 업무를 마치고 서둘러서 수업에 달려왔다. 이런 생활을 이름 하여 주경야독이라 했던가? 저녁 7시부터 시작된 수업은 밤 10시쯤 마무리된다. 하루가 빠듯하게 지나간다. 주어진 일정대로 주어진 과업을 수행하기도 바쁜 나날이다. 공무원으로서의 첫날이 이렇게 마무리되었다.

밤이 깊어지고 대학원 기숙사인 숙소로 돌아와 잠자리에 들 준비를 하였다. 내일을 다시 이른 시간에 시작해야 하기에 눈을 감았다. 그렇게 잠을 청하고 있는데, 쉽게 잠들지 못하였다. 그 이유는 아직 오늘의 여운이 사라지지 않아서였다. 이른 나이에 직장을 다니기 시작했다는 생각이 왠지 두렵기도 하였다. 그나마 다행인 것은 1년간의 교육과정을 소화해야 하는 일정이 주어졌다는 것이다. 교육을 받는 기간이지만 월급도 준다고 하였다. 처음으로 돈을 번다고 생각하니 꿈만 같았다. 계속 용돈을 받아 쓰는 데 익숙하던 내가 이제 수입을 갖게 된 것이다. 첫 월급을 받으면 부모님께 선물을 해야겠다고 다짐도 하였다. 그런데, 왜 나는 공직자가 되겠다고 결심을 하였던가? 갑자기 다가오는 질문을 따라 다시 예전의 시간으로 돌아가 본다.

14

고2 시절 농사를 짓던 시골 마을을 떠나 고등학교가 있던 읍내로 나와 하숙생 생활을 하며 고등학교 시절을 보내고 있었다. 당시 고등학교 수업체계는 고등학교 1학년을 보내고 나면 2학년부터 인문계와 이공계를 나누어 수업을 진행하게 되어 있었다. 진로의 방향이 결정되는 중요한 시기였다. 초등학교 때부터 훌륭하면서도 봉사를 마다하지 않는 의사가 되겠다는 꿈을 가지고 있던 나는 이공계를 염두에 두고 있었다. 그러던 어느 주말, 시골집에서 휴식을 취하던 밤이었다. 아버지는 진로를 선택하려는 나에게 부모님의 의사를 얘기하였다.

"너도 잘 알듯이 네 큰 형과 작은 형은 모두 이공계를 선택하여 대학을 진학하면서 둘 다 공학을 전공하였다. 그래서 셋째인 막내아들은 인문계를 선택해서 공무원이 되면 좋겠다는 게 우리 생각이다."

"아버지, 저는 초등학교 시절부터 의사가 되겠다고 꿈꾸고 있었어요. 의사가 되면 돈도 많이 벌 수 있고, 가족들도 치료할 수 있어서 좋을 것 같아요."

"의사가 되려면 대학교를 진학해서도 10년은 공부를 하여야 한다. 의사로 성공하는 것도 좋은 일이다. 그렇지만 공무원이 되면 사무실에서 편안하게 일을 하고, 다른 좋은 일도 많이 할 수 있을 거다. 월급은 적어도 안정적으로 생활할 수 있는 것이 공무원이다."

이 말씀에 고민이 쌓이기 시작했다. 분명히 깊이 생각해 보시고 하시는 얘기였다. 나의 꿈이 의사라는 것은 예전부터 아버지도 알고 계셨다. 그럼에도 진로의 방향을 결정해야 하는 이 시점에서 나에게 이런 얘기를 하시는 것은 단순한 말씀이 아닌 것을 알 수 있었다. 그렇기 때문에 그 말씀을 가볍게 지나칠 수 없었다. '왜 이런 말씀을 하실까?'라고 생각해 보았다. 부모님의 말씀 앞에 약해지는 것이 자식의 마음이리라.

당시 행정구역상 시골의 작은 면 단위 우체국에서 우체부로서 일하시면서 집안의 농사일도 함께 하던 아버지이었기에 '자식이 공직자가 되면 좋겠다'라는 바람을 가지고 있었던 것이다. 공무원 신분의 가장 말단인 기능직 공무원이었던 아버지는 사무를 보는 공무원, 직위가 높은 계장, 면장 등이 좋아 보였던 것이었다. '나는 말단 공무원이지만, 기회가 되면 자식 중에 한 명은 꼭 직급 높은 공무원을 시켜 보면 좋겠다'라는 생각을 품고 계셨던 것이다.

시골의 가난한 살림에 농사일만으로는 수입이 부족하여 자식의 교육을 뒷바라지하는 데에는 충분하지 않았다. 그래서 농한기만 되면 어디든 다니시면서 부업을 해 오던 부모님이었다. 한때는 겨울철 동네 아저씨와 함께 울산 조선소까지 가서 겨울철 몇 달간 일용근로자로 일하고 돌아오시기도 하였다. 그러던 차에 우체국 우편배달부 일자리 제의가 들어와 농사와 우편배달이라는 두 개의 일을 힘겹게 병행하고 계셨다. 적은 액수였지만 매달 현금으로 들어오는 월급은 자식 교육과 집안 살림에 큰 도움이 되었다.

15

아버지가 우편배달 업무를 시작하던 시기에 나는 초등학교 6학년이었다. 작은 형은 중학생, 누나는 고등학생이었고, 큰 형은 서울에서 대학생이었다. 네 명의 자식들이 모두 학교를 다니고 있었기에 교육에 많은 돈이 필요하였다. 넉넉하지 않은 살림에 농사일만 가지고는 자식들 교육비 마련이 항상 걱정이었던 부모님은 우편배달이라는 새로운 일이 생겨 무척이나 좋아하시고 기분도 고무되어 있었다.

우편배달 일을 시작하시고 얼마 지나지 않은 아침 밥상에 가족들이 모두 모였다. 아버지는 새벽부터 일어나 들에 나가서서 농사일을 조금 하고 들어오셨고, 자식들은 늦게 일어나 학교에 등교할 준비를 마친 상태였다. 아침을 드시면서 아버지는 "너희 할머니가 돌아가셔서도 나를 돌봐 주고 계시나 보다. 상 치른 지 3개월도 되지 않았는데 나한테 이렇게 좋은 일자리를 마련해 주셨구나. 집안 살림살이가 조금이라도 나아지고, 손자, 손녀 공부도 열심히 시키라는 너희들 할머니의 뜻인가 보다. 이 모든 것이 너희 할머니 은덕이다"라며 할머니 생각에 눈물을 훔치시곤 하셨다.

그러나 자식들은 아버지가 자전거를 타고 동네마다 다니면서 우편물을 배달하는 모습이 부끄러웠다. 그래서 자식들은 우편배달을 하지 않으면 좋겠다고도 하였다.

"아버지, 농사일도 하시면서 우편배달도 하시니까 너무 힘드신 것 같아요. 그리고 친구들이 자전거 타고 다니면서 편지 나눠 주는 아버지를 보았다고 얘기해서 부끄러워 죽겠어요."

우편배달원은 1980년대 그 시절, 사회적으로 인정받는 직업은 아니었다. 오히려 남들로부터 천시를 받던 일자리였는지도 모른다. 사춘기에 접어든 누나에게는 더 예민하게 친구들의 얘기가 다가왔을 것이었다.

"너희들 마음 이해할 수 있다. 그렇지만 생각해 보아라. 우편배달이 고달픈 일이지만 동네마다 집집마다 다니면서 편지나 신문을 나눠 주는 일에 불과하다. 내 노력으로 충분히 할 수 있는 일인데 무엇이 부끄럽냐. 직업에 귀천은 없는 법이다. 친구들에게도 당당히 얘기해라. 우리 아버지는 부지런해서서 좋은 일자리를 얻은 것이라고…."

그러시면서 부모님은 '어떤 일을 하든 성실히 일하면 되지 부끄러워할 필요가 없다'고 자식들을 나무라시곤 하였다. '이런 자리에서 일하고 싶어도 하지 못하는 것이 현실인데, 이렇게 좋은 일자리 기회를 놓치면 어떡하냐'고도 하셨다. 부정한 방법으로 돈을 버는 일이 아니라면 무슨 일이든 하겠다는 부모님이었다.

16

    그런저런 상황 속에서 고민 끝에 의사로서의 꿈을 접고 나는 인문계로 진학하기로 결정하였다. 부모님의 말씀도 존중하면서 앞으로의 진로를 다시 고민한 결과였다. 사회과목을 많이 좋아했고, 사회체계와 사회문제에 관심이 많았던 나였기에 인문계로 가서 사회과학이나 인문학 방면으로 대학을 진학하면 또 다른 다양한 진로의 선택이 열려 있을 것이라 생각했다. 물론 공무원이 되는 것도 좋은 선택일 수 있다. 공무원도 일반행정 공무원, 검사, 판사, 외교관 등도 있지 않은가? 학업을 이어 가면서 나에게 더 적합한 것을 찾아가면 된다.

    고2, 고3을 지나면서 열심히 공부에 매진했다. 학교 성적도 매우 우수하게 나오고 있었다. 매달 치르는 대학입학 모의시험에서 나온 결과는 만족스러웠다. 조금만 더 노력하면 부모님과 내가 원하는 대학의 해당 학과에 진학할 수 있을 것으로 기대되었다. 학교에서 치러지던 각종 시험의 월별 성적은 부모님에게도 우편으로 전달이 되었다. 우편배달과 농사일을 병행하던 부모님은 나를 최대한 뒷바라지해 주었다.

    "네가 열심히 공부하고 있어 엄마, 아버지도 일하면서 힘이 난다. 필요한 게 있으면 무엇이든 언제든지 얘기하거라"라고 말씀하시면서 가끔 하숙집을 찾아오시기도 했다. 부모님은 5일마다 열리는 읍내 장날이 되면 버스를 타고 시장에 일 보러 오셨다가 나의 하숙집을 들러 하숙방 청소도 해 주시고, 책상 위에 용돈을 두고 가셨다. 월 하숙비도 부담이 되셨을 텐데, 우편배달을 농사와 병행하면서 조금씩 재정적 여유를 찾아 가셨던 것으로 기억된다.

"홍섭 학생, 오늘 낮에 부모님이 다녀가셨어. 하숙비도 주시고, 방 청소도 하시고 가시면서 아들 잘 부탁한다고 말씀하시더군. 불편한 점은 없지?"라고 하숙집 사장님은 말씀하셨다.

"예, 저는 편안하게 지냅니다. 지금은 대학 진학을 위해 공부를 열심히 해야 하니까요, 다른 일은 관심이 가지 않아요"라고 대답하고 하숙방으로 들어가면 부모님이 오셨다 가셨음을 바로 느낄 수 있었다. 말끔해진 하숙방에 부모님의 온기가 남아 있었다.

학교를 마치고 하숙집에 돌아와 부모님이 다녀가셨다는 얘기를 하숙집 사장님에게 들으면 가끔 가슴이 뭉클하기도 하였다. 책상 위에 놓인 용돈은 나의 눈물샘을 자극하기도 하였다. 그런 부모님의 마음이 고마워 나는 저녁 식사를 마치고 바로 학교로 가 야간학습에 매진하였다. 오로지 공부에만 집중하였다. 그런 하숙생 생활이 고등학교에 입학하면서부터 시작되었다. 그러고 보니 3년째 하숙생 생활을 하고 있었다. 타향에서 유학을 온 다른 친구들은 자취방을 얻어 직접 밥을 지어 먹으며 고등학교 생활을 하였는데, 나는 하숙생으로 밥을 얻어먹으며 편안하게 지냈으니 그것만으로도 부모님의 특별한 지원을 받고 있었던 것이다. 자취생으로 지내는 것과 하숙생으로 생활하는 것은 여러모로 엄청난 차이였다. 물론 비용은 많이 들지만, 그 비용을 부모님은 마다하지 않으셨다. 그래서 더 부모님에게 고마움을 느꼈다. 읍내에서의 하숙생 생활도 그렇게 무르익어 가고 있었다.

17

아버지는 가난한 농삿집의 독자로 성장하여 가업을 이어 오고 있었다. 할아버지는 일찍 돌아가시고 할머니는 외아들인 아버지만 바라보며 가난을 이겨 가고 있었다. 할머니는 10여 명의 아이를 출산하였으나 의료 혜택을 받지 못해 어릴 적에 다 잃어버리고, 아들 하나와 딸 하나가 성장하였는데, 딸도 시집을 간 후 얼마 지나지 않아 하늘나라로 가 버렸다. 그래서 더더욱이나 홀로 남은 자식에 대한 애착이 남달랐다. 그런 가난과 애환 속에서도 아버지는 남다른 재능이 있어 초등학교를 졸업하고, 중학교까지 진학하였으나 결국은 가난한 집안 사정으로 인해 중도에 퇴학하고 말았다. 학비로 납부하여야 하는 쌀 한 가마니가 없어 결국은 학업을 중단하고 농사일에 매달렸다고 전해 들었다. 공부에 열정이 많았고, 학업에 정진하여 성공하고 싶었던 아버지는 가난이라는 현실 앞에서 좌절을 맛보셔야만 했다. 학업을 이어 가 좋은 직업을 가지면 가난한 집안도 다시 어엿하게 세우고 효도도 잘할 수 있었으련만, 그렇게 되지 못한 것이 항상 가슴속에 한으로 남아 계셨다.

어머니는 농토가 넓은 부유한 집안에서 장녀로 태어났다. 부유한 집안이었기에 어머니도 초등학교는 졸업하였다. 그런데 외할머니가 어머니를 출산하시고 얼마 지나지 않아 하늘나라로 가시어 슬픔이 깊었다고 한다. 그리고 바로 새어머니가 들어오시는 바람에 어릴 적부터 시련의 연속이셨다. 새어머니가 출산한 아래 동생들도 모두 여동생이어서 외할아버지는 항상 근심이 많으셨고, 아들을 얻어야 한다는 마음에 술에 의지하곤 하셨다고 한다. 그러다가 주위 사람의 중매로 인연이 되어 20살의 나이에 아버지와 인연을 맺고 가난한 집에 시집을 오신 것이었다. 시집을 올 때 어머니의 새어머니는 신랑이 키가 작고 왜소해 보이지만 목소리가 우렁찬 것이 아주 활력이 있어 보인다며 어머니를 달래 주셨다고 한다. 그렇게 시집을 와 보니 집안이 너무 가난하여 생활고로 힘들었기 때문에 이 집으로 시집온 것을 후회했었다고도 하셨다. 그 당시 아버지가 외동아들이었기에 집안의 외로움이 항상 그늘처럼 드리워져 있었고, 의지할 곳이 없어 그 가난도 벗어날 수 없었으며, 항상 끼니 걱정이 앞섰다고 한다. 그런 생활 속에서 3남 1녀의 자식을 얻었는데, 그 막내아들이 나였다.

18

그렇게 공무원으로 첫 출발을 중앙공무원교육원에서 시작하고 1년간의 다양한 교육과정을 이수한 후 노동부로 부처 배치를 받았다. 그해는 1997년 봄이었다. 군사정권을 종식시키고 출범한 문민정부는 국가 안보·경제·사회·문화 등 모든 측면에서 대대적인 개혁을 추진하였다. 정부 후반기로 가면서 개혁의 동력은 떨어졌고, 여러 가지 부작용이 나타나고 사회적 갈등도 표출되기 시작하였다. 부처를 배치받은 이후 나도 본격적으로 실질적 업무를 수행할 수 있었다. 나의 첫 보직은 고용보험의 고용안정사업 담당 사무관이었다. 그 당시는 1995년 7월에 도입된 고용보험제도가 조금씩 정착되어 가는 초기였다. 고용보험제도는 국민의 고용안정을 도모하고 신속한 재취업을 지원하기 위해 도입된 사회보험 중의 하나다. 이 제도는 고용보험을 적용하고 보험료를 징수하는 부문, 재직 중인 근로자가 실업상태로 가는 것을 예방하는 차원에서 기업의 고용유지를 지원함으로써 고용안정을 도모하고 고용촉진을 지원하고자 하는 고용안정사업 부문, 재직 근로자 또는 실업자의 직업능력개발을 지원하여 신속한 재취업을 도모하는 직업능력개발사업 부문, 불가피하게 실업상태에 처한 실업자의 구직활동과 생활을 지원하는 실업급여 부문으로 설계되어 있었다.

열심히 업무를 배우며 적응하고 있던 어느 날, 첫 보직 업무를 시작하고 2주가 지났을 무렵, 나에게 병역의무 이행을 위해 군 훈련소에 입대하라는 영장이 배달되었다. 근무를 시작하고 얼마 되지 않았기에 나도 당황스러웠다. 그렇게 불안하고 미안한 마음으로 이 사실을 과장님께 보고하였다.

"과장님, 송구스럽지만 군대 훈련소에 입소하라는 영장이 나와서 보고드립니다."

"김 사무관, 뭐라고?"

"2주 후 군대 훈련소에 입소하라는 영장을 오늘 배달받았음을 보고 드립니다."

"군 입소 영장? 업무 시작한 지 얼마나 되었다고 군대에 가려고 하나. 김 사무관이 담당하고 있는 고용안정사업은 고용보험제도의 핵심사업이고 고용보험제도가 3년 전에 시작된 지금의 상황에서는 제도 정착을 위해 해야 할 과제도 많은 상황이지. 아울러, 곧 고용불안 상황이 다가올 것으로 전망됨에 따라 향후의 업무가 산적할 것으로 예상되니 병역의무 이행은 다음으로 연기하는 것이 좋겠어."

과장님의 표정이 좋지 않았다. 신임 사무관이 부서로 배치를 받자마자 군대 입소를 위해 휴직을 한다고 하니 참으로 얼떨떨한 모습의 표정이었다.

"군 복무는 남자의 의무사항이니 피할 수는 없지만, 업무를 처음으로 맡은 상황이니 1년만 근무하고 군대 훈련소에 입소하도록 하지. 김 사무관 생각은 어떤가?"

나는 이러지도 저러지도 못하고 엉거주춤 서 있었다. 그런 나를 보고 과장님은 사무실의 최고 고참이 정 계장님을 불러 부탁의 말씀을 하셨다.

"정 계장님, 정 계장님 친구분이 병무청에 계신다고 하셨던 것 같은데, 김 사무관의 입대를 연기하도록 알아봐 주시면 좋겠습니다. 병역의무는 당연히 이행해야 하지만 특별한 사정이 있는 경우 연기도 가능하지 않겠습니까?"

과장님은 옆에 계시던 선배 사무관님에게 이 문제를 해결할 수 있도록 노력해 달라고 부탁하였다. 단도직입적으로 군대 입소를 당분간 연기하라는 지시였다. 과장님이 말씀대로 나의 군대 입대는 연기하는 것으로 결정이 되고, 급하게 병무청을 찾아가 지금의 사정을 얘기하고 군대 훈련소 입소 영장을 연기시켜 달라고 부탁하였다.

"제가 행정고시에 합격하고 지금 노동부에서 근무를 시작한 지 1개월 정도 지났는데, 갑자기 군대 훈련소 입소 영장이 나와 당혹스럽습니다. 갓 배치받은 부서에 중요한 일이 다급하게 진행되고 있는 상황이기 때문에 1년 후로 군대 입대를 연기하고 그 이후에 훈련소로 입소하고자 합니다. 이런 사정을 너그러이 이해해 주시고 도와주시면 감사하겠습니다."

"젊은 사무관이 오셨군요. 대략적인 얘기는 전해 들었습니다. 노동부에서 공식적으로 군대 훈련소 입소 영장을 연기해 달라는 공문을 보내 주시기 바랍니다. 그 문서를 가지고 처리해야 하겠습니다."

이렇게 군대 훈련소 입소 영장은 연기가 되었다.

19

군대 복무를 연기하고 홀가분한 마음으로 맡은 업무에 익숙해지면서 열심히 적응하여 갔다. 과장님과 선배 사무관님들의 조언과 얘기를 들으면서 업무의 철학과 논리도 정립하였다. 고용보험제도는 무엇을 목적으로 설계되었는지, 고용안정사업은 고용보험에서 왜 가장 우선적인 사업으로 배치되어 있는지에 대해 이해할 수 있었다. 일자리 정책에 있어서 사회적 비용을 줄이는 최고의 방법은 지금 근무하고 있는 사업장에서 근로자가 지속적으로 근무할 수 있도록 하는 것이다. 이것을 우리는 '고용유지'라고 말한다. 사업장의 경영이 어려워져 구조조정 등을 해야 하는 경우에 근로자들이 고용을 유지할 수 있도록 사업주가 휴업, 휴직, 근로시간의 단축, 직업훈련의 실시, 업종의 전환 등 다양한 수단을 활용하면 고용보험기금에서 사업주의 재정적 부담 중 고용유지기간의 근로자 임금과 필요 비용의 일부를 사업주에게 지원하는 사업이 고용유지지원사업이다. 근로자가 불가피한 사유로 실직상태가 되면 근로자에게도 큰 좌절이고, 사회적으로도 실업급여와 재취업을 위한 지원 등에 노력해야 하는 문제들이 이어진다. 그래서 고용을 유지토록 하는 것이 고용을 안정시키는 최선의 방법인 것이다. 이를 위한 제도적 기반이 고용보험의 고용유지지원이다.

그리고 일반적 근로자보다 취업의 애로가 많은 고령자, 여성 등의 고용을 촉진하기 위해 고령자, 여성 등 취약계층을 고용하는 사업주에게 고용유지와 촉진을 장려하기 위해 일부의 재정적 지원을 하는 것을 고용촉진장려사업이라고 한다. 정년을 초과한 고령자들은 일자리 찾기가 어려우므로 경비업 등 고령자 적합 직종에 취업을 촉진할 필요성이 있다. 또한, 여성 근로자에게는 출산과 육아의 부담이 항상 있으므로 출산 및 육아휴직 등에 대한 재정적 지원을 뒷받침함으로써 사업주의 여성에 대한 고용 회피를 방지해야 한다. 이처럼 고용유지지원사업과 고용촉진장려사업을 통칭하는 것이 고용안정사업이다.

　이러한 제도는 경제가 불황에 접어들어 기업들이 폐업을 해야 하거나 구조조정을 실시해야 하는 위기 상황이 도래되면 활용도가 매우 높아진다. 한국 경제는 산업화 이후 계속해서 높은 경제성장률을 기록해 왔기 때문에 1997년 여름까지 고용유지지원제도의 제도적 효용이 체감되지 않았었다. 그러나 1997년 하반기부터 시작된 경기침체와 함께 다가온 IMF 외환위기는 성장가도를 달리며 흥행하던 한국 경제를 순식간에 집어삼켰다. 수출 중심의 경제구조로 성장한 한국 경제는 외환보유액이 갑자기 고갈되면서 IMF(국제통화기금)로부터 구제금융을 받아야 했는데, 구제 금융을 지원받는 조건은 한국 경제의 전반적인 경제구조 개혁을 단행하는 것이었다. 이로 인해 정부는 엄격한 재정 긴축 정책으로 전환해야 했고, 기업의 사업구조 뿐 아니라 산업을 재편하는 등의 가혹한 구조개혁도 진행되어야 했다. 한순간에 실물경기는 악화되었고 재정구조가 취약했던 기업들은 구조조정을 해야 했거나 도산을 피할 수도 없었다. 그 결과로 모든 산업에서 수많은 근로자는 직장을 잃고 실업자로 전락하고 말았다. 그런 상황에서도 경영을 버틸 수 있는 기업에게는 근로자의 고용유지에 필요한 재정적 지원을 아끼지 않음으로써 실업자로 전락하는 양상을 최대한으로 줄여야 했다. 그 수단이 바로 고용보험제도의 고용유지지원금이었다. 고용보험이 1995년 7월에 시작된 후 채 3년도 되지 않아 이런 위기가 다가왔고, 사업장의 구조조정 위기 극복에 고용보험의 고용유지지원제도가 유용한 수단으로 활용되었던 것이다.

특히, 직장을 잃고 실업자로 전락한 수많은 근로자에게는 생계유지와 재취업 지원 수단으로 실업급여 제도가 큰 힘이 되었다. 제조업, 금융업, 서비스업 등 모든 업종에서 걷잡을 수 없이 실업자가 양산되었다. 한순간에 실업자 신세가 된 사람들은 의지할 버팀목이 없었다. 실업상황에 대한 아무런 대비를 하고 있지 못했기 때문이다. 이런 상황에서 시행된 지 3년째 접어든 고용보험의 실업급여 제도가 있었기에 천만다행이었다. 실업급여를 수급받으면서 몇 개월간이라도 생계를 유지하고 재취업을 위한 준비를 할 수 있었기 때문이다.

20

정부는 대대적인 실업 대책을 수립하였고, 공무원들은 경제위기 극복을 위해 모든 노력을 집중해야 했다. 중소기업의 고용유지를 위한 지원, 실직자에 대한 실업급여 지급, 실직자에 대한 공공근로사업 추진 등이 실업 대책의 주요한 내용이었다. 내가 맡고 있던 고용안정사업의 고용유지 지원은 사업을 계속 유지하면서 재정적 압박이나 경영상 애로에도 불구하고 근로자의 고용을 지속적으로 유지하고자 하는 기업 지원에 집중하였다. 조금이라도 기업의 경영과 근로자의 고용유지에 도움을 주기 위한 것이었다. 이러한 사정을 볼 때 고용유지지원이 얼마나 시급했는지 알 수 있고, 그런 상황이 지속되면서 고용유지 지원에 대한 관심이 증대되면서 쏟아지는 업무량은 감당하기 어려울 정도였다. 3년째 접어든 고용보험의 각종 제도였지만 IMF 외환위기와 같은 상황을 전망하기에는 어려운 시절이었기 때문에 고용보험제도가 시행은 되었지만 외환위기 상황에 대처하기에는 제도적, 재정적 기반이 매우 취약했던 것도 사실이다.

1997년 가을부터 야근이 본격적으로 시작되었다. 근무시간 중에는 대책 수립을 위한 회의 참석과 서류작성, 보고 등으로 잠시의 틈도 없었다. 걸려 오는 민원 전화와 지방 관서 직원들의 제도 문의에 응답하는 일은 저녁 시간으로 미루었다. 저녁 식사를 마치고 낮 시간에 걸려 왔던 전화 응대를 하고, 밀려 있던 업무를 마치고 나서야 늦은 밤에 퇴근할 수 있었다. 사업장에서의 위기 대응 방식은 다양하였기에 이러한 노력을 제도적으로 담아내기 위한 보완작업도 매우 시급했다. 그렇게 하기 위해서는 법령 개정이 필수적이어서 관계부처, 국회를 다니면서 법률적 근거 마련에도 속도를 붙였다. 법령 개정의 절차는 너무나 복잡하였다. 법률은 정부안을 마련하여 국회 통과의 절차를 거쳐야 하는데, 정부안 마련도 부처협의, 입법예고, 법안심의, 예산협의 등 거쳐야 하는 절차가 너무나 많았다. 국회 처리 과정도 상임위원회, 법안심의위원회, 본회의 통과까지 마무리되어야 했다.

고용유지지원사업을 설계하고 예산을 책정하는 과정에서도 애로는 참 많았다. 지원 제도를 보완하는 과정은 외국의 관련 제도를 참고할 수밖에 없었는데, 실업 대책을 고용유지 차원에서 접근한 사례는 별로 없었다. 일본의 제도가 유일했다. 대부분의 국가는 실직자에 대한 실업급여 등의 생계지원과 취업 알선을 통한 재취업지원에 불과하였다. 또한, 기업의 제도 활용가능성에 대한 통계적 인프라도 전무하였다. 이러한 경기침체를 경험해 본 적이 없었기 때문이다. 1970년대 초반 오일쇼크라는 위기는 있었다고 하지만 25년 전의 일이었다. 그러한 사정으로 고용유지지원제도의 활용 여부를 진단해 보고자 중소기업 사업 현장을 찾아 사업주의 의견 청취도 하였다. 워낙 바쁘게 움직이던 시기였기에 중소기업들이 밀집해 있던 지역 중심으로 몇 군데를 찾아다녔다. 사업주의 의견을 들으면서 메모를 하였고 이 내용을 사업설계와 예산 편성의 근거로 활용하기도 하였다. 그렇게 그렇게라도 나름대로 최선을 다하고자 하였다.

야근이 지속되면서 아침마다 느끼는 피곤은 어쩔 수 없었다. 이날도 아침에 피곤한 상태로 출근하여 정신을 집중하고 업무를 시작하고 있었는데, 갑자기 전화벨이 울렸다.

"여보세요. 고용보험기획과 김홍섭 사무관입니다."

공무원 전화 응대 매뉴얼에 따라 관성대로 전화를 받았다.

"예, 고생이 많으십니다. △△일보 정○○ 기자입니다. 정부 자료 중 고용유지지원사업 예산을 보고 궁금한 사항이 있어서 전화드렸습니다. 통화 좀 되실까요?"

기자라는 말에 잠시 긴장하였다. 공무원 생활을 하면서 피하고픈 전화가 바로 기자로부터 오는 전화였다. 공무원 새내기인 나에게는 더 그러했다.

"예, 말씀해 보십시오."

"기업에게 지원하고자 하는 고용유지지원 예산이 매우 큰 규모로 편성되어 있습니다. 지원을 많이 하고자 하는 뜻은 충분히 이해가 되는데, 과연 기업들이 그렇게 많이 고용유지지원사업을 활용할지요. 그래서 말인데, 예산 편성의 근거가 무엇인지 설명해 주시면 좋겠습니다."

기자의 질문에 주저할 수 없었다. 주저한다는 것 자체가 기자에게 잘못된 시그널을 줄 수도 있었기 때문이다. 그래서 자신감 있게 그간의 노력을 또박또박 설명하였다.

"기자님도 잘 아시겠지만, 지금의 경제위기와 고용위기는 초유의 사태입니다. 이런 상황에서 기업들이 최대한 고용유지에 노력을 많이 해 줘야 하는 상황이고, 이를 위해 정부는 최대한 지원하겠다는 입장입니다. 기업들이 고용유지 조치에 얼마나 참여할지, 아니면 고용유지지원제도를 얼마나 활용할지에 대해서는 어떠한 통계적 기반도 없는 상황이고요. 그래서 저희들은 중소기업을 10개 이상 방문하여 직접 간담회도 하고, 제도 설명도 하면서 기업들의 반응을 살펴보았습니다. 기업들은 정부의 고용유지지원제도가 보완되고, 지원 수준이 적정하다고 판단되면 최대한 활용하겠다는 입장이었습니다. 제도를 적극적으로 활용할 수 있도록 노력하겠다는 비율이 상당하였고, 그것을 토대로 제도를 보완하고 예산 규모를 마련하였습니다."

나름대로 상세히 설명을 한다고 생각하며 말하였다. 그것이 현실이기도 하였다.

"중소기업을 10개 이상 직접 찾아다니면서 의견을 듣고 그것을 근거로 예산 규모를 책정하였다는 말씀이죠?"

그렇게 통화가 끝나고 그 기자는 기사를 썼고, 그 기사가 그다음 날 노동부 언론담당 부서에서 작업하는 신문기사 스크랩에 올라왔다. '기자의 눈'이라는 코너에서 해당 기자는 나와의 통화내용을 토대로 기사를 작성하였다. 기사의 주요 내용은 "국가 초유의 심각한 실업이 초래된 상황에서 정부의 실업 대책은 주먹구구식이고 탁상행정에서 이루어지고 있다"라고 비판하면서 고용유지지원사업의 설계와 예산을 예로 들고 있었다. 아침에 출근하여 그 기사 내용을 보고 가슴이 덜컹하였다.

'내가 기자와의 대화를 잘못하였나?' 의구심을 가지면서 '나의 얘기로 인해 정부의 실업 대책 전체가 주먹구구식이라고 매도당하고 있으니, 높으신 분들이 역정을 내시면 어쩌나' 하고 긴장하였고 혼자서 초조함을 느끼고 있었다. '공무원 시작 후 2년째 접어든 사무관으로서 최선을 다한다고 하였지만 다른 사람의 시각에서는 이렇게 비판도 할 수 있구나' 하는 생각도 들었고, '행정업무에 있어서 그 근거자료를 객관적으로 제시할 수 있어야 하는구나'라는 것도 판단할 수 있었다. 하루가 마무리될 때까지 그 기사로 인해 혼날까 봐 전전긍긍하고 있었는데, 다행히 아무도 그 기사를 보고 나를 불러 질타하는 상사는 없었다. 워낙 하루가 바쁘게 정신 없이 지나가고 있어서 그런 기사 하나하나에 관심을 둘 시간조차 없었는 지 모른다. 어떻게 보면 그런 지적이 있다고 해서 그것이 정부의 실업 대책 추진에 흔들림이 있어서는 안 되는 절박하고 시급한 현실이기도 했다.

그렇게 하루가 지났다. 오늘도 저녁 야근을 마치고 10시쯤 사무실을 나섰다. 오늘은 조금 일찍 일을 마무리하였다. 하루 종일 긴장하고 있었 던 탓인지 피곤해서 더 이상 일을 할 수 없었다. 전전긍긍하던 그 기사 내 용도 이렇게 하루가 저물면서 조용히 마무리되어 걱정을 잊을 수 있었 다. 이럴 때는 왠지 술잔이 그립다. 그래서 퇴근하면서 옆에 근무하는 동 료와 소주 한잔하면서 시름을 달래었다. 가볍게 술잔을 기울이며 동료에 게 오늘의 사정을 얘기하였더니 마음고생이 많았겠다며 나를 위로해 주 었다. 언론도 기능이 있고, 우리 정부도 역할이 있으니 언론과 정부의 관 계는 항상 긴장 상태일 수밖에 없다고도 얘기해 주었다.

'공무원이라는 직업이 이런 것이구나'라는 쓸쓸한 마음도 들었다. 아 니, 모든 직장인은 다 그렇게 긴장의 연속에서 정신없이 하루하루를 보내 고 있는지도 모를 일이다. 동료와의 술자리를 오래 하지 못하고 또 내일 을 위해 서둘러 귀갓길에 올랐다. 이 밤이 지나면 또 내일 아침에 새로운 해가 떠오르고 또 다른 하루가 시작될 것이다.

21

오늘도 아침 출근과 함께 재정기획원을 찾아갔다. 1997년 연말에 외환위기로 IMF 구제금융을 받는다는 공식 선언이 발표된 후 몇 개월이 지났지만, 고용보험제도의 각종 신규사업 시행과 제도개선이 답보상태에 있었다. 법령 개정안이 발표되었으나 부처 협의 과정에서 재정기획원과의 합의가 이루어지지 않아 며칠째 담당 부서를 직접 찾아가서 법령 내용과 급박한 사정을 설명하고, 조속히 그 내용에 대해 합의하여 줄 것을 요청하고 있던 터였다. 정부의 모든 사업은 예산이 수반되기에, 예산 편성 및 심사권을 가진 부처와의 협의 또는 합의가 필수적이었다. 또한, 재정기획원은 예산 편성 및 심사권과 함께 실업 대책 등 경제정책을 총괄하는 역할까지 맡고 있었기에 반드시 거쳐야 하는 과정이었다.

"서기관님, 고용노동부 김홍섭 사무관입니다."

정중하게 인사를 하였다. 자리에 앉아 무언가 자료를 찾다가 나의 인사에 고개를 돌리더니 무덤덤한 표정을 지으면서 즉시 반응을 보였다. 어제도 잠을 제대로 자지 못했는지 안경을 쓰고 있는 얼굴은 피로로 덮여 있었다.

"예, 오늘도 오셨어요?"

"서기관님, 저희가 지금 급합니다. 제도의 법률적 근거가 빨리 마련되어야 기업과 근로자 지원이 가능하니까요. 어제 서기관님께서 오늘 오전 중으로 검토 결과를 주신다고 하셔서 이렇게 다시 찾아왔습니다."

"그렇군요. 매번 이렇게 오셨는데 확답을 드리지 못해 송구합니다. 아시듯이 제가 요즘 다른 업무로 짬이 없어서 제대로 자료를 보지 못했습니다. 사무실에 돌아가 계시면 오후 3시까지 제가 전화를 드리겠습니다."

그렇게 다시 사무실로 돌아와 과장님께 관련 상황을 보고드렸다. 법령 개정 작업이 마무리되어야 사업들이 순조롭게 진행될 수 있기에 매우 아쉬워하는 표정이었다. 하지만, 구체적으로 시간까지 언급하면서 약속을 했다는 사실과 예전보다 더 확실한 확답을 받고 왔다는 것에 안도의 마음을 가지면서도 조금 더 기다려야 함을 어쩔 수 없어 받아들였다.

"김 사무관님, 오전에 오셨다 가셨죠? 시간을 내어서 검토해 보았는데, 그 법령안에 대해 재정기획원도 동의한다는 의견입니다."

"예, 감사합니다. 전화를 주셔서 고맙습니다. 그렇게 보고드리겠습니다."

오후 시간 쉴 틈 없이 왔다 갔다 하다가 걸려 온 전화를 받은 상황이었다. 1주일 넘게 매일 찾아가서 설명하고, 빨리 결론을 내려 달라고 애걸하던 중요 사안이었는데 좋은 결과로 마무리 지을 수 있었다. '재정기획원도 동의한다'라는 그 한 마디가 절실히 필요했던 것이었다. 합의를 이루었다는 사실 자체가 너무나 기뻐서 즉시 과장님께 보고드리자, 과장님도 활짝 웃으시면서 급하게 서류 뭉치를 들고 바로 윗분들에게 보고하러 간다고 하셨다. 과장님이 자리를 잠시 비우는 사이 나도 잠시의 여유를 가졌다. "그래? 김 사무관, 큰일 했다. 수고했어"라고 하시면서 종종걸음으로 걸어가시는 걸 보니 '정말로 너무나 그 법령 개정이 시급했구나'라는 생각을 새삼 하게 되었다. 여하튼 늦은 감이 있지만 일단 예산부처의 동의를 받았으니 한숨 쉴 수 있었다. 그렇게 잠깐의 여유를 즐겼다.

22

    고용보험제도의 고용유지지원금은 경영의 어려움을 겪으면서 직원을 감원해야 하는 기업에게는 유용한 제도였다. 기업의 관심이 많아지고, 지원 제도에 대한 내용이 알려지자 교육기관에서는 교육생을 모집하고 강의를 요청해 왔다. 하나의 기업이라도 의사가 있다면 이 제도를 활용 토록 하는 것이 정부의 입장이었기 때문에 나는 적극적으로 이에 응하여 강의를 수용하였다. 사무실 일도 바빴지만 열심히 외부로 다니며 제도를 설명하고 홍보하였다. 그럴 때마다 강의료를 지급해 주었는데 나에게는 유용한 용돈이기도 했다. 그렇게 모인 강의비가 조금씩 쌓여 갔다. 바쁜 와중에도 제도가 조금이 활용되고 있다는 느낌도 가질 수 있었고, 사업장의 담당자와 의견을 교환하면서 새로운 접근도 할 수 있다는 장점도 있어 제도에 대한 강의 시간은 더욱 그 가치를 더해 갔다.

    늦겨울 차가운 날씨가 조금씩 풀리는 2월 말의 어느 금요일 오후, 오늘도 서울 광화문에서 강의를 마쳤다. 사무실로 복귀하기에는 너무나 늦은 오후였기에 오랜만에 대학 동창 2명과 약속을 하였다. 혜화동에서 저녁을 같이 먹기로 하고 시간을 잡았다. 1년 넘게 만나지 못하던 대학 동창들이었다. 그 친구들은 먼저 군대를 다녀와서 열심히 행정고시를 준비하고 있었다. 식당에 마주 앉아 얘기를 나누며 반가운 마음에 소주도 같이 기울였다.

    "공부는 잘되고 있니? 고생이 많다."

동창들은 학교 도서관에 앉아 공부하고, 학생 식당 밥을 먹으며 지내느라 고생이 많았는지 모습은 초췌해 보였다. 누가 봐도 공부에 찌들어 있는 눈빛이었다.

"시험이 얼마 남지 않았으니까 열심히 해야지."

1차 시험이 1달 남짓 남아 있었다. 1년에 시험 기회가 단 한 번뿐이니 이 기회를 놓치면 다시 1년을 또 기다려야 한다. 그런 만큼 1달 남짓 남은 1차 시험은 수험생을 매우 긴장하게 만들었다.

"장기간 공부를 해야 하는 거니까, 영양 보충도 신경을 써야 해. 고향 떠나 학교생활이 어렵더라도 식사를 잘 챙겨 먹어라."

"그래서 네가 오늘 돼지갈비 사 주러 왔구나. 흐흐흐. 고맙다. 그러지 않아도 요즘 고기를 먹고 싶었는데, 고기도 먹고 너도 오랜만에 보니까 좋다."

"내가 자주 와서 식사도 같이 하고 해야 되는데, 자주 오지 못해서 미안하다."

"너도 직장에서 일을 해야지, 자주 우리 보러 올 수 있겠나. 시간될 때 가끔 와라. 너무 자주 오면 우리가 공부하는데 방해될 수도 있으니까. 흐흐흐."

그렇게 저녁 식사 자리가 깊어 갔다. 어느덧 친구들은 다시 공부를 위해 돌아가야 했기에 아쉬움을 뒤로하고 헤어져야 할 시간이었다. 식당 밖으로 나와 혜화동 골목을 같이 걸었다. 학교 앞까지 배웅하고 나는 전철을 타고 집으로 돌아왔다.

23

그로부터 15년이 지나 모두 직장생활을 하다가 오랜만에 대학 동창회를 열었다. 다들 40대에 접어들어 각 직장에서 바삐 살아가고 있었다. 서로가 앞만 바라보고 지내야 하는 시기였기에 서로 연락도 뜸했다. 그러다가 어느 친구가 연락책이 되어서 수소문 끝에 주소록을 만들고 연락을 취했던 것이다. 대학을 졸업하고 각자 흩어졌다가 만났으니 조금은 어색하고 생소하기도 하였다. 학창 시절에 왜소했던 친구들은 살이 붙어 있었고, 학창 시절과 변함없이 몸과 얼굴을 유지하고 있는 친구들도 있었다. 이제 중년의 나이를 앞두고 어른스러워졌다고 하는 것이 맞겠다. 동창회가 무르익어 가고 있을 즈음, 행정고시 시험공부를 하던 친구에게 저녁을 사 주러 와서 같이 식사를 했던 2명의 친구 중에 한 친구가 말을 건네 왔다.

"홍섭아, 소주 한잔 받아라. 너를 본 지도 10년이 넘은 것 같아. 잘 지냈지? 옛날 그대로네."

"응, 원기야. 너는 부산에서 직장생활 한다더니 이제 서울로 올라왔나 보다."

"부산 지점에서 5년 정도 지내다가 서울 본점으로 1년 전에 올라왔어. 이제 서울 생활도 잘 적응이 되었다."

"그래, 서울에 왔으니까 시간 내서 종종 보면 좋겠다."

"그래야지. 그런데 홍섭아, 너 군대 입소하기 전에 직장 근무하다가 우리에게 와서 저녁 사 주던 거 기억나니. 우리는 시험에 일찍 합격한 너를 동경하면서 도서관에 앉아 시험 준비에 박차를 가하고 있었지."

"그래, 원기야. 광화문에 강의하러 왔다가 저녁 시간에 우리 같이 저녁을 먹었지. 아마도 내가 부처에 배치되어 근무하다가 곧 입대할 거라고 얘기했던 기억이 나네."

"그때 돼지갈비로 저녁을 맛있게 먹고 나서 네가 우리 둘에게 시험공부를 하다가 지치면 맛있는 거도 사 먹고, 책도 사 보라고 10만 원짜리 수표를 한 장씩 주고 갔어. 너는 그것도 기억나니?"라고 물어보았다.

나는 기억이 가물가물하여 "내가 그랬다고? 나는 잘 기억이 나지 않아"라고 대답하였다.

친구는 "참으로 네가 그때 고마웠다. 친구들 공부한다고 격려해 주러 와서 용돈도 주고 갔으니, 내가 그걸 잊을 수 있겠니? 강의하고 받은 강의비라며 10만 원짜리 수표를 한 장씩 주었지, 네가"라고 되뇌었다. 그러면서 다시 소주 한잔 받으라고 잔을 건넸다.

"잠깐, 잠깐, 우리 친구들 중에 가장 돈 잘 버는 친구가 누구니? 솔직하게 손 들어 봐. 오늘 저녁 비용을 누군가 쏘아야지." 대학 시절부터 학과 대표를 하던 친구가 외쳤다.

"변호사 하는 분께서 가장 잘 버는 거 아냐? 허허허."

"그래, 네가 한번 쏴라." 친구들이 이구동성으로 변호사로 개업한 친구를 추천하였다.

"공무원 된 친구는 월급이 박봉일 거고, 회계사 하는 동욱이보다는 내가 더 수입이 낫겠지? 오늘은 내가 한턱낼 거니까 많이 마셔라." 뭐니 뭐니 해도 수입은 변호사가 최고였다.

대학을 졸업하고 행정고시를 합격하고 공무원이 된 친구, 사법시험에 합격하여 변호사로 개업한 친구, 공인회계사 자격을 취득하고 회계법인에 취업한 친구, 은행과 금융회사에 취업한 친구, 대기업에 취업한 친구, 중고생 입시학원을 운영하는 친구 등 다양한 분야에서 활동하고 있던 동창들이었다. 어떤 분야에서 어떤 직책을 가지고 있든 수입이 제일 좋은 친구에게 의지하는 것이 동창생 모임에서의 상책이다.

24

그럭저럭 노동부에서의 근무가 1년이 다 되어 갈 즈음 다시 군 복무 영장이 나왔다. 공직자로 신분을 갖추고 1년간의 교육 후 부처를 배정받고 실질적 업무를 시작하자마자 나왔던 군대 영장을 1년만 연기해 달라고 병무청을 찾아가 부탁하고 근무했던 거였는데 정말 1년이 지나 군대 복무 명령이 다시 떨어진 것이다. 이번에도 군 입대 영장을 받고 바로 과장님께 보고드렸다. 군 복무 연기하면서 나에게 주어졌던 1년의 근무 경험은 매우 유용했다. IMF 외환위기로 밀려온 업무를 소화할 수 있었고, 국가적 위기 상황에서 공직자로 근무해 본 경험이었으므로 앞으로의 공직 생활에도 큰 도움과 교훈이 될 터였다. 그렇게 생각하면, 과장님이 군 복무 영장을 1년 연기하라고 지시하신 것은 선견지명이 있는 판단이었다고 할 수 있다. 입대를 연기하고 지낸 1년을 되돌아보면, 군 복무 연기 후 5개월이 지난 시점에 우리나라의 IMF 외환위기가 공식화되었고, 나는 1년간 실업 대책의 중요한 한 부분이었던 고용안정사업을 성실히 수행해 왔다. 국가적으로 전례가 없었던 외환위기의 시기, 어렵고 힘든 시간도 많았지만 지금 생각해 보면 매우 소중한 시간이었다. 업무가 익숙하지 않았던 초년생 사무관이었기에 시행착오도 겪었다. 그럴 때마다 매서웠던 과장으로부터 꾸중도 듣고 혼도 많이 났다. 그러면서 나의 업무능력도 높아졌고, 인격적 성장도 이루어졌으리라. 위기 상황에서 쏟아지는 일들 때문에 실질적으로 업무가 감당하기 어려울 만큼 많을 때도 있었고, 하루

하루가 고난과 역경의 연속이었다. 물론 업무가 조금씩 진전되고 성과가 날 때는 보람과 긍지도 가끔은 느꼈다. 그러했기에 힘든 시기였지만 잘 버텨 올 수 있었다.

"김 사무관, 국가적으로 어려웠던 시기에 1년간 고생이 많았다. 김 사무관이 아니었으면 어떻게 그 난국을 헤쳐 나왔을까 싶네. 군대 가서 몸 건강히 잘 복무 마치고 돌아오길 바란다. 다시 복귀하면 다시 나랑 근무를 같이하자."

군 훈련소 입대를 위해 근무를 마치는 마지막 날, 과장님은 손수 건물 현관까지 배웅 나와 나를 위로해 주셨다. 새내기 사무관이라고 더 관심을 가지고 지도해 주시기도 하고, 때로는 더 성장하라고 꾸중도 하시던 기억들이 떠올랐다. 이렇게 건물 현관까지 직접 같이 나와 떠나는 나를 배웅해 주시니 감개무량하였다.

"1년이 너무 빠르게 지나간 것 같습니다. 과장님의 가르침을 받으면서 많은 것을 배우고 경험한 소중한 시간이었습니다. 과장님께 감사드립니다. 군 복무도 성실히 잘 마치고 돌아오겠습니다. 과장님도 건강하시고 승승장구하시길 바랍니다."

매우 무서운 성격의 소유자였지만 업무적 철학과 국가관이 투철하신 분이었다. 육군사관학교를 졸업하고 군인의 신분을 가지셨던 경험 때문인지 일반 공무원과는 남다른 면이 있었다. 업무에 대한 열정과 논리적 판단력도 매우 뛰어나 존경해 왔다. 나는 고개를 숙여 과장님께 인사를 드렸다. 1년간의 근무에서 정이 많이 들었던 것도 사실이었다. 연일 실업 대책을 세우고 집행하느라 모두가 일 초, 일 분을 다투며 보내는 바쁜 일상을 뒤로하고 군대 입대를 하는 나의 입장이 편한 것만은 아니었다. 어떤 사람이 보기에는 '군대를 명분으로 도피하는 것 아닌가?'라고 생각할까 걱정스러웠다.

"고맙다. 군 훈련소 마치고 복무는 고향에 가서 한다고? 고향에 가면 부모님께 효도도 많이 해야지. 부모님 곁에서 생활하는 것이 사회생활에서는 불가능하니까 이번이 좋은 기회다. 사무실 걱정은 하지 말고, 즐겁게 지내다 군 복무 마치고 다시 복귀하거라."

부모님께 효도를 할 수 있는 좋은 기회라고 하시는 말씀까지 나를 감동시켰다. 이렇게 인간적인 면모도 보여 주셨다. 나는 감사한 마음에 몇 번이고 고개를 숙여 인사를 하였다. 과장님은 악수를 청하시면서 나의 어깨를 다독여 주셨는데, 과장님의 손에서 느껴지는 따스함도 오래오래 기억에 남았다. 과장님은 계속 자리를 뜨지 못하시고 떠나는 나의 뒷모습을 한참 동안 바라보고 계셨다. 과장님도 그렇고, 나도 그렇고, 헤어지는 순간의 아쉬움이 매우 컸다.

이렇게 사무실 직원분들과 인사를 마치고 그간 이행하지 못한 병역 의무 수행을 위해 훈련소로 입소하였다. '집 떠나와 열차 타고, 훈련소로 가던 날~' 나도 '입영열차'라는 노래 가사의 주인공이 되었다. 대학교와 대학원 생활을 마치고, 중앙공무원교육원 1년과 노동부에서의 실질 근무 1년을 합해 2년에 가까운 직장생활을 하다가 늦은 나이, 20대 중후반에 병역 이행을 위해 입대하는 것이었다. 대부분 20대 초반에 군 복무를 시작해서 마치는데 나이가 들어 일반병으로 입대해야 하는 것이 조금은 어색하였다. 남자라면 누구나 군 복무 의무를 수행해야 하기에 다른 친구들처럼 훈련소 앞에서 까까머리로 이발을 하고, 혹독히 훈련을 시킨다는 훈련소 정문을 들어섰다. 그렇게 고단하고 힘든 4주간의 훈련소 생활을 마치고, 공익근무요원이라는 신분으로 고향의 군청으로 근무지를 배치받았다. 복무기간은 1년 6개월이었다.

25

"군대는 어떡할래. 고향에 내려와서 우리랑 같이 지내면서 군 복무를 하면 좋겠다."

행정고시 시험에 합격하고 군 미필자에 대해서 군 복무를 어떻게 할 지를 결정해야 하는 기회가 주어졌다. 장교 신분으로 군대 생활을 할 것인지, 아니면 신검 결과에 따라 공익근무요원으로 근무할 것인지를 선택해야 했다. 애당초 나는 신체검사 결과에서 4급 현역으로 판정받았으나, 그 이후 예전의 방위병 제도가 1년간 연장되면서 나는 방위병으로 전환이 되었고, 1년 후 다시 방위병 제도가 폐지되면서 공익근무요원 제도가 신설됨에 따라 공익근무요원 재원으로 다시 분류되어 있었다. 그 시점에는 군 복무에 대한 제도가 자주 변경되었다. 학업과 행정고시 시험 준비를 위해 군 입대를 연기하던 나는 이런 군 복무 제도의 변화는 중요하지 않았다. 그렇지만 군 복무 방식을 결정해야 하는 시점이 되어서야 이런 변경이 있었다는 사실을 알게 되었고, 어떻게 군 복무를 마칠까 고민하던 차에 부모님으로부터 걸려 온 전화였다.

"장교로 입대를 하면 복무기간이 40개월이고, 공익근무요원으로 근무하면 방위병 근무기간인 18개월만 하면 된다고 하는데, 고민입니다."

"장교로 입대하면 대우는 잘해 주겠구나. 그런데 너무 복무기간이 길다. 40개월이나 군대에서 있어도 되겠나? 고향에 내려와서 좀 지내면 어떻겠니? 네가 고등학교에 진학하고 나서부터는 계속 외지 생활을 했으니 고향 집에서 좀 지내 보는 것도 좋지 않겠나. 우리도 막내인 네가 서울로 가고 나서는 둘만 지내니 조금 외롭기도 하다. 잘 생각해 봐라."

전화기 너머로 들리는 아버지 음성이 조금은 애절하게 느껴졌다. 우체국에서 집배원으로 일하시다가 정년으로 퇴직을 하고 농사일만 조금씩 하고 계시던 시기였다. 막내아들도 군 복무를 마치고, 본격적으로 서울에서 직장생활을 하게 되면 자주 얼굴도 볼 수 없을 터였다. 계속 공부한다고 집 떠나 있던 시절로 인해 아들의 건강이 축나지 않았을까 하는 걱정도 있었을 것이었다. '집에 데리고 있으면 따뜻한 밥이라도 먹일 수 있겠지' 하는 기대도 아마 품고 계셨을 것이라 짐작이 된다.

"그러게 말입니다. 저도 고향 생활이 조금 그립기는 합니다."

시골에서 자식 공부시킨다고 고생하시던 부모님이 그립기도 하고, 이번의 군 복무기간이 아니면 언제 내가 부모님을 모시면서 지낼 수 있을까 하는 생각도 스쳐 왔다. 같이 지내면서 제대로 효도라도 할 수 있는 좋은 기회이기도 하였다.

"부모 생각은 그런데, 네게 도움이 되는 방향으로 결정하거라. 네 형들하고도 상의해 봐라. 괜히 부모 형편 때문에 너에게 부담이 되고 싶지는 않다."

언제나 부모님은 자식 생각이 우선이다. 자식이 가는 길에 조금이라도 장애가 되고 싶지 않은 거다. 군대 생활을 장교로 보낸 것과 공익근무요원으로 보낸 것은 여러 가지 측면에서 차이가 있다. 병역의 의무가 있는 우리나라는 병역을 어떻게 보냈는가 하는 것이 평판에도 영향을 미치고 병역의 내용에 따라 타인의 시선이 달라질 것도 분명하다. 그런 사항을 모르고 계시는 것이 아니기 때문에 그런 걱정도 하고 계셨다.

"예, 생각해 보고 전화드리겠습니다. 아직 시간이 있으니까요."

그 이후 여러 가지 고민을 하게 되었다. 큰형은 대학원 졸업 후 석사장교로 병역을 이행하였고, 작은형은 일반병으로 입대하여 신입훈련병을 교육하는 논산훈련소에서 조교로 3년 가까이 근무를 마치고 병장으로 제대하면서 병역 의무를 마쳤다. 형들은 군대 생활이 주는 경험도 인생에서 중요한 가치를 가지니 좋은 선택을 하라고 얘기해 주었다.

나보다 먼저 병역 의무를 이행한 동료와 선배의 얘기도 들으면서 나의 인생 설계와도 접목시켜 보았다. 어떤 선택을 하든 군 복무라는 의무를 이행하는 것은 동일하였다. 어떤 병과로 군대 생활을 하든 그건 중요하지 않을 것 같았다. 고향에 내려와서 고향에 필요한 일을 하면서 군대 생활을 하는 것도 의미는 있었다. 그리고 군대 생활을 마치고 빨리 현업에 복귀해 공직을 수행하는 것도 좋겠다는 생각까지 하게 되면서, 나는 군 복무를 공익근무요원 신분으로 이행하기로 결정하였다. 그렇게 군 복무와 함께 나의 고향 생활이 짧게나마 이루어졌다.

26

　고향에서 부모님과 함께 지내는 시간은 매우 소중했다. 학업을 위해 읍내로 고등학교 진학을 하면서 하숙생 생활을 3년간 하였고, 대학을 서울로 진학하면서 서울에서 7년 가까이 지내게 되면서 부모님과는 떨어져 생활하였다. 그런 학업 중간에 가끔 고향 집에 들러 짧게는 3일, 길게는 1주일 정도 다녀가는 정도의 생활이었다. 그러다가 1년 6개월의 시간을 부모님 곁에서 지낼 수 있게 된 것이다. 군 복무라는 의무의 시간이 또 다른 기회의 시간으로 다가왔다. 어느덧 환갑이라는 나이 가까이에 접어든 부모님 곁에서 농사일도 도와주면서 서로 의지할 수 있게 됨을 감사하게 생각했다. 그런 행복도 있었으나 서울에서 직장생활을 하다가 시골로 내려왔기에 갑갑하고 허전한 느낌도 있었다. 바쁘게 움직이며 하루를 정신없이 보내다가 시골에서의 여유로운 시간을 보내야 하는 상황이 처음에는 적응이 되지 않았다. 그러다가 시골에서의 시간이 쌓여 가면서 고향에서의 여유로운 생활을 즐기게 되었고, 주위 사람과의 만남의 시간이 많아지면서 차츰 새로운 환경에도 적응이 되어 갔다.

　자식들이 다 성장하여 도시로 다 떠나 버리고 나면 부모님의 마음은 어떠할까? '이제 자식들 다 키웠으니 걱정이 없다'는 안도감이 자리할까? 아니면 '자식들이 다 떠나고 둘만 남으니 집 안이 텅 빈 것처럼 허전하다'고 안타까워할까? 이렇기도 하고 저렇기도 하고, 하루는 안도하다가 또 어느 날은 허전하기도 할 것이다. 그러한 감정의 변화에 끊임이 없겠지만 자식들이 멀리 떠나 있어도 '건강히 잘 지내야 할 텐데', '가정이 행복하고, 하는 일도 다 잘되어야 할 텐데'라는 마음으로 부모의 가슴은 항상 자식 걱정으로 가득하다. 부모님의 자식 걱정은 눈을 감을 때까지 지속되고, 눈물이 마를 때까지 끝이 없다고 표현해도 과언이 아니다. 나이가 들어 가는 부모님의 모습을 볼 때마다 자식들이 느끼는 그 마음도 다 마찬가지다. 그래서 자식과 부모의 관계는 끊을 수 없는 운명이고 숙명인가 보다.

하루의 일과를 마치고 저녁에 집으로 돌아오면 저녁상을 같이 마주한다. 부모님은 저녁상에 가끔 물오징어를 데쳐서 소주잔과 같이 마련해 주신다. 소주를 좋아하는 아들에게 부모가 주는 작은 행복이다. 부모님은 젊어서부터 술을 전혀 하지 않으셨다. 그런데 막내아들이 소주를 즐겨 하니 신기하면서도 아들에게 소주를 내어 주는 기쁨도 좋으시단다. 아들과 함께하는 저녁상은 늘 웃음으로 가득하다.

"네가 이렇게 고향에 와 있으니 하루하루 시간이 즐겁다. 도시처럼 많은 사람을 만나지 못하고, 이것저것 원하는 일들을 하지 못해서 갑갑한 순간도 있겠지만 시골에서 조금 쉰다는 마음으로 편히 지내거라."

"예, 처음에는 조금 갑갑했는데, 이제 적응이 되니 시골 생활이 좋네요. 저도 시골에서 태어나고 자라서 그런지 시골이 더 안락하게 느껴집니다. 향후 다시 또 직장생활을 시작하게 되면 앞으로 저에게 언제 또 이런 시간이 오겠습니까?"

"그래. 네가 서울에서 공부하면서 고생이 많았다. 공부할 때 필요한 것도 많았을 텐데 부모가 많이 지원해 주지도 못해 안타까운 마음도 크다. 그래도 잘 이겨 내고 어려운 시험에 합격하여 고향에 내려와 있으니 이보다 더 좋을 수가 있을까 하는 생각이 든다."

"별말씀을 다 하십니다. 매달 용돈을 보내 주셔서 저는 잘 지낼 수 있었습니다. 주머니에 돈이 많았다면 공부에만 집중할 수 없었을 겁니다. 서울에서 공부하는 시간은 힘든 순간이었지만 공부 외에는 다른 걸 할 줄을 몰랐어요. 허허허. 시골에서 자란 촌놈이라서 그랬나 봐요. 고맙게도 행정고시 합격이라는 선물을 세상으로부터 받았으니 앞으로 국가와 사회에 좋은 역할을 하는 공무원이 되도록 노력하겠습니다."

"그래, 맞다. 공무원으로서 역할과 책임을 앞으로 다해야 한다. 절대 재산이나 권력에 욕심을 부리지 말고, 진심을 다해서 성심성의껏 직분에 충실하면 된다. 재산이나 권력은 영원할 수 있는 것이 아니다. 있을 때는 좋으나 잃고 나면 더 실망도 크다. 욕심을 부린다고 또 얻어지는 것도 아니다. 욕심을 부려 얻은 재산과 권력은 오히려 해악이 된다. 세상을 살면서 주위 사람을 지켜보니 그렇더라. 과욕은 금물이다."

"말씀 명심하겠습니다."

27

그렇게 저녁상이 마무리되었다. 아버지는 더 하고픈 얘기가 있으신지 어머니에게 무언가를 말씀하셨다. 어머니는 저녁상 설거지는 뒤로하고 곶감을 내어 오셨다. 곶감 위에 하얀 분이 가득 내려앉아 있었다. 어릴 적에도 곶감을 늦가을이면 만들곤 하셨는데, 부모님 몰래 처마 밑에 매달려 있는 곶감을 따 먹고는 했다. 달콤한 곶감의 맛이 참을 수 없을 정도여서 나의 이성을 잠재웠었다. 그때의 그 곶감을 지금도 만들고 계셨고, 곶감을 좋아하는 내 마음을 지금도 기억하고 계셨던 것이었다.

"맥주 마실래? 한잔 줄까? 너는 술을 좋아하니 맥주도 한잔 마셔라."

어머니도 그날따라 기분이 매우 좋으셨는지 발걸음이 가벼워 보였고 목소리도 밝았다. 그렇게 해서 저녁 식사를 마치고 후식으로 곶감과 맥주까지 마시게 되었다. 부모님은 요즘도 가을이 끝날 즈음 감나무에서 감을 조금씩 따다가 감의 껍질을 손수 칼로 벗겨 내고 바람이 잘 통하는 곳에 놓아두셨다가 말랑말랑해지면 비밀의 장소에 보관해 놓으신다고 하였다. 그 노력 덕분에 내가 다시 곶감 맛을 보게 되었다.

"옛날이야기 좀 해야겠구나. 너는 할머니가 돌아가시고 집에서 장례 의식을 치르던 시간을 기억하고 있느냐. 그때 네가 아마 초등학교 6학년 이었을 거다."

아버지는 원래 술을 전혀 하지 않으시는데, 이날은 특이하게 맥주 한 잔을 달라고 하셨다. 작은 컵에 따라진 맥주를 한 모금 마시고 어렵게 지난 얘기를 꺼내셨다.

"예, 여름 햇살이 아주 강했던 한여름에 집에서 갑자기 쓰러져 돌아가신 걸로 기억합니다. 집에서 장례 절차를 진행하게 되었는데 장례 기간인 4일간 계속 비가 내려서 조문객을 맞이하는데 고생을 많이 했지요."

돌아가신 날은 태양이 쨍쨍하게 내리는 맑은 여름날이었는데, 그 이튿날부터는 장맛비가 억수같이 내려 장례 의식을 따르는데 여간 어려운 것이 아니었다. 할머니가 하늘나라로 가신 일은 어린 나에게 처음 있는 가족의 죽음이었기에 그날의 기억을 나도 생생히 기억하고 있었다.

"그래. 여름 장맛비가 참으로 억수같이 내렸지. 할머니는 돌아가시기 전까지 항상 집안이 다시 부흥하고 손자들이 성공할 수 있도록 조상에게 비는 기도를 일상적으로 드렸지. 그런 할머니가 돌아가신 지도 벌써 13년이나 흘렀구나. 고생만 하시다가 돌아가셨다."

이렇게 시간이 지나도 아버지는 할머니를 잊지 못하신다. 어려웠던 집안 살림으로 한 시절도 풍족하게 지내지 못하다가 떠나간 할머니에게 마냥 미안한 마음도 있었을 것이다. 지난 시절이 생각날 때마다 아버지는 '그때는 왜 그렇게 못살았는지'라며 푸념 섞인 말을 하곤 하셨다. 누구의 잘못이 있어서가 아니라 그 시절은 모두가 가난했다. 그런 시절을 조금이라도 타개해 보겠다고 열심히 살았지만 부유해지는 것이 쉽지 않았다. 그런 치열한 삶 속에서 할머니는 '천지신명이시여, 우리 집 아들, 손자가 모두 성공할 수 있도록 잘 보살펴 주세요'라며 신과 조상에게 항상 기도를 드렸다. 나무로 엮은 삼각대 위에 물이 담긴 하얀 사발을 올려놓고 연신 고개를 숙이며 손을 비비셨다.

"어릴 적 기억을 떠올려 보면 할머니는 항상 마당에서 신령을 마주하기 위한 삼각대 모양의 장식을 설치하고 어딘가를 보며 절을 하시고, 손을 비비며 기도를 하셨어요. 깨끗한 흰 한복을 입으시고요. 매우 정갈한 모습이었습니다."

"맞다. 그런 할머니가 문고리에 걸려 넘어가시면서 갑작스럽게 돌아가셨지. 밭에서 일하다가 돌아와 보니 할머니가 그렇게 돌아가 계셨다. 그렇게 허망하게 돌아가셨기에 임종도 보지 못했다. 갑작스러운 순간에 직면하여 경황없이 장례를 치러야 해서 슬퍼할 겨를도 없었다. 제일 막막했던 것은 장례 치를 준비가 전혀 되어 있지 않은 거였지. 너희들은 어렸고, 너희 누나는 고등학생, 큰형은 대학생이었지."

"자식들 교육을 뒷바라지하느라 돈도 없었을 텐데요. 누나는 교복 입고 등교하면서 좋은 옷도 사 입어야 한다고 가끔 투정도 하였고, 큰형의 대학 등록금은 봄철에 송아지 팔아서 한 학기는 충당하고, 가을에는 쌀 수확 후에 정부미로 팔아서 또 한 학기 등록금을 마련했던 것으로 기억이 납니다."

"그렇다. 큰형 가을학기 등록금을 마련해서 막 주었는데, 갑자기 할머니가 돌아가신 거였다. 서울에서 유학하던 너희 큰형에게도 부고를 급히 전하여 큰형도 내려왔단다. 너희 큰형은 내려오면서 가을학기 등록금으로 가져갔던 돈을 학교에 납부하지 않았는지 할머니 장례에 사용하라고 가져왔지. 이 돈은 네 공부하는 돈인데, 왜 가져왔냐고 물어보자 너희 큰형은 '할머니 장례가 급합니다. 제 등록금은 나중에 또 마련해서 돈이 생기면 그때 다시 공부해도 됩니다. 일단 집에 돈이 없으니 이것으로 할머니 장례 먼저 치러야지요'라고 얘기하더라. 큰형의 그 마음이 너무 대견하고 고와서 참으로 많이 울었다."

"그러셨군요. 그럼 큰형은 대학을 휴학했겠네요."

"어떻게 그런 생각을 큰형이 했는지 모르겠지만, '참으로 큰아들답다'라고 생각했다. 덕분에 큰형 등록금을 할머니 장례비로 급하게 사용하였고, 장례 이후에 바로 동네 사람에게서 빚을 얻어서 큰형 대학 등록금을 납부하였다. 큰형의 대학 공부를 멈추게 할 수는 없었다."

나는 그런 사실은 까마득히 모르고 있었다. 항상 큰형 등록금 마련해야 한다며 나에게 주어진 과업은 방과 후에 집 농사일에 사용하던 암소한 마리를 잘 보살피는 것이었다. 풀을 베어다 소에게 먹이고, 송아지가 태어나면 매우 소중하게 보살폈다. 송아지를 잘 키워서 팔면 큰형의 대학 한 학기 등록금이 마련될 수 있었기 때문이다. 이렇듯 암소 한 마리는 농사일을 도와주었고, 큰형의 대학 등록금에 사용되는 송아지를 해마다 낳았기 때문에 가난한 집안 입장에서는 매우 소중한 자산이고 보배였다.

엄마도 그때의 그 일이 생각나시는지 '너희 큰형이 할머니 부고를 받고 밤늦게 시골에 내려왔는데 정말 돈 두루미를 가지고 왔었다'라고 거들었다. 그런 얘기를 들으시다가 아버지는 맥주를 한 모금 마시고 다시 말씀을 이어 가셨다.

"중요한 얘기는 이제부터다. 잘 들어 보아라. 할머니 장례의 마지막 날이었다. 그날도 비가 계속 내렸다. 돌아가시고 난 다음 날에 급히 뒷산에 올라 지관과 함께 잡아 놓은 묘지로 상여를 매고 올라갔다. 그 당시만 해도 전통 장례를 행했는데, 절차가 복잡했다. 마지막으로 묘지를 파고 하관을 하는 의식의 시간이었다."

아버지는 말씀을 멈추시고 잠시 숨을 고르셨다. 할머니를 하늘나라로 보내던 마지막 순간이 떠올라서 그런지 눈이 촉촉해지신 듯하였다. 아버지는 외동아들로 자랐기 때문에 더 어머니라는 존재가 삶에 있어 큰 버팀목이 되었을 것이다.

"내리는 비는 잠시도 멈추지 않고 계속 내렸다. 그러다가 묘지 속으로 하관 의식을 하려고 할 즈음, 갑자기 비가 그쳤다. 그리고 천둥, 번개가 심하게 울렸다. 천둥소리가 산을 뒤엎을 만큼 우렁찼고, 번개가 묘지 위에 집중적으로 쏟아졌다. 장례를 위해 산에서 의식을 행하던 모든 사람이 '하늘이 왜 이러나' 하고 두려워할 정도였다."

그 당시 나는 초등학교 6학년이었기에 '어린 손자는 산에서 비를 맞을 필요가 없다. 집에 내려가서 있어도 된다'는 아버지 말씀에 따라 마지막 장례 의식에 참석하지 않고 집으로 내려가 머물러 있었다. 손자 중에서는 당시 대학생이었던 장손자만 할머니의 마지막 배웅까지 자리를 지켰다. 그래서 그 순간의 상황을 나는 잘 모르고 있었다.

"그렇게 천둥, 번개가 한두 차례 치고 간 이후 그쳤던 비가 다시 또 내리기 시작했다. 할머니 하관 의식은 다 마무리되고 난 시점이었다. 그때 그 장소에 같이 자리하고 있던 지관이 상주인 내게 다가와 한 말이 있는데, 그 지관의 말이 지금도 잊히지 않고 내 기억에 생생하게 남아 있다. 내가 어떻게 그 순간을 잊을 수 있겠니."

아버지는 무언가 중요한 말씀을 하시려는 듯했다. 그동안 말씀하지 못하고 가슴에 고이 묻어 두었던 무엇인가가 있는 듯했다. 옆에 계시던 어머니도 아무 말씀도 없이 듣고만 계셨다. 어머니는 이미 그 얘기를 알고 계신지도 모른다.

"지관이라면 돌아가신 분의 묘지 터를 잡아 주는 역할을 하는 분을 말씀하시는 거죠? 그렇다면 풍수지리에 대한 식견을 가지고 계셨겠네요."

"그렇단다. 그 지관은 나에게 '상주. 자네가 잡은 묘지 터가 아주 명당일세그려. 내가 많은 묘지를 잡아 보았지만 하관하는 의식을 하는 순간에 내리던 비가 갑자기 그치고 하늘에서 천둥, 번개가 묘지 터 위에 우레같이 쏟아지는 광경을 본 적이 없었네. 나도 오늘 처음으로 경험하였네. 길조의 의미라네. 아마도 이 집안에 앞으로 큰 벼슬이 날 걸세'라고 말하더구나. 할머니를 마지막으로 배웅하는 하관식을 하던 때라 나도 정신을 바짝 가다듬고 있었는데, 그 얘기가 나에게는 하늘의 목소리처럼 들리더구나."

아버지는 할머니의 하관식이 거행되던 그 순간에 일어났던 일을 내게 꼭 들려주고 싶었던 것이었다. 그리고 그 지관의 말이 가지는 예언적 의미를 강조하셨다. 어르신들은 풍수지리와 전통적 미신을 존중하는 생활 습관을 지녀 오셨으니 더 그럴 수 있다고 느꼈다.

"지관이 아버지에게 그렇게 말씀하셨다면, 그날의 일이 예사롭지는 않은 상황이었나 봅니다. 하늘이 할머니를 데려가시는 소리일지도 모르지요. 할머니가 하늘나라 좋은 곳으로 가셨을 거고 지금도 편히 쉬고 계실 겁니다."

"그럴 거다. 할머니는 남에게 해로운 일은 절대로 하지 않으신 분이셨으니까 좋은 천국에 가서 편히 지내고 계실 거다. 아마 지금도 하늘나라에서 자식과 손자를 바라보며 계속 보듬어 주고 도와주고 계신지도 모른다. 네가 대학 진학을 위해 서울로 가서 공부하다가 그렇게 어렵다는 행정고시 합격이라는 영광을 안고 고향에 내려왔으니 할머니도 매우 기뻐하실 거다. 예전으로 말하면 과거시험에 합격한 거 아니겠냐. 살아 계셨다면 좋아서 어쩔 줄 모르시며 춤을 덩실덩실 추셨을 것이다. 어쩌면 하늘나라에서 보고 계실지도 모르겠다. 이런 일련의 일들이 다 하늘나라에 가 계시는 할머니 덕분인지도 모르겠구나.”

그렇다. 돌아가신 할머니의 음덕이 손자들에게까지 도움을 주셨을 거라 생각된다. 인간사 모든 일이 한 사람의 힘으로 이루어지는 것도 아님을 알고 있었다. 주위의 모든 사람의 마음이 하나로 모일 때 어렵고 힘든 일도 성사된다. 특히, 세상에서 귀한 일이거나 모든 사람이 관심을 가질 만큼 영향력이 큰일은 더 그렇다. 오랜 준비와 각고의 노력, 모든 사람의 뜻이 한자리로 모일 때 그 목표는 이루어지고 실현된다. '한 사람의 꿈은 꿈으로 남지만, 만인이 같이 꾸는 꿈은 현실이 된다'는 말도 있지 않은가?

“할머니가 보고 싶습니다. 주말에 할머니 묘지를 오랜만에 가 봐야겠어요. 고향에 내려와 있다고 인사라도 드려야지요.”

“그렇게 하거라. 매우 반갑게 맞이해 주실 거다.”

그날 밤 많은 생각이 나에게 머물고 있었다. 할머니의 하관식이 진행되던 때 있었던 이야기를 듣고 나니 조금씩 지난날의 퍼즐이 풀리기도 하였다. 나는 고등학교에 진학해 학교생활을 하면서 이공계를 선택하고 싶었다. 그 이유는 성인이 되어서 의사가 되고자 하는 꿈을 가지고 있었기 때문이다. 그런데 아버지는 내가 인문계를 공부해서 공무원이 되기를 바라셨는데 그렇게 나를 설득한 이유가 따로 있었던 것인지도 모른다. 오늘 그 말씀을 듣고 나니 그때의 일도 떠올랐다. 아마도 아버지는 미래에 일어날 수 있는 일의 가능성을 어느 정도까지 예견하고 계셨고, 그 일이 꼭 이루어지기를 오래전부터 꿈꾸고 계셨는지도 모른다. 이런 날이 오도록 미리 계획을 수립하고 준비하였을 수도 있다.

여하튼 아버지는 그런 계획과 목표를 홀로 간직하고 계셨고, 그 일이 온 가족의 마음을 모아 이루어졌으니 참으로 행복한 마음이었다. 어릴 적에 학업의 열의가 높았으나 가난한 집안 형편으로 학업을 이어 갈 수 없었던 아버지는 자식들이 원한다면 어떻게 하던 공부를 많이 할 수 있도록 기회를 주고자 하셨다. 그래서 돈벌이가 되는 일이라면 어디든 쫓아가셨고 자식 공부에 우선순위를 두었다. 자식들이 어릴 적에는 겨울철 농한기가 되면 울산에 있는 조선소로 가서 일용직으로 일을 하며 돈을 모으셨고, 또 읍내에서 수레를 끌고 다니며 각 슈퍼마켓을 다니면서 크라운이라는 회사의 과자를 공급하는 도매상 일도 하시곤 했다.

28

전해 들은 얘기에 의하면, 아버지는 30대의 나이에 겨울이면 울산에 홀로 가서 자취 생활을 하시면서 조선소 일용직으로 2~3개월간 일을 하셨다고 한다. 집에서 준비해 간 음식은 쌀과 김치, 그리고 간장이 고작이었다. 저녁이 되면 퇴근하여 연탄불로 냄비에 밥을 지어서 김치와 간장으로 끼니를 채웠다. 식사 후에 남은 누룽지는 이튿날 아침 식사였다. 그렇게 열악한 식사를 하시고 중노동에 해당하는 조선소 일을 하셨던 것이다. 철근을 어깨에 메고 나르거나 망치질을 하면서 철근을 매끄럽고 평평하게 만드는 일이었다. 돈을 벌어서 봄철 농번기가 되면 다시 농사일로 돌아가야 했기에 하루하루가 아까웠던 아버지는 주말도 쉬지 않고 일을 하였다. 휴식을 생각할 겨를이 없었다. 피로함을 잊을 수 있었던 것은 가족과 자식이라는 존재였다. 나이가 젊었으므로 가능했던 이야기다.

울산의 조선소로 일하러 같이 갔던 동네의 형님도 있었다. 지출을 아끼기 위해 둘이서 같은 방에서 생활하고 같이 일하러 다니는 일과를 보냈다. 저녁이 되어 피곤한 몸으로 돌아오면 저녁 준비를 같이 하였다. 냄비에 쌀을 씻어 연탄불로 밥을 지었다. 냄비를 가져다 놓은 식탁에서 김치와 간장 반찬을 놓고 둘이서 식사를 하는 것이다. 그런데 저녁 식사 때마다 서로에게 가벼운 다툼이 생겼다. 냄비의 밥을 같이 먹으면서 밥이 다 없어져 가면 남은 밥은 서로에게 먹으라고 권하면서 식사를 마치는 것이었다. 그렇다고 아까운 밥을 남기고 버릴 수는 없었다.

"오늘도 일하는데 어려움은 없었는가?"

"매일 똑같아요. 날씨가 추우니까 작업도 더 어려워져서 더 조심해야 겠어요."

"그렇지. 조선소는 워낙 힘든 작업이 많아서 다치지 않게 항상 조심해 야 하네. 항상 주위를 잘 살피면서 일을 하게나. 너무 또 서둘러 일을 하 면 더 위험하니까 천천히 작업공정과 작업지시에 맞게 해야 할 거야. 일 당 주는 것만큼만 일한다는 생각으로 하게나."

"형님도 조심하세요. 조선소에서는 많은 일꾼이 용접도 하면서 위험한 일을 하고 있는데 사고도 종종 난다고 하더라고요. 그렇게 희생해서 아 주 큰 배가 만들어지는 걸 보면 기술이 참 대단하다고 느껴집니다. 세상 에 힘들고 어려운 일은 있어도 불가능한 일은 없어 보입니다."

"그러니 정주영 회장이라는 사람이 대단한 거 아닌가? 참으로 특출한 사람이네. 한국에서 조선소를 짓다니. 조선소도 만들어 놓지 않고 유럽 에 가서 배 수주를 받아 왔다고 들었네. 뭔 자신감으로 이렇게 큰 배를 만 들 수 있다고 호언장담했는지, 허허. 참으로 영웅일세그려."

"덕분에 우리도 돈벌이가 생겨서 좋지요. 다만, 날도 추운데 타지에 와 서 일을 하다 보니 가족 생각도 종종 나네요. 에고, 생각을 많이 하다 보 면 더 마음이 아프니 잊어야지요. 돈 많이 벌어서 가는 것만 생각하렵니 다. 형님, 배고프실 텐데 얼렁 저녁을 드시지요."

"그래, 오늘도 무사히 잘 보냈으니 저녁 식사하고 편히 쉬자구. 저녁상 차린다고 자네가 고생 많았네. 그런데 오늘따라 자네의 얼굴이 유별나게 수척해 보이는군. 오늘은 자네가 밥을 많이 먹게나. 난 요즘 속이 편치가 않네."

"그러지 마세요. 속이 편치 않아도 저녁은 든든히 드셔야 내일 아침에 또 일을 나갈 수 있습니다. 약속을 하신 대로 정확하게 중간에 선을 그어서 나눠 드시지요. 여기까지는 제 몫이고, 여기서부터는 형님 몫입니다."

그래서 방법을 찾으셨다고 한다. 그 방법은 냄비에 밥이 다 되면 식탁에 냄비를 올려놓고 숟가락으로 냄비의 밥 위에 선을 그었다고 한다. 냄비 밥 위에 그어진 선을 중심으로 왼쪽과 오른쪽을 구분하여 남기지 말고 다 먹는 것으로 약속하였다. 그렇게 하니 서로가 정해진 부분을 다 먹을 수 있었고, 고픈 배를 달래기에 그 양이 충분했는지는 알 수 없으나 서로 간의 다툼이 사라졌다. 그리고 멀고 먼 타향에 와서 고된 일을 함에 있어 서로에게 힘이 되고 위안이 되었다. 식사가 끝나면 설거지가 또 숙제였다. 이것도 순번을 정해서 서로 공평하게 하였다. 그렇게 식사가 끝나면 휴식을 가지면서 서로 이런저런 얘기를 나누고 작은 방에서 둘이서 같이 취침에 들었다. 서로의 다짐이 '건강하게 일하고, 돈을 최대한 많이 벌어서 고향으로 돌아가자'라는 것임을 되새기며 다시 아침을 시작하였다. 그렇게 농한기 겨울철 3개월의 돈벌이 생활이 타지에서 중노동을 하면서 채워졌다.

29

또 다른 겨울철 아버지의 돈벌이 생활은 읍내에서 손수레에 끌면서 물건을 납품해 주는 일이었다. 수많은 과자 박스를 가득 쌓은 손수레를 끌고 다니며 동네 슈퍼에 배달해 주는 도매상 역할이었던 것이다. 일종의 영업사원이기도 했다. 당시 크라운제과라는 회사는 '빅파이'라는 초코가 가미된 제품(과자와 빵의 중간적 성격)을 만들어서 한창 인기를 누리고 있었다. 아버지는 거창 읍내에 있는 크라운제과의 거창영업점에 취업을 해서 기본 월급을 받고 판매의 양에 따라 성과급을 주는 시스템으로 일을 시작하셨다. 그렇기 때문에 매출을 최대한 많이 올리는 것이 중요하였다. 그러다 보니 돈을 벌려는 욕심에 일을 의욕적으로 하셨다.

겨울철이다 보니 손수레를 끌고 다니시는 일이 고된 일이었다. 거기다가 추운 날씨에 바깥에서 지내는 시간이 많다 보니 그 고충이 더 심하였다. 일을 하고 집에 와서 저녁을 드시고 나면 계속 귀를 문지르셨다. 차가운 바깥에 있다가 따뜻한 방에 들어와 있으니 귀에 가려움이 일어났고, 그 현상이 시간이 갈수록 심해졌기 때문이다. 그것은 동상으로 가기 전 단계였다. 그럼에도 불구하고 그 상황을 심각히 여기지 않고 지내다가 결국은 동상으로 발전하였다. 귀가 빨갛게 열이 오르고 조금씩 부어올랐다. 약을 사다가 바르고 치료하는 것도 저녁의 일상이 되었다. 내 몸에 병이 나는 것보다 돈을 벌어서 가정이 풍요로워지고 자식 공부하는 데 지원하는 것이 더 중요하다는 생각뿐이었다. 모든 부모의 마음이 그러했

108 술잔에 스며드는 얼굴

던가? 어떻게 하든 가난에 허덕이는 삶에서 벗어나야겠다는 일념이 모든 것을 지배했다. 어린 나이의 나였지만 그런 부모님을 지켜보는 마음은 아팠다. 그래서 더욱 공부를 열심히 하고, 바르게 학교생활을 함으로써 부모에게 또 다른 근심을 드리지 말아야겠다고 다짐하곤 했다.

하루는 아버지가 일을 마치고 집에 오셨는데, 손에 무엇인가 가지고 오셨다. 표정도 매우 밝아 보였다. 아마도 '오늘 장사가 잘되었나 보다'라고 생각하고 있었다. 저녁상을 물리고 모두 방에 모여 있을 때 가져오신 물건을 펼쳐 놓으셨다. 그건 바로 '빅파이', '크레산도'라는 과자였다. 나의 눈은 갑자기 커졌다. 이런 과자를 잘 보지 못했기 때문이다.

"일하다가 조금 남는 게 있어서 가지고 왔다. 아빠가 읍내에서 어떤 과자를 도매하는지 너희들은 모를 것 같아서 보여 주고 싶었다. 이런 과자는 최근에 출시된 것이라 먹어 보기가 쉽지 않으니, 너희들도 맛이라도 보아라."

우리는 너무 기뻤다. 처음으로 맛을 보는 과자여서 그런지 그 과자가 너무나 달콤했다. '입에서 살살 녹는다'는 것이 이런 것을 두고 하는 말이구나 하는 생각도 들었다. 아버지께 고맙다고 얘기하고 아주 행복하게 먹었다. 오늘은 정말 아버지로부터 큰 선물을 받은 느낌이었다. 아마도 장사 일을 하시다가 자식들에게도 먹여 보고 싶어서 가지고 오셨을 것이다. 아버지는 자식들이 먹는 모습을 흐뭇하게 지켜보셨다.

그러고 난 후에 아버지는 나를 무릎 위에 앉히고는 이런저런 말을 해 주셨다. 막내인 나는 아버지로부터 늘 특별한 사랑을 받고 있었다. 이것이 막내의 특권이기도 했다.

"우리 막내는 나중에 어른이 되면 뭐가 되고 싶니?"

아버지는 아직 어린 나에게 미래의 꿈을 물어보셨다. 어떤 심정으로 그 말씀을 하셨을까 하고 잠시 헤아려 보았다. 아마도 읍내에서 영업일을 하시다 보니 많은 사람을 만나면서 자식의 교육에 대해 관심을 가지기 시작하셨는지도 모른다.

"음. 공부 열심히 해서 의사가 될래요. 의사가 되면 돈도 많이 벌고, 아픈 사람 치료도 해 줄 수 있어서 보람이 있을 것 같아요. 가난한 사람에게는 공짜로 치료하면 더 좋겠죠? 책에서 보니까 외국에 슈바이처라는 의사가 있었는데, 의사로 활동하다가 돈도 많이 벌었는데 어떤 책에서 가난하고 병이 들어 고통받는 아프리카 사람들이 많다는 것을 보았대요. 그래서 돈벌이는 잠시 접어 두고 아프리카로 가서 가난하고 아픈 사람을 무료로 치료해 주었대요. 그렇게 좋은 일을 하니까 나중에는 노벨평화상인가 노벨의학상도 받았대요. 저도 그런 훌륭한 의사가 되는 게 꿈입니다."

나는 거침없이 얘기를 했다. 초등학교에서 읽었던 책의 내용 중에서 나에게 감동을 주었고, 가슴에 깊이 묻혀 있었던 내용이었다. 부모님께는 처음으로 했던 말이다.

"그렇구나. 어떻게 그런 대견한 생각을 벌써 하게 되었니? 의사가 되면 정말 좋겠다. 의사는 공부를 열심히 그리고 많이 해야 되니까 아빠가 돈을 많이 벌어야 되겠구나!"

"의사 공부하려면 돈이 많이 들어요? 그건 몰랐어요. 장학금은 없을까요?"

그렇다. 공부를 하기 위해서는 돈이 필요하다. 특히, 의사가 되려면 대학을 다니고 또 추가로 공부를 더 해야 했기에 더 많은 돈이 있어야 했다. 그런 자세한 내용까지를 나는 아직 어려서 잘 모르고 있었다. 돈이 없어서 의사가 될 수 없다는 것을 나는 상상하기 싫었다.

"공부를 열심히 하면 좋은 길이 열릴 것이다. 돈 걱정은 하지 말고, 그 꿈을 열심히 키워라. 꿈은 어떤 고난도 이겨 내는 힘이 되고, 항상 미래를 열어 가는 법이란다. 그런 꿈은 항상 크게 가지는 게 좋다. 네가 그런 미래의 꿈을 가지고 있으리라고는 상상하지 못했다. 막내가 벌써 이렇게 많이 컸구나. 생각이 이뻐서 아빠는 아들이 자랑스럽다."

옆에 계시던 어머니도 한 말씀 하셨다.

"막내가 의사가 될 때까지 우리가 살아 있어야 할 텐데. 막내아들이 의사가 되어 집에 오면 엄마는 덩실덩실 춤을 추고, 아들을 업고 동네 한 바퀴를 돌 거야. 그렇게 하려면 그때까지 건강해야겠지? 의사가 되거든 우리 아픈 것도 치료해 주려무나."

엄마, 아빠는 농사일을 많이 하시면서 늘 육체적 피로를 느꼈고 만성적인 병치레도 하고 계셨다. 시골 농사일이 몸만 힘들고 돈벌이는 잘 안 되는 직종이었다. 농사를 짓는다고 해서 배가 부르게 먹고 사는 부자가 될 수는 없었지만 그래도 예전처럼 굶주림에 배를 곯는 일은 피할 수 있었다. 농사에도 많은 품질 개량이 이루어져 쌀 수확량이 어느 정도 증가하기 시작했고, 이에 따라 농민들의 주름살도 조금씩 펴지고 있었다.

"네 엄마는 별 걱정을 다한다. 아들이 의사인데 부모 치료를 안 해 주겠나. 네 엄마도 매일 일하느라 골병이 다 들었다. 허리 쑤신다, 아랫배가 아프다는 소리를 매일 달고 다닌다. 네가 의사 되거든 엄마가 하나도 안 아프게 해 줘라."

아버지는 체구가 작으시지만 강한 체질을 가지고 계셨다. 반대로 어머니는 체구는 아버지와 비슷한데 조금은 허약한 체질이셨다. 그래서 아버지는 늘 어머니가 병이 날까 걱정이셨다. 가족 중에 누구라도 크게 아프면 병간호를 해야 하기에 큰 어려움에 직면할 수밖에 없었다. 가족 모두가 건강한 것이 가장 큰 안심이었다.

"엄마, 아빠 걱정하지 마세요. 제가 꼭 의사가 되어서 엄마, 아빠가 오래오래 건강하게 사시도록 하겠습니다. 제가 의사가 될 때까지 기다려 주실 거죠?"

그런 얘기를 하는 와중에 작은 방에서 학교 숙제를 하던 누나가 큰 방으로 건너와서 무언가를 아버지에게 드렸다. 포장지로 싸인 작은 상자였다. 누나는 벌써 중학생이어서 교복을 입고 학교에 다녔고, 동생들보다는 훨씬 키도 컸으며 정신적으로는 벌써 어른이 다 되어 있었다.

"아버지, 내일부터 일 나가실 때는 이거 꼭 하고 다니세요. 귀에 동상이 심해지면 큰일 나니까 조심하셔야 돼요. 이건 추울 때 바깥에서 일하는 사람이 귀에 쓰고 다니는 귀덮개라는 건데, 쓰고 일하시면 귀가 따뜻할 겁니다."

누나는 은근히 속이 깊었다. 다만 부끄러움을 많이 타서 표현을 잘 하지 않았을 뿐이었다. 아버지가 밖에서 추운 날씨에 일하다가 귀가 가렵다고 하니까 귀가 동상으로 더 악화될까 봐 그것이 걱정되어 귀덮개를 구입하여 온 거였다.

"귀덮개라는 것도 있니? 네가 돈이 어디 있다고 이런 걸 사 왔니? 고맙다. 잘 쓰고 일할게. 요즘 날이 더 추워져서 걱정이었는데, 이거 쓰고 다니면 도움이 되겠구나."

"아버지는 일에만 신경을 기울이지 마시고 건강도 챙기세요. 귀가 그렇게 되도록 놔두셨어요? 아픈 곳은 자연적으로 낫지는 않아요. 시간을 내서 병원에도 가 보세요. 병원비 아까워하시면 안 돼요. 꼭 그렇게 하세요."

"그래, 그러지 않아도 내일은 일하다가 짬을 내서 병원에도 갈 생각이었다. 너희들은 너무 걱정하지 말고 학교생활이나 충실히 하거라."

이렇게 가족들이 모여서 화기애애한 대화가 오고 가던 밤도 그렇게 저물어 갔다. 가족 모두가 흐뭇함을 느끼고 기쁜 마음으로 잠자리에 들 수 있는 날이었다. 밤이 저물고 내일 새벽에 다시 동이 트면 또 바쁜 하루를 시작할 것이다.

30

　군 복무를 마치고 직장에 복직신청을 하였다. 1년 6개월이라는 짧은 시간이 흘렀는데도 불구하고 사회와 회사는 많이 변해 있었다. 지난 1년 6개월이 얼마나 긴 시간이었을까? 나는 변한 것이 없다고 느끼는데, 직장의 사람과 주위 분위기는 많이 변해 버린 듯 느껴졌다. IMF 외환위기를 거치면서 처음으로 대규모의 실업 대책을 추진하였는데, 그 중심 역할을 노동부가 담당하였다. 이런 실업 대책 추진을 계기로 국정 운영에서도 고용의 안정과 고용 정책을 비중 있게 다루었다. 국가적 위기에 국내 문제인 실업 대책이 대규모로 입안되면서 부처 입장에서도 엄청난 경험을 하게 되었다. 고용보험제도의 유용성도 높게 평가되었으며 단기적인 상황 해결과 아울러 장기적인 고용 정책을 펼쳐야 하는 과제도 떠안았다. 직원들의 인식도 변화하였다. 노사관계 중심의 현장 대응에 집중하면서도 고용 정책 부서의 역할이 새롭게 부상되면서 직원들의 관심이 고용 문제로 전환되기도 하였다.

　기업들도 외환위기를 극복하는 과정에서 우리에게는 소용없을 것으로 여겨졌던 구조조정을 단행하기도 하였고, 그 과정에서 노사 간 갈등도 깊어졌다. 명예퇴직과 권고사직이라는 용어도 자주 등장하였다. 지금까지 기업의 성장과 사업의 확장 중심이었던 경영 방침도 이제는 경영의 내실화와 주된 사업영역에서의 경쟁력 강화로 재편되었다. 어떤 대기업은 자금난을 이기지 못하고 해체되는 아픔을 겪기도 하였다. 그러면서 기업들 사이에서 사업의 빅딜(big deal)이 추진되기도 하였다. 예를 들면, A기업은 자동차산업에 전념하고 다른 기업들은 자동차산업에 대한 투자를 포기하였으며, B기업은 전자산업에 매진하면서 다른 관련 기업들을 인수 합병하는 방식이었다. 문어발식 사업영역 확장이 아니라 강점이 있는 사업 분야에 집중하면서 그 분야에서의 세계 경쟁력을 확보하는 방식으로 재편이 된 것이다.

근로자와 노조의 관심도 변해 갔다. 임금인상 등 처우개선에 집중하던 노동조합과 근로자의 요구사항이 이제는 고용안정으로 그 중심축을 이동시켰다. 경제가 급속도로 성장하는 과정에서 취업의 문제는 사실상 없었다. 그런데 외환위기로 구조조정이 이루어지고, 기업들이 채용 규모를 급격하게 축소하면서 취업의 문제, 고용안정이 핵심 문제도 대두된 것이다. 대학을 졸업하고 취업을 예정한 사람도 외환위기를 거치면서 채용이 연기되거나 취소되는 상황까지 발생하였다. 그야말로 취업 전쟁이 일어나고, 일하고 있는 근로자들도 상시적 고용불안에 시달려야 했다. 기업들은 생존을 위해 구조조정을 상시적으로 추진하기도 하였다. 고용 문제에 있어서는 기업의 생존이 우선이었던 것이다.

기업의 구조조정, 고용의 불안이 맞물리면서 노동조합의 파업도 빈번하게 발생하였고 그 양상도 거칠어졌다. 경제 호황기를 누리면서 기업의 성장을 위해 묵묵히 근무해 왔던 근로자들이 갑작스럽게 구조조정, 명예퇴직, 권고사직이라는 형태로 일자리를 잃게 되는 상황이 도래하자 노동조합은 이에 대한 저항 차원에서 근로자들의 뜻을 모아 파업이라는 수단을 동원한 것이다. 오랜 기간 근무해 오던 직장을 떠나야 하는 근로자의 억울함과 다른 생계 수단을 찾아야 하는 불안감도 높아졌기 때문이다.

실업 상태에 처하게 되면 고용보험이라는 제도로 3개월간의 실업급여가 지급되기는 하지만 그 기간도 짧았고 그 이후는 대책이 없었다. 명예퇴직금을 받으면서 직장을 떠난 사람들은 자구책으로 식당을 차리는 등 자영업을 하기도 하였다. 이렇듯 직장을 떠나는 근로자의 앞날은 막막했던 것이다.

IMF 외환위기는 국가와 사회뿐 아니라 개인의 삶까지 변화시켰다. 경제성장률보다는 실업률이 더 자주 언론에 등장하였고, 구조조정과 명예퇴직은 평범한 단어가 되었다. 일터를 잃어버린 사람들은 산과 바다로 피신하였고, 서울역 등 기차역이나 지하철역의 노숙자도 나타났다. 가정의 생계를 책임지던 가장(남편)을 응원하는 노래도 등장하였다. "아빠 힘내세요. 우리가 있잖아요. 아빠 힘내세요. 우리가 있어요." 자녀들이 불러 주는 노래가 공중파를 타고 흘러나오기도 하였다.

군 복무를 마치고 다시 복귀하였으나 여전히 경제적 어려움이 온 사회를 지배하고 있었다. 사회적 갈등을 치유해야 하는 상황도 이어졌다. 직장에 복귀하여 맡은 업무는 새로운 노사관계를 정립하기 위한 제도와 문화를 만들어 가는 신노사문화추진단이었다. 갈등과 대립의 노사관계를 협력과 상생의 노사관계로 바꾸어 가는 정책을 발굴하고 문화를 정착시켜 가는 것이 주된 업무였다. 구조조정, 명예퇴직, 권고사직이라는 고용 불안 요소가 확산된 가운데 갈등과 대립이 심하였던 노사관계를 변화시켜야 하는 과제가 주어졌던 것이다. 여러 선진국의 사례를 탐구하면서 우리에게 적용이 가능한 제도와 문화를 도입하려 했다.

Ⅲ

장관 수행비서로서의 길과 애환

그런 와중에 노동부장관 수행비서가 바뀐다는 소식을 듣게 되었다. 장관의 외부 일정에 따라 수행을 하면서 장관의 업무를 지원하는 것이 수행비서의 주요 임무였다. 장관님의 출근부터 퇴근까지의 하루 전 일정을 함께하며 시시때때로 필요한 업무를 지원해야 하기에 항상 긴장 속에서 모든 사안을 꼼꼼히 챙겨야 하는 고된 격무였다. 나는 군 복무를 마친 지 얼마 되지 않았고, 아직 20대 후반의 젊은 나이였기에 체력적인 자신감을 가지고 장관 수행비서 업무를 수행해 보겠다고 결심하고 지원을 하였다.

"총무과장님, 상의드릴 일이 있어서 찾아왔습니다."

인사를 총괄하는 총무과장님을 찾아가 사무실에서 뵈었다. 총무과장님을 찾아가 나의 의지를 말씀드려야겠다고 용기를 낸 것이었다.

"김 사무관, 앉아요. 하는 업무는 재미가 있습니까? 군 복무를 마치고 복귀한 후 맡은 업무가 새로운 노사관계를 만들어 가는 업무이니 창의적으로 접근해 보는 것도 좋을 겁니다. 그건 그렇고, 그래, 이렇게 찾아왔는데 긴요하게 필요한 게 있나요?"

총무과장은 직원들의 고충과 인사 관련으로 여러 사람과 상담도 하고 대화도 하는 직책이었기에 따뜻하게 맞이하여 주셨다.

"인사 관련으로 요청드리고 싶은 것이 있어 찾아왔는데, 단도직입적으로 말씀드리겠습니다. 장관님 수행비서가 곧 바뀐다고 들었습니다. 그래서 제가 장관 수행비서에 지원하고 싶습니다. 과장님께서 기회를 주시면 최선을 다해서 임무를 잘 수행해 보겠습니다."

용기를 내어 찾아왔으니까 주저할 필요가 없었다. 자신 있는 말투로 바로 인사 관련으로 나의 희망을 전달하였다. 공직 생활 시작 이후 처음으로 인사와 관련된 상담을 한 것이었다.

"그렇군요. 충분히 그 뜻과 의지를 알겠습니다. 그런데 장관 수행비서 선발은 총무과장이 직접 선발하는 것이 아니라 장관 비서관이 장관과 협의하여 최종적으로 결정합니다. 김 사무관이 그런 뜻을 가지고 있다고 하니, 장관 비서관에게 그 뜻을 전달하겠습니다."

중요한 자리인 만큼 선발 과정이 매우 엄밀하고 철저하게 진행되리라 짐작은 하고 있었다. 장관과 일정을 같이 소화해야 하고, 장관의 업무수행 과정을 곁에서 지켜보며 모든 대소사를 지원하는 자리이기에 적격 후보자에 대한 장관과 비서관의 충분한 검토와 최종적인 결정이 필요한 인사인 점을 이해할 수 있었다.

"예, 그런 과정을 거치는 것을 처음으로 알게 되었습니다. 비서관께 잘 말씀하여 주시면 감사하겠습니다. 수행비서로 일할 수 있는 기회가 저에게 주어지면 누구보다 열심히, 그리고 잘 할 자신이 있습니다. 잘 부탁드립니다."

"장관 수행비서 자리가 매우 어렵고 힘들어서 다들 기피하고 있는데, 그 업무를 해 보겠다는 지원자가 있으니 참 좋은 일이군요. 충분히 그 뜻을 잘 알겠습니다."

이렇게 인사 상담은 마무리가 되었다. 가지고 있던 마음을 인사 관련 상담 과정에서 다 얘기하고 나니 마음이 편안해졌다. 혼자 고민만 한다고 일이 성사되는 것은 아니었다. 그래서 용기를 내어 보았다. 나의 뜻대로 장관 수행비서가 된다는 보장은 없었지만, 지원을 해 보고 싶었고, 의사를 확실히 전달해야 나중에라도 후회가 없을 것 같았다. 이제는 조용히 그 결과를 기다리는 일만 남았다.

그리고 2주 정도의 시간이 흘렀다. 평소와 같이 맡은 업무에 전념하고 있었고, 간혹 저녁 늦은 시간까지 사무실에 앉아 야근도 하였다. 이날도 평소와 마찬가지로 저녁을 간단히 먹고 남은 업무를 정리하고 있었는데, 사무실에 놓여 있는 전화가 울렸다.

"여보세요. 김홍섭입니다."

"장관실 비서관입니다. 아직 사무실에 계시는군요. 상의할 일이 있는데 바쁘지 않으면 장관실로 잠깐 오실 수 있을까요?"

장관실 비서관이라는 말에 깜짝 놀랐다. 잠시 장관실에서 보자는 말에 갑작스럽게 긴장이 몰려왔다. 비서관이 나에게 연락을 한 이유는 하나밖에 없다고 생각했다. 수행비서를 지원한 나에게 의사를 타진해 보려는 것일 거라는 추측이 들었다.

"예, 비서관님. 지금 바로 가겠습니다."

같은 층에 장관실이 있었기에 빠른 걸음으로 걸어가니 채 2분도 걸리지 않았다. 기다리고 있던 전화를 받았기에 나의 발걸음은 의식하지 못할 정도로 상당히 빨라져 있었다.

"빨리 오셨네요. 이쪽으로 오십시오."

장관 비서실에 들어서자 비서관은 나를 비서실 옆에 위치해 있는 작은 응접실로 안내하였다. 저녁 퇴근 이후의 시간이라 비서실에 다른 직원은 없었다. 처음 와 보는 장관 비서실이어서 그런지 낯설고 긴장감이 내 몸을 감싸고 있었다.

"총무과장님으로부터 얘기를 전해 들었습니다. 장관 수행비서를 지원하셨다고요. 후보자 중의 한 명으로 긍정적 검토를 하고 있습니다. 내일 아침에 장관님의 최종 결심을 받을 예정입니다. 특별한 일이 없으면 수행비서로 선발이 될 것입니다. 만약 다른 결정이 내려진다면 내일 제가 전화를 드리지요. 전화가 없다면 수행비서로 확정된 것으로 알고 3~4일 후부터 수행비서 업무를 이행할 수 있도록 사전 준비를 하시기 바랍니다. 그리고 절대로 사무실의 과장이나 국장, 또는 동료들에게 이 사실을 알리지 말고 혼자만 알고 계셔야 합니다. 그리고 지금 수행 중인 업무는 조금씩 정리하시면 되겠습니다."

3~4일 후쯤 인사발령이 공식적으로 날 것이라고 말씀하시면서 그때까지는 누구에게도 발설하여서는 말라고 당부하면서 비밀을 유지해야 한다고 거듭 주의를 주었다. 장관 수행비서로 내정이 되었음을 부서의 상사나 동료에게 말하지 말고 비밀을 엄수하라고 주의를 준 이유는 그런 내용을 인사발령이 나기 전에 알려질 경우, 부서에서는 직원이 빠지기 때문에 별로 달가워하지 않고 항의가 들어올 수도 있기 때문이라고 알고 있었다. 그런 사건이 이전에 있기도 하여 장관실과 그 부서 사이에 불편한 관계가 형성된 사례가 있었다는 사실을 알고 있었기에 나는 장관 수행비서로 곧 이동한다는 내용을 함구하였다.

"예, 비서관님. 감사합니다. 고민 끝에 장관 수행비서를 해 보겠다고 용기를 내었는데, 이렇게 통보를 받으니 많이 긴장됩니다. 별도로 준비를 해야 할 것이 있을까요? 기회를 주셔서 너무나 감사드립니다. 비서관님과 상의하면서 수행비서로서 최선을 다하도록 하겠습니다. 많은 지도와 가르침을 부탁드립니다."

나의 목소리는 떨리고 있었다. 수행비서의 업무가 막중하기에 두려움이 없을 수 없었다. 이렇게 수행비서로 선발되었다는 얘기에 그 막중한 두려움이 한층 강하게 느껴졌다.

"따로 준비하실 것은 없고요. 수행비서 업무가 육체적으로, 정신적으로 고된 일입니다. 마음의 각오를 단단히 하시기 바랍니다. 수행비서로서 지켜야 할 사항이 많고, 업무 과정에서 따라야 하는 업무 방식과 규율도 있습니다. 그런 내용은 임무가 시작된 이후 하나하나 잘 익혀 가시면 되고, 2주 정도면 적응도 되고 익숙해질 겁니다. 장관님을 보필하는 매우 엄중한 자리이니까 저와 보조를 잘 맞추어 봅시다."

비서관님은 나를 위로해 주셨다. 차분한 목소리로 상세히 그리고 자상하게 말씀해 주셨다. 같이 보조를 맞추어 보자는 얘기에 약간의 긴장감이 가라앉았다.

"예, 정말 감사드립니다. 잘 부탁드립니다."

그렇게 인사를 드리고 장관 비서실을 나왔다. 장관 수행비서가 되어 보겠다는 나의 바람이 실현된 것이다. 진정으로 기뻤다. 잠시 숨을 고르며 마음을 진정시키고 아무 일이 없었다는 듯이 사무실로 돌아와 남은 업무를 마쳤다.

그날 이후 1주일의 시간이 흘렀는데 아무 연락이 없었다. 비서관이 잠시 얘기하자고 전화를 걸어 왔던 그날 저녁에 분명히 3~4일 후부터 장관 수행비서로 일을 시작할 거라고 하였으나 소식이 없었다. '무슨 일이 있는 걸까? 아직 다른 연락은 없었으니 기다려 보자'라는 생각을 하며 조마조마한 마음으로 나를 부여잡고 있었다. 장관실로부터의 연락만을 기다리고 있던 바로 그때 비서관으로부터 전화가 다시 걸려 왔다.

"장관 비서관입니다. 연락이 조금 늦었죠? 내일 아침에 장관 수행비서로 인사발령이 날 겁니다. 내일 아침부터 바로 일을 시작해야 하니, 준비해서 출근하세요."

비서관의 전화를 받고 나니 '드디어 장관 수행비서로 발령이 나는구나'라는 생각에 확신이 들었다. 이 연락을 불안한 마음으로 기다려 왔다. 안도하는 마음과 행복감이 밀려왔다. 그러나 내일까지는 아무것도 모른 척해야 했고, 겉으로 표현하지도 않아야 했다.

"예, 감사합니다. 주신 말씀대로 사전 준비는 착실히 해 왔습니다. 옷을 정제하여 입고, 내일 아침부터 차질 없이 일할 수 있도록 준비해서 출근하겠습니다."

다음 날 아침 출근과 함께 인사발령이 공개되었고, 사무실의 국장님, 과장님, 동료 직원들이 갑작스런 인사발령을 보고 모두 놀라워하였다. 인사발령이 났으므로 아무도 거역할 수 없었다. 나는 사무실 국장님, 과장님, 동료 직원들께 인사를 하고 장관실로 이동하여 수행비서로서의 업무를 시작하였다. 갑작스러운 인사발령에 대해 모두 의아한 표정을 지으면서도 축하의 말씀을 해 주셨다. 이렇게 떠나야 하는 상황에 직면하고 나니 고마운 마음과 미안한 마음이 동시에 겹쳐 왔다. 새로운 업무를 시작하는 나는 바짝 정신을 다잡고 오로지 해당 일에만 집중해야 함을 알고 있었다. 장관 수행비서에게는 어떠한 실수, 어떤 변명도 용납될 수 없기 때문이다. 장관님을 모셔야 하는 자리이므로 그만큼 더 중요하고 책임감이 부여되는 직책이었다.

　장관 수행비서로서의 업무를 시작하고 하루하루 긴장 속에서 업무에 익숙해지고 있었다. 10여 일이 지난 어느 날 아침에 청와대에서 개각 소식이 전해졌다. 여러 부처의 장관이 교체되는 내용이었다. 전임 노동부장관은 새로운 부처의 장관으로 영전하여 이동하고, 노동부장관 자리에는 새로운 분이 임명되었다. 개각 발표가 오전 10시에 있었고, 바로 오후 2시에는 청와대에서 새롭게 임명되는 장관의 임명장 수여식이 진행되는 일정이 잡혔다. 비서실은 그 일정을 맞추기 위해 급하게 새롭게 임명되는 장관을 모셔야 했다. 그리고 오후 2시에 진행될 임명장 수여식에 장관님 부부를 모시고 청와대에 참석하는 일정을 준비하였다. 임명장을 받고 나면 바로 부처로 이동하여 오후 늦은 시간에 취임식을 진행하기로 결정되었다. 장관님이 이용하는 차량의 운전비서와 함께 나는 그 일정에 따라 차근차근 일정을 소화하였다. 임명장 수여와 취임식을 마치고 장관님은 댁으로 귀가하였는데, 귀가하는 순간까지 수행 업무를 착실하게 마쳤다. 하루가 너무나 급박하게 흘러감에 따라 정신없이 보냈다. 혹시나 실수는 없었는지, 새로 취임하신 장관님의 마음을 불편하게 한 것은 없었는지 걱정이 앞섰다. 다시 한번 정신을 바짝 차려야 한다고 스스로 다짐하였다.

　신임 장관이 취임하고 나면 조직에 많은 변화를 주게 된다. 가장 먼저 장관 비서실이 개편되는 것이 당연지사였다. 새로운 장관과 호흡을 맞추어 업무를 보필할 사람으로 변경되는 것이 관행이다. 장관 비서실은 비서실 업무를 총괄하는 비서관, 외부 일정을 소화하며 직원들과 장관님의 업무를 연계하고 장관님의 대소사를 지원하는 수행비서, 차량 관리와 운전을 담당하는 비서, 사무실에서 전화를 받고 일정 등을 정리하는 비서로 구성되어 있었다.

비서실 직원이 업무를 수행함에 있어 중요한 것은 첫째, 업무적이든 비업무적이든 비서로서 역할을 하는 과정에서 취득한 정보나 알게 된 내용의 비밀을 유지하는 것이고, 둘째, 고위 간부를 비롯한 직원과 장관님과의 업무연계를 효과적으로 진행하여 조직의 업무가 효율적으로 이루어지고 성과를 도출할 수 있도록 지원하는 것이며, 셋째, 부처의 최고 결정자인 장관님에게 정확한 정보를 알려 드리고, 필요한 조언을 가감 없이 진솔하게 전달하여 장관님이 합리적인 의사결정을 할 수 있도록 보필하는 것이다. 특히, 수행비서에게는 장관님이 외부에서 일정을 소화하실 때 신변상의 이상이 없도록 세밀하게 살피고 경계심을 늦추지 않아야 하는 추가적인 임무도 부여된다. 이러한 사항은 비서 업무를 수행하는 모든 직원에게 부여되는 동일한 의무이면서 책임이라 하겠다.

비서로서의 이러한 업무수행의 특성을 고려한다면 조직의 장이 새롭게 취임할 경우 자연스럽게 비서실의 개편이 필요함을 인지할 수 있다. 조직의 장을 가장 가까운 곳에서 보필하고 지원하는 비서와 조직의 장 사이에서 밀접한 신뢰 관계를 형성하는 것이 무엇보다 중요하기 때문이다. 새롭게 취임한 장관님도 위의 사실을 알고 계실 것이므로 최대한 빠른 시일 내에 비서실 개편이 단행될 것으로 예견되었다. 그렇지만 비서는 마지막 소임을 다하는 날까지 흐트러짐이 없어야 한다. 그것 또한 비서의 책무라는 생각을 가지면서 하루하루 주어진 소임에 충실해야겠다는 마음 하나만 간직하며 지냈다.

　취임 이튿날은 '장애인세계기능올림픽 대한민국 선수단 발대식' 행사가 한국장애인고용공단에서 개최되기로 일정이 잡혀 있었다. 장관님의 취임 이후 외부 첫 행사였다. 새벽부터 장관님 댁으로 출근하여 이른 새벽 시간에 장관님을 모시고 행사가 개최되는 인천으로 이동하였다. 이동하는 차량 안에서 행사에 대한 개략적인 자료와 장애인세계기능올림픽에 출전하는 대한민국 선수단에게 전하는 장관님의 축사 자료를 간략히 설명하고 전달해 드렸다. 장관님은 자료를 검토하시다가 축사 내용을 소리를 내어 읽기 시작하였다. 차량 조수석에 앉아 있던 나는 장관님이 읽고 계시는 축사 내용을 자연스럽게 들을 수 있었다. 해당 업무를 담당하고 있는 부서에서 작성해 준 축사 내용을 두 번 정도 계속 읽으시면서 익숙해지려고 노력하시는 듯 짐작되었다. 자연스럽게 축사의 내용까지 들을 수 있었던 나는 갑자기 축사의 내용이 뭔가 부족하다는 것을 직감하였다.

　"장관님, 송구한 말씀이지만 장관님이 읽으셨던 축사의 내용을 저도 자연스럽게 듣게 되었습니다. 그런데 축사가 너무 행사 위주의 관례적인 인사 내용으로만 채워져 있는 것 같아 조금 안타까워 보입니다. 핵심 내용이 무엇인지, 장관님이 전달하려는 주된 메시지가 무엇인지가 잘 보이지 않습니다. 이번 행사의 축사가 장관님의 취임 이후 첫 연설이기 때문에 더욱더 잘 살피셔야 할 것입니다."

　축사 연설문을 보면서 생각에 잠겨 있던 장관님은 내가 말을 건네자 다시 고민에 빠지신 듯 보였다. 그러지 않아도 연설문 내용에서 뭔가 부족하다는 느낌을 받으셨는지도 모른다. 그런 와중에 주제넘게 수행비서가 말을 건네자 잠시 당황하셨을 법도 하였다.

"그런가? 음, 그 말도 일리가 있어 보이는군. 그럼 김 비서는 어떤 내용을 축사에 더 추가하면 좋겠다고 생각하는가? 편하게 얘기를 해 보게나."

"예, 장관님. 이번 행사에서 장관님의 연설을 듣는 이들은 한국을 대표하여 기능올림픽에 출전하는 장애인입니다. 장애인은 사회적으로 가장 취약한 계층이기도 합니다. 장애인을 위한 노동부의 정책은 장애인에게 일자리를 많이 보장하여 의젓하게 사회의 구성원으로 역할을 할 수 있도록 돕는 일입니다. 그런 점을 생각한다면, 정부는 장애인 여러분들이 가진 능력을 잘 개발할 수 있도록 기회를 확대하고, 이를 위한 제도 마련에도 적극 노력할 것이며, 언제든 원하는 일자리를 찾아갈 수 있도록 취업을 지원하는 고용 정책을 확실하게 마련하겠다고 약속하는 정책적 메시지와 제도 마련의 의지를 함께 전달하셔야 한다고 생각됩니다. 그래야만 장애인세계기능올림픽에 출전하는 선수들이 더 힘을 내어 국위를 선양할 수 있을 것이고, 일반 장애인들에게도 고용에 대한 희망의 메시지를 전할 수 있다고 봅니다."

두서없이 평소에 생각하고 있던 얘기를 하였다. 어쩌면 노동부가 집행하고 있는 장애인 고용 정책이 있기에 이를 소개한 것에 불과하다. 더구나 장관님의 연설이기에 정책적 노력과 제도 마련은 꼭 포함하여야 연설의 무게를 더할 수 있으므로 이러한 건의를 드렸다.

"음, 좋은 아이디어군. 금방 했던 얘기를 한 번 더 얘기해 줄 수 있겠나."

장관님의 요청에 갑작스럽게 나는 긴장이 되었다. 장관님이 나의 의견을 단번에 받아 주신 것이었다. 그래서 다시 용기를 내어 나의 생각을 최대한 정제된 언어로 전달해 드렸다. 나의 제의를 유심히 듣고 난 이후 장관님은 이동하는 차량 뒤에 앉으셔서 열심히 연설문을 펜으로 보완하고 계셨다. 그렇게 연설문이 보완되었고, 나는 그 연설문을 행사장의 연단 위에 올려다 놓았다. 연설문은 장관님의 글씨로 빼곡히 수정되어 있었다. 장관님은 행사장에서 연설문에 따라 그 뜻과 진심을 차분하게 잘 전달하셨다. 장관님의 축사를 듣고 있던 장애인 선수단과 선수의 부모님들은 고개를 끄덕이며 장관님 축사 말씀에 박수를 보내며 환호하였다.

장관님은 축사 연설 후 장애인세계기능올림픽에 참가하는 선수단과 기념촬영을 하였고, 선수들을 격려하는 시간을 갖고 행사를 마무리하였다. 그리고 다음 일정을 위해 다시 차량에 탑승하셨다. 잠시 말이 없으시던 장관님이 오늘 행사에서의 반응을 물어 오셨다.

"김 비서는 내 연설을 들었나?"

"예, 장관님. 오늘 연설하시는 말씀의 속도나 목소리 톤, 내용 모두 좋아 보였습니다."

이건 절대 아부가 아니었다. 있는 그대로를 말씀드린 것이다. 행사장의 최고 내빈이었던 장관님이 현장 분위기에 맞게 차분한 어조로 또박또박 메시지를 잘 전달하셨다. 어쩌면 청중들이 듣기를 원했던 내용이 있었기에 더 연설자와 청중들이 공감대를 형성했는지도 모른다.

"그렇던가. 그러면 잘 마친 것으로 보면 되겠네. 김 비서의 아이디어가 있어서 연설문이 조금 더 충실하게 작성된 것 같아. 그리고, 청중들의 반응은 어떻던가?"

담당 부서에서 작성해 준 축사 연설문을 보완하면서 장관은 생각을 다

듣었다. 장관님이 참석하는 자리에서는 장관님이 제시해야 하는 메시지를 항상 유념해야 했다. 그만큼 장관의 참석이 가지는 무게감이 있고, 장관이 참여하는 데는 그 이유가 있기 때문이다.

"선수단과 선수들의 부모님들이 연설문 내용에 대해 공감하는 모습이었습니다. 장애인을 가진 부모님들은 장애를 가진 자녀들이 좋은 일자리에 취업해서 의젓한 사회인으로 적응해 가는 모습을 가장 원하고 있을 겁니다. 특히 부모들이 연설 중간중간에 박수도 치면서 밝은 표정을 지어 보였습니다."

행사에 참석한 사람들은 어제 취임한 장관님이 바쁜 와중에도 그 행사에 오셔서 축하의 말씀을 해 주는 것에 대해 고마워하고 있었다. 특히나 장애인세계기능올림픽 선수단은 발대식을 하면서 세계대회에서 좋은 성적을 거두겠다는 의지로 고무되어 있었다. 그런 상황에서 장관님의 축사 연설이 던지는 메시지를 귀담아 들었던 것이다.

"김 비서, 내가 보완한 연설문 연단에서 챙겨 왔지?"

"예, 제가 지금 가지고 있습니다."

"그 연설문을 해당 부서에 주고, 내가 보완한 대로 다시 타이핑을 쳐서 부 전체에 공유하라고 지시해 주게. 앞으로 장관 연설문을 작성할 때는 보완된 이번 연설문을 참고해서 작성하라고도 같이 전달하게."

장관님은 취임 후 첫 행사를 잘 마무리했다는 안도감을 느끼면서도 기분이 매우 좋으셨던 모양이다. 직접 하신 연설에 대해서도 어느 정도 만족하고 계셨다.

"예, 장관님. 장관님의 지시사항을 잘 전달하겠습니다."

나는 어느새 장관님의 일정을 챙기면서 장관님의 연설을 모니터링하고 청중들의 반응을 살피는 역할까지 하고 있었다. 어쩌면 이런 역할이 수행비서의 당연한 임무인지도 모르겠다. 여하튼 장관님과 상호 대화를 편안하게 할 수 있는 소재들이 생긴 것이었다. 어제는 처음으로 장관님을 뵈어서 그런지 서로 조금의 어색함이 있었다. 오늘은 두 번째 날이었지만 대화가 자연스럽게 이어지면서 장관님을 모시는 일이 조금은 편안해졌다.

34

새 장관님이 취임하면서 수행비서로서의 내 하루의 시작은 더 빨라졌고, 마무리는 더 늦어졌다. 장관님이 사시는 곳은 서울 강북구의 4·19 국립묘지 인근이었고, 나는 동작구 흑석동에서 살고 있었다. 6시 30분이면 출근길에 오르시는 장관님을 모시기 위해 나는 집에서 5시에 일어나 출근 준비를 하고 5시 30분에 집에서 나왔다. 집 앞에서 출발하는 새벽 첫 버스를 타고 1시간에 걸쳐 장관님 댁으로 향했다. 이른 새벽 운행되는 버스에는 아침 사업을 위해 출근하는 분들과 학생이 몇 명 타곤 하였다. 매일같이 운행하는 버스의 첫 차를 이용하는 승객들이 눈에 익숙해졌다. 그분들은 젊은이가 양복 정장을 차려입고, 첫 버스를 타고 출근하는 모습을 보며 어떤 생각을 하셨을까?

차량을 운전하는 수행 기사는 성북구 돈암동이 집이었고 6시 30분에 장관님 댁 앞에서 만나 하루를 같이 시작하였다. 장관님 댁은 아파트가 아니라 단독주택이었다. 나는 장관님 댁 앞에 도착하여 수행자들이 도착하였음을 초인종으로 알렸다. 초인종을 기다리시던 장관님 사모님은 대문 밖으로 나오셔서 장관님의 아침 도시락과 직접 작업한 것으로 보이는 조간신문의 스크랩 내용을 건네주시며 "이른 시간에 오시느라 수고가 많으셨죠? 오늘 하루도 장관님 잘 부탁합니다. 수행비서님도 건강히 잘 보내십시오"라는 인사말을 해 주셨다. 또한 '장관님은 벌써 새벽부터 운동을 위해 뒷산에 가셨다'고 하시면서 항상 만나는 장소로 오라고 말씀하셨다고 전해 주셨다. 나는 "예, 오늘도 무사히 잘 업무를 마치도록 노력하겠습니다"라고 사모님께 인사를 드리고 차량으로 돌아와 차량 내부를 정리하고, 장관님 아침 도시락과 신문 스크랩을 차량의 뒷좌석에 잘 배치해 놓고 차량과 함께 항상 접속하는 장소로 이동하여 장관님을 맞이하였다. 매일같이 똑같은 일상이 똑같은 시간에 시작되었다.

그렇게 시작되는 하루는 긴장의 연속이었다. 먼저 이동하는 차량에서 오늘 하루의 일정을 보고하고, 장관님의 지시사항을 빈틈없이 기록한다. 그리고 첫 번째 일정 장소에 도착하여 장관님이 회의에 참석하시는 동안, 장관님의 말씀이나 지시사항을 비서실 또는 관련 부서의 책임자에게 하나씩 전달한다. 그리고 사무실로부터 또는 관련 부서의 책임자로부터 장관님께 드릴 의견 사항도 받는다. 주로 장관님 일정을 새로 잡거나, 장관님께 보고할 자료를 언제 어떻게 보고드리거나 전달해 드릴까에 대한 것들이다. 이 사항들을 장관님께 보고드리고 새로운 일정이나 보고 시기 및 방법이 확정된다. 회의를 마치면 또 다음 일정을 위해 관련 서류를 전달해 드리고, 관련 부서장과 전화 연결을 하면서 서류를 검토하도록 지원한다. 다음 회의 참석을 위해 또 바쁘게 이동한다. 그렇게 오전 일정이 마무리된다. 오전 일정은 대부분 광화문과 인근 시내에서 모두 진행된다. 다가온 점심시간, 오찬 약속이 잡힌다. 오찬이 마무리되면 오후에 과천 사무실로 이동한다. 오찬 이후 장관님은 잠시의 휴식 겸 운동을 위해 산책 시간을 가진다. 그리고 오후 2시쯤 사무실에 도착하여 기다리고 있는 많은 보고를 받으시고, 간부들과 회의도 하신다. 사무실에서의 일정이 마무리되는 5시 30분쯤 다시 시내로 나오신다. 저녁 만찬, 관련자와의 짧은 간담회가 마무리되면 공식 일정은 끝이 난다. 그리고 귀가 시간이다.

장관님 댁 앞까지 이동하여 댁으로 들어가시는 장관님께 인사를 하고, 나는 집으로 퇴근한다. 퇴근 시간은 평상시의 경우 밤 10시고, 집에 도착하면 11시경이 된다. 이런 상황은 지극히 평범한 하루의 일정이다.

바쁜 현안이 많아 관련 회의가 많거나, 긴박한 일들이 생기는 상황에는 2일 또는 3일씩 사무실에 아예 들어가지를 못하시고 계속 시내에서 일정을 소화하신다. 그럴 경우는 수행비서인 나에게 모든 일이 집중된다. 회의 자료를 시내 호텔의 비즈니스 센터를 통해 팩스로 받아 서류를 전달하고 자료 검토를 위해 부서장과 전화 연결을 해 드리거나 관련 내용을 직접 파악해 보고드리기도 한다. 장관님에게 일정이 빠듯하게 잡히면 나는 더 바빠진다. 그만큼 보필해야 할 일이 더 많아지기 때문이다. 특히, 국회에서 상임위원회 회의가 잡히면 끝나는 시간을 종잡을 수 없어 더 힘들어진다. 국회 일정은 대기시간이 길고, 이슈에 대한 논쟁이 뜨거워지면 항상 밤늦은 시간까지 회의가 계속되기도 하였다. 그렇게 되면 장관님도 늦은 저녁에 귀가를 하게 되고, 나의 퇴근 시간은 새벽이 될 수밖에 없었다.

이른 아침부터 시작되는 하루 일정이 늦은 저녁까지 이어지면 퇴근과 동시에 잠자리에 들어 새벽 정해진 시간에 무조건 일어나야 했다. 시간에 대한 선택과 조정이 나에게는 있을 수 없었다. 수행비서의 직책을 수행하는 한, 모든 나의 시간은 장관님의 일정에 따른 과업으로 구성되고, 나의 손과 발, 머리는 항시 긴장의 연속이었다. 어떤 사안이나 일정도 놓치거나 차질이 빚어지는 상황이 발생하지 않도록 해야 했기 때문이다. 그건 누구의 지시에 따른 것이거나 누구의 잘못으로 인해 초래된 것이 아니라 오로지 내가 스스로 선택한 숙명이었다. 그랬기 때문에 지쳐서 힘들고, 어렵고 난감한 순간이 종종 있었지만 나는 아직도 왕성하게 단련된 체력과 불굴의 정신력으로 그 위기와 난관을 극복하고 이겨 낼 수 있었다. 또 이겨 내야만 했다.

가끔은 여유도 있었다. 그럴 때마다 나는 장관님과 같이 저녁 식사를 하고, 산책도 하면서 많은 얘기를 나눌 수 있었다. 장관과 수행비서가 오로지 둘이서 저녁 식사를 같은 식탁에서 함께한다는 것은 흔치 않은 광경이었다. 나도 처음 겪어 본 일이었다. 아마도 그건 장관님의 배려가 있었기에 가능했으리라.

장관님을 따라 식당으로 들어섰다. 장관님은 다른 외부 인사와 저녁 약속이 없을 때 단골로 들러 식사를 하는 식당이 있으셨다. 명동의 번잡한 거리 모퉁이에 자리를 잡은 '제주물항'이라는 식당이었다. 그곳은 평범한 직장인과 시민이 와서 자리를 잡고 식사를 하는 곳으로 10개 남짓한 식탁이 항상 북적거렸다.

"장관님, 무엇을 주문하면 되겠습니까?"

음식 메뉴판을 보니 갈치와 고등어로 요리하는 음식이 주메뉴였다. 갈치회와 고등어회부터 갈치구이와 조림, 고등어구이와 조림이 있었다. 장관님은 풍성하게 차려지는 것보다는 간단하게 차려지는 담백한 음식을 좋아하셨다.

"갈치구이 2인분 주문하게."

장관님다운 메뉴 선정이었다. 장관님 말씀대로 갈치구이를 주문하였다. 갈치는 최근 귀한 음식으로 탈바꿈되었고, 제주도에서 잡히는 것이 제일 유명하다고 전해지고 있었다. 나도 오랜만에 갈치구이를 먹을 수 있게 되었다. 제주도에서 잡힌 갈치라고 하니 더 기대감이 높았다.

잠시 장관님과 어색하게 식탁에 마주 앉아 있었는데, 다행히 주문한 음식이 일찍 나왔다. 장관님이 오셨다는 것을 어떻게 알았는지 알 수 없었으나 식당 사장이 직접 와서 음식을 차려 주었다. 갈치구이 두 조각을 하나씩 나눠 놓으면서, 제주에서 새벽에 잡아 서울로 보내오는 싱싱한 갈치라고 사장이 자랑하였다. 그날 배송된 갈치를 그날 손님 식탁에 내어 놓는 것이 이 식당의 원칙이라는 설명도 곁들이며 "드셔 보시면 정말 그렇다는 것을 알 수 있으실 겁니다"라고 너스레를 떨었다. 팔리지 않는 갈치를 다음 날 사용하는 일은 절대 없다는 것이었다. 그만큼 갈치의 신선함을 중요시하며 운영하고 있었다. 사장의 자랑처럼 담백하고 신선한 맛이 느껴지는 것을 나도 음미할 수 있었다.

"자네도 갈치구이 좋아하는가? 갈치구이는 갈치 뼈를 잘 발라낼 수 있어야 하네. 갈치 뼈를 조심하면서 먹게나. 목에 걸리면 병원 가야 하네."

마주 앉은 나에게 장관님은 자상하게 말씀해 주셨다. 갈치는 귀하고 맛있는 음식이기는 하였으나 뼈를 발라내야 하는 불편함이 있는 음식이기도 하였다.

"예, 장관님. 저도 갈치구이를 좋아합니다. 시골에서 학창 시절을 보낼 때 가끔 어머니가 갈치구이를 식탁에 올려 주어서 즐겨 먹었습니다. 저의 아버지는 소고기, 돼지고기에 대한 알레르기 반응이 있어서 육식 고기는 피하고 갈치구이를 자주 드셨고, 참 좋아하셨습니다."

"지금도 고향에 부모님이 계신가? 연세가 있으실 텐데 무슨 일을 하시는가?"

"예. 시골에서 농사일을 조금 하고 있습니다. 아버지는 우체국 집배원을 하시다가 3년 전에 퇴직을 하셨습니다."

"부모님이 아들을 자랑스럽게 여기겠군. 부모님께 전화도 자주 하고 효도도 잘하게나."

갈치구이를 좋아하는지를 물어 오시는 바람에 갈치구이를 보면 부모님이 생각나서 그만 이야기가 나의 부모님 얘기까지로 넘어갔다. '아차, 내가 실수했구나. 부모님 얘기를 하다니…'라는 생각이 떠올랐는데, 장관님은 오히려 내게 '부모님께 효도를 잘하라'라는 말씀으로 받아 주셨다. 하루하루 바쁘게 정신없이 지내다 보니 '한동안 부모님께 전화로 안부도 여쭈어 보지 못했구나'라는 생각이 번뜩 들었다. '오늘 밤에는 꼭 전화라도 드려야겠다'고 다짐하였다.

35

수행비서가 되고 하루하루 직분을 수행하면서 비서란 직책에 대해 가끔 생각해 보게 되었다. '어떠한 마음과 자세로 직분을 수행하여야 성공한 비서가 될까?'라는 고민이 제일 컸다. 비서에게도 복잡한 역학관계는 존재한다. 모셔야 하는 장관님이 있고, 장관님을 주위로 끊임없이 유대관계를 형성하는 간부나 직원이 있으며, 장관님이 관계를 형성해 가는 관계기관과 외부기관도 있다. 그러다 보면 많은 사람을 접촉하고 다양한 의견을 듣게 된다. 가끔은 복잡하고 미묘한 관계가 형성되기도 한다. 그럴 때 어떻게 행동하고 처신하는 것이 바람직한지를 고민하지 않을 수 없다. 비서는 장관님을 위해 존재하는 자리이기 때문이다.

누군가는 '비서는 그림자로 존재해야 한다'고 말하였다. 모시는 분의 곁에 항상 있되, 드러나지 않아야 한다는 의미다. '비서는 비서일 뿐이지 절대로 결정권자나 권력자가 아니다'라는 얘기도 있다. 비서는 모시는 분이 가지는 결정권과 권력이 잘 행사되도록 지원하는 역할만이 있다는 의미다. 비서는 모시는 분의 권력을 자신이 행사하려는 마음 자체를 버려야 한다. 이 기본적인 것이 지켜지지 않는다면 그때부터는 문제가 소지가 생기기 시작한다. 비서는 모시는 분의 지원자일 뿐이라는 기본이 지켜지지 않았기 때문이다. 이 기본적인 사항을 전제로 비서의 자세가 논해져야 한다.

비서란 첫째, 자신을 버려야 한다. 수행비서에게 개인의 생각이나 사적인 일정은 있을 수 없다. 오로지 장관님에게만 모든 것을 맞추어 지내야 한다. 평일이 아닌 주말이라 하더라도 갑작스럽게 일정이 생기면 즉시 응답할 수 있도록 항상 대기상태로 준비하고 있어야 한다. 그리고 욕심도 없어야 한다. 장관님은 높은 지위와 권한을 가진 분이지만 비서는 장관을 보필하는 비서일 뿐이다. 비서로서의 직분에만 충실하여야 한다. 그래야만 장관님을 보필한다는 직책에 어울리고, 비서로서 오랫동안 직위를 유지할 수 있다.

둘째, 비서란 비밀을 유지해야 한다. 즉, 입이 무거워야 한다. 장관님을 중심으로 이루어지는 많은 일에 대해, 그리고 취득한 정보를 누구에게도 얘기하지 않아야 한다. 높은 직위에서 업무를 수행하다 보면, 공식적인 회의와 행사, 만남이 대부분이지만 비공식적인 회의와 만남도 있을 수밖에 없기 때문이다. 그러므로 직책의 이름처럼 비서는 오로지 비서여야만 한다.

셋째, 비서란 기억력과 사실 그대로를 전달하는 구술력을 갖추어야 한다. 즉, 사실과 정보를 왜곡하거나 자의적으로 해석하지 말고 있는 그대로를 전할 수 있어야 한다. 이를 위해 메모하는 습관이 중요하다. 그리고 자의적으로 사실을 추가하거나 해석하려는 시도도 위험하다. 복잡한 문제와 상황 속에서 중요한 의사결정과 판단을 장관님이 하게 되는데, 이 과정에서 편견이 생기거나 왜곡이 발생하는 일이 생기도록 방치하는 것은 금물이기 때문이다. 아울러 장관님의 눈을 흐리게 하는 것도 금물이다.

넷째, 비서란 떠나야 할 땐 지체하지 말고 그 직에서 떠나야 한다. 떠나야 할 때란 초심을 잃고 무엇인가 자신이 달라지고 있음을 느끼거나 알게 되는 순간이다. 비서도 사람이기 때문에 때로는 비서의 기본적 자세를 망각하거나 놓칠 수도 있다. 권력에 취하거나, 사심이 들어가기 시작하거나, 어깨에 힘이 들어가거나, 외부로부터 문제 제기가 빈번히 있는 경우라면 위험한 순간이다. 그런 상황에서 비서로서의 정체성을 잃어 가고 있다고 느껴진다면 과감하게 비서직을 떠나야 한다. 그것이 모시는 분을 위해 할 수 있는 비서로서의 마지막 역할이다.

다섯째, 비서란 모시는 분을 영원히 존경할 수 있어야 한다. 비서는 모시는 분을 가까운 거리에서 지켜보면서 많은 부분을 자연스럽게 공유하게 된다. 업무적인 리더십, 국가관, 인생철학, 인간적인 면모, 천성적으로 가진 인성, 가끔은 흔들리는 모습 등을 알게 된다. 그러면서 수행비서와 장관님 사이에서 공감대가 조금씩 성장해 간다. 그러므로 업무적인 측면과 인간적인 측면에서 존경심을 가지게 되고, 그 존경의 마음은 비서로서의 직책을 떠난다 해도 계속 남아 있을 수밖에 없다. 설사 조금의 서운한 마음이 있다 해도 그것은 가슴속에서 묻어야 한다. 만약에 모시는 분에 대해 존경의 마음을 가질 수 없다거나, 존경의 마음이 사라진 경우에는 즉각 비서로서의 직분을 놓아야 한다. 그렇게 비서직을 떠났다 하더라도 모시던 분을 폄하하거나 비난하는 일은 자제하여야 한다.

시간이 지날수록 비서의 직책은 참으로 힘들고 어렵고 외로운 자리라는 것을 깨달았다. 이른 아침부터 늦은 저녁까지 이어지는 업무로 인한 육체적 피로와 정신적 긴장감, 어떤 사유인지 따지기 전에 그 직분을 제대로 수행하지 못하여 문제가 발생하였다면 짊어져야 하는 무한한 책임감도 모두 안고 가야 하는 직책이다. 비서가 통제할 수 없는 사안도 무수히 생긴다. 그래서 의전과 비서 역할은 '잘해야 본전이다'라고 평가하나 보다.

　수행비서의 옷차림은 항상 단정하게 정장 차림이어야 한다. 그것이 윗분을 모시는 역할을 하는 직책에서 나오는 기본적인 예의이기도 하다. 아울러, 높으신 분의 대외적 관계를 지원하는 역할을 하면서 대외적 이미지도 고려하여야 하기 때문이기도 하다. 그래서 추울 때나 더울 때나 항상 와이셔츠에 넥타이를 매고, 양복 정장 차림으로 다닌다. 추운 겨울에는 코트를 입을 수 있어야 하지만, 두꺼운 코트는 이동을 불편하게 하고, 입고 벗어야 하는 번거로움이 있어 직무를 수행하는 데 방해가 되어 입지 않는다. 그러다 보니 영하의 날씨에서 외부 행사가 있으면 그 고충은 지대하다. 더운 여름철이라 하더라도 편히 셔츠만 입거나 간편한 복장으로 다닐 수 없고 정중한 옷차림을 유지해야 한다. 대내적 또는 대외적으로 단정한 모습을 보여야 하기 때문이다. 그런 옷차림이 비서의 전형적인 모습이기에 이 또한 불편해하거나 비난할 수 없다. 옷차림에 있어 불편함이 있다 하더라도 그냥 비서로서 직책을 수행하는 데 수반되는 숙명으로 받아들이면 마음이 편하다.

　비서는 또한 지니고 다녀야 하는 것이 많다. 장관님 일정에 따라 필요한 업무자료는 기본이고, 장관님의 일상에 필요한 소품(치약, 칫솔, 가그린, 핸드크림, 빗, 필기도구)과 주요한 연락처가 담긴 수첩, 끊임없이 수신하거나 송신하면서 연락과 업무를 위한 소통을 하는 데 필요한 핸드폰(업무용으로 기본 2개)과 핸드폰 보조배터리, 업무에 필요한 경비처리용

카드와 비상금도 필수 소지품이다. 그래서 자료나 소품을 넣는 가방을 항상 손에 들고 다니게 되고, 수첩과 핸드폰, 카드와 비상금은 옷 주머니에 넣고 다닌다.

수행비서의 옷 주머니는 그러한 소지품이 들어 있어 항상 불룩하게 튀어나온다. 가지고 다니는 소지품 관리도 매우 중요하다. 분실된다면 큰일이다. 주요 문서가 유출될 수도 있고, 중요 정보가 누설될 수도 있기 때문이다. 그래서 습관처럼 소지품을 제대로 가지고 다니는지 확인하게 된다. 핸드폰은 수시로 울리고 다양한 요청사항이 전달되므로 메모를 철저히 하여 요청받은 사항을 놓치지 않아야 한다. 수시로 생기는 일정, 종종 변경되는 시간 스케줄도 놓치지 않아야 한다. 업무적으로 만들어야 하는 일정은 관련 부서와 끊임없이 연락하면서 스케줄을 보면서 정해야 하고, 그 사항을 피드백해 주어야 한다. 잠시의 소통이 소홀하여 상호 간의 일정이 어긋나면 이건 대참사로 이어진다. 그러다 보니 한시도 긴장감을 놓을 수 없고 기억력도 최대치로 끌어 올려야 한다. 자그마한 실수가 큰일로 발전될 수도 있기 때문이다. 이렇듯 신경을 바짝 기울여야 할 일이 한두 가지가 아니라 피곤함이 극에 달할 때도 많다.

매주 화요일 오전 10시에는 대통령이 주재하는 국무회의가 청와대에서 열린다. 법령 제정과 개정, 정부 예산안 등의 주요 정책 결정 사항들이 심의, 의결되는 가장 중요한 회의다. 각 부처의 장관은 국무위원의 자격으로 회의에 참석한다. 국무회의 안건에 대해 정확히 숙지한 후 회의에 참석해야 하기에 사전 보고와 탐독은 필수적 과정이다. 장관은 광화문 인근에서 아침 일찍부터 회의 자료를 검토하고, 시간에 맞춰 청와대로 이동한다. 수행비서와 차량은 장관님을 모시고 청와대 정문을 통해 입장하여 회의장이 있는 건물의 현관 앞에서 장관님을 배웅하고 대기 공간으로 이동한다. 이 대기 공간에 각 부처의 수행비서들이 다 모인다. 수행비서 사이에 서로 정보를 공유하거나 대화하는 소통의 시간과 공간이 조성되는 것이다.

각 부처의 수행비서가 모여 정보를 공유하고 서로 얘기를 나누는 이 시간은 대략 1시간 정도였다. 수행비서가 다 모이게 되므로 '수행비서 간담회'가 화기애애하게 진행되는 것이다. 새롭게 수행비서를 맡은 사람과는 앞으로 잘 지내자는 인사를 하고, 수행비서 직책을 마치는 분에게는 그간 고생이 많았음을 위로하고, 개인적 연락처를 받아 향후에도 계속 연락하며 협조하자고 약속하기도 한다. 수행비서는 직업 공무원이 대부분이어서 부처 간의 업무적 협의를 해야 하는 상황에 직면하게 될 수 있으므로 수행비서로서 알게 된 사람들과 좋은 관계를 설정하는 것이 무엇보다도 중요하다. 수행비서들은 서로 밀접한 관계를 형성하게 되는데 이는 상호 간의 고난을 서로 잘 이해하기 때문이다. 그래서 서로에게 조금이라도 도움이 될 수 있는 정보라면 스스럼없이 나누기도 한다.

37

장관은 대통령이 임명하는 직책이다. 국가 사무를 처리하게 되므로 공무원의 신분을 가지게 되지만 정치적으로 임명되는 자리라 하여 '정무직 공무원'으로 분류된다. 다만, 임기가 별도로 정해져 있지는 않다. 정권과 운명을 같이하며 정권을 잡은 대통령이 임명하는 자리이므로 일정한 시험을 거쳐 임용됨으로써 공직자 신분을 가지고 직업적 안정과 정년이 보장되는 '직업 공무원'과는 구분된다. 임명된 장관은 중앙부처를 통솔하면서 국무위원으로서 국가의 크고 작은 사안을 심의·의결하는 지대한 권한을 가진다. 정치인으로 활동하다가 장관으로 취임하기도 하고, 학자·각 분야의 명망가나 전문가·행정관료 출신 등이 장관으로 임명되는 경우가 많다. 정치인이 장관으로 취임하게 되면 비서실의 개편이 큰 폭으로 이루어진다. 특히, 수행비서의 경우에는 정치인으로 활동하던 시기에 비서관으로 역할을 했던 사람을 기용하게 된다.

우리 장관님은 학자 출신이었지만 장관의 업무 철학을 보다 효율적으로 추진하기 위해 변화가 필요하다는 생각에 따라 비서실 개편을 큰 폭으로 단행하였다. 수행비서인 나도 장담할 수 없었다. 그런데 비서실이 단계적으로 개편되면서 수행비서 자리는 그대로 유지하는 것으로 결정하여 계속해서 비서의 역할을 할 수 있게 되었다. 취임 이후 과도기적 시기에 나의 존재가치를 인정받았는지 모른다. 장관님은 나를 믿어 주셨고, 항상 따뜻하게 대해 주셨다. 그런 상황과 관계없이 나는 직업 공무원의 신분이므로 어떤 직책을 맡는 것과 상관없이 맡은 직책에서 필요한 소임을 다해야 했다. 또한, 수행비서로서 직무를 계속해서 잘 수행할 수 있도록 노력하는 것은 나의 책무였다.

38

"장관님, 지난번에 장관님께 보고를 드린 내용을 가지고 '고용노동 업무의 국제협력을 위한 중국, 베트남 해외 출장 계획'을 대통령 비서실과 협의하였습니다. 비서실에서는 해외 출장의 필요성은 인정되니 출장을 가되, 지금은 외환위기 국난을 극복하는 시기임을 고려하여 출장 인원을 4명으로 제한하라는 지시가 왔습니다."

외환위기로 인한 기업의 구조조정이 지속되고 있는 상황에서 노사관계 현안이 지속되고 있어 해외 출장을 꼭 가야만 하는지에 대한 고민이 있었다. 그렇다고 국제적 외교 측면에서 당사국과의 고용노동분야 협력이 필요한 사안을 가볍게 여길 수도 없었다. 그런 상황에서 대통령의 재가를 받기 위한 논의가 이루어져 왔다.

"일단 해외 출장을 승인은 받았군요. 출장 기간을 최대한 단축하고 꼭 필요한 일정만 소화할 수 있도록 합시다. 그리고 문제는 출장에 필요한 적정한 인원이 편성되어야 한다는 것인데 4명이면 조금 부족한 듯 보입니다. 비서실 판단이 그렇게 결정되었다면 어쩔 수 없지요. 그렇다면 어떻게 인원을 편성할 계획입니까?"

"예, 장관님. 4명으로 한정이 되었으니까 꼭 필요한 필수 요원으로 제한할까 합니다. 장관님, 저(국제협력관), 담당 과장, 실무 사무관으로 구성하면 어떻겠습니까?"

"우리 수행비서는 빠집니까? 필수 인원에 수행비서를 넣어야 합니다.

제가 해외에 가더라도 제 업무가 제대로 진행되려면 수행비서가 꼭 옆에 있어야 합니다. 그렇게 해 주세요."

장관님에게 무슨 계획이 있었던 것일까? 4명으로 꾸려지는 해외 출장 인원에 수행비서를 꼭 포함하라고 요청하니 출장을 준비하는 담당 부서에서는 조금 난감한 상황이었다. 일정에 대한 사전 준비를 철저히 하더라도 현지에 나가면 이런저런 다양한 변수가 생겨 실무적 협의를 해야 하는 일들이 많이 생기기 때문에 부서의 간부나 직원들이 최대한 많이 동행하려는 계획을 가지고 있었던 것이다. 그런데 수행비서를 출장 인원에 포함해야 한다면 누군가 1명이 빠져야 하고, 그렇게 되면 실무 준비 차원에서 애로가 예상되었다.

"장관님이 해외에 출장을 가시면 수행비서는 그 기간 동안에는 조금 쉴 수 있습니다. 모처럼 수행비서에게 잠시 휴식의 시간을 주는 것은 어떨까 합니다."

장관님이 수행비서를 수행단에 포함해야 한다고 말씀하시자 해외 출장 계획을 보고하던 국제협력관은 조금 당황한 눈치였다. 그간 장관의 해외 출장에 있어 수행비서의 동행 여부에 대한 관행이나 해외 출장 인원이 매우 제한적인 사항을 고려하여 우회적으로 장관께 양해를 구하기 위해 다시 말씀을 드리지 않을 수 없었다.

"그 친구 젊은 나이여서 그런지, 휴식이 없어도 아주 씩씩하게 일을 잘합니다. 그러니 그런 배려도 좋지만, 이번 해외 출장에는 수행비서를 꼭 대동해야 합니다. 그렇게 진행해 주세요."

두 번에 걸쳐 수행비서를 데리고 해외 출장을 가야 한다고 말씀하시는 장관님께 다시 이를 재고해 달라고 하는 것은 무리였다. 해외 출장에 있어 가장 중요한 것은 장관이 국가를 대표하여 국제적 업무를 잘 수행할 수 있도록 보조하는 것임은 자명하였다.

"장관님의 뜻이 그러시다면 이번 해외 출장 명단을 그렇게 다시 구성하고, 해외 출장 준비에 차질이 없도록 하겠습니다. 출장 일정과 상세 내용은 다시 보고드리겠습니다."

장관님의 해외 출장을 수행하는 인원에 대한 보고가 끝나고, 출장에 동행하게 되는 인원 구성에 대한 장관님의 말씀이 부서에 전해지면서 조직에서는 이런저런 얘기가 회자(膾炙)되었다고 한다. 나는 결정권자가 아니고 결정된 내용에 따라야 하는 수행비서에 불과하였다. 그리고 업무를 함에 있어 접촉하는 직원들도 제한되어 있어 조직에서 회자되는 얘기나 그런 분위기를 나는 쉽게 감지할 수도 없었다. 장관님만 바라보고 바쁘게 돌아가는 일정에 따라 업무에만 모든 신경을 집중하고 있었기 때문이다. 수행비서로서의 나의 모든 시간과 생각은 나의 것이 아니라 장관의 것이었다.

'수행비서에 대한 장관님의 애정이 매우 높더라.'

'수행비서가 장관에게 참 잘하나 봐, 신뢰를 완전을 얻었다고 봐야지.'

'그 정도로 수행비서를 챙긴다면 장관과 수행비서의 단순한 사이가 아니라 장관과 최측근의 관계라고 해야겠어. 수행비서가 어떻게 하길래 그럴까?'

장관의 수행비서는 권력을 가지는 자리는 아니지만 언제나 주목의 대상이 된다. 장관이 있는 곳에 항상 수행비서가 있으므로 직원들의 눈에 잘 들어온다. 그리고 장관이라는 최고의 의사결정자 옆에 존재하기에 조금은 신비 속에 가려져 있고, 그 직위 자체에서 범접할 수 없는 자리임을 각인시켜 준다. 수행비서가 일반적으로 가지는 그런 속성이 있는 가운데 '장관님이 특별히 신뢰하여 수행비서를 챙겨 준다'는 인식을 품게 하는 이런 사례가 직원들 사이에 전파되면 더더욱 수행비서에 대한 직원들의 관심이 높아지고 특별함이 강해진다. 남으로부터 관심을 받는 것은 좋은 것일까? 나의 존재감을 키워 좋아 보일 수도 있지만 언제나 경계의 대상이 되므로 자유를 잃게 된다. 그리고 남의 시선을 항상 염두에 두면서 행동을 해야 한다. 그러지 않고 조금 권위적이거나 조금이라도 과한 행위를 하게 되면 버릇없는 사람이라는 비난의 대상이 된다. '저 친구가 저런 친구가 아닌데, 수행비서 6개월 하더니 다른 사람이 되어 버렸어'라는 말을 듣기도 한다. 그래서 남의 관심 대상이 되는 것이 좋은 것만은 아니다. 그럼에도 불구하고 그런 심각성을 모르고 있는 경우가 대다수다. 어떨 때는 자기가 권력자인 것처럼 행동하는 오만한 모습을 보여 주위 사람의 눈살을 찌푸리게 하고, 궁극적으로는 비난의 대상이 되어 버린다. 권력에 가까이 있는 사람, 즉 비서라는 직책이 조심해야 하는 이유다.

나도 조금씩 수행비서라는 직책으로 보내는 시간이 쌓여 가면서 자신도 모르게 어딘가에 취해서 본연의 모습을 잃어 가고 있었는지 모른다. 그런 현상은 의식적으로 다가오는 것이 아니라 조금씩 조금씩 무의식적으로 나를 포위해 가므로 몸의 변화를 느끼지 못한 채 신체를 망가뜨려 가는 못된 종양처럼 자라간다. 권력자 가까이에 존재하는 비서라는 자리가 그래서 더 무서운 것이리라. 사람은 누구나 익숙해져 버린 자신의 여건 속에서 모든 것을 생각하고 바라보는 습성을 가지는데, 그렇기에 자신의 허울을 보지 못하는 우를 범하게 된다. 그것은 일부의 문제가 아니라 모두가 다 그렇다. 자리나 직책이 사람을 망가뜨려 가는 만병의 근원으로 작동한다. 그래서 선현들이 '남의 허울은 잘 보이지만 자신의 허울은 모르기 쉬우니 항상 자신을 되돌아보아야 한다'는 가르침을 주었는지 모른다.

해외 출장에 수행비서를 꼭 데려가겠다는 장관님의 말씀에 비추어 볼 때 수행비서로서 장관의 총애와 신뢰를 얻은 것은 분명하였다. 직접적으로 표현하지 않고 말하지 않아도 체감할 수 있는 느낌이다. 장관님은 내가 늘 옆에 있기를 바라셨다. 내게 편안함을 느끼셨는지도 모른다. 수행비서인 나를 부를 때 쓰는 호칭은 '김 비서'라는 공식적인 냄새가 강한 것과 '자네'라는 편안한 관계를 표현하는 말로 나뉘었다. 두 가지 호칭이 서로 섞이면서 사용되었다. 이에 맞추어 나는 항상 장관님에 대한 예의를 차리면서 비서로의 직분에 소홀함이 없도록 최선의 노력을 다하였다. 한 순간에도 흐트러짐이 없도록 끊임없이 나를 채찍질하였다.

39

그렇게 일이 진행되어 장관님의 중국-베트남 노동 협력 외교 일정이 정해졌고, 출장 인원은 장관님, 수행비서, 국제협력관, 담당 사무관 등 4명으로 구성되었다. 해외 출장을 위해 여권도 새롭게 발급받았다. 드디어 국제선 비행기를 타고 중국으로 출발하는 날이 왔다. 오전 일정을 마치고 점심시간쯤 공항으로 향했다. 장관님의 해외 출장이었기에 항공사와 공항 관리소에서 의전도 신경을 써 주었다. 비행기 이륙시간을 맞추기 위해 공항 VIP 대기실에 잠시 휴식을 취했다. 일반 승객이 다 탑승하여 비행기 이륙 준비가 마무리되면 장관님 일행이 마지막으로 비행기 탑승을 하게 편의를 제공해 주었다. 이륙시간이 다가와 항공사와 공항 사무국 직원의 안내에 따라 비행기 탑승을 위해 이동하였다. 장관님 일행 4명이 같이 움직였다. 비행기의 앞쪽 비즈니스 좌석으로 연결된 탑승구로 입장하여 항공사 직원의 안내에 따라 장관님 좌석까지 수행하고 나는 뒤쪽의 이코노미석으로 이동할 계획이었다. 항공사 승무원이 나에게 장관님의 좌석이 여기라고 얘기해 주어 나는 장관님께 좌석을 안내하였다.

"장관님, 여기 비즈니스 좌석이 장관님 좌석입니다. 여기에 앉으시면 됩니다."

장관님 좌석으로 예약이 된 자리로 장관님을 안내하고, 나는 나의 예약석으로 이동하려고 하는 찰나였다. 승무원이 재빠르게 장관님께 다가와 "장관님, 뵙게 되어 너무 영광입니다. 목적지까지 편안하고 안전하게 모시겠습니다"라고 인사를 했다. 나는 잠시 기다렸다가 나의 예약 좌석으로 이동하기 전에 승무원에게 '장관님이 수행비서를 찾으시면 나에게 즉시 알려 달라'고 부탁을 하려고 하였다. 그런 부탁을 하지 않아도 장관님이 찾으시면 즉시 수행비서에게 가서 장관님 말씀을 전할 준비가 되어 있으니 너무 걱정하지 말라는 듯 승무원은 밝은 표정으로 내게 안심을 주었다. 승무원도 장관님 탑승에 대비하여 많은 준비를 하였던 모양이었다.

"김 비서, 자네는 좌석이 어딘가?"

그때 장관님이 갑자기 수행비서인 내 좌석이 어딘지 물으셨다. 수행비서인 나는 직급이 5급 사무관이었기에 정부의 출장 관련 규정에 따라 이코노미석으로 예약이 되어 있었다. 장관님과 국장급은 해외 출장 시 비즈니스석으로 예약을 하고, 그 아래 직책의 직원은 이코노미석으로 예약을 하게 된다. 이 사항까지는 사전에 장관님께 보고가 되지 않았다.

"예, 저는 여기서 10미터 정도 뒤쪽에 있는 이코노미석의 맨 앞쪽입니다. 혹시 비행 중에 필요하신 사항이 있으시면 비행기 승무원을 통해 연락을 주십시오. 바로 달려와서 장관님의 분부를 받들도록 하겠습니다."

"그래? 내 옆자리는 비어 있는 자리인가? 내 옆자리에 자네가 앉아 이것저것 서류를 주어야 비행기에서 내가 사무를 볼 수 있지 않겠는가? 내 옆자리에 앉게나."

장관님은 내가 장관님과 떨어지는 것을 조금 두려워하시는 듯 느껴졌다. 오늘도 평소처럼 아침 일찍 장관님 댁으로 갔을 때 "오늘 비행기 타고 해외 나가는 날이죠? 장관님이 비행기 탑승하는 걸 별로 좋아하시지는 않아요. 오늘도 잘 부탁합니다. 해외 출장인데 장관님 잘 모시고 다녀오세요"라고 장관 사모님이 내게 하셨던 말씀이 갑자기 떠올랐다.

"장관님, 이 옆자리는 장관님과 동행하는 국제협력관 자리입니다. 이번 출장과 관련해서 국제협력관과 많은 얘기를 상세히 나눠 보시면 좋을 겁니다."

장관님 해외 일정을 동행하는 노동부 직원 3명도 같이 이동하였기에 국제협력관도 바로 옆에서 이 상황을 지켜보고 있었다. 또한 항공사 승무원과 직원들도 장관님이 탑승을 지원하고 영접을 하기 위해 그 주위에 모여 있었다.

"김 비서, 자네가 내 옆에 있어야 자료 검토할 때 필요한 돋보기도 챙겨 주고, 업무 서류도 요청하면 즉시 주고, 내가 필요한 지시사항도 제때제때 이행할 수 있지 않겠나? 뒤쪽에 있는 이코노미석으로 가지 말고, 내 옆자리 여기에 그냥 앉게."

장관님의 목소리는 너무나 단호하게 들렸다. 주위에 있던 항공사 직원도, 옆자리에 앉으려고 하던 국제협력관도 깜짝 놀라고 당혹감을 숨길 수 없었다. 장관님의 지시니 어쩔 수도 없는 노릇이었다. 30초 정도 분위기가 싸늘했다. 어떤 누구도 장관님 말씀을 거역할 수 없었다.

"김 수행비서가 여기에 그냥 앉아요. 장관님 잘 보필하는 것이 우리의 가장 중요한 임무니까, 여기에 편히 앉아서 장관님을 모시세요. 내가 이코노미석으로 가서 앉으면 되니까 부담 갖지 말고 그렇게 합시다."

장관님의 해외 출장을 기획하고 준비를 총괄하면서 수고하셨던 국제협력관이 내게 말을 건네었다. 그 얘기를 장관님도 좌석에 앉아 듣고 있었다. 그렇게 하여 그 상황은 일단락되었고, 나는 수행비서의 자격으로 장관님의 바로 옆인 비즈니스석에 앉았다. 승무원도 모두 각자의 자리로 돌아가고 1분 뒤 비행기가 이륙을 위해 움직이기 시작했다.

비행기가 이륙 준비를 위해 이동하기 시작하자 장관님은 눈을 감고 휴식을 취하셨다. 이륙을 하고 고도를 높여 안전지대에 들어섰다는 신호음과 함께 장관님은 나에게 돋보기와 자료를 요구하셨고 잠시 서류를 검토하시고는 다시 눈을 감으셨다. 승무원은 내게 다가와 "장관님께 필요한 것이 없는지요. 따뜻한 커피라도 가져다 드릴까요?"라고 물었다. 나는 "지금 쉬고 계시니 필요한 사항이 생기면 요청을 드리겠습니다"라고 답하였고, 승무원은 "그럼 비서관님은 필요하신 것이 없으신지요"라고 내게 물어왔다. 나는 사양하는 것이 예의가 아닌 듯하여 "오렌지 주스 한 잔 부탁합니다"라고 말하였다. 비즈니스 좌석은 이코노미석과 달리 좌석의 공간도 넓어 편안했고 서비스도 매우 좋았다. 곧이어 기내식이 나왔고 장관님께도 식사를 드리고자 하였으나 계속해서 눈을 감고 계셨다. 나는 조심스럽게 옆 좌석에서 장관님을 주시하고 있었다. 승무원은 수시로 내게 와서 필요한 것은 없는지 말을 건넸다. "필요하신 것이 있으면 편하게 말씀해 주세요"라고 말하였다. 장관님께 불편이 없도록 적극적으로 지원하라는 업무지시가 내려왔을 것으로 추정되었다. 장관님 옆자리에 앉은 덕분에 나는 승무원으로부터 주스, 와인, 커피 등 다양한 서비스를 제공받았다.

비행시간이 지나 어느덧 "우리 비행기는 곧 중국 공항에 착륙합니다"라는 기장의 멘트가 방송으로 흘러나왔다. 장관님은 방송 소리에 잠에서 깨셨다. 그리고 나에게 "승무원에게 얘기해서 2리터 생수 6병을 챙겨서 호텔로 가져가야 하네"라고 말씀하셨다. 나는 승무원에게 장관님을 말씀을 전했고, 승무원은 의아한 눈빛을 지으면서 준비하겠다고 대답해 주었다. 비행기 승객 중에 내리면서 생수를 준비해 달라고 부탁하는 손님은 그동안 없었던 모양이었다. '비행기가 착륙하고 내리실 때 가져가실 수 있도록 챙겨 드리겠다'고 하였다. 아마도 장관님은 중국 호텔에서 숙박을 하면 깨끗한 생수가 필요할 것으로 생각하신 듯했다. 중국이 그 당시 산업화를 시작했기에 공기와 수돗물의 상태가 썩 좋지 않음을 미리 알고 계셨기에 마실 물을 미리 챙겨 가야 할 필요가 있음을 느끼신 것이었다. 누구도 생각지 못한 선견지명이 있는 판단이었다. 그렇게 하여 나는 생수병을 챙기는 것으로 중국으로 향하는 비행 일정을 마무리하고 중국에 도착하여 공식적인 일정을 시작할 수 있었다.

40

중국 일정을 마치고 베트남으로 이동하였다. 베트남 호텔에서 숙박을 하고 그다음 날 아침 일찍 장관님의 아침 운동 겸 산책을 위해 출장 일행이 모였다. 정원과 호수로 꾸며진 산책길을 걸으며 베트남에서의 일정을 논의하는 평온한 아침 시간이었다. 나는 아침이나 저녁이나 가릴 것 없이 언제나 핸드폰을 손에 꼭 쥐고 다녔다. 하물며 저녁에 잠자리에 들 때도 늘 머리 곁에 핸드폰을 두고 잠자리에 들었다. 이날 아침도 평소와 같은 태세로 장관님 곁을 지키고 있었다. 그런데 갑자기 이른 아침에 핸드폰의 진동이 울렸다. '이렇게 이른 시간에 누가 전화를 하였을까?'라고 의아하면서 한편으로는 뭔가 비상적인 상황일지 모른다는 직감도 다가왔다. 보통의 경우에는 아침 이른 시간에 전화를 걸어 올 사람은 아무도 없었기 때문이다. 거기다가 전화기에 표시되는 발신자 번호도 나타나지 않는 전화였다. 나는 의아한 마음으로 전화를 받았다.

"여보세요. 노동부장관 수행비서입니다."

평소처럼 사무적인 목소리로 전화를 받았다. '혹시 노동부의 간부님이 급한 업무를 보고하려고 전화를 하신 건 아닐까?'라고 막연히 생각하고 있었다.

"여보세요. 노동부장관 수행비서죠? 여기는 청와대 대통령 비서실 ○○○입니다. 통화 괜찮으시죠? 지금 장관님은 옆에 계신가요?"

헉, 대통령 비서실이었다. 아마도 급한 지시가 있으리라 추정이 되었다.

지금 장관님이 국내가 아니라 국외에 나와 있음을 알려야 될 것 같았다.

"예. 안녕하십니까? 장관님은 지금 노동 관련 국제협력 업무를 위해 베트남에 와 계시고, 제 옆에 장관님도 함께 계십니다."

"그러시군요. 대통령께서 장관님과 통화를 하고자 하십니다. 여쭈어 주시겠습니까?"

청와대 비서실과 전화 통화를 종종 하였다. 그런데, 장관님을 찾는 대통령의 전화는 처음으로 경험하였다. 급하게 장관님께 다가가 낮은 목소리로 대통령의 전화임을 말씀드렸다. 장관님은 전화기를 얼른 달라고 하셨다. 전화기를 받자마자 장관님은,

"대통령님, 노동부장관 ○○○입니다. 제가 지금은 대통령님의 윤허를 받고 노동 분야 국제협력을 위해 베트남에 출장을 와 있습니다. 무슨 용건이든 말씀 주시면 받들도록 하겠습니다."

장관님이 받는 전화 목소리가 어렴풋이 들렸다. 대통령님과의 통화였기에 장관님도 바짝 긴장하고 계신 듯 보였다. 그렇게 전화 통화가 3분여간 이어졌다. 우리는 숨죽인 자세로 전화하는 장관님을 지켜보고 있을 뿐이었다. 장관님의 표정이 조금 굳어지면서 통화는 종료되었고 핸드폰을 나에게 건네주시면서 말씀하셨다.

"김 비서, 국내에 있는 비서관에게 지금 바로 전화를 해서 가장 빠른 항공편으로 서울로 돌아가는 비행기를 예약하라고 지시하게. 자네와 나는 해외 출장 일정을 여기서 중단하고 국내로 돌아가기로 하고, 베트남에서의 나머지 일정은 베트남 정부에 양해를 구하고 국제협력관께서 소화해 주어야겠네."

장관님이 대통령으로부터 뭔가 지시를 받으신 것이 확실하였다. 이것

저것 따질 것 없이 장관님 분부대로 움직였다. 서울로 돌아가는 가장 빠른 비행기 좌석을 예약해 달라고 요청하고, 호텔 객실로 돌아와 돌아갈 준비를 하였다. 국제협력관은 난처한 상황이라 말하면서도 어쩔 수 없다면서 외교 결례가 없도록 베트남에서의 업무를 잘 챙기겠다고 말하였다.

대통령으로부터 전화가 있는 다음 날 새벽에 서울 김포공항에 도착하였다. 김포공항에는 장관 보좌관과 노동부 주요 간부들이 장관님과의 대책 회의를 위해 집합해 있었다. 대통령의 지시사항은 국내의 ○○호텔 노사분규가 오래도록 지속되면서 대외적으로 국가 신임도를 저하시키는 상황에 직면하고 있으므로 이를 조속히 해결해야 한다는 것이었다. 공항에서 진행된 대책 회의에서는 먼저 현재의 노사분규 상황에 대한 보고가 이루어졌고, 노사분규를 조속히 마무리하는 방안이 무엇일지에 대해 깊은 토론이 진행되었다. 논의된 내용을 토대로 각자의 역할을 분명히 하고 수시로 연락을 취하기로 하였다. 신속한 해결을 위해서는 노사 상호 간 대화를 촉진하고 핵심 쟁점 사항에 대해 상호 양보와 타협의 자세를 갖도록 조정하고 지도하는 것이 급선무였다. 노동조합과 사용자 측도 해결책을 찾아 조속히 마무리하고 싶은 의사를 분명히 가지고 있었다. 아침 일찍부터 사업장의 노사는 마주 앉아 조속히 사태를 마무리 짓는 것에 대해 공감을 하고 대화를 시작하였다.

그날 저녁쯤 노사 대화에서 합의점을 찾아가는 진전이 있었다는 보고가 올라왔다. '노사는 오늘 밤을 지새우더라도 마무리 짓겠다는 각오를 보여 주고 있다'는 소식도 전해졌다. 장관님은 저녁을 드시고 오늘 밤은 시내에서 머물 계획이니 준비하라고 말씀하셨다. 상황이 긴박하게 진행되고 있음을 짐작할 수 있었다. 장관님이 시내에 거처할 곳을 준비하여 안내하고, 나와 운전비서는 차량에 앉아 수시로 연락을 취하며 진행 상황을 체크하였다. 올라오는 보고는 수시로 장관님께 보고도 드렸다. 그렇게 밤은 깊어 가고 있었다. 노사 간 협상은 많이 진전되었고, 한두 가지의 남은 쟁점에 대해 마지막 줄다리기 싸움이 진행되고 있다는 보고도 올라왔다. 새벽쯤에 타결될 수 있다는 희망적인 진단도 나왔다. 시간은 벌써 새벽 4시를 넘어서고 있었고, 그 이후 잠시 보고와 소식이 끊어졌다. 나도 차에서 잠시 눈을 붙였다. 얼마나 잠을 잔 것일까? 잠을 자는 동안에도 핸드폰은 내 손에 꼭 쥐어져 있었고, 핸드폰도 잠시 쉬고 있는 듯 보였다.

비몽사몽하고 있는데 갑자기 핸드폰이 울렸다. '드디어 좋은 보고가 올라왔구나'라는 직감이 나의 머리를 스쳐 왔다. 장관 보좌관의 전화였다. 상기된 목소리로 '조금 전에 노사 협상이 타결되었으니 빨리 장관님을 노사 협상이 이루어지는 장소로 모시고 오라'는 다급한 전화였다. 나는 빨리 잠에서 깨어나 정신을 차리고 장관님이 머물고 계시는 거처로 달려가서 초인종을 눌렀다. '장관님이 주무시고 계시면 큰일인데'라는 걱정이 먼저 들었다. 초인종 소리에 장관님의 즉각적인 응답이 있었고, 나는 전화로 올라온 내용대로 보고를 하였다. 장관님도 미리 짐작하고 계셨는지 준비를 어느 정도 하고 계셨고, 준비를 마치는 즉시 차량을 이용해 노사 협상장으로 이동하였다. 협상장에 도착한 시간은 새벽 4시 55분이었다.

장관님이 협상장이 있는 장소로 도착하여 엘리베이터 문이 열리자 방송 카메라의 라이트가 환히 비추어 주었고, 사진기자의 카메라도 빛을 뿜으며 터지기 시작했다. 장관님은 엘리베이터에서 내려 먼저 협상장으로 발걸음을 옮겨 밤새도록 협상에 임하면서 극적인 타결을 이끌어 낸 노사 대표들을 격려하였다. 장관님이 모습을 드러내자 노사 대표들도 밝은 표정으로 맞이해 주었다. 밤샘 협상으로 피곤한 내색이었지만 타결을 하였다는 안도감과 기쁨이 표정에서 묻어나고 있었다. 마지막으로 협상 결과를 정리한 노사합의서에 서명하는 절차만 남아 있었다. 장관님의 노사 대표 격려가 마무리되자 노사는 합의서 문구를 다시 읽어 보고 서명식을 거행하였다. 장관님도 그 장면을 옆에서 바라보고 있었고, 노사 대표의 서명이 이루어지는 순간 협상장에 있던 노사 및 정부 등 모든 관계자가 우레와 같은 박수를 보냈다. 사안이 지대한 사회적 관심을 가졌고 오랜 기간 갈등을 겪어 왔던 만큼 방송국의 카메라와 기자들도 그 순간을 촬영하기 위해 모여 있었고 방송 카메라와 사진 카메라 불빛이 쉬지 않고 번뜩거렸다. 합의서에 서명이 끝나고 방송국 카메라와 기자들의 사진 앞에 노사 대표와 장관님이 나란히 섰다. 장관님이 가운데에 자리를 잡고 장관님의 좌우측으로 각각 노사 대표가 합의서를 펼쳐 들고 자세를 잡으면서 노사 협상의 마지막 피날레가 장식되었다. 장관님은 양보와 타협의 자세를 보여 준 노사에게 감사하는 마음을 표하며 양손으로 노사 대표의 손을 꼭 잡아 주고 계셨다.

ㅇㅇ호텔 노사분규는 새벽 동이 틀 즈음에 노사 합의로 마무리되었다. 오랜 갈등과 진통 끝에 이루어진 합의이기에 모두의 표정은 밝았다. 이 합의 소식은 새벽녘의 방송 뉴스로 전해지기 시작했다. "속보입니다. 조금 전 새벽 5시 30분경 ㅇㅇ호텔의 노사가 임금 및 단체협약에 합의하고 그간의 파업을 마무리하였습니다"라는 아나운서의 멘트와 함께 장관님과 노사 대표가 노사합의서를 들고 기념촬영을 하는 모습이 방송 카메라에 담겨 생동감 있게 송출되었다. 장관님이 해외 출장길에서 급하게 귀국한 시점부터 꼬박 24시간이 흐른 시점이었다. 그야말로 전광석화와 같

이 논의의 진전이 있었고 엄청나게 빠른 속도로 문제 해결책에 이른 것이다. '이 방송을 대통령께서도 보고 계실까? 아마도 흡족한 마음이겠지?'라고 혼자서 상상해 보았다.

41

○○호텔의 노사분규가 극적으로 마무리된 이후 또 다른 노사분규 현장이 사회적 관심사로 대두되고 있었다. IMF 외환위기 이후 우리 산업은 구조조정의 몸살을 앓았다. 대표적인 사업장이 ○○자동차 제조 현장이었다. 경영악화로 구조조정의 상황에 직면한 사업장에서 경영자는 구조조정의 불가피성을 피력하였고, 노동조합과 근로자는 구조조정 반대를 외쳤다. 갈등은 더욱 첨예화되어 노조의 천막농성과 노조위원장의 단식투쟁으로 이어졌다. 그 장소는 사업장 인근의 성당이었다. 아울러, 근로자의 가족들도 정부의 대책을 요구하고 나섰다. '하루아침에 직장을 잃게 되었으니 어떻게 생계를 꾸려 갈 수 있느냐'며 구조조정을 중단하고 기업을 살리도록 정부가 나서라고 주장하였다. 현장의 갈등이 더욱 극심하게 악화되어 감에 따라 정부의 고민도 깊어 갔다. 노사가 모두 수용할 수 있는 방법을 찾아야 했다. 해결책을 찾기 위해 장관님은 단식농성 중인 노조위원장과 면담을 결정하고 단식 현장을 찾아갔다. 상호 진솔한 대화를 하기 위함이었다. 면담 일자는 주말 오전이었다.

구조조정의 철회를 요구하며 단식농성 중인 노조위원장과의 대화를 위해 장관님이 현장에 도착하자 노조 관계자들과 각 기관 관계자들이 운집해 있었다. 노조위원장과의 단독 면담이 예정되어 있었기에 소수의 인원만 배석한 채 노조위원장이 단식 중인 천막에서 대화가 시작되었다. 상호 합의에 따라 대화의 모습은 공개하지 않았다. 대화가 진행되는 가운데, 장관님의 현장 방문 소식을 접한 근로자 가족들이 면담장 주위로 모이기 시작했다. 집의 가장인 남성 근로자들이 현장에서 일하고 있었기에 근로자의 가족은 대부분 여성이었다. 아이를 업고 오신 분도 계시고, 자녀의 손을 잡고 오시기도 했으며, 정부의 대책을 요구하는 문구가 적힌 팻말을 가지고 오신 분도 있었다. 면담이 이루어지는 장소로 모인 인원은 대략 300명은 되어 보였다. 대부분이 이미 벌써 격앙되어 있었다.

노조위원장과 장관님 사이에 1시간가량의 대화가 끝났다는 소식이 밖으로 흘러나왔다. 면담장 입구에서 대기 중이던 나는 장관님을 차량으로 안내할 준비를 하였다. 장관님이 면담장을 나와 모습을 드러내자 모여 있던 근로자 가족들이 장관님의 길을 막았다.

"우리 아이 아빠의 일자리를 보장한다는 약속이 없으면 절대 여기서 떠나게 할 수 없다."

"노동부와 정부는 회사의 구조조정을 막아내라."

'구조조정을 막고 근로자를 보호하는 대책을 밝혀라'라는 언성이 높아지고 있었다. 근로자 가족들 300여 명이 몰려들어 장관님 주위를 에워싸는 바람에 장관님과 수행원들은 군중 속에 갇히고 말았다. 도저히 빠져나갈 수 없었다. 그러면서 상호 간의 몸싸움도 가볍게 있었다. 방송 카메라는 이 현장의 모습을 고스란히 담고 있었고, 혹시라도 불상사가 없도록 서로가 조심하고 있었다. 아수라장이 되어 버려 상호 대화도 불가능하였다. 그렇게 갇혀서 오지도 가지도 못하는 상황이 10여 분 이상 지속되었다. 서로 밀고 밀리는 과정에서 장관님과 수행비서인 나의 옷은 급기야 찢어지기까지 했다. 노동청 근로감독관 몇 명과 수행원들이 함께 장관님을 경호하려 하였으나 역시 역부족이었다. 그렇게 상호 간의 대치가 30

여 분간 지속되다가 노동조합 관계자의 도움으로 겨우겨우 장관님을 차량에 모실 수 있었다. 장관님이 탑승한 차량이 출발하려는 그 순간, 갑자기 어느 근로자의 가족 한 분이 장관님의 차량을 다시 가로막으며 땅바닥에 드러누워 버렸다. 출발하던 차량은 급브레이크를 밟고 멈춰 섰다. 그 상황을 차량 내에서 바라보다가 너무나 놀란 마음에 차량에 탑승했던 나와 장관님은 급히 차량 밖으로 나와 차량 앞 땅바닥에 드러누운 사람의 안전을 살폈다. 다행히 안전에는 이상이 없었고, 정부도 이 문제 해결을 위한 좋은 방안을 검토해 보겠다는 말로 설득하고 나서야 그 현장을 안전하게 빠져나올 수 있었다.

가슴 섬뜩한 순간이었다. 많은 군중 속에서 장관님을 안전하게 모셔야 하는 상황이 감당하기 어려웠다. 그럼에도 불구하고 누군가 다치거나 하는 불상사가 없이 상황이 정리되어 다행스럽게 생각하였다. 다만, 밀고 밀리는 상황에서 일부 사람의 외투가 찢어지는 일이 발생하였지만 구조조정으로 일자리를 잃게 된 근로자와 그 가족의 아픔을 고스란히 체험한 시간이었다. 어떻게 방법을 강구하여야 그 아픔을 달랠 수 있을까? 고민이 깊어졌다. IMF 외환위기로 다가온 경제위기와 경영시스템의 변화로 구조조정을 피할 수는 없는 상황이었다. 그렇다면 실직 위기의 근로자에게는 어떤 방안을 찾아야 할까? 오랜 고민 끝에 정부는 다시 회사의 경영 사정이 회복되면 가장 먼저 당해 사업장에서 이직한 근로자를 우선적으로 재고용하는 것으로 노사가 합의토록 하고, 실직자의 재취업을 위한 길을 열어 가기로 약속했다. 그래서 구조조정으로 실직하는 근로자의 재취업을 지원하는 '근로자희망센터'를 별도로 구축하기로 결정하였다. 신규 일자리를 개척하여 취업을 알선하고, 직업훈련을 통해 직무능력을 향상

시킴으로써 재취업을 길을 확대하여 가기로 한 것이다.

경제위기로 인한 구조조정으로 실직을 하게 되는 아픔을 당사자가 아니면 어떻게 이해할 수 있으랴. 어떤 고통과 아픔이든 당사자에게는 너무나 큰 충격으로 다가온다. 주위의 사람이나 제3자는 아픔을 함께 나눌 수는 있지만, 그 아픔을 당사자만큼 느끼지는 못한다. 그래서 우리는 아픔과 고통에 직면한 당사자의 일에 대해 쉽게 말하거나 가볍게 치부하여서는 되지 않는다. 그런 행동과 말이 또 다른 상처를 안겨 줄 수 있기 때문이다. 특히, 그 당시까지만 해도 우리나라의 경제는 고도성장을 하고 있었기 때문에, 실업에 대한 사회적 문제 인식이 높지 않았던 시기였다. IMF 외환위기 이후에서야 실업의 심각성이 처음으로 대두되었기 때문에 그 사회적 갈등과 실직자의 고뇌는 더 깊고 아팠다. 전국적으로 경제의 전 분야에서 실업자가 다수 발생하였기에 이는 국가적이고 사회적인 이슈였다. 다행히 1995년 7월 도입된 고용보험제도는 정부가 실업 대책을 추진하는데 큰 근간이 되었다. 기업과 근로자가 납부하여 온 고용보험기금이 2조 원 정도 적립되어 있었기에 재정적 뒷받침도 가능하였다.

"장관님, 고생이 많으셨습니다. 몸은 괜찮으십니까? 예상하지 못한 갑작스러운 상황이라 저희의 대처가 부족하여 죄송한 마음입니다."

"아닐세. 사회적 갈등과 깊은 아픔이 있는 현장에서는 충분히 겪을 수 있는 일이네. 그분들의 심정이 오죽하겠는가. 이번 일을 통해 실직자와 그 가족의 마음을 더욱더 깊이 이해하는 계기가 되었네. 실직자들의 아픔을 다 헤아려 주지 못해 나도 마음이 참으로 아프네."

"앞으로 이러한 실업 사태를 어떻게 해결해 가야 할지 깊이 고민해 보아야겠습니다."

"그 과정이 힘들고 어려울 수는 있지만 극복할 수 없는 문제는 없다고 생각하네. 모두의 지혜를 모으고 당사자 사이의 대화를 통해 대안을 마련해야지. 정부와 공직자는 어떠한 상황에서도 해결책을 마련해 가야 하는 것이 숙명 아니겠는가?"

주말 오후 한산한 시내의 거리를 장관님은 정처 없이 계속 걸었다. 발걸음은 어느 때보다도 무거워 보였고, 얼굴은 근심으로 가득하였다. 나는 그런 장관님의 뒷모습을 물끄러미 바라보면서 아무런 말도 하지 못하고 장관님의 뒤를 걷고만 있었다.

42

　오늘은 특별한 일성이 없이 아침부터 과천의 사무실에서 하루를 보내고 있었다. 태풍이 휘몰아치고 나면 파도도 잠잠해지듯이 오늘은 어느 날보다 고요하고 차분한 일과였다. 장관님은 집무실에서 간부들과 열심히 업무적 회의를 하고 있었고, 나는 비서실 옆방에서 혼자 휴식을 취하고 있었다. 간혹 장관님의 호출이 있으면 집무실로 들어가 지시사항을 이행했고, 찾으시는 서류도 찾아다 드렸고, 나머지 시간은 비서실에서 내근하는 비서관, 여성 비서 2명과 외부 일정에서 발생하는 상황에서의 대처 방법을 가볍게 논의하기도 하였다. 비서관은 '장관님이 외부 일정을 소화하고 있으실 때 수행비서인 내가 수시로 비서실로 전화해서 외부에서 진행되는 상황을 알려 주면 좋겠다'고 말하였다. '사전에 예정되어 있지 않았지만 현장에서 갑자기 잡히는 일정을 비롯하여 장관님의 현재 활동사항을 틈틈이 시간 되는 대로 전화로 보고드리겠다'고 약속하고 외부에서 일정을 소화하다가 생기는 고충도 한두 가지 말씀드렸다.

　그렇게 여유로운 한때를 오랜만에 보내고 있었는데, 오후 3시가 되었을 무렵, 갑자기 장관 비서실이 다급해졌다. 청와대에서 오후 4시에 대통령 주재 경제장관회의를 개최하기로 조금 전에 결정하였으니 참석하라는 통보를 받은 것이었다. 비서관은 장관님께 갑작스럽게 회의가 잡혔다는 보고를 신속히 드리고, 3시 5분에 과천 사무실에서 출발해야 한다고 말씀드렸다. 나는 먼저 차량 운전비서에게 출발을 준비해 달라고 연락을 하고 필요한 서류를 챙기면서 급히 출발 준비를 하였다. 그런 와중에도 잠시 생각이 스치고 지나갔다. '에고, 그러면 그렇지. 오늘 이상하게 조용하게 지나간다고 생각했다. 수행비서의 생활에서 하루라도 바쁘지 않으면 이상한 게 운명인 것을….'

대통령이 주재하는 회의에는 회의가 시작되는 시간보다 15분 일찍 도착하는 것이 하나의 불문율이었다. 회의가 4시로 예정되어 있으니 늦어도 3시 50분까지는 청와대에 도착이 되어야 했다. 교통의 정체가 없이 정상적으로 가면 무리가 없을 듯 보였다. 과천 사무실을 출발한 차량은 평균 속도를 내면서 무난하게 운행하고 있었다. 운전비서는 평소와 달리 속도를 조금씩 내는 듯이 보였다. 시내의 교통 사정을 알 수 없으니 조금 속도를 내는 것이 나으리라고 판단했던 것일까? 무난했던 도로의 교통상황에 이상이 감지되었다. 아뿔싸, 청와대로 향하는 길목의 마지막 고비인 남산터널 입구에서부터 교통의 정체가 갑자기 발생한 것이다. 차량이 멈춰서 나아갈 수 없었다. 그때 이미 시간은 3시 40분이었다. 남산터널을 지나 정상적인 운행이 진행되면 적정시간에 회의장에 도착할 수 있었는데, 차량 정체가 진행되면서 갑자기 긴장감이 높아졌다. 교통의 정체가 지속됨에 따라 시간이 지나면 지날수록 운전비서와 나에게는 안절부절 초조함과 불안감이 밀려왔다. 시간은 벌써 3시 48분을 넘어서고 있었고, 차량 정체는 그대로였다. 이대로 있다가는 큰일 날 일이었다. 대통령이 주재하는 회의에 장관이 늦게 도착할 것 같았다. 있을 수 없는 일이고, 무슨 방법을 동원하더라도 피해야 하는 일이었기에 다른 방도를 찾아야만 했다. 그런데 극도의 초조감 속에서 머릿속은 어리벙벙한 상태였다. 어떻게 하든 방법을 찾아야 했는데 어떻게 해야 할지 막막하기만 하였다.

그러다가 순간 누군가에게 도움을 요청해야겠다는 생각이 났다. 절박한 순간이어서 어쩔 수 없었다. 위기를 타개해야 한다는 급한 마음을 갖고 나는 행정자치부 장관 수행비서에게 전화를 걸어 상황을 공유하고 방법을 논의하였다.

오늘 4시 회의에 행정자치부 장관님도 참석하시냐고 물어보니 회의 참석을 위해 이미 청와대에 도착했다는 답이 왔다. "우리 장관님은 교통의 정체로 지금 남산터널에 갇혀 있는데 좋은 방법이 없을까요?"라고 도움을 요청하였다. 나의 목소리에서 느껴지는 절박감을 느꼈는지 모를 일이었다. "회의 시간보다 늦게 도착하는 상황은 상상할 수 없는 일인데 큰일이군요. 조금만 기다려 보세요. 제가 조치해 볼게요"라는 답을 주었다. 그로부터 2분여의 시간이 지나자 구원의 손길이 나를 향해 손짓하고 있었다. 교통의 정체가 서서히 풀리기 시작했고, 남산터널을 통과하여 청와대까지 속도를 내어 달렸다. 청와대로 향하여 속도를 높이는 차량에서 나는 교통신호가 있는 사거리마다 교통경찰들이 신호를 통제하고 있는 모습을 볼 수 있었다. 너무나 고마운 일이었다. 공무를 수행하는 국무위원 자격의 장관님에게 너무나 위급한 순간이었는데, 교통신호의 통제라는 국가적 서비스를 받은 것이었다.

그렇게 위기를 돌파하고 청와대에 도착하니 고맙게도 시계의 바늘은 3시 58분을 가리키고 있었다. 차량이 청와대 회의장 입구에 멈춰 서자 장관님은 급히 회의장 안으로 발걸음을 옮기시면서 "김 비서, 하마터면 늦을 수 있었는데 다행히 제시간에 정확히 맞추어 도착했군. 고생 많았네"라고 말씀해 주셨다. 장관님도 뒷좌석에 앉아 회의 시간을 생각하며 나보다 더 긴장하셨을 것이고, 아마도 더 조마조마하셨을 것이다. 그럼에도 불구하고 차량이 이동할 때까지 아무런 내색도 없이 기다리시면서 참견을 하지 않으시고, 나의 통화내용을 들으셨고 조치상황을 지켜봐 주셨다. 나를 믿고 계셨을 것이고 이 순간도 믿어 주신 것이다. 장관님이 회의장 안으로 바쁜 걸음과 함께 들어가는 뒷모습을 잠시 지켜보다가 나는 다시 차량에 탑승하였고 수행원들이 대기하는 장소로 이동하였다. 그렇게 늦지 않은 시간에 회의장에 도착하였으므로 위기를 넘겼다고 생각하였다. 그때 비로소 운전비서와 나는 서로의 얼굴을 바라보며 안도의 한숨을 쉴 수 있었다. 어느새 식은땀이 속옷을 촉촉이 적시고 있었다.

43

    어제는 눈이 내렸다. 겨울 추위가 매섭게 이어지고 있다. 수행비서의 또 다른 하루가 이른 아침부터 시작되었다. 오늘은 경제단체 초청 장관님의 조찬 강연이 있는 날이다. 7시 30분부터 시작된 강연은 한 시간가량 이어졌다. 나도 강연장에서 아침 식사를 하며 장관님의 강연을 들었다. 그리고 강연을 초청한 단체 관계자로부터 장관님의 강연료를 받았다. 강연이 마무리되고 다음 일정을 위해 이동하는 차량 안에서 장관님께 강연료가 담긴 봉투를 전달하였다. 수행비서는 어쩌다 보면 장관님의 대리인이기도 했다.

    오늘 저녁 일정은 없었다. 그래서 장관님이 저녁 식사를 하시게 되면 내가 파트너가 되어야 했다. 그런데 오늘따라 이른 저녁 시간에 식사에 대한 언급이 없이 집으로 가자고 말씀하셨다. 그렇게 저녁 식사를 하지 않으시고 집으로 퇴근한 시간은 8시 30분이었다. 집 앞에서 댁으로 들어가시는 장관님을 배웅하였다. 가끔 있는 상황이었다. 집 앞에서 장관님은 나에게 "오늘도 고생이 많았네. 이거 가지고 저녁이나 맛있는 거 먹고 가게나"라며 봉투를 주셨다. "감사합니다. 장관님. 편히 쉬십시오." 얼떨결에 나는 장관님이 주시는 봉투를 받았다. 수행하는 직원을 격려하기 위한 배려였다. 장관님께서 우리의 수고를 알아주시고 격려해 주시니 참으로 고마운 일이었다. 차량으로 돌아와 그 얘기를 운전비서에게 말하고 봉투를 열어 보았다. 매우 큰 금액이 봉투에 들어 있었다. "장관님이 배려해서 주신 선물이니 맛있는 저녁 식사를 합시다"라고 수행비서인 나와 운전비서가 합의를 보았다. 수행비서와 운전비서는 장관님을 수행하는 하나의 팀이었고, 항상 같이 시간을 보냈다. 운전비서는 자기가 자주 가는 참치횟집으로 나를 데려갔다. 그렇게 저녁 식사가 둘이서 편안한 마음으로 시작되었다.

이미 시간은 저녁 9시가 다 되어 가고 있어서 그런지 식당에 손님은 다 빠져나가고 한산하였다. 여느 퇴근한 직장인과 같은 모습으로 들어온 우리를 주인은 반겨 주었고, 10시면 영업이 종료된다고 말하였다. 1시간 안에 식사를 끝내겠다고 하고 자리를 잡았다. 장관님이 주신 금일봉이 넉넉하여 제일 비싸고 맛있는 메뉴로 주문하였다. 신선한 참치회를 먹다 보니 생각나는 무언가가 있었다.

"소주 한잔해야겠죠? 많이 마시지 말고 각 1병씩만 합시다."

"좋지요. 내일 장관님 일정이 아침 일찍 있으니 과음하지는 맙시다."

그렇게 소주도 곁들이면서 저녁을 맛있게 먹었다. 장관님을 모시면서 이런저런 힘든 부분도 서로 얘기하고, 상황에 따라 서로의 역할 분담도 어떻게 하는 것이 합리적일지 얘기하였다. 운전비서와 편안한 얘기를 해 본 시간도 오랜만이었다. 운전비서는 장관님의 일정에 따라 해당 장소로 시간에 맞춰 도착하도록 운전을 하고, 차량의 안전을 위해 관리하는 업무를 담당하고 있었다. 운전비서는 장관님이 장관으로 취임하기 이전부터 운전을 맡아 왔다. 그래서 장관님이 자주 가시는 장소들에 대해 나보다 더 익숙하였다.

"김 비서는 순간순간 위기에 대처하는 능력이 매우 훌륭한 것 같아요. 지난번 교통이 정체되어 대통령 주재 회의에 장관님이 늦게 도착하는 불상사가 발생되었으면 우리 둘 다 아마 자리를 내어 놓아야 했겠죠? 그런 위기를 김 비서가 잘 넘겨 가는 모습을 보고 그때 참 위기 대처 능력이 뛰어나다는 것을 알게 되었어요. 물론 다른 순간도 많이 있었지만, 대통령 회의를 맞추어야 하는 그 시간이 가장 중요했었고 가장 큰 위기의 순간이었어요."

"그땐 그랬지요. 허허허. 운행 중에 실시간으로 교통상황을 알 수 있으면 더 좋겠어요. 교통 정보를 파악하는 데 조금 더 노력해야겠어요."

"그건 제가 항상 노력하고 있는데, 갑작스럽게 교통 정체가 발생하면 참으로 난감하지요. 그건 그렇고, 장관님은 김 비서를 매우 신뢰하고 있어요. 그런 모습이 장관님에게서 느껴져요."

"그런 걸 느낄 수 있어요? 정말?"

"제가 장관님을 3년째 모시고 있어서 그런지 촉이 올 때가 종종 있지요. 앞으로 장관님을 잘 모시도록 같이 노력해 봅시다. 저는 김 비서에게 많이 의지합니다."

"그래요. 어떤 일이든, 어떤 순간이든 서로서로 협의해 가면서 장관님만 바라보고 노력해 갑시다. 우리에겐 오직 장관님만 있을 뿐입니다."

저녁 식사는 화기애애하게 진행되었다. 소주까지 마시다 보니 조금 긴장도 풀렸다. 장관님의 수행비서가 된 이후 한 번도 술을 마셔 본 적이 없었다. 아니 의도적으로 술을 마시지 않았다. 장관님을 수행하는 데 장애가 될까 걱정이 앞섰기 때문이다. 그런데 오늘은 장관님이 주신 금일봉에 힘을 얻어 소주까지 곁들이게 되었으니 오늘은 정말 특별한 날이었다. 운전비서와도 더 우정을 돈독히 할 수 있었다. 어떻게 보면 수행비서와 운전비서는 장관님을 모시는 일에 있어 한 몸처럼 움직여야 했다. 그래서 상호 간의 호흡이 매우 중요했다.

"오늘 모처럼 술도 한잔해서 그런지 스트레스도 풀리는 것 같고 기분이 좋네요. 다른 좋은 곳에 가서 한잔 더 할까요? 장관님이 주신 금일봉이 두둑하니 위스키 마실까요?"

"시간이 10시를 넘었는데 괜찮겠어요?"

"딱 한 시간만 더 마시다 집에 갑시다. 그 정도는 내일 업무에 지장이 없을 겁니다."

남대문 인근으로 이동하여 'ㅇㅇ바'라고 적힌 위스키 집에 자리를 잡았다. 비싼 위스키를 주문하고 술을 마시다 보니 시간관념이 흐릿해졌다. 술과 함께 하는 시간은 가속페달을 밟는 것 같다. 한 시간만 더 술을 마시고 마치기로 했는데 술이 조금씩 몸을 적시기 시작하면서 2시간을 채워 버렸다. 아주 오랜만에 마시는 위스키는 그 쓴맛과 향기가 어우러져 나의 입과 위 속을 흥분의 도가니로 만들어 버렸다. 머릿속은 조금씩 이성을 마비시키고 있었다. 위스키를 조금씩 삼키다 보니 조금 과음 단계로 가 버렸다. 가끔은 술을 마시면서 제어력을 잃게 된다. 그것이 문제다. 마실 때는 기분을 좋게 하는데, 다음 날이 되면 숙취가 심해지곤 한다.

아니나 다를까. 결국 사고를 쳤다. 다음 날도 평소처럼 장관님 댁으로 6시 30분까지 도착했어야 했는데, 아침에 눈을 떠 보니 벌써 7시 30분이었다. 수행비서 생활을 시작한 이후 한 번도 늦잠을 잔 적이 없었는데 오늘 드디어 그 기록이 깨어졌다. 눈을 뜨자마자 운전비서에게 전화를 걸었다. 이미 장관님은 조찬 회의를 진행하고 있다고 하였다. 운전비서는 평소처럼 장관님을 모시고 하루를 이미 시작하였다고 하니 그나마 마음이 놓였다.

"어쩌죠? 지금 눈을 떴네요. 아침 출근길에 장관님이 뭐하고 하지 않으시던가요?"

"지금 장관님은 조찬 회의를 시작하셨으니까 빨리 씻고 나와요. 뭐, 조금 늦잠 잘 때도 있는 거니까 장관님은 개의치 않으실 거예요. 아침 출근길에 특별한 말씀은 없으셨어요."

눈은 떴으나 정신을 차릴 수 없었다. 머리는 지끈지끈하고 속은 쓰렸다. 숙취가 단단히 내 몸을 감싸고 있었다. 어제 마신 독한 위스키가 결국은 과음으로 이어졌던 것이다. '어젯밤 내가 왜 오버했을까?'라고 나를 원망하면서 쓰라린 속을 붙들고 출근 준비를 하였다. 늦었지만 장관님이 조찬 회의를 하고 계시는 시내 호텔로 왔다. 아직 회의는 진행 중이었고 운전비서와 몇 마디를 나누고 회의가 끝나기를 기다렸다. 마치고 나오시면 인사를 드려야 했다. 오늘 늦잠을 자게 되어 죄송하다고 말씀드릴 계획이었다.

회의를 마치고 장관님이 나오셨고, 나는 인사를 드렸다. 장관님은 슬쩍 눈길을 한 번 주시고는 아무 말씀이 없으셨다. 다음 일정은 오전 10시 과천 사무실에서 회의였으므로 장관님을 차량에 모시고 사무실로 출발을 하였다. 나는 차량에 탑승하여 장관님께 오늘 일정을 하나씩 보고드렸고, 지시하실 사항이 있으신지 여쭈었다. 여전히 장관님은 묵묵부답이었다. 달리는 차량 밖을 창을 통해 물끄러미 보고 계실 뿐이었다. 나는 긴장된 마음으로 눈치를 보고 있었다. 날씨는 겨울의 한가운데에 있어 차량 내부에도 난방을 위한 히트를 가동하고 있었다.

차량의 이동 시간이 20분을 지나자 조금씩 속이 울렁거림을 느꼈다. 어젯밤 과음으로 인한 숙취와 멀미가 함께 춤을 추고 있는 듯하였다. 참아야 했다. 아니, 이겨 내야 했다. 그런 각오 속에서 그럭저럭 있는 힘을 다해 정신을 차리고 잘 버티고 있었다. 그런데 차량이 남태령 고개를 내려가는 시점에 대사고가 벌어지고 말았다. 참아 왔던 구토가 밖으로 터져 나오기 시작했다. 사각 티슈를 한 주먹 잡고 입을 틀어막으며 구토를 숨기려고 안간힘을 썼다. 그렇지만 구토로 인한 그 냄새를 막을 수는 없었다. 차량 뒷좌석에서 눈을 감고 계셨던 장관님은 이상한 냄새를 맡으신 듯 차량의 창문을 조금 내렸다. 그 순간까지만 해도 불쾌한 낌새를 느끼셨을 테지만 아직 장관님은 나의 구토 모습을 모르고 계실 수도 있었다. 과음 이후에 다음 날 숙취로 인해 나오는 구토는 한번 일어나기 시작하면 걷잡을 수가 없는 것이 일반적 양태이다. 나도 그랬다. 그칠 줄 모르는 구토에 나는 계속해서 '욱욱욱' 하며 휴지로 입을 막았다. 나의 이런 초라한 모습을 결국 장관님이 보시고 말았다.

"자네, 어제 술 마셨는가? 젊은 사람이 이기지도 못하는 술을 왜 그렇게 마시는가?"

"죄송합니다, 장관님. 어제 친구들을 늦게 만나 한잔 마시게 되었는데 조금 과음을 하였는가 봅니다. 죄송합니다."

나는 운전비서와 어젯밤 술을 마셨다는 사실을 말하지 못하고 친구를 만나 그렇게 되었다고 둘러댔다. 장관님의 '젊은 사람이 이기지도 못하는 술을 왜 그렇게 마시는가'라는 따끔한 말씀이 엄청 아프게 나에게 다가왔다. 큰일이었다. 수행비서가 술을 마시고 숙취를 이기지 못하여 장관님을 태우고 이동하는 차량 안에서 구토를 심하게 하였다는 사실은 전혀 정상참작이 될 수 없는 사안이었다. 다른 직원들이나 비서실에서 알게 된다면, 이보다 더 부끄러운 일이 있을 수 없었고, 수행비서의 역사에 오점을 남길 일이었다. 장관님도 크게 노하셨기에 앞으로 일이 어떻게 진행될지 두려웠다. 아마도 수행비서에서 잘릴 수도 있었다. 그렇게 된다고 해도 하나도 이상하지 않을 큰 사건이었다. 나의 앞날이 풍전등화처럼 큰 위기 앞에 있었다.

그런 두려움을 안고 사무실에 도착하였다. 나의 마음은 온갖 상념으로 덮여 있었으나 주위의 모든 분위기는 평소처럼 흘러가고 있었다. 나는 아무런 일이 없는 듯 태연하게 행동하였다. 장관님은 집무실에 들어가자마자 바로 장관님이 취임할 때 임명한 정책보좌관을 찾으셨다. 정책보좌관은 장관님 집무실로 들어가면서 나에게 '바깥에서 무슨 일이 있으셨냐?'고 슬쩍 물었다. 나는 '잘 모르겠다'고 대답만 하였다. 그 짧은 순간에 정책보좌관에게 미주알고주알 조금 전에 있었던 일을 얘기하는 것이 자존심상 허락되지 않았다. 나는 이미 멍한 바보가 되어 있었는지도 모른다. 그렇게 정책보좌관이 장관님과 대면하게 되었는데, 장관님과 보좌관의 대화는 다음과 같이 진행되었음을 뒤늦게 알게 되었다.

"보좌관, 김 비서 말이야. 오늘은 늦잠을 잤는지 새벽에 집으로 오지도 않았고, 아침에 출근하다가 차량 안에서 구토를 심하게 하였는데, 물어보니 어젯밤에 친구들하고 술을 마셨다고 그러는데, 이 사안을 어떻게 해야 하겠는가?"

"그런 일이 있었습니까? 수행비서가 전날에 과음을 하고 숙취를 이기지 못하여 그렇게 했다면 당연히 장관님께 큰 결례를 한 것이지요."

"그간 이런 일이 없었는데 그렇게 절제되지 못한 모습을 보이다니 조금 실망스럽네."

"그런데 장관님. 수행비서가 장관님을 위해서 얼마나 고생을 많이 하고 있습니까? 이른 새벽부터 늦은 밤까지 하루도 빠지지 않고 성실하게 장관님을 성심껏 모시고 다니지 않습니까? 그런 점은 장관님께서 가끔은 칭찬해 주어야 합니다. 수행비서도 젊은 친구니까 얼마나 친구들 만나고 싶고 그러다 보면 술도 한잔하고 싶지 않겠습니까? 그런데 수행비서로 직책을 맡은 이후에는 개인적 사생활이 전혀 없다고 합니다. 어젯밤 친구들하고 회포를 한번 푼 것 같은데 장관님이 이해해 주셔야지요. 수행비서도 엄청 반성하고 있을 겁니다. 장관님 집무실 들어올 때 살짝 수행비서 얼굴을 보았는데, 얼굴이 평소와 다르게 근심, 걱정으로 가득하더군요."

"그런가? 젊은 친구니까 술도 마실 수는 있지. 그런데 과음을 하고는 이동하는 차량에서 구토를 심하게 하다니 참 이해 못 할 일이네. 한편으로는 그 친구도 스트레스가 많이 쌓였겠지? 나 따라다닌다고 고생은 많이 하지. 가끔은 내가 많이 의지도 되는 친구기는 하네."

"장관님, 혼내지 마시고 잘 다독거려 주십시오. 참 올바른 수행비서입니다."

사무실에서의 하루 일과가 마무리되고 있었다. 나는 하루 종일 두려운 마음을 떨치지 못하고 불안감에 휩싸여 있었다. 그즈음 장관 정책보좌관이 내게 다가와 슬쩍 말해 주었다. "어제 술 한잔하셨다면서요. 허허허. 잘하셨어요. 스트레스는 좀 날렸습니까? 너무 걱정하지 마시고 하루하루 즐겁게 보내십시오. 술을 마시다 보면 그럴 수도 있지요." 그 얘기를 듣고 나니 조금은 안도감이 다가왔다. 아마도 장관님과 정책보좌관 사이에 나에 대해서 서로 대화를 주고받았다는 것을 짐작할 수 있었다.

퇴근 시간이 되었을 무렵, 장관님은 사무실을 떠나 다시 시내로 이동하였다. 이동하면서 내게 "○○호텔 일식당에 저녁 예약을 해 주게나"라고 지시하셨다. "예약 인원은 몇 명으로 하면 되겠습니까?"라고 여쭈어보니 "2명이라고 말하게"라고 하셨다. 그 이후로는 말씀이 없이 50분가량 이동만 하였다. 아마도 누군가와 사전에 약속이 되어 있는 듯 보였다. 나는 아침에 있었던 일에 대해 개의치 않고 평소처럼 장관님을 수행하려 노력하였다. 그러나 너무나 큰 결례를 저질렀기에 마음이 편안해질 수는 없었다. 예약된 저녁 장소까지 장관님을 안내하고 난 뒤 나는 돌아서서 나가려 하는 순간 장관님의 말씀이 있었다.

"김 비서, 나가지 말고 여기 앉게. 저녁이나 나랑 같이하세."

"예, 장관님. 저녁 약속을 한 손님이 있으신 게 아닙니까?" 나는 놀라서 장관님을 바라만 보았다. 장관님 얼굴에 엷은 미소가 있는 것을 보고 바로 장관님 맞은편 자리에 앉았다. 그러고 나서 종업원이 들어와서 반가운 얼굴로 인사를 하였다.

"장관님, 오셨습니까? 음식은 무엇으로 준비하여 드릴까요?"

"여기 전복죽 두 그릇 준비해 주게나. 그리고 따뜻한 물 좀 부탁하네."

장관님의 음식 주문은 거침이 없었다. 메뉴에 대해 미리 생각을 하고 들어오신 것 같았다. 종업원이 나가고 장관님과 나 사이에 어색한 침묵의 시간이 흘러갔다. 나는 장관님의 물컵에 따뜻한 물을 따라 드리고 조용히 고개를 숙인 채 앉아 있었다. 드디어 음식이 나왔다.

"속이 좋지 않을 텐데 전복죽 먹고 속을 달래게나. 다음부터는 과음을 하지 말게. 술이라는 것이 한 번씩은 사람을 아주 괴롭히기도 한다네."

"예, 장관님. 명심하겠습니다. 오늘과 같은 일은 다시 없도록 조심하겠습니다. 전복죽 감사히 잘 먹겠습니다." 그렇게 대답하고 나니 갑자기 눈에서 눈물이 고였다. 나를 위로해 주기 위해 이 저녁을 예약하신 것이었다. 전복죽이 나의 헝클어진 위장을 잘 달래 주었다. 따뜻한 장관님의 배려 덕분에 그날의 걱정은 조금 잊을 수 있었다. 다행히도 이날의 불상사는 운전비서와 장관님, 장관 정책보좌관만 알고 있는 은밀한 사건으로 묻혀져 갔다. 그렇지만 너무나 큰 사건이었기에 나의 기억 속에서는 영원히 사라지지 않을 것만 같다. 세월이 약이라 했던가? 내 기억 속에 남을 이 사건이 힘들었지만 그래도 의미를 부여할 수 있었던 추억을 쓰다듬는 시간으로 남아 주었으면 하는 바람이다.

<h1 style="text-align:center">44</h1>

이제는 찬바람이 더욱 강해졌다. 눈바람이 날리는 가운데 겨울의 차가운 날씨가 기승을 부리고 대기에는 영하의 공기가 완전히 주위를 감싸고 있었다. 오늘도 중요 회의가 있어 시내에서 여전히 장관님을 수행하면서 보냈다. 점심 일정이 끝나고 나른한 오후 시간, 차가운 바람을 맞으며 장관님과 시내를 걸었다. 덥거나 춥거나 하는 날씨와 관계없이, 시내든 아니면 공원이든 시간적 여유가 있을 때마다 걸으면서 생각을 정리하고 업무적 계획을 세우는 것에 익숙해진 장관님이셨다. 오늘따라 추운 날씨 때문인지 오가는 사람도 드물어 거리는 한산하였다. 가끔 세차게 불어오는 바람이 차가워 어디라도 실내로 들어가고 싶은 마음이 계속 커지고 있을 즈음, 장관님은 유명한 백화점 안으로 발걸음을 옮겼다. 나도 따라 들어갔다. 현관을 지나 1층으로 들어서니 여성 화장품 냄새가 코끝을 자극해 왔다. 종업원은 손님들에게 신제품을 설명하고 홍보하는 데 열정적이었다. 내게 익숙한 브랜드는 샤넬 정도에 불과하였지만, 세계를 지배하고 있는 낯선 브랜드가 많이 입점해 있어 이 공간은 항상 여성의 발길로 북적거렸다. 1층을 벗어나 에스컬레이터를 타고 도착한 곳은 5층 남성복이 자리한 코너였다. 장관님은 여기저기 두루두루 진열된 옷을 살피시다가 한 매장에 발길을 멈추셨다.

"사장님, 요즘 인기가 있는 남자 코트는 어떤 스타일입니까? 적당한 옷을 보여 주세요."

장관님은 진열된 옷을 눈여겨보다가 종업원에게 의견을 구했다. 옷은 입을 사람의 기호에 맞아야 더 잘 어울린다. 특히, 남에게 선물할 때에는 받는 사람에 맞추어 골라야 한다. 요즈음 고객의 취향이나 선호를 잘 알 수 없었기에 유행하는 스타일을 물어보신 것이다.

　　"누가 입을 옷을 찾으시나요? 아드님에게 선물할 옷인가요?"

　　"그렇죠, 젊은 남자가 입을 거니까 편안한 스타일의 반코트로 부탁합니다."

　　"요즘 잘 나가는 상품은 이것입니다. 여기 상품도 인기는 있지요. 밝은 색을 원하시면 이것도 추천해 드리고 싶네요. 원하시면 입어 보고 선택해도 됩니다."

　　장관님은 종업원이 추천해 준 상품을 보시면서 생각에 잠겼다. 아마도 아드님의 취향을 생각해 보는 듯하였다. 옷을 고를 때만큼 고민스러운 순간이 없다. 이것도 저것도 다 좋아 보이기 때문이다. 옷을 만져 보기도 하고, 손가락으로 옷소매를 비벼 보기도 하면서 심사숙고하고 있었다. 그런 모습을 물끄러미 지켜보니 있으니, 장관님도 자상한 성격을 소유하고 계시는 아버지로서의 모습도 가지고 있음을 알게 되었다.

　　"자네, 여기 와서 이 옷을 한번 입어 보게. 젊은 사람들에게는 잘 어울릴 것 같아 보이네."

　　아드님의 체구나 아마도 나와 비슷한 모양이었다. 내가 입어 보았을 때 어울리면 아드님에게도 안성맞춤이려니 하는 마음에 나는 장관님의 말씀에 따라 그 반코트를 입어 보았다.

　　"어머, 딱 맞네요. 날렵해 보이는 게 젊은이들이 좋아할 스타일이죠."

　　조용히 지켜보던 종업원은 옆에서 맞장구를 치고 있었다. 장관님의 얼굴도 엷은 미소를 띠고 있었다.

"좋아 보이는군. 바깥에 날씨도 추운데 자네가 그냥 입고 다니게. 자네는 나를 모신다고 추운 날씨에도 코트를 입지 않고 다녀 내가 마음이 항상 무거웠네."

수행비서는 옷도 단정히 입고 다녀야 하고, 활동을 많이 해야 하는 특성이 있어 겨울철에 코트를 걸치고 다니면 몸의 동작이 유연해지지 않아 불편한 것이 사실이었다. 그래서 추운 겨울에도 코트를 입지 않고 다니는 것이 직업상의 관례였다.

"장관님 아드님에게 선물한 코트를 고르고 계신 것으로 알고 있었습니다. 장관님 말씀은 감사하지만 저는 업무 편의상 코트를 잘 입고 다니지 않을 뿐입니다. 아직 저는 젊으니까 추위도 잘 이겨 낼 수 있으니 걱정하지 않으셔도 됩니다."

"앞으로는 나랑 다닐 때 이 코트를 입고 다니게. 춥게 다니면 몸이 빨리 상하게 되고, 자네가 아프게 되면 나를 도와주지 못하게 될 수 있지 않은가? 자네가 건강을 잘 챙기는 게 나를 도와주는 일이고 나를 잘 모시는 방법임을 명심하게나."

"감사합니다. 장관님의 그런 마음을 깊이 새기겠습니다. 장관님께서 하사해 주신 이 코트를 입고 다니면서 더욱 건강하게 장관님을 잘 모시도록 하겠습니다."

장관님은 수행비서 역할을 한다고 고생하는 나를 처음부터 염두에 두고 계셨던 것이었다. 장관님께서 나에게 이런 마음을 가지고 계셨다는 것을 알게 되니 가슴이 뭉클하였다. 어떻게 보면 하찮은 존재일 수도 있는 수행비서까지 챙기시니 감사할 따름이었다. 장관님이 배려하는 마음으로 주는 코트를 감사한 마음으로 입고 있으니 온몸이 더 따뜻해지는 듯하였다. 종업원이 옷을 고르시는 장관님에게 '아드님에게 선물할 옷인가요?'라고 물었을 때 장관님이 딱히 부정을 하지 않으셨던 것이 기억나자 내가 장관님의 아들이 된 듯하였다. 오늘은 정말 장관님으로부터 커다란 마음의 선물을 받은 듯하여 너무나 행복했다.

　장관님을 모시는 수행비서로서의 직책은 그렇게 1년의 세월을 쌓아갔다. 처음 뵈었을 때 생소하고 어색했던 순간이 이제는 누구보다 가깝고 긴밀한 사이로 발전하였다. 장관님의 일정 하나하나는 무게감이 있고 중요성이 매우 높았기에 조금의 착오도 허용되지 않았다. 그런 나날이었기 때문에 수행의 역할을 맡은 사람에게 찾아오는 책임감과 압박감은 어느 업무보다 높았다. 또한 이른 새벽에 시작된 하루의 일과는 밤늦은 시간까지 이어져 육체적 피로도 조금씩 가중되었다. 또한, 중앙부처의 최고 책임자인 장관님 곁에서 항상 같이 지내게 되면서 자연스럽게 권력자의 측근이 된 것이 아닌가 하는 시선도 때로는 불편하였다. 장관님과 보내는 시간이 많아지는 과정에서 자연스럽게 나에게도 주어지는 영향력과 책임감에서 묻어 나오는, 나도 인지하지 못한 채 이루어지는 행동에서 느껴지는 부자연스러움이 주위의 직원들에게 표출되어 눈살을 찌푸리게 하였는지도 모른다. 만약에 그런 현상이 조금이라도 과도하다고 느껴지면 장관님께 전혀 도움이 되지 못할 것이다. 아울러, 그런 상황에 직면하고 있음을 내가 인지하기 시작했다면 이제는 수행비서의 직책을 놓아야 하는 순간이 아닌지도 고민해야 할 시점이 되었다고도 볼 수 있다.
　나는 어느새 단순히 장관님의 외부일정을 챙기고 지원하는 단순한 수행자의 위치를 벗어나 장관님의 모든 것을 함께 고민하고 조언하는 권력의 한 모퉁이에 서 있었는지 모른다. 내가 의도한 것도 아니고 장관님이 나에게 그런 것을 부여한 것도 아니었지만 그런 날이 일상이 되어 버렸다. 결코 바람직하다고 볼 수도 없었다. 그런 상황이라면 그 자리에 오래 머물러서는 아니 되었다. 그 미세한 권력이라는 악마는 사람의 마음을 겸손함에서 멀어지게 하고, 스스로의 성찰에도 둔감하게 만들었기 때문이다. 그렇다면 빨리 그 악마를 버려야 하는 것이 상책이기에 용기가 필요했다. 나에게는 1년만으로 충분하였다. 그래서 떠나야 하는 순간에서의 마지막 결정은 참으로 어렵기도 하고, 떠나는 시간을 언제로 해야 할지를 선택하는 것도 난해하다. 그런 연유로 마지막을 잘 마무리하는 사람이 더 우러러 보이는지 모른다.

  본인이 의도하였든지 의도하지 않았든지, 남들이 권력이라고 생각하는 자리에 있다면 1년을 넘기지 말고 떠나길 바란다. 권력과 재산을 얻게 되면 남으로부터 존경과 부러움을 얻게 되어 자신이 성공한 것처럼 여기게 만든다. 권력과 재산이 있을 때는 사람들도 주위에 모여들고 존중과 아부의 말도 아끼지 않는다. 그러나 영원할 수 없는 권력과 재산이 사라지면 권력과 재산을 쫓아 붙어 있던 타인의 존중과 아부는 일장춘몽처럼 사라지고, 때로는 배신으로 돌아오기도 한다. 권력과 재산은 사람을 무언가에 취하게 하여 나쁜 길로 이끄는 악마적 얼굴도 숨기고 있음을 잊어서는 아니 된다. 그런 악마적 요소를 스스로 제압할 수 없다면 권력과 재산을 쫓아가지 않는 것이 좋으리라. 권력과 재산을 가졌다고 하여 나의 인생이 성공하였다고 평가한다면 그건 큰 착각이다. 권력과 재산이 없이 무일푼으로 평범하게 살아도 성공한 삶을 살았다고 평가받는 이는 엄청 많다. 성공의 기준을 잘 잡아야 한다.

시작이 있으면 끝도 있는 법이다. 어느 순간이 오면 스스로 물러날 줄도 알아야 하는 법이다. 그래야 떠나는 자의 뒷모습이 아름다울 수 있다.

여름에 접어든 시점, '수행비서의 직책을 이제 내려놓아야 할 때가 아닌가?' 하는 나의 고민이 시작되었다. 1년간 장관님을 성심성의껏 모셨으니 여기서 나의 역할이 끝났다고 볼 수도 있다. 1달간의 고민 끝에 결국 내 결심과 생각을 비서관을 통해 장관님께 전달하게 되었다. 나의 의견이 전달되자 장관님은 '김 비서가 참으로 일을 잘 처리하고 상황판단력도 뛰어나 나에게는 매우 안성맞춤의 수행비서인데, 힘들겠지만 조금 더 수행비서로서 역할을 해 주면 좋겠다'고 하셨다고 한다. 그렇지만 1년이나 수행비서의 역할을 했으므로 이제는 바꾸어 주어야 한다는 의견들이 공감대를 얻어 가면서 장관님도 흔쾌히 수행비서의 교체를 수락해 주셨다. 그렇게 결정이 되고 나니 장관님 곁을 떠나게 되는 아쉬움이 컸다. 또한, 수행비서인 나를 따뜻하게 챙겨 주시고 신뢰해 주신 장관님을 더 오래 보필하지 못함에 대한 미안함도 다가왔다. 어느 직책이나 과업을 장기간 수행하다 마무리할 때는 항상 외롭고 고독한 것이다. 직책에서의 진퇴 여부는 오롯이 본인이 결정하고 결단해야 하는 사안이기 때문에 그렇다.

장관님은 참으로 인자하고 따뜻한 분이셨다. 또한 매우 소박한 모습을 일관되게 보여 주셨다. 무뚝뚝한 경상도 남자의 모습 속에서 가끔은 세밀한 섬세함도 가지고 계셨다. 업무적 판단력과 창의력은 공직자의 한계를 뛰어넘었다. 오랜 학업을 마친 후 교육자로 대학 강단에 서시면서 쌓아 온 지식과 경륜이 뒷받침되었기 때문이리라. 그런 장관님을 곁에서 지켜보고 모시게 되면서 어느 순간부터 존경의 마음을 갖게 되었다.

45

    장관님과의 추억을 한두 가지 더 떠올려 보면, 장관님은 달콤한 사과를 좋아하셨다. 오후 시간 간식이나 아침 후식으로 사과를 드셨다. 틈틈이 시장에 들러 발갛게 잘 익은 사과를 몇 개씩 직접 구입하여 차에 보관하고 있다가 수시로 꺼내어 드시기도 했다. 그런 불편함을 덜어 주고자 나는 유명한 지역의 최고 상품 사과를 1박스 주문하여 차량 트렁크에 싣고 다니다가 장관님이 사과를 말씀하시면 드렸다. 사과가 입맛에 잘 맞는다며 어디서 구했냐고 물으시기도 했는데, 그럴 때마다 뿌듯함도 느꼈다.

    한번은 장관님과 여유롭게 저녁을 같이 먹는 계기가 있었는데, 장관님께서 어릴 적의 추억을 말씀하셨다. 그 누구에게도 가족사와 관련된 이야기를 한 적이 없으시다는 장관님, 그날따라 나에게 들려주신 그 내용은 아픈 가족사의 이야기였는데, 한 편의 드라마를 보는 것 같았다. 만석꾼의 집안의 독자이자 막내아들로 태어나 부족함 없이 사랑을 듬뿍 받으며 어린 시절을 보내셨는데, 전쟁의 소용돌이 속에서 '적에게는 어떠한 도움이나 지원도 할 수 없다'는 원칙을 고집하시면서 이를 지키시던 추상같은 성격의 아버님이 불시에 적의 총칼에 돌아가시는 모습을 직접 두 눈으로 보셨던 장관님, 종갓집의 독자로서 집안을 챙기고 학문에 매진하였던 시기를 지나 늦은 나이에 대학생 시절을 보내고 성인이 되어 대학 교수직을 맡으셨다가 국무위원이자 장관으로서 국가적 소임도 수행하게 되신 것이었다. 우리는 한국전쟁을 겪어 온 민족이기에 누구에게나 전쟁의 아픔은 비켜 갈 수 없는 것 같았다. 아픈 상처를 생생히 기억하시면서도 "나의 마지막 꿈은 나중에 나이가 들어 은퇴하게 되면 조용한 곳에 머물면서 지난 과거를 토대로 한 편의 대하소설을 집필하는 것이네"라고 말씀하시던 장관님이 기억에 남는다. 아마 지금쯤 열심히 집필에 전념하고 계실지도 모른다. 어디에 계시든 마지막 꿈까지 꼭 이루시고 건강하게 오래오래 살아가셨으면 좋겠다.

되돌아보면 지난 1년은 매우 소중한 시간이었다. 장관을 모시는 수행 비서로서의 무게는 무거웠지만 무거웠던 만큼 나에게도 큰 배움의 기회였다. 장관님들이 어떻게 역할을 하는지 알게 되었고, 높은 직책에서 큰 권력과 책임감을 가지는 분이 어떠한 고민과 갈등 속에서 노력하는지도 곁에서 몸소 느꼈다. 권한이 큰 만큼 수고스러움도 깊었다. 겉으로는 좋은 것만 있는 것처럼 보일 수 있으나 내부적으로는 견딜 수 없는 중압감에 시달려야 했고, 고뇌의 순간도 견뎌 내야 했다. 그러했던 시간을 이제 기억 속에 묻고 새로운 시작을 위한 출발을 잠시 접어 두고 휴식의 시간으로 들어갔다.

IV

주사우디아라비아
한국대사관 노무관으로서의 역할

46

수행비서 직책에서 물러나 휴식의 시간을 가졌다. 수행비서 시절 나의 생활은 모든 것이 장관님에게 맞춰져 있었다. 나라는 존재는 없고 오로지 장관님만 존재할 뿐이었다. 비서라는 직책이 가지는 피할 수 없는 숙명일지도 모른다. 자유는 없고 굴레 아닌 굴레 속에서 보내야 했다. 그러나 이제는 그 직책을 벗어났기에 자유로움을 만끽하며 육체적, 정신적 피로를 풀어야 했다. 또 다른 출발을 위해 필요한 시간이었다. 아울러 해외 출국을 위한 준비도 병행하였다. 그런 시간을 1달 가까이 보내고 나는 중동지역에 있는 사우디아라비아로 떠났다.

이제부터 나는 '주사우디아라비아 한국대사관 노무관'으로서의 업무를 수행하게 되었다. 대한민국 외교관의 지위를 부여받고 외교관 신분의 여권도 발급받았다. 아울러, 외교관 신분으로서 가지게 되는 권리와 의무, 해외 생활에서 유념해야 할 내용에 대해 3주간의 교육도 받았다. 그 임기는 3년이었고, 부임 날짜는 2001년 8월 27일이었다. 노무관이라는 직책은 외국에 있는 대한민국 대사관에서 근무하면서 해외에 나와 있는 대한민국 노동자의 권익을 보호하고 대한민국 인력의 해외 진출을 지원하는 역할을 부여받는다. 그런 과정에서 주재국의 노동 및 고용과 관련된 정책이나 동향을 정리하여 보고하고, 현지 생활을 하는 대한민국 국민을 보호하고 권리를 지켜 가는 임무도 함께 수행하게 된다.

나는 2001년 8월 26일 사우디아라비아 리야드 국제공항에 도착하였다. 현지는 이미 해가 저물고 저녁 어둠이 내려앉아 있었다. 비행기에서 내려 출국 수속을 마치고 공항 출구 쪽으로 나오자 뜨거운 공기가 온몸을 감쌌다. 50도에 육박하는 뜨거우면서도 건조한 날씨가 사우디에 도착한 외국인을 맞이하는 것이다. 처음 접해 보는 뜨겁고 건조한 날씨는 호텔 사우나에 들어서는 느낌으로 다가왔다. 출국을 준비하면서 사우디 날씨와 생활에 대해 어느 정도 공부를 하였지만 직접 체험해 보니 '이건 생활 자체가 모험이고 도전이겠구나!'라고 느껴졌다. 어쩌면 새로운 임무, 이글거리는 타국의 새로운 생활에 나를 던져 놓은 것이었다.

나의 전임 노무관, 지난 3년간 사우디에서 생활해 온 노무관이 공항에 마중을 나와 주었다. 처음 도착하는 후임자가 현지에 적응할 수 있도록 해 주는 서비스였다. 또 현지에 도착하는 외교관을 위해 지원하는 하나의 관행이기도 하다. 아울러 업무 인수인계를 이틀에 걸쳐 진행하기로 약속하였기에 3일간은 같이 생활하기로 예정되어 있었다. 선임자가 준비해 온 차량에 가져온 여행용 가방을 여러 개 싣고 공항을 빠져나왔다. 저녁 시간이라 창밖의 바깥은 잘 보이지는 않았으나 어렴풋이 보이는 광경은 모두가 더없이 넓은 사막과 광야였다. 공항에서 시내로 이어지는 도로에 켜진 가로등과 달리는 차들의 전조등이 유일한 불빛이었다. 모든 것이 신기해 보일 수밖에 없는 해외에 왔기에 어리둥절한 마음을 숨길 수 없었다. 신기함과 약간의 두려움 속에서 선임자에게 말을 건네 보았다.

"선배님, 여기 날씨가 원래 이렇습니까? 공항을 빠져나오니 숨이 턱 막힐 정도네요. 이런 경험 처음입니다. 더운 곳이라고 익히 알고 있었으나 이 정도일 줄은 몰랐습니다."

"처음 와서 놀랬지? 나도 3년 전에 처음 와서 많이 혼란스러웠어. 지금은 여기도 여름 날씨가 한창인 시절이라 뜨거워. 사막 지역이다 보니 또 매우 건조하지."

"지금은 저녁인데도 이렇게 뜨겁습니까? 한낮에는 더 뜨겁겠네요."

"그래, 지금이 대략 40도에 육박할 거야. 밤에도 더워서 에어컨을 사용해. 그러지 않으면 잠자기도 힘들어. 낮에는 최고 기온이 50도를 넘어서지. 낮에는 뜨거워서 외부 활동을 나가지 못할 정도야. 가장 날씨가 뜨거운 시절에 부임했다고 보면 돼."

"그동안 어떻게 생활하셨습니까? 날씨 자체가 사람을 힘들게 하겠네요."

"지내다 보면 조금씩 적응이 될 거야. 고온의 건조한 날씨에 맞추어 생활의 패턴도 변화를 시켜야 편하지. 한낮에 뜨거울 때는 실내에서 생활하고, 해가 지거나 기울면 바깥에 나가서 운동도 하고, 쇼핑도 하는 게 좋아. 이 나라 사람들은 오후에는 거의 집에서 머물고 있어. 관공서도 2시가 넘으면 문을 닫아 버려. 그런 생활의 패턴이 오래도록 정착되어 있으니 참고해. 그나마 다행인 것은 건물마다 실내 에어컨 시설은 다 잘되어 있다는 거지. 너무 두려워하지는 마. 나도 처음에 와서는 걱정을 많이 했는데 3년을 잘 버티며 건강하게 지내왔으니까."

"그간 고생 많으셨겠어요. 저도 잘 지낼 수 있게 많은 노하우를 알려 주세요. 허허허. 한 번도 와 보지 못한 중동지역이라 기대도 됩니다. 『어린 왕자』를 저술한 생텍쥐페리가 공군 조종사로 근무하던 중 사막에 불시착해 사경을 헤매다가 구조된 체험을 바탕으로 『어린 왕자』라는 책을 썼다고 알고 있습니다. 저도 사막에 나가 보면 어린 왕자를 만날 수 있겠죠?"

"시내를 벗어나 불빛이 사라지는 광야나 사막 지역으로 나가 보면 신세계를 볼 수 있어. 어디서도 체험할 수 없는 광경들이야. 밤하늘의 별과 은 하수는 정말 대단해. 이곳 생활에 익숙해지면 모험도 한번 해 봐. 대신 시내를 벗어나 외곽으로 너무 멀리 나가면 길을 잃어버릴 수 있어 위험하니 조심해야 돼. 그리고 베두인들이 아직도 광야나 사막에 천막을 치고 지내고 있으니 그것도 경계가 필요해. 신세계 경험을 해 보고 싶으면 꼭 현지의 지리에 밝고 아랍어를 잘하는 사람의 도움을 받아서 가는 것이 좋아."

"그렇군요. 좋은 경험도 할 수 있겠네요. 현지 생활에 적응하는 것이 어렵고 힘들겠지만 극복하지 못할 일이 있겠습니까. 새로운 곳이고 자주와 볼 수 없는 지역이니 특이한 체험도 가능할 것 같아 한편으로는 기대도 됩니다."

"여하튼 해외 생활에서 제일 중요한 것은 건강하고 안전하게 지내는 거야. 업무를 할 때도, 개인적인 생활을 할 때도 위험 요소는 없는지를 항상 생각하며 지내는 게 좋아. 경험해 본 바에 의하면, 사우디아라비아의 의료시설과 전문성은 한국처럼 그렇게 우수하거나 정돈된 체계를 가지고 있다고 보기도 어려워. 그래도 한국 간호사들이 사우디 국립병원에 많이 진출해 있어서 필요할 때면 도움을 많이 주는 편이야. 김 노무관도 조만간 그분들을 만나 볼 수 있을 거야. 젊을 때 사우디로 취업해서 30년 가까이 근무한 분들도 있어."

"그렇군요. 날씨나 생활환경이 전혀 다른 곳이라 부쩍 건강에 신경을 써야겠어요. 이 나라는 이슬람 종교를 국가의 종교로 지정하고 있어 그나마 범죄는 덜하다고 들었습니다. 앞으로 중동지역 사람들의 생활에 대해 많이 배워야 하겠습니다."

앞으로 3년을 생활할 나라에 처음 도착한 나로서는 선임자로부터 최대한의 많은 정보를 얻어야 했다. 앞으로의 생활에 크게 도움이 될 내용이면 더 그러했다. 사우디 리야드(행정 수도) 공항에 내려 마중 나온 대사관의 차량을 이용해 시내로 이동하던 중 한국의 소식과 사우디에서의 생활에 대해 이런저런 얘기를 하다 보니 벌써 각 국가의 대사관과 외교관 숙소들이 밀집해 있는 외교 단지(Diplomatic Quarter)에 도착하였다. 한국대사관에서 근무하는 직원들이 사용하는 관사 옆에 있는 임시 숙소에 짐을 풀었다. 사우디 도착 이후 며칠간 지낼 집이었다. 선임자가 한국으로 돌아가면 선임자가 사용하던 관사를 청소하고 내가 그 관사로 입주하기로 예정되어 있었다. 그때까지는 일주일이 소요될 예정이었다.

47

　한국에서 출발하여 10시간 이상에 가까운 비행을 하고 도착한 곳이라 피곤함이 몰려왔다. 급히 필요한 짐만 풀고, 간단히 씻은 후 빨리 잠자리에 들어야겠다는 생각뿐이었다. 공기가 매우 건조했으므로 가습기를 틀고, 수건에 물을 적셔서 방문의 손잡이 걸어 놓았다. 그리고 침대에 누웠다. 피곤함이 밀려와 침대에 누우면 바로 잠이 들 줄 알았다. 그런데 생소한 환경이어서 그런지, 먼 나라에 와 있다는 불안감이 다소 있어서인지 쉽게 잠에 빠져들지는 못하였다. 그래도 다 잊어버리고 잠을 자야 한다는 의무감에 눈을 감고 미동도 하지 않았다.

　아침에 눈을 떴다. 여전히 침대에 누워 있으면서 눈을 뜨고, 몇 시나 되었을까 하는 마음으로 시계를 찾았다. 이제 7시 조금 넘은 시간인데 해는 이미 중천에 떠 있었고, 커튼에 일부가 가려진 강한 햇빛이 이른 시간부터 대지를 뜨겁게 데우고 있었다. 잠시 누워 멍하니 천정을 바라보고 있는데, 갑자기 코 안쪽에서 콧물이 흐르는 느낌이 들었다. 손으로 코를 훔치니 그건 콧물이 아니라 코피였다. 깜짝 놀라 일어나서 세면대로 향했다. 흘러내리는 새빨간 코피를 물로 씻어 냈다. '아마도 장시간 비행기를 타고 오면서 몸이 피곤해서 그럴 거야'라는 위안의 마음을 가졌다. 코피를 흘리고 나니 왠지 머리는 맑아지고 몸은 조금 가벼워진 느낌이었다. 냉장고에 비치되어 있던 생수병을 찾아 물을 마시고 집 구석구석을 돌아다녔다. 대사관에 근무하는 직원들을 위해 지어진 관사는 2층 건물이었다. 1층은 거실과 부엌으로 활용되었고, 침실은 2층에 있었다. 집 전체의 바닥은 온통 매트리스로 깔려 있었다. 매트리스를 사용하지 않았던 한국에서의 집 생활과는 완전히 달라 처음에는 발바닥이 어색하여 슬리퍼를 신고 다녔다. 넓은 공간에 2층짜리 집이라 거주 환경은 좋아 보였다.

임시 관사였기에 살림에 필요한 물품들은 거의 없었다. 그래서 더 넓어 보였는지 모른다. 한국에서 살던 작은 집에 비하면 매우 큰 2층짜리 집이었다. 그렇게 상념에 젖어 있는데, 초인종이 울렸다. 선임 노무관이었다. 집 안으로 들어오지도 않고 초인종을 통해서 잠은 잘 잤는지 물어보고 8시 30분쯤 다시 데리러 올 예정이니 출근 준비를 하고 있으라고 말하였다. 그러고는 다시 사라졌다. 한국에서 가져온 짐들에서 세면도구와 옷가지를 꺼내어 출근 준비를 하였다. 아침이 되었으니 근무 장소인 대사관으로 이동하여 인사를 드려야 했다. 대사관에는 대사를 비롯하여 외교관 10명이 근무하고 있었다. 다시 찾아온 선임 노무관의 차를 타고 대사관으로 이동하였다. 차 안에서 선임 노무관은 첫날 밤을 잘 보냈는지 물어보았다.

"어제는 피곤해서 그랬는지 아무런 생각 없이 잠을 오래 잤습니다. 해가 중천에 떠 있는 것을 인지하고서야 눈을 떴습니다. 그런데 아침에 일어나니까 코피가 나더라고요. 어제 많이 피곤했나 봐요. 새로운 곳에 왔으니까 긴장도 많이 했을 거고요."

"아침에 코피가 난 것은 피곤이 원인일 수도 있지만, 아마도 근본적인 것은 이 나라가 고온의 건조한 날씨를 가지고 있어서 그럴 거야. 여기는 매우 건조해서 사우디에 온 한국 사람들이 처음에 코피를 종종 흘려. 그렇다고 너무 걱정하지는 마. 조금 지나다 보면 코도 건조한 날씨에 적응해 갈 거야. 처음 겪는 일들에 너무 걱정스럽게 생각하지는 마."

"그렇군요. 가습기를 틀어 놓고 잤는데도 그러네요. 시간이 지나야 모든 것이 적응되겠군요."

"지금이 제일 덥고 건조한 시기야. 처음부터 제대로 현지 생활에 적응해 가는 거시. 지금만 넘기면 조금씩 좋아질 거니까 너무 낙담하지는 마."

대사관까지는 차로 5분 거리였다. 외교 단지이다 보니 각 건물은 각 국가의 대사관과 직원 관서였고 모든 시설은 보안시스템을 철저하게 갖추고 있었다. '주사우디아라비아 한국대사관'이라는 표지판이 있는 건물로 들어섰다. 경비원이 정문 앞에서 근무를 서고 있었고, 출입증이 있는 차량만이 자동으로 통과할 수 있는 통제시스템이 설치되어 운영되었다. 외교관 번호판을 가진 차량은 자유롭게 출입이 허용되었다. 대사관에 진입하자 넓은 안마당이 있었는데 직원들의 주차공간이었다. 대사관 건물의 뒤쪽으로는 대사관저가 별도의 건물로 지어져 있었고, 대사의 주거와 주재국에서의 주요 행사에 사용되는 시설로도 활용되고 있다고 일러 주었다. 주차장 옆으로는 테니스 코트가 있었고, 대사의 관저로 향하는 길에는 조그마한 연못도 조성되어 있었다. 대사관 건물은 3층이었고, 10명의 외교관이 사용하는 사무공간으로 채워져 있었다. 각 외교관마다 독립된 방을 하나씩 가지면서 근무공간을 차지하였다. 나는 선임 노무관을 따라 노무관에게 배정된 방으로 향했다. 1층의 가장 구석진 곳에 위치한 노무관의 방은 3평 정도의 규모였다. 그 방에 설치되어 있는 비품으로 업무용 책상 하나와 4명이 앉아 담소를 나눌 수 있는 소파, 낡아서 골동품처럼 보이는 작은 텔레비전 하나, 중요 서류를 보관하는 2단짜리 캐비넷, 컴퓨터 한 대가 눈에 들어왔다.

앞으로 3년간 업무를 처리해야 하는 사무실에 앉으니 내가 드디어 새로운 과업에 직면하였음을 실감할 수 있었다. 국내가 아닌 해외라는 업무 환경도 낯설었지만 한국대사관이라는 기관이므로 외교적 과업이라는 측면도 있음을 인식해야 했다. 현지 국가를 상대로 업무를 수행해야 했고, 외교적 교류를 통한 국익 증대라는 측면에서 새로운 경험이기에 긴장감도 다가왔다. 나는 이제 대한민국을 대표하는 공식적인 외교관의 길에 들어선 것이다.

선임 노무관의 안내에 따라 나는 대사에게 부임 인사를 드리고, 대사관의 직원들에게도 각각 인사를 하였다. 대사관에는 대사, 참사관, 국정원 참사관, 국방부 무관, 영사, 국토부 건설관, 산업부 상무관, 정무 담당 외교관, 경제 담당 외교관이 근무하였고, 총무나 비서, 운전원과 같은 외교관의 행정을 지원하는 직원도 있었다. 공식 외교관이 10명이고, 아울러 한국 국적의 지원 인력과 현지 해외 국적 지원 인력도 합하면 약 10명이 되었다. 모두 반갑게 맞이해 주었고, 현지 적응이 조속히 되도록 협조해 주겠다는 약속도 해 주었다. 해외에서 새로운 생활 터전을 갖추어야 했기에 준비할 것도 많았다. 아울러 주어진 업무적 과업도 하루빨리 익숙해져 소홀함이 없어야 했다.

업무 인수인계는 3일에 걸쳐 이루어졌다. 주요 업무는 한국 간호사와 치기공사 등 의료인력의 사우디 국립병원 취업 지원, 70년~80년대 사우디에 진출한 한국 건설회사의 건설 현장에서 근로하였던 근로자들이 사우디 정부에 납부하였던 사회보험료의 환불 처리, 사우디에 진출해 있는 한국 건설회사나 사업체에 종사하는 한국 근로자의 권익 보호, 사우디에 일하러 온 한국 근로자의 지원 등이었다. 그동안 진행되어 온 업무에 대한 설명을 듣고 추가적으로 진행되어야 할 사항들도 상세히 전달받았다. 업무에 관련된 사우디 정부 기관을 찾아가 사우디의 관련 직원들과 상견례도 진행해 주었다. 사우디 보건부, 노동부, 사회보험청, 한국 의료인력이 근무하는 병원의 병원장이 주된 접촉 창구였다. 사우디의 정부 기관 관계자들은 대한민국에 대한 좋은 인식을 품고 있었고, 사우디에 부임한 나에게 따뜻한 인상을 풍겨 주었다. 첫 만남에서는 서로 어색함이 있겠지만 자주 접촉하다 보면 익숙해지리라 기대되었다.

48

　사우디에서의 생활에 필요한 의식주 중에서 제일 중요한 것은 무엇보다도 음식이었다. 현지 음식에 익숙해지는 것에는 한계가 있기에 한국 음식을 판매하는 식당을 먼저 알아야 했다. 아울러, 김치와 같은 한국 반찬을 구매하기 위해서는 한국인 교민이 운영하는 한국 생필품 마트에 대한 정보도 받아야 했다. 다행히 현지인들이 찾는 쇼핑 마트에서 야채와 생필품을 살 수는 있다고 했다. 쇼핑몰은 어디서든 쉽게 찾을 수 있었다.

　사우디의 사람들은 주로 밤에 활동을 많이 하였다. 뜨거운 낮에는 집에서 휴식을 취하다가 해가 지는 저녁 시간이 되면 외부 활동을 위해 사람들이 몰려나왔다. 밤 시간에 가장 활발한 활동이 이루어졌다. 저녁 시간이 되면 식당과 쇼핑몰은 사람들로 붐볐다. 가족들이 함께 이동하는 모습이 자주 눈에 띄었다.

　이렇게 사우디 생활의 일상을 조금 알게 되었다. 모든 것들이 처음 보고, 최초로 경험하는 일들이었다. 해외 출장은 가끔 다녀 외국을 다녀 보았지만, 해외에서의 생활을 시작한다는 것은 처음이었고, 생활을 위한 준비는 또 다른 영역의 문제로 다가왔다. 업무와 생활의 인수인계가 마무리되고 선임 노무관은 한국으로 귀국하였다. 나는 한국으로 돌아가는 선임 노무관을 배웅하기 위해 공항으로 갔다. 공항에서 출국 수속을 받는 선임 노무관을 지켜보았고, 수속이 마무리된 후 "그동안 고생 많으셨습니다. 안녕히 귀국하시기 바랍니다"라고 인사를 건넸다. 선임 노무관은 "사우디에서의 생활을 두려워하지 말고 좋은 시간을 가져 봐. 그리고 항상 안전에 유념하고 임무도 성공적으로 마치고 귀국하길 기원할게"라는 말로 나를 위로해 주었다. 그렇게 선임 노무관을 공항에서 배웅하고 돌아섰다. 이제는 내가 스스로 개척해 가야 한다는 생각이 들면서 타국에 홀로 남겨진 듯한 외로움이 갑자기 느껴졌다. 외로움은 사우디에서 생활을 시작한 내가 넘어가야 할 첫 번째의 장애물이었다.

두려움과 설렘 속에 홀로 선 외교관의 나날이 이어졌다. 8월 26일에 사우디에 도착하여 2주 정도의 시간이 지나고 평소처럼 아침 출근을 하였다. 오늘은 9월 11일, 출근하자마자 습관처럼 사무실에 놓여 있는 텔레비전을 켜고 채널은 미국 뉴스 방송인 CNN에 맞추었다. 오늘은 외부로 출장을 가는 일정이 없었기에 편안한 마음으로 한국에서 내려온 지시사항이 있는지 먼저 살피고, 오늘 해야 할 업무계획도 점검하였다. 간단히 아침 업무를 마치고 사우디에서 발간되는 영어 신문을 펼쳤다. 사우디 현지에 대한 이해를 높여야 했기에 관련 기사들을 최대한 꼼꼼히 읽었다. 사우디(Kingdom of Saudi Arabia)는 한국처럼 민주공화국이 아니라 최고 권력자가 왕인 왕국이었다. 왕정의 주요 동향, 정치 및 경제 상황, 부상하고 있는 사회적 문제의 내용이 나의 우선적인 관심사였다. 신문의 첫 면의 기사 내용은 사우디 왕의 주요 활동 사항이었다. 왕이 회의를 주재하거나 외빈을 만나는 사진이 크게 실렸다.

조용한 아침이 흘러가고 뜨거운 태양이 사무실을 덮치고 있는 시점에 옆방의 정무 외교관은 분주히 움직이고 있었다. '무슨 일이 발생하였나?' 하고 의아한 마음으로 신문을 읽고 있는데, 현지인이면서 사무실의 업무를 도와주는 비서가 다가와 미국 뉴스를 유심히 보라고 전해 왔다. 미국 뉴욕 현지 아침 출근 시간에 대규모 테러가 발생하여 미국 전역이 비상 상황이고, 그 내용이 뉴스로 생중계되고 있다고 하였다. 텔레비전 볼륨을 올리자 CNN 방송의 앵커는 격앙된 목소리로 그 상황을 전하고 있었다. 화면에는 뉴욕의 WTC(World Trade Center) 쌍둥이 건물이 화염에 싸여 불타고 있었고, 높이가 100층이 넘는 두 개의 건물 중 하나가 무너지는 장면이 화면에 계속 송출되었다. 보도에 따르면 아침 이른 출근 시간에 미국의 서부지역에서 이륙한 여객기를 테러범들이 납치(하이재킹, hijacking)하여 뉴욕의 WTC 건물로 돌진하였다고 하였다. 건물 아래의 뉴욕 거리는 아수라장이었다. 건물 파편이 떨어지고 출근을 하던 직장인들은 먼지를 덮어쓴 상태로 어디론가 급히 피신하고 있었다. 사상자가 속출하였고 소방차량과 경찰들이 비상 상황을 선포하고 상황을 수습하는 장면도 방영되었다. 울부짖는 시민들의 모습도 적나라하게 보여 주었다. 미국의 심장부가 테러범에 의해 뚫려 버린 것이었다.

'아니, 도대체 이게 무슨 일인가?'

'이것이 정말 실질적으로 일어나고 있는 일이라는 말인가?'

'혹시 내가 영화의 한 장면을 보고 있는 것이 아닐까?'

쉽게 믿기지 않는 광경이었다. 미국 동부의 중심지면서 세계 금융의 핵심지역인 뉴욕이 비행기 납치 테러로 인해 불바다가 되었다는 사실이 납득되지 않았다. 특히, WTC는 뉴욕의 상징과도 같은 대표 건물이었고, 세계 금융의 메카로 자리 잡고 있었다. 이러한 기능을 하는 100층이 넘는 높이의 쌍둥이 빌딩이 뉴욕의 활기찬 낮과 낭만적인 밤을 대표하고 있었는데, 별안간 하루아침에 그 쌍둥이 건물 두 개 모두가 여객기 하이재킹에 따른 테러로 무너져 내린 것이었다. 어느 누구도 상상하기 힘든 일이 벌어지고 만 것이다.

나는 옆방의 상무관 사무실로 급히 이동하였다. 영어 실력이 월등하고 통상 업무에 밝은 상무관에게 진행되고 있는 이 테러에 대해 조금 더 상세한 정보를 얻고 싶었다. 이미 그 방에는 건설관도 와 있었다. 건설관은 '미국 국내에서 여객기 납치가 과연 가능했는가?'라는 부분에 대해 의아함을 가지고 계셨고, 만약 그것이 가능했다면 미국의 보안체계가 많이 무너져 있음을 증명한다고 설명해 주었다. 미국의 정치와 경제의 가장 중심부라 할 수 있는 뉴욕을 납치된 여객기가 침범하여 세계적 금융 시스템을 상징하는 건물을 폭파할 수 있다는 것이 상식적으로 믿기지 않았다. 두 분도 모두 격앙된 표정으로 믿을 수 없는 일이 발생했다고 하였다. 세계적인 재앙으로 연결될 수도 있다고 진단하고 있었다.

"테러 조직이 미국과의 전쟁을 선포한 것이다."

"세계적 금융 시스템이 무너져 세계 경제에 큰 타격이 당분간 불가피하다."

"미국 국민의 자존심에 엄청난 상처를 낸 일이다. 미국이 가만히 있지 않을 것이고, 세계는 전쟁 속으로 빠져들지도 모른다."

사우디에서 벌써 2년 가까이 생활해 와서 세계적 정세에 밝은 상무관과 건설관은 조금 더 깊은 심오한 판단을 하고 있었다. 세계의 최대 산유국인 사우디는 낮은 유가 때문에 재정적 어려움을 오랜 기간 겪어 오고 있었고, 그 영향으로 사우디의 SOC 투자도 저조하여 상무관과 건설관의 고민도 깊은 상황이었다. 아마도 이 테러로 세계 유가에 미치는 영향과 경제 변화에 대해서도 깊이 짚어 보고 있는 듯하였다.

'중동이나 사우디에 미칠 영향은 무엇일까?'

'도대체 저 일을 획책한 테러 조직은 어디고 주동자는 누구인가?'

충격에 충격이었다. 미국만이 아니라 전 세계가 충격이었다. 세계에서 군사적으로 가장 강하고, 경제적으로는 국제경제의 중심의 되며, 각 국가에 미치는 정치적 영향력이 가장 강한 미국이 지하 테러 조직으로부터 일격을 받았기 때문이다. 미국 CNN은 피해 상황을 계속 방송하면서, 이 테러를 일으킨 배후 조직에 대한 지속적인 속보를 쏟아내고 있었다. 미국의 국방부, 국무부, CIA에서 나오는 정보였다. 가장 궁금한 것은 테러 조직의 배후와 주동자였다. 미국에서 언론을 통해 공개한 배후는 아프가니스탄 산악지대에서 은밀하게 테러 조직을 결성하고 훈련을 통해 테러 계획을 준비해 온 이슬람 테러 조직이고, 그 주동자는 '오사마 빈 라덴'이라는 사우디아라비아 국적의 사람이었다.

미국은 세계 구석구석의 움직임을 모두 다 간파하고 있다고 알고 있는데 이번 테러 계획은 사전에 알지 못한 것일까? 미국 여객기를 납치하여 미국의 중심인 뉴욕의 공격하겠다는 어마어마한 테러를 계획하였다면 이 테러 조직은 얼마나 오랜 시간을 투자하여 치밀하게 테러를 준비하였다는 말인가? 생각하면 할수록 평범한 사람인 우리의 사고 범위를 넘어섰고, 이해할 수 없었으며, 강한 두려움까지 불러왔다.

사상자는 천 명을 넘어섰고, 미국 전역은 비상사태를 맞이했으며 곳곳에서 애도 분위기도 조성되었다. 미국의 본토가 테러 조직에 의해 공격받았다는 사실만으로 전 세계는 충격이었다. 부시 대통령은 테러와의 전쟁을 선포하였다. 테러 조직을 완전히 괴멸시키고 세계의 평화를 확고히 하기 위하여 미국의 모든 힘을 사용하겠다는 것이었다. 군사적, 외교적 충돌이 불가피하였다. 테러로 인한 희생자를 애도하며 상황이 조금씩 정리됨에 따라 '미국의 공격이 어디로 집중될 것인가?'라는 것이 이젠 주된 관심사로 떠올랐다. 이슬람 테러 조직이 결집되어 활동하고 있는 중동지역이 가장 유력한 지역으로 거론되었다. 테러 조직의 주동자인 '오사마 빈 라덴'의 국적인 사우디아라비아도 긴장의 끈을 놓을 수는 없었다.

중동지역의 주민들도 덩달아 긴장의 연속이었고 가끔은 공포를 느꼈다. 테러 조직들은 중동에서도 미국인, 유럽인을 상대로 간헐적인 테러를 계속 감행하고 있었기 때문이었다. 특히, 외국인이 집중적으로 거주하고 있는 컴파운드(외국인 전용 집단 거주지)에 이슬람인 과격단체와 테러 조직이 자살 폭탄 테러를 일으켰다는 소식이 지역의 신문이나 뉴스를 통해 보도되기도 하였다. 폭탄을 가득 실은 화물용 차량이 공격 지점으로 돌진하여 폭발을 일으키고 테러 행동대원도 같이 죽는 유형의 자살 폭탄 테러를 감행하는 양태였다. 서구 사람들이 모여 사는 거주지에서의 폭탄 테러는 참담한 희생을 가져왔고, 거주민들의 공포를 불러일으켰다. 외국인뿐만 아니라 무고한 시민의 희생도 속출하고 있었다. 중동지역의 정세를 분석하는 전문가들에 의하면, 대부분의 중동 국가들은 미국 등 서방 국가와 강한 우호적 관계를 형성하고 있었으나, 중동 국가의 국민은 반서구, 반미 의식이 팽배하고 그 현상이 테러라는 과격화된 조직 행태로 표출되고 있다고 진단하였다. 사우디아라비아의 외교가도 긴밀한 움직임 속에 외부 활동을 자제하면서 사태의 향후 추이를 눈여겨보고 있었다.

미국이나 서구 유럽에 포함되지 않는 한국은 그나마 테러범의 공격대상에서 비켜나 있어 다행이었다. 한국대사관 직원들은 최대한 조심하면서도 업무적 차질이 없도록 하였다. 주재국 정부 기관을 찾아 업무적 협의를 하였고 교민에게는 정세를 알리면서 미국이나 서구의 사람들이 결집하는 위험한 곳에는 최대한 출입을 자제토록 협조를 요청하였다. 또한 주재국에서 경제활동을 하는 기업과 건설 현장에 대해서도 안전을 위한 경비태세를 강화해 달라고 요청하였다. 어떤 일이 있더라도 교민과 한국 기업의 피해는 막아야 했다.

내가 담당하고 있는 업무와 관련해서는 사우디 국립병원에 근무하는 간호사와 의료인력의 안전과 한국 건설사의 현장 안전도 중요했다. 병원을 찾아가 안전 유무를 살폈고, 건설 현장도 찾아 안전조치를 당부하였다. 현장에서의 다양한 정보를 교환하면서 어느새 교민들의 마음에도 테러의 공포가 깊이 들어와 있음을 느낄 수 있었다. 위험을 줄이는 최선책은 미국인이나 서구인들이 밀집하는 장소는 출입을 자제하고 이슬람교의 교리에 어긋나거나 중동지역 사람의 눈에 거슬리는 행동을 하지 않는 것이라고 설명하였다. 비상 상황이 발생하는 경우를 대비하여 즉각적인 연락체계도 구축하였다.

사우디아라비아에 도착한 지 한 달도 지나지 않아 나의 생활과 신변에도 변화가 필요했다. 테러로 인한 외교적, 정치적, 군사적 충돌이 어떻게 진행될지 주시해야만 했다. 워낙 세계사적으로 큰 사건이었고, 그 주동자가 사우디 국적이었기에 파도처럼 다가올 격동의 시간을 피할 수 없었다. 사우디라는 외국, 현지에서의 생활이 순탄치만은 않을 것으로 전망되었다. 테러로 인한 정세가 어떻게 전개될지 경계심을 가지고 앞으로 전개될 추이를 주시하면서 신속하게 대응하고 적응하기로 마음을 다잡았다. 이와는 별개로 바로 앞에 놓여 있는 산적한 업무적 과제를 하나씩 해결해 나가야 할 필요가 있기에 현지 정부 기관을 다니면서 해결책을 찾아가기 시작했다. 현지에서의 발품이 대한민국 국익 증진과 국민의 이익 도모에 조금이라도 도움이 될 수 있다는 믿음이 있었다.

49

중동의 정세상황은 뒤로하고 오늘도 사우디아라비아 사회보험청을 찾았다. 사우디에 부임하여 보험청 관계자와 첫 대면을 하고 난 이후 일 주일 두 번씩은 꼭 방문하여 업무적 논의를 하여 왔기에 이제는 서로가 친숙해졌다. 사회보험청 직원들은 나에게 '왜 이렇게 자주 오냐'고 묻곤 하였다. Mr. Kim이 자주 오면 자신들의 할 일이 많아지니 가끔 오라는 뜻을 내포하고 있었다. "한국에서 사회보험 신청 이후의 처리상황에 대한 문의가 너무 많아 자주 찾아올 수밖에 없다"라고 말하면서 이해해 달라고 답변하였다. 사회보험청 직원은 웃으면서 "코리안, 안녕하십니까, 올 웨이즈 빨리빨리"라면서 의아한 손짓을 하곤 하였다. 뜨거운 기후로 인해 항상 느긋하게 생활하고 업무 처리에도 급할 것이 없는 사우디 현지의 문화를 생각하면 다소 이해를 할 수 있으면서도, '한국과 사우디의 문화가 이렇게 다른가?' 하는 문화적 격차도 느낄 수 있었다. 그럼에도 사회보험청 직원을 찾아 끊임없이 협조를 요청해야 우리가 원하는 부분을 조금이라도 이른 시기에 얻을 수 있기에 나의 발걸음은 뜸해질 수 없었다.

나의 서류 가방에는 항상 한국에서 보내온 사회보험료 환불 신청서가 20장 이상 있었다. 한국에서 급하게 확인해야 할 민원이라며 보내오는 것이었다. 사회보험청을 자주 찾으면서 나는 여러 직원들 중에 나의 업무적 파트너를 한 사람으로 정하였다. 그의 이름은 Mr. Salman이었고 나이는 30대 중반으로 짐작되었다. 나는 그의 호감을 사기 위해 노력해야 했다. 그래야만 나의 민원처리가 조금이라도 속도를 낼 수 있었기 때문이다. 덩달아 사회보험청 사무실의 다른 직원들과도 대화를 나누었다. 내가 "Your. Majesty. King Fahd", "Good luck and God bless you"라고 인사를 건네면 "In shallah(신의 축복을, 모든 것은 신의 뜻에 따라서 이루어진다)"라고 반복적으로 대답해 주곤 하였다. 그렇게 지내다 어느새 서로 어색함이 없어졌고 친구처럼 친숙해지게 되었다.

"Mr. Kim 보여 주고픈 것이 있으니 이쪽으로 와 봐. 우리가 얼마나 많은 신청서를 가지고 있으며, 이것을 처리하기 위해 얼마나 고생하고 있는지를 알게 될 거야."

어느 날 Mr. Salman은 호기롭게 나에게 말을 건넸다. 그리고 나를 사무실 옆 복도 끝에 있는 창고로 데려갔다. 사무실의 한쪽 면을 차지하고 있는 공간으로 폐기 처분해야 하는 컴퓨터 모니터, 서랍장, 보존기간이 지난 서류들이 쌓여 있는 창고였다. 그 창고에는 또 다른 많은 종이상자가 쌓여 있었는데 그 종이상자 안에는 외국으로부터 전달되어 온 사회보험환급 신청서가 들어 있음을 짐작할 수 있었다.

"Mr. Salman, 이 종이상자에 사회보험환급 신청서가 들어 있는 거야? 도대체 다 어디서 배달되어 온 거지? 이것들은 다 한국에서 온 종이상자로 보이는데, 종이상자가 엄청 많이 쌓여 있군. 종이상자 중의 70% 이상이 한국에서 신청된 것들이네."

나는 한글이 적혀 있는 종이상자를 가리키며 말했다. 나의 말에 Mr. Salman은 고개를 끄덕였다. 한국에서 온 사회보험환급 신청서를 모두 다 처리하려면 몇 년이 걸릴지 모르겠다고 말하면서 불평 아닌 불평을 늘어놓았다. 한국에서 보낸 신청서가 사우디 사회보험청 창고에 쌓여 있다니 놀라지 않을 수 없었다. 아마도 그렇게 방치된 기간이 최소 1년 이상 지났을 것으로 추정되었다. 그런 상황이기에 신청서를 제출한 한국 근로 자들의 민원이 계속 제기된다는 노동부 직원의 하소연을 이해할 수 있었다. 나는 '이렇게 방치되고 있는 사회보험환급 신청서를 어떻게 하면 조속히 처리할 수 있을까?'라고 혼자 중얼거리며 인상을 찡그리고 쌓여 있는 종이상자를 물끄러미 바라보았다.

"Mr. Salman, 창고에 있는 신청서는 언제부터 쌓여 있었던 거야?"

"아마도 3년 정도 되었을 거야."

"앞으로 이 종이상자의 신청서는 언제까지 처리할지 계획이 수립되어 있나?"

"우리에게 사전적 계획은 없어. 언제 처리될 수 있을지 장담할 수도 없어. 우리는 나름대로 열심히 하고 있지만, 신청서가 너무 많아 감당하기 쉽지 않아. 그리고 이 모든 것은 신의 뜻대로 이루어지는 거니까 우리를 탓하지 마. 인샬라."

그 말을 듣고 나니 갑자기 화가 치솟아 올랐다. 아니 이렇게 많은 신청 서를 방치하면서 앞으로 처리할 계획도 가지고 있지 않다는 말인가? 우리나라라면 민원처리가 늦다며 난리법석이 날 일이었지만 사우디 정부는 태연하기만 했다. '아니야, 여기는 한국이 아닌 사우디아라비아지. 사우디 정부가 우리 입맛대로 움직이지는 않겠지. 타국에서 내 생각대로 모든 일을 이룰 수는 없는 거야. 외교적 시각을 가져야지. 참아야 해'라고 생각하며 마음을 일단 진정시켰다. 보다 이성적으로, 외교적으로 대응하는 것이 바람직하다고 느꼈다. 이번 일로 얻은 수확이라 한다면 사우디아라비아는 행정 처리가 매우 늦은 것으로 정평이 나 있음을 다시 한

번 실감한 것뿐이었다. 장기간 방치된 신청서가 창고에 그냥 쌓여 있다는 것을 직접 눈으로 확인하고 나니 눈앞이 캄캄하였다. 행정 처리가 늦은 사우디에서 내가 조치할 수 있는 방법은 없을까? 사회보험청 직원을 잘 설득하여 한국 근로자의 신청서 처리가 신속히 이루어질 수 있도록 하는 방법을 찾아야 했다.

여기서 사우디아라비아의 행정시스템을 살펴봐야 한다. 먼저, 사우디 정부 기관의 근무시간은 아침 9시부터 오후 2시까지다. 2시가 되면 모든 행정기관이 문을 닫는다. 낮 시간에는 기온이 50도를 넘어서기도 하여 일을 할 수 없으므로 휴식에 들어간다. 그래서 오후 근무가 없다. 그리고 주 5일 근무(사우디에서의 주말은 목요일과 금요일)고 근무시간에 대한 엄격한 통제도 없다. 어떻게 보면 여유롭고 신축적인 근무시스템인 것이다. 이런 근무시스템은 뜨거운 날씨로 인해 만들어진 것이었다. 거기다가 관공서를 찾는 민원이 많지도 않다. 한국처럼 일의 처리가 늦다면 항의하거나, 찾아오는 민원은 거의 없었다. 이렇듯 한국과 비교해 보면 너무나 다른 행정환경이다. 한국처럼 야근이나 주말 근무는 상상도 할 수 없다. 이런 특징을 가지는 사우디아라비아에서 한국처럼 업무를 처리할 수 있다고 기대하는 것은 처음부터 무리였다. 특히, 외교관의 업무는 국가와 국가 간의 관계 속에서 이루어지기에 더더욱이나 마음대로 업무가 진행될 수 없는 환경이었다.

이런 고민을 안고 사무실로 돌아와 건설관, 상무관과 이 문제를 논의해 보았다. '사우디 정부의 행정 처리가 매우 늦은 현실을 직시하면서 외교적 관점에서 상호 협력적 관계를 형성하여야 한다'라는 것이 방향으로 설정되었다. 상호 협력적이라는 것은 사우디 정부 관계자와 유대관계를 돈독히 하고 자주 만나면서 사우디 문화와 관습에 대한 존중과 함께 한국에 대한 이해를 높이고, 한국에 대한 관심과 애정을 갖도록 만들어 가는 것이라 할 수 있다.

"우리 대사관 총무과에 가면 고려청자나 조선백자를 모방한 도자기와 같은 한국의 전통 기념품이 많이 있어. 다음에 사회보험청 방문할 때 그 기념품을 몇 개 가지고 가서 사회보험청 직원들에게 설명도 하고 나누어 줘 봐. 사우디라는 나라는 역사가 오래되지 않아서 한국의 몇백 년 전의 역사적 전통 기념품이라고 하면 좋아할지도 몰라."

"너무 성급하게 생각하지 말고 시간을 가지면서 유대관계를 형성하도록 해. 나도 가끔 사우디 경제부처 관계자 만날 때 한국 기념품을 가져가서 주니까 반응이 아주 좋았어. 그리고 식사에 초대하겠다고 제안해 봐. 직원에 따라 호불호는 있는데 좋아할 수도 있어."

"외교관 생활을 2년 정도 해 보니, 외교 활동은 상호 국익 증대를 위한 활동인데 상대에 대한 이해와 존중이 우선적으로 필요한 것 같아. 사우디 정부의 공무원들은 아침 9시부터 오후 2시까지가 공식적 업무시간이고 그 이후는 집에서 휴식 시간을 갖다가 저녁이면 외부 활동을 하니까 저녁 시간에 식사 자리를 갖는 것도 좋아하는 것 같아. 현지 음식도 같이 먹어 보고, 집으로 초대해서 한국 음식도 경험하게 하면 좋지. 집으로 초대해서 만찬을 갖는 것도 외교적 활동이니까 위스키를 마시는 것도 생각해 봐."

옳은 진단이었다. 사회보험료 환불이라는 경제적 이익만을 얻으려 하는 목적도 중요하지만, 대사관에서 외교관으로 일하는 동안은 외교적 관점에서 업무를 수행할 필요도 있었다. 한국을 적극적으로 알리고, 잦은 유대관계 속에서 친분을 강화하다 보면 자연스럽게 서로의 입장을 존중할 수 있게 된다. 그런 상호 존중의 자세가 성립되면 서로가 직면하고 있는 국가적 이익을 위한 협의나 협력도 이루어질 수 있음을 깨달았다. 사회보험료 환불이라는 일에만 매몰되지 않고 사회보험청 직원과 대화를 더 많이 해야겠다고 다짐하였다.

　나에게 주어진 한국 근로자의 사회보험환급 신청서 처리는 그 당시 매우 중요한 의미를 품고 있었다. 사회보험료 환불 신청서가 사우디 정부에서 처리가 되면 한국 근로자에게 환급금이 달러로 송부되기 때문에 한국 정부에는 외화 수입이 생기고, 근로자에게는 부가적인 소득이 되기 때문이었다. 그런 관점에서 보면, 사우디아라비아 정부에서의 한국 근로자에 대한 사회보험료 환불 신청서 처리는 국익 증진과 근로자 소득 지원에 큰 도움이 되는 과업이었다. 그렇다고 사회보험료 납부금에 대한 환불이 사우디 정부의 자선적인 일은 아니다. 1970년대와 1980년대 사우디에 진출했던 한국 건설회사의 현장에서 일하던 우리나라 근로자들이 받은 월급에서 사우디 정부의 규정에 따라 납부하였던 사회보험료를 뒤늦게나마 돌려받는 것이기 때문에 한국 근로자가 당연히 받을 권리가 있다고도 볼 수 있었다. 사우디에서 일하면서 사우디 정부에 사회보험료를 납부하였지만, 사우디에서의 근로를 마치고 한국으로 모두 돌아왔기에 사우디로부터 사회보험료 납부에 따른 혜택은 전혀 받을 수 없었으므로 납부한 사회보험료만큼이라도 한국 근로자에게 돌려주는 것이 바람직하고 당연하였다. 다만, 사회보험료를 납부하였던 시점보다 20년 이상이 지나 한국 정부와 사우디아라비아 정부가 상호 합의하여 한국 근로자의 사회보험료 납부금을 환급해 주기로 결정되었기 때문에 우리 정부와 근로자는 사회보험료 환불 신청을 적극적으로 추진하고 있었다. 1997년 IMF 외환 위기를 겪고 난 이후 우리 정부는 달러(외화) 보유액을 많이 확보해야 하는 시점이었으므로 사우디 정부로부터의 한국 근로자 사회보험료 환불 작업은 달러(외화) 확보의 유용한 통로이기도 하였다. 이처럼 한국 정부와 근로자에게 큰 힘이 되는 과업이었으므로 나는 사회보험료 환불 신청서 처리가 원활하고 신속하게 진행될 수만 있다면 어떤 노력도 할 수 있다는 마음으로 접근하였다.

힘들고 어려운 과정이 있겠지만 불가능한 일은 없다. 한국과의 행정, 경제, 정치 시스템이 완전히 다른 사우디아라비아라는 중동 국가에서 정부 기관과 공무원을 우리가 원하는 방향으로 변화시켜 가는 것이 쉬울 리는 없다. 마음의 각오를 다져야 하고, 좋은 방안을 도출해 가야 한다. 그러기 위해서는 현지의 문화와 관습을 알아 가야 하고, 많은 사람으로부터 조언을 들으며 내가 그들에게 접근해 가야 했으며, 그들의 방식과 완전히 새로운 각도에서 고민해 봐야 했다. 사우디 공무원의 마음과 나의 마음이 공통된 인식으로 형성되어야 하는 일이기에 난감할 수밖에 없었다. 그렇지만 나의 목적을 이루기 위해서는 하나씩 헤쳐 가야 한다.

서두르지 말자고 종종 다짐하면서도 내 마음과 발걸음은 나도 모르게 조급하였다. 한국에서의 민원 독촉도 있었지만, 사우디에 부임한 이후 초기에 사회보험료 환불 신청서를 조속히 처리하는 전환점을 갖는 것이 더 바람직하다고 느꼈기 때문이다. 시간이 지나다 보면 그런 전환점을 찾기가 더 어려워질 수도 있다는 불안감도 있었다. 어떠한 과업이든 초반의 박차를 가하고 확실한 관계를 정립하는 것이 중요하지 않은가? 그런 마음에 나는 대사관에 출근하자마자 관련 업무를 정리하고 매일매일 무조건 사회보험청으로 향했다.

"아쌀라무 알라이꿈. 케이프 알 할?"

"아쌀라무 알라이꿈. 아나 비카이르, 알 함두릴라, 케이프 알 할?"

"아나 비카이르, 알 함두릴라. 슈크란 젯단."

아랍어도 조금 배웠다. 급히 몇 마디만 배웠기에 서툴기만 한 아랍어로 오늘의 안부를 묻고 잡다한 얘기도 서로 나누었다. 아랍어는 발음이 매우 중요했다. 끝을 올리고, 내리고, 끌면서 유지하고, 멈추면서 끊어야 하는 규칙이 있었다. 또한, 발음을 늘리거나 경음을 내야 하는 음률이 있어 이를 습득하는 것은 여간 힘든 것이 아니었다. 아랍어를 처음 배우는 나에게는 발음이 너무나 복잡하고 난해하여 상대방의 발음을 들으면서 흉내만 내 볼 뿐이었다. 정확하지 않더라도 아랍어로 조금이라도 소통이 되면 좋고 감사한 일이었다. 원활한 의사소통을 위해 어쩔 수 없이 대부분의 대화는 영어로 하였지만, 조금씩 조금씩 아랍어도 섞어 가며 아랍어를 배우려는 자세도 보였다. 갑작스럽게 내가 아랍어로 얘기를 시작하자 그들은 살짝 놀라면서도 얼굴에는 엷은 웃음을 비추었다. 나의 업무 파트너였던 Mr. Salman 옆에 Mr. Mouhammad라는 직원이 있었는데, 그는 나를 보면 계속 한국말을 하려고 시도하였다. '안눙하십니꺼, 깜사하니다'라고 반복하는 그를 향해 나는 반대로 아랍어를 하였다. '알라 아크바르(위대하신 알라신이여)'라고 받아 주었다. 그런 대화가 이어지면서 사무실 분위기가 갑자기 경쾌해졌다. 서로를 만나서 대화하는 가운데 즐거운 시간을 연출하는 것이었다.

나는 어눌한 발음으로 흉내만 내는 것에 불과하였기에 정확한 의사전달이 되었는지는 의문이었지만, 좋은 시도였다. 여하튼 그들의 마음을 사기 위한 나의 첫 시도는 아랍어로 인사하기였다. 반응이 나쁘지 않았음을 그들의 목소리에서도 느낄 수 있었다. 항상 낮은 톤의 피곤한 목소리로 반응하던 그들이 바리톤의 경쾌함을 보여 주었다.

이렇듯 고민 끝에 실행해 본 나의 작전은 첫째, 매일매일 찾아가면서 민원도 일정 수준 처리하고, 나의 마음을 전하는 것이었으며, 둘째는 내가 살고 있는 사우디에서 사우디화(化)되어 가는 나의 모습을 보여 주는 것이었다. 그런 작전 속에 매일매일 사회보험청으로 출근하듯이 하면서 나는 날마다 10장의 민원서류를 가져갔다. 많은 시간이 소요되는 것이 아니었지만 하루에 10건씩만 해결해도 나에게는 큰 수확이었고, 그들에게도 내가 가져간 10건의 민원을 전산망으로 처리해 주는 것이 힘겨운 작업은 아니었으므로 순수하게 협조해 주었다. 하루의 민원처리 목표가 완료될 때마다 나는 또 아랍어로 감사의 인사를 전했다. 아랍어로 나의 마음을 전달한다는 것 자체가 나의 사우디화를 보여 주는 좋은 징표였다. 그렇게 친밀감이 쌓여 갔다.

"슈크란, 땡큐 베리 마치. Mr. Salman."

"아프완. 유어 웰컴. 노 프라블럼. Mr. Kim."

"마-쌀라마. 굿바이 씨유 투마로."

"마-쌀라마. 씨유 어게인."

그렇게 2개월이 지난 시점, 사무실로 한국에서 전화가 왔다. 우리은행 직원이라면서 나에게 궁금한 것이 있다는 것이었다. 그 궁금증은 '최근 사우디에서 한국으로 전달되어 오는 사회보험료 환급 수표가 갑자기 증가하였는데, 향후에도 계속 이렇게 많은 수표가 올 것인지 전망해 달라'는 내용이었다. 왜 그 전망이 필요한지 물어보니 '계속해서 수표가 많이 송부되어 오면 전담 직원을 추가로 배치해야 일이 원활하게 진행될 수 있을 것 같기 때문이다'라고 말하였다. 나는 '당분간 사회보험료 환불 처리에 매진할 예정이고, 사우디 사회보험청 사무실 창고에 쌓여 있는 한국 근로자의 신청서가 무수히 많다'고 얘기하였다. '한국 근로자의 사회보험료 환급 신청서 처리가 신속히 진행되도록 사우디에서 온갖 수단을 다 동원할 예정이니, 한국에서는 한국 나름대로 대비를 하시라'고 덧붙였다. 한국으로 사회보험료 환불 수표가 많이 송부되어 온다니 나의 노력이 헛되지 않은 것 같아 한편으로는 기뻤다. 그것이 다 미국 달러로 유입되는 것이니 국가에도 큰 힘이 될 터였다. 대한민국의 공직자로서 위국헌신(爲國獻身)하고 있다고 말하면 주제 넘는 말일까?

50

"Mr. Kim. 이 책상에 수북이 쌓여 있는 서류가 모두 한국인 신청서인데, 어제 내가 다 처리한 것들이야. 한국 민원 처리한다고 우리가 매일 힘들어."

하늘이 맑기만 한 10월의 어느 날 사회보험청을 찾았더니 업무 파트너인 Mr. Salman이 아주 자랑스러운 듯이 나에게 얘기를 해 주었다. 모든 업무 처리는 신의 뜻에 따라 이루어지는 것인데, 한국 민원은 더 신경 써서 처리해 주고 있음을 알아달라고 하소연하는 듯하였다.

"Mr. Salman. 고마워, 이렇게 노력해 주니 한국에서도 당신에게 감사의 인사를 전해 달라고 하더군. 한국으로 송부되는 사회보험료 환급 수표가 급격히 증가하였다고 나에게 전화가 왔어. 사회보험청에 계신 직원에게 감사하다고 하더군. Mr. Mouhammad. 당신에게도 감사를 전해야겠군. 책상 위 서류들이 모두 한국 근로자의 신청서인 것 같아."

한국말을 유창하게 시도하는 익살스러운 Mr. Mouhammad에게도 인사를 전했다. 업무 처리에 있어 급할 이유가 없었던 사회보험청이었는데 요즘은 가끔씩 나의 눈치를 보는 것 같았다. 매일 찾아가는 나에게 위세를 보이고 있는지도 모른다. 어떤 이유든 한국 근로자의 민원이 하루라도 빨리 처리되면 그것으로 나는 행복했다.

"Mr. Kim, 내 책상에 있는 서류의 70%만 한국 근로자 신청서야. 나도 매일같이 한국 근로자 신청서를 처리하느라 머리가 지끈거려. 허허허.

깜사하니다."

"쓔크란 젯단, 땡큐 베리 마치. 내가 다음에 꼭 보답을 할게."

다음 날 나는 대사관에서 보관하고 있는 한국 전통 기념품을 두 개 챙겨서 사회보험청을 찾아갔다. 대사관에서는 주재국 사람들과 업무 협의를 할 때 외교관이 사용할 수 있도록 한국 전통의 의미를 담는 기념품을 준비해 두고 있었다. 우리 조상이 사용하던 자기 형태를 띤 제품이 많았다. 내가 가져간 것은 전통 자기 모양을 본뜬 매화가 그려져 있는 주병이었다.

"굿 모닝. 쌀리말리쿰. Mr. Salman, 그리고 Mr. Mouhammad. 오늘은 내가 당신들에게 보답을 할 차례야. 한국의 전통적 자기 모양의 주병인데, 한국의 선조들이 술을 마실 때 사용하던 주병이라고 할 수 있지. 겉에는 매화가 그려져 있어서 더 운치가 있어."

나는 매화 주병을 꺼내어 보여 주었다. 아래는 불룩하고 위는 오목하게 좁아지는 전형적인 술병 모양의 자기인데, 겉에는 짙은 군청색을 띠면서 매화가 그려져 있었다. 외교적 목적으로 사용하기 위해 제작된 기념품이었기에 기품과 멋은 있어 보였다.

"기품이 있어 보이고 모양이 독특하네. 사우디에서는 이런 문양이 없어. 옛날 한국 사람들은 여기에 술을 담아서 마셨다는 거지? 한국 사람들은 옛날부터 술을 즐겨 마셨나 봐. 사우디에서는 금주가 이슬람교의 교리니까 이 자기에다 술을 담아 마실 수는 없고 전시용으로만 사용할 수 있겠어. 이런 한국의 전통 자기를 주어서 고맙군."

"그렇지. 사우디에서는 종교적으로 술을 마실 수 없게 되어 있지? 내가 깜빡했네. 한국의 전통적 주병이긴 한데 물을 담아서 사용해도 돼. 사용하는 사람의 용도에 따라 다양하게 활용할 수 있을 거야. 다음에 위스키 한 병 가져다줄까? 담아서 마시게?"

"Mr. Kim. 노노노. 고마운 말이지만 그건 사양할게. 우리는 위스키를 보관할 수도 없고 마시지도 못하게 되어 있어. 아마 술을 마시게 되면 알라신께서 노하실 거야. 난 알라신으로부터 벌을 받고 싶지 않아."

"기회가 되면 내가 나의 집으로 저녁 초대를 해도 될까? 맛있는 양고기 파티를 준비하도록 하지. 편안하게 즐거운 식사를 하면 좋겠어. 사우디에 와서 처음으로 양갈비를 먹어 보았는데 아주 맛이 좋더군. 양고기를 먹으면서, 기분에 따라서는 위스키도 한잔할 수 있을 거야."

"인샬라. 인샬라."

이렇듯 나의 셋째 전략은 선물이나 기념품을 주면서 나의 고마운 마음을 보여 주는 것이었다. 선물이나 기념품으로 한국의 전통이 담겨 있는 주병(酒甁)이라 독특성이 있었다. 그 이후로도 가끔 나는 한국의 전통적 장식이 그려져 있는 화병(花甁)을 가져다주었다. 다른 나라의 전통적 기념품이 사회보험청 직원들에게 기쁨으로 여겨지길 기대하였다. 이렇게 한국 근로자의 사회보험료 환불 처리는 속도를 내면서 진행되었다. 70년대 또는 80년대에 사우디에서 오래도록 근무하였던 분은 500달러 이상 환불되는 경우도 있었고, 짧은 기간 근무하였던 근로자는 100달러 남짓 환불받기도 하였다. 오래전에 납부하여 그동안 잊어버리고 있었던 사우디 사회보험료가 환불되면서 근로자에게는 금액의 높고 낮음에 관계없이 큰 도움이 되었다. 그리고 예전에 사우디아라비아에서 근무하던 추억을 소환하는 계기가 될 수도 있었을 것이다.

51

　한국의 건설회사와 건설 근로자가 사우디아라비아에 진출하여 한국의 근면성과 성실성을 사우디 국민에게 각인시킨 좋은 미담도 있었다고 한다. 한국의 H건설사가 사우디의 도시를 잇는 도로를 건설하게 되었는데, 어느 날 늦은 저녁에 사우디의 국왕이 일을 마치고 왕궁으로 돌아가다가 광야에서 불이 환히 켜져 있는 현장을 목격하게 되었다. 사우디 국왕은 "저렇게 환하게 켜져 있는 불이 무엇인가?"라고 수행원에게 질문을 던졌고, 수행원은 뒷날 수소문한 끝에 "한국의 건설회사와 근로자들이 더위가 덜한 밤 시간에 도로 건설 작업을 하고 있는 현장이었다고 합니다"라고 국왕에게 보고하게 되었다. 국왕은 "사우디아라비아를 위해 한국의 근로자들이 늦은 밤 시간에도 일을 하고 있었다고 하니 매우 감명스러운 일이군. 앞으로 건설 공사는 한국 건설 회사에게 많이 맡기면 든든하겠어"라고 극찬하였다고 한다. 그 이후 한국의 건설회사는 사우디아라비아에서 신뢰를 얻었고 더 많은 공사를 진행하게 되는 계기가 되었다고 전해진다. 이처럼 사우디아라비아 국민에게 한국의 건설회사 이미지는 매우 좋게 각인되어 있었다. 그로 인해 사우디 정부와 국민의 한국에 대한 인식도 매우 긍정적이었다. 이것은 오래전에 머나먼 이국땅, 뜨거운 사막에서 고생해 온 한국 근로자들의 노고 덕분이라 하겠다.

　내가 사우디아라비아에 근무하던 당시에도 한국의 건설 현장이 있었다. 학교 기숙사 신축 건설 현장, 담수화를 위한 플랜트공장 건설 현장이 대표적이었다. 70년~80년대와 다르게 한국 건설회사 현장에 근무하는 한국 근로자는 현장 소장과 관리직원으로 극소수였고, 대부분의 현장 노동은 동남아 국가에서 온 제3국 근로자가 제공하였다. 고임금의 일자리를 찾아 사우디까지 온 필리핀, 태국, 방글라데시, 베트남 국적의 근로자였다. 세월이 흘러 해외 건설 현장의 노무는 동남아시아 근로자로 모두 대체되어 있었다. 건설 공사의 수익을 창출하기 위해 저렴한 인건비를 고려한 조치였다. 한국 건설회사의 현장에서 일하는 동남아 근로자의 월 평균 임금은 250달러였다. 물론 숙식은 현장에서 제공되었다. 월급 250달러 중 50달러는 생활비로 사용하고 나머지 200달러는 고국으로 송금하여, 그 돈으로 고국에서 지내는 부모, 형제의 한 달 생활비를 충당한다고 하였다. 이국땅에 와서 고생하는 제3국 근로자의 그런 얘기를 들으니 마음이 아련해져 왔다. 1970년대와 1980년대에 한국의 근로자들이 해외로 진출하여 돈벌이를 하던 것과 별로 다를 바가 없었기 때문이다.

사우디아라비아의 인구 구조를 보면 2000년대 초반 총인구는 2천4백만 명이고 그중 제3국인은 700만 명에 이르고 있었다. 약 30%가 외국인이었다. 동남아시아 또는 북아프리카, 중동의 다른 나라에서 사우디로 일자리를 찾아 넘어온 근로자들이 많았다. 사우디아라비아의 출산율은 6.3에 이르러 젊은 층의 인구 비율이 상당히 높았다. 그러나 사우디 여성은 이슬람 율법(여성이 남성과 함께 일하는 것을 허용하지 않음)에 따라 노동시장에 진출하는 경우는 매우 드물었고, 사우디 청년 남성은 힘든 일자리를 기피하였다. 그래서 건설 현장, 육아, 운전, 청소 등 힘든 일과 허드렛일은 모두 외국인 근로자가 담당하였다. 사우디 젊은 층은 편하고 좋은 일자리만 원하는데 좋은 일자리가 부족해지자 사우디 정부는 사우디에 진출해 있는 모든 외국인 기업과 사업장에게 전체 근로자의 30%는 무조건 사우디 국적의 사람으로 채용하라는 규칙을 만들어 지켜 줄 것을 요구하였다. 이른바 일자리의 사우디화(Saudization) 정책을 추진한 것이다. 사우디에도 청년 실업문제가 심각하게 대두되었기 때문이다.

여기서 사우디아라비아의 종교적, 문화적 관습을 살펴보면 여성은 보호의 대상이고 여성이 일하면서 사회생활을 하는 것을 극도로 자제시켰다. 여성은 홀로 쇼핑 등의 바깥출입을 할 수 없었고, 여성의 운전도 금지되었다. 그리고 가족관계가 아닌 이상 남성과 여성이 서로 대화하거나, 같이 일하거나, 외부에서 서로 교제하는 문화를 허용하지 않았다. 한국의 전통적 관습으로 말하면 남녀칠세부동석(男女七歲不同席, 남자와 여자가 7세 이상부터는 서로 같이 자리할 수 없다)이었다. 여성은 아바야라는 이름의 검정색 가운으로 온몸을 감싸는 옷 문화를 지켜야 하고 머리에는 검정색 두건을 둘렀고, 얼굴도 눈을 제외하고는 모두 검정색 천으로 가리고 다녀야 했다. 외출할 때의 복장은 눈을 제외하고는 모두 가리고 다녔다고 보면 된다. 물론 남성들도 하얀색 전통 복장을 하고 머리에도 두건을 두르고 다녔지만, 얼굴은 전혀 가리지 않았다. 이렇듯 남성과 다르게 여성의 자유로운 활동과 인권은 상당한 제약을 두고 있었다. 남성 중심의 관습이 지배적이었다고 볼 수 있겠다.

결혼 관습을 보면 사우디는 일부다처제 국가였다. 남성은 4명의 아내를 둘 수 있었다. 물론 모든 남성이 여러 명의 아내를 두는 것은 아니었다. 재력이 있거나 권력이 높은 사람은 4명까지 아내를 둘 수 있도록 허용되고 있었다. 출산율도 6.3명에 이르러 대가족이 많았다. 결혼은 남녀가 자유로운 교제를 하면서 성사되는 것이 아니라 부모나 친지의 소개로 이루어지는 경우가 많다고 하였다. 이런 문화가 사우디에서는 여전히 통용되고 있었다.

사우디에 도착하여 외교관으로 일을 하면서도 만나는 사우디 정부 기관의 모든 사람은 남성이었다. 사우디 국적의 여성은 만날 수 없었고, 만나는 여성은 모두가 외국인 여성 근로자였다. 수영장을 가면 남성과 여성이 이용할 수 있는 시간이 구분되어 있었고, 식당을 가더라도 가족석, 남성 공간, 여성 공간이 나누어진 상태로 운영되었다. 병원의 간호사는 모두 외국인이었다. 한국의 간호사도 사우디 왕립병원에 취업하여 일하고 있었는데, 지속적으로 간호사, 치기공과 물리치료사 등의 인력이 사우디로 진출하기도 하였다. 한국 의료인력의 사우디 병원으로의 취업지원과 사우디에서의 권익 보호가 나의 주된 임무 중의 하나였다.

52

"Mr. Salman, 그리고 Mr. Mouhammad. 한국 밥과 김치 맛이 어때? 오늘 만찬은 아주 단순하게 양갈비구이와 한국 밥과 김치로 준비했어."

"사우디에서 만들어 먹는 밥은 낱개로 흩어지는데, 한국 밥은 모두 엉켜 있어 많이 다르고, 한국 김치 맛은 너무 맵게 느껴져. 익숙하지 않은 음식이라 조심스럽기만 하네."

"정원에서 숯불로 굽고 있는 양갈비구이를 많이 먹고, 한국 밥과 김치는 그냥 사이드 메뉴로 생각하며 즐겨 봐. 목이 마르면 위스키 한잔 마시는 것이 어떨까?"

"그래? 특별히 오늘 초대해 주었으니까 한잔 마셔 보자. 좋은 위스키지?"

"'조니 워크 블루'야. 사우디 외교행사에서 빠지지 않고 등장하는 것이 조니 워크 브랜드 위스키더군. 사우디에 주재하는 외교관들은 조니 워크를 좋아하는 것 같아. 조니 워크 블루는 조니 워크 브랜드의 위스키 중에서도 최고급 위스키지. 당신들을 위해서 귀하게 보관하고 있었어. 편한 마음으로 즐겨 봐."

어려운 과정을 거쳐 내 집으로 Mr. Salman과 Mr. Mouhammad를 초대하였다. 내가 외교관이기는 하지만 Mr. Salman과 Mr. Mouhammad는 외국인의 집에 초대받아 가는 것이 익숙하지 않은 듯 계속 거절하다가 계속되는 나의 요청에 만찬에 응해 주었다. 집 주방에 있는 6인용 식탁에 셋이서 앉아 양갈비구이를 먹으며 위스키도 한잔 마셨다. 대사관에서 정원사로 일하는 방글라데시 국적의 직원이 바깥에서 숯불을 이용해 양갈비구이를 맛있게 요리해 주었다. 양갈비구이는 사우디 국민이 즐겨 먹는 음식이다. 나는 한국에서는 먹어 본 경험이 없었지만 몇 번 먹어 보니 이상한 냄새가 날 거라는 우려를 넘어 그 맛을 즐길 수 있게 되었다. 부드러운 육질이 어떤 고기와 비교할 수 없을 정도의 맛이었다.

외교행사로 주재국의 손님을 초대하는 일반적인 형식은 시내 호텔에 케이터링으로 요리를 주문해서 근사하게 만찬을 즐기는 것이었지만, 한국의 밥과 김치를 맛보게 하려고 간소하게 준비하였다. 식사에 초대되는 것에 대해 어색해하는 반응이 있어 만찬의 형식을 편안하게 해 보는 것이 좋겠다는 생각이었다. 외교행사의 일환으로 마련된 만찬이었기 때문에 위스키를 한잔 마시는 것이 주재국 법리에 저촉되는 것은 아니라고 말하며 안심시켰다. 식사가 진행되면서 그들의 마음은 조금 편안해져 갔다. 위스키 병도 가벼워졌다. 밤이 깊어져 가면서 우리의 대화는 업무적인 사안에서 한국의 놀이문화로 옮겨졌다.

"한국 직장인들은 낮에 열심히 일하고 퇴근을 하면 직장 동료끼리, 친구끼리, 연인끼리 만나 저녁을 먹는데, 집보다는 바깥 음식점에서 소주를 마시면서 즐겨. 한국 사람들은 술을 매우 좋아해. 한국에는 코리안 위스키라는 소주가 유명하지. 저녁을 먹고 2차로 좋은 술집을 가면 맥주와 위스키를 섞어서 마셔. 이를 이름 하여 폭탄주(bomb whisky)라고 불러. 맥주와 위스키가 섞이면서 폭탄이 터지듯이 거품을 내며 술이 섞이기 때문에 폭탄주라고 불러. 이처럼 한국은 저녁의 술 문화가 매우 화려해."

"사우디에서는 술을 허용하지 않는데, 한국은 술 천국인가 봐. 폭탄주라는 것은 상상할 수가 없는 문화야. 그렇게 마시면 술에 취하지 않아?

한국 여성도 술을 잘 마셔?"

"한국은 남녀 구분이 없어. 남자와 여자가 같이 어울려서 술도 마시고, 기분이 좋으면 스트레스를 풀기 위해 노래방이라는 곳을 가. 노래를 부를 수 있도록 노래 반주가 저장된 음향기기가 설치되어 있는 방을 노래방이라고 부르는데, 노래방에서는 맥주를 마시면서 신나게 춤도 추고 목청 높여 노래를 부르지. 스트레스 해소에 완전 짱이야."

"와우, 판타스틱. 부럽다. 엄격한 종교 율법에 따라 남녀가 서로 어울려서 시간을 보낼 수 없는 사우디에서는 상상할 수 없는 일이야. 남자와 여자가 같이 어울려서 술도 마시고 노래도 같이 부른다는 것은. 한국은 정말 멋진 나라야."

"더 좋은 곳은 나이트클럽이라는 곳이야. 나이트클럽은 신나는 음악에 맞춰 집단적으로 춤을 추는 곳이지. 삼삼오오 친구들끼리 와서 춤을 추다가 서로 마음이 맞으면 상대편 여성들과 합석을 하기도 해. 서로 모르던 사이인데 나이트클럽에서 서로 한 팀이 되는 거야. 주로 남성이 여성에게 접근해서 같이 춤추며 놀자고 제의하고, 여성이 동의하면 같이 놀게 되지. 그걸 우리는 부킹이라고 해. 남자가 여자에게 같이 놀자고 제의하는 것 말이야. 부킹에 성공하면 남녀가 같이 어울리게 되는 거지."

"나이트클럽은 더 환상적인 곳이네. 부킹의 성공률은 높아?"

"부킹에 성공하려면 남자가 젊고 멋있어야 해. 사우디 사람처럼 돈이 많아 보이면 더 쉬울 수도 있어. 허허허. 비싼 위스키를 마시고 있으면 부킹 성공률이 더 높아."

"Mr. Kim도 나이트클럽에서 부킹을 성공해 본 적이 있어? 여성들이 마음에 들었어?"

"난 그 정도로 능력이 좋지는 않아. 능력이 좋은 친구는 부킹에 성공해서 신나는 음악에 맞춰 같이 춤을 추며 즐기지. 나이트클럽에서 제일 기대되는 것은 신나는 음악이 아니라 잔잔하고 조용한 리듬의 음악이 나오는 시간이야. 남녀가 블루스를 칠 수 있도록 주는 시간이지. 부킹에 성공한 남녀 중에서 서로 끌리는 사람들이 나와서 블루스를 치게 되는데, 남성은 여성의 허리를 두 손으로 감싸고 여성은 남성의 목을 두 손으로 감싸면서 몸을 서로 밀착하여 부드럽게 춤을 추는 거야. 파트너가 마음에 든다는 것을 간접적으로 증명해 주는 의식이기도 해. 블루스 타임이 가끔 마련되는데, 한 번에 5분 정도 이어져. 그 시간이 나이트클럽을 방문한 사람들이 제일 기다리는 시간이야. 잘 성사되면 완전 데이트에 성공하는 거거든."

"한국 여성은 매우 매력적이야. 한국을 방문해 보면 좋겠다. 한국에 그런 문화가 있는지는 알지 못했어. 한국 사람들은 매사에 급하지. 그래서 '빨리빨리'라고 항상 말하는 것만 기억했는데, 한국 놀이 문화가 그렇게 화려한 줄은 몰랐어."

"내가 여기서 업무를 마치고 2년 후에 한국으로 돌아가면 그때 한국에 놀러 와. 내가 가이드를 해 줄게. 유명한 관광지도 많고, 맛있는 음식점도 많아. 노래방이나 나이트클럽도 내가 소개해 줄게. 한국 폭탄주도 한잔 마셔 봐야지."

Mr. Salman과 Mr. Mouhammad는 많이 놀라 있었다. 그런 놀이문화를 한 번도 접해 보지 못했기에 신기하게만 느껴졌을 것이다. 아마도 한국이라는 나라의 매력을 느끼고 동경하고 있는지도 모른다. 놀이문화 얘기에 젖어 들다 보니 위스키도 홀짝홀짝 마시게 되었다. 1리터 용량의 위스키 한 병이 거의 다 비어 가고 있었다. 이렇게 저녁 만찬이 이어지는 가운데, 나의 네 번째 전략인 만찬으로의 초대는 성공의 길에 접어들었다. 만찬을 같이 하면서 대화를 나누는 것이 서로의 친근감을 쌓는데 매우 좋은 방법임을 느꼈다.

그 이후 사회보험청을 방문할 때마다 나는 직원으로부터 환대를 받았다. 사회보험료 환불 처리도 속도를 높여 가고 있었다. 사우디의 달러(사우디 재정의 주된 수입원은 석유 판매이므로 통상적으로 오일 머니(Oil Money)라고 부른다)가 한국으로 매일매일 송부되는 것이었다. 그러다 보니 한국으로부터 전달되어 오는 민원의 수도 줄어들었다. 나는 사회보험청을 방문하여 사회보험료 환불에 대한 업무적 대화뿐 아니라, 능숙하지 못한 아랍어로 대화를 시도하면서 사우디의 생활상을 묻기도 하였다.

사우디아라비아는 이슬람교의 종주국으로 무슬림의 성지인 메카, 메디나가 자리하고 있는 나라다. 그러다 보니 이슬람의 교리가 다른 무슬림 국가보다 엄격히 지켜져야 했다. 음식에서는 술과 돼지고기가 금지되었고, 복장은 남녀 모두 이슬람의 전통의상을 입어야 했으며, 하루에 다섯 번씩 성지를 향해 절을 하며 기도를 드리는 예배 의식을 치렀다. 약 30분가량 진행되는 그 예배 의식 시간에는 모든 업무가 중단된다. 각 지역마다 설치된 야외 대형 확성기 소리로 그 시간을 알리게 되면(확성기에서 나오는 음성은 '알라 아크바르(알라신은 위대하다)'로 시작됨) 식당이나 상점도 문을 닫고, 길을 가던 사람도 곳곳에 설치되어 있는 모스크로 가거나 간이로 설치된 장소에서 예배 의식을 한다.

53

사우디아라비아라는 나라에서 여성의 생활은 참 어렵다. 바깥나들이를 혼자 할 수 없고 항상 옆에 남성 보호자가 있어야 하고, 여성이 자동차를 운전할 수도 없다. 여성이 직장에 취업을 하는 경우에도 여러 남성과 같은 사무실에서 근무하는 것도 금지되기 때문에 여성만 근무하는 곳에 취업할 수밖에 없다. 그러다 보니 여성이 취업할 수 있는 직종은 매우 제한적이다. 아울러, 어느 정도 나이가 되면 남자와 여자는 완전히 분리된다. 초·중·고등학교는 물론 대학교까지 남녀가 구분되어 수업을 받게 되고, 수영장의 이용 시간도 남녀 시간이 구분되어 운영된다. 하물며 식당이나 카페를 가면 남자 공간, 여자 공간, 가족 공간으로 구분되고, 가족이 아닌 남녀가 같은 식탁에서 음식을 먹거나 차를 마시는 것이 금지된다. 만약 가족관계가 아닌 남녀가 식당에서 식사를 하거나 카페에서 서로 마주 보며 데이트를 하는 그런 상황을 목도하고 누군가 신고를 하게 되면 사우디 정부의 종교 경찰이 현장에 출동하여 가족 여부를 확인하고 가족이 아니라고 판단되면 구금시설로 데려가기도 한다.

사우디에 거주하는 외국인도 예외는 아니다. 어느 늦은 밤 집의 전화벨이 따르르릉, 따르르릉 울렸다. 잠자리에 들었던 나는 갑작스럽게 울리는 전화 소리에 눈을 떴다. '이런 늦은 시간에 어디에서 오는 전화일까?'라는 생각에 순간적으로 불길한 예감을 느꼈다.

"Hello."

"Mr. Kim, I'm Amzad(암자드)."

대사관에서 정원관리사로 일하는 방글라데시 국적의 직원이었다. 대사관 경비실에 직원이 있지만, 이 정원관리사는 대사관 안에 숙소를 마련하여 지내고 있었다.

"예, 이 늦은 시간에 무슨 일입니까?"

"방금 대사관 경비실로 사우디의 구금시설에서 전화가 왔습니다. 그 내용은 리야드 병원에 근무하는 한국 간호사와 한국 남성이 무슨 연유인지 잘 모르지만 구금되어 있어 그 사실을 대사관에 알려 준다는 것이었습니다. 경비실 직원이 그 내용을 즉시 저에게 얘기해 주었고, 한국 간호사라고 하여 노무관인 미스터 김에게 전화를 하였습니다."

"어느 지역 구금시설인지 주소를 받았나요?"

"주소는 받았는데, 거리는 꽤 멀어 보입니다. 승용차로 한 시간 이상을 가야 합니다."

"내가 준비하고 대사관으로 갈 테니 대사관에 기다리고 계세요. 저랑 같이 가 봅시다."

냉장고에서 차가운 오렌지 주스를 꺼내 한 잔 마시고 정신을 차렸다. '무슨 일이 있었기에 한국 간호사가 구금시설로 체포가 되어 간 것일까?'라는 생각이 머리를 복잡하게 만들었다. 대사관에 근무하다 보면 가끔 이런 일도 있다는 것을 전해 들었던 기억은 있다. 주재국 사법기관이 만약에 외국인을 구금 또는 체포하면 해당 국적의 대사관에 전화하여 그 사실을 통보해 주는 것이 국제적 규칙이었다. 나는 외교관 신분증이 지갑에 있는지 확인한 이후 서둘러 옷을 차려입고 외교관 차량 번호판이 붙어 있는 승용차를 몰아 대사관으로 향했다. 이런 상황에서는 외교관 신분증과 외교관 차량이 필수적이었다. 구금시설의 출입도 자유로웠고, 구금시설의 관계자 면담에도 외교관 신분증을 꼭 제시해야 했다.

"미스터 암자드. 나는 지리에 익숙하지 않으니 운전을 해 주면 좋겠습니다."

"에스. 미스터 김. 문제없습니다."

1시간 이상 걸려 찾아간 곳은 시내에서 아주 멀리 떨어져 있는 허허벌판의 장소였다. 덩그러니 2층짜리 큰 건물이 서 있었다. 늦은 밤이어서 그 규모를 정확히 짐작할 수는 없었다. 도착 시간은 새벽 1시쯤이었다. 구금시설 정문에 도착하여 한국대사관에서 왔음을 알리고 관계자 면담이 이루어질 수 있도록 해 달라고 요청하였다. 30여 분이 지나자 서류뭉치를 든 턱수염이 길게 자란 직원이 나왔고, 그는 나를 접견실로 안내하였고 간단히 서로 인사를 나누었다. 사우디 전통 복장을 깔끔히 입고 굳게 다물고 있는 입술을 보면서 종교 경찰임을 바로 알 수 있었다. 나는 외교관 신분증을 제시하고 찾아오게 된 경위를 설명하였다.

"한국 여성과 남성이 이 구금시설로 와 있다는 통보를 저녁 늦게 받고 이렇게 찾아왔습니다. 무슨 연유인지 알 수 있습니까?"

"이슬람 율법에 어긋난 행동을 하고 있다는 신고를 받아 출동하였고, 그 사실을 확인하여 그들을 체포하였습니다. 둘은 연인관계인 듯한데, 시내 카페에서 강한 애정 행위를 하여 다른 사람의 눈살을 찌푸리게 하였습니다. 이는 사우디 종교 율법 위반입니다."

"그렇다고 체포까지 합니까? 그런 행위를 공개적 장소에서 하면 율법에 어긋난다는 것을 알려 주고 다시는 그런 행위를 하지 않도록 주의를 주면 되지 않을까요?"

"모르는 말씀입니다. 이는 매우 심각한 사안입니다. 외국인이라 하더라도 사우디 율법을 따라야지요. 사우디 종교 경찰은 사우디 율법을 수호하는 역할을 하고 있음을 주지하시기 바랍니다. 율법에 어긋나는 행동을 하는 사람은 누구도 용서하지 않습니다."

단호한 말투였다. 사우디 종교 경찰은 매우 엄격한 기준에 따라 움직인다는 말을 실감하였다. 사우디는 이슬람교를 국교로 정하고 있었고, 이슬람교의 성지에 해당하는 메카, 메디나라는 도시가 있는 무슬림의 종주국이었다. 그리하여 이슬람교를 국교로 하는 다른 나라보다 더 엄격하게 율법을 지켜야 했고, 율법에 따른 행동을 강조하였다.

"구금시설에 있는 한국 여성과 남성을 지금 바로 만나 볼 수 있을까요? 여기까지 오게 된 이유를 그들로부터 들어 봐야겠습니다."

"지금은 시간이 너무 늦어서 만나게 해 줄 수는 없습니다. 한국대사관에서 외교관이 오셨으니까 그들에 대한 조사를 최대한 일찍 마치고, 내일 아침 이른 시간에 만나게 해 드릴 수 있고, 다시는 율법을 어기는 행동을 하지 않도록 지도한다는 내용으로 외교관이 각서를 써 주시면 데려갈 수 있도록 해 드리겠습니다."

"그 시간이 대략 언제쯤입니까? 제가 책임지고 다시는 율법에 어긋나는 행동을 하지 않도록 지도할 것임을 약속드리겠습니다."

"아침 8시쯤 다시 오시기 바랍니다. 그때는 데려가실 수 있을 겁니다."

그때는 벌써 새벽 3시가 다가오고 있었다. 집에 왔다가 다시 구금시설로 간다는 것이 엄두가 나지 않아서 차 안에서 기다렸다. 피곤이 몰려와 차의 의자를 뒤로 젖히고 누웠다. 그렇게 밤이 지나고 아침이 밝았다.

나는 아침 8시 시간에 맞추어 구금시설의 대기실에서 기다리고 있었다. 10분쯤 지나 한국 여성이 철창문을 열고 먼저 나왔다. 내가 와 있음을 전해 들었는지, 나오자마자 나를 보며 반가워하였다. 사우디 국립병원에 취업하여 온 지 10개월 정도 지난 간호사였다. 나와도 서로 가끔 안부를 묻던 사이였다.

"노무관님, 와 주셔서 감사합니다. 노무관님이 와 주시지 않았다면 저는 여기서 오래오래 갇혀 있었어야 했어요. 죄송스럽기도 하고요. 저에게 힘이 되어 주셔서 너무 감사합니다."

"고생 많으셨습니다. 얼굴이 많이 창백해 보이네요. 어젯밤을 보낸 내부 시설은 괜찮았습니까? 인권을 침해하는 그런 일들은 없었는지요."

"예, 특별히 힘든 일은 없었습니다. 종교 경찰이라는 분이 아랍어로 이것저것 많이 설명했는데 그냥 알아듣는 척했습니다. 아마도 율법을 어긴 내용을 설명하였겠지요. 저를 데려오는 시점부터 계속 황당스러운 순간이라 느껴 멍하니 그냥 있었습니다. 그리고 나오기 전에는 서류를 내밀면서 서명을 하라고 하여 서명을 하고 나왔습니다."

"그랬군요."

그때 다른 철창문이 열리더니 한국 남성이 나왔다. 그분은 3개월 전에 한 번 정도 뵌 적이 있는데, 사우디에 사업차 와서 지내고 있는 분이었다. 긴장한 눈빛이 많이 흔들리고 있었다. 해외에 와서 이런 경험을 하리라고는 상상도 하지 못했을 것이다.

"노무관님이 나와 주셨군요. 이런 모습을 보여 죄송스러울 따름입니다. 조금 황당스럽기는 하지만 이런 일을 겪고 나니 참으로 난감합니다. 이 나라를 빨리 떠나야겠습니다. 완전히 봉건시대도 아니고, 우리나라 조선 시대에도 이러지는 않았는데, 정말 별천지 나라입니다."

"수고 많으셨습니다. 몸은 괜찮으시죠? 사우디아라비아라는 나라가 이슬람교 율법을 엄격히 지키는 나라여서 이런 일도 가끔 있다고 합니다. 한국과는 문화가 완전히 다르기 때문에 조금 황당하셨을 겁니다. 앞으로는 이 나라의 율법을 지키도록 노력은 해야 할 것이지만, 지나간 일을 너무 마음에 담아 두지는 마십시오."

이렇게 마음을 달래 주었다. 피곤한 기색이 역력해 보이고 어제 겪은 일련의 일들이 너무 황당하였을 것으로 짐작되었다. 나를 대하는 모습에서는 미안한 마음을 숨기지 않았다. 그렇게 서로 얘기를 마치고 내 차로 이동하여 간호사는 병원 기숙사 앞까지, 남성분은 시내 적당한 지점까지 데려다주고 나는 아침 출근을 조금 늦게 하였다. 대사관에 출근하여 어젯밤에 있었던 일을 영사업무를 하는 외교관과 대사에게 간략히 설명하고 그 사건을 마무리하였다.

각 나라마다 독특한 문화적 특징이 있다. 그 문화는 오랜 역사를 통해 사람들의 삶과 사고, 환경이 반영되면서 형성되는 것이기에 그 나라의 국민이 살아가는 삶의 일부다. 우리의 문화와 다르다고 해서 그 나라의 문화를 비판하거나 열등하다고 할 수는 없다. 문화의 의미와 가치에 있어 절대적 기준이 있는 것은 아니기 때문이다. 그래서 우리는 '문화적 상대주의(cultural relativism)'라는 논리 속에서 서로의 문화를 인정하고 존중해 주는 것이다.

54

사우디아라비아에 취업해 있는 한국의 의료인력은 약 150명이었다. 대부분은 간호사로 일하였고, 치기공과 물리치료사도 있었다. 지역 분포는 사우디 수도인 리야드에 100여 명, 서부지역 젯다라는 도시에 40여 명, 동부지역 담맘이라는 도시에 10여 명이었다. 사우디에 진출하여 20년 이상 근무해 오고 있는 베테랑도 있었고, 사우디로 취업해 온 지 갓 몇 개월밖에 되지 않은 간호사도 있었다. 나의 역할은 한국 의료인력의 사우디 진출을 지원하고, 진출해 있는 의료인력의 원활한 근무를 지원하는 것이었다. 의료인력의 해외취업지원은 한국산업인력공단이라는 공공기관을 통해서 사우디를 중심으로 조금씩 활성화되고 있었다. 또한 항공기 승무원의 해외취업은 아랍에미리트를 중심으로 지원되었다. 중동지역은 의료인력과 같은 전문 분야의 숙련공이 부족한 상황이었다. 그래서 한국 인력이 전문화된 분야를 중심으로 해외로 진출하는 것은 외교적 측면에서도 좋은 의미를 부여하였다. 한국 간호사에게는 사우디아라비아가 미국이나 유럽과 같은 선진국으로 진출하기 위한 하나의 교두보로서 역할을 하였으므로 매력이 있는 나라였다. 물론 보수도 한국보다 2배 이상 많았다.

사우디아라비아 병원의 간호사 중 90% 이상이 외국인 간호사였다. 동남아에서 온 간호사가 대다수였으나 한국 간호사는 전문성이 높고 누구보다 성실히 일하면서 좋은 이미지를 구축하고 있어 소수의 인력이었지만 매우 인기가 높았다. 다만, 소통을 위한 언어적 능력, 영어 구사력이 간혹 조금 미진하다는 지적을 받는다. 현지에서 일을 시작하면 바로 적응해 가는 것이 또 한국 사람들의 능력이다. 여하튼 사우디에서는 한국 건설회사와 근로자에 대한 신뢰와 고마움이 여전하고, 한국 간호사를 데려오기 위한 구애도 높았다. 이렇듯 사우디 국민에게 한국은 좋은 나라였다.

"노무관님이 우리 병원에 오신다고 1주일 전에 통보받고 오늘까지 많이 설레는 마음으로 기다려 왔습니다. 사우디 도착하는 날 리야드 공항에서 노무관님을 잠시 뵌 게 전부였지요. 저희는 그날 리야드 공항에서 담맘이라는 지역으로 가는 비행기를 타고 바로 다시 이동하였으니까요. 이 친구는 오늘 특별히 화장도 이쁘게 하였습니다. 흐흐."

"그러셨군요. 밝아 보여서 저도 기분이 참 좋습니다. 사우디에 오신 지가 이제 3개월 정도 지났는데, 적응은 잘하고 계시죠? 일하면서 지내는데 어려움은 없습니까? 담맘이라는 도시는 제가 있는 리야드에서 비행기를 타고 2시간 이상 와야 도착할 수 있는 곳이라 자주 오기에는 한계가 있다 보니 늘 미안합니다."

"가끔이라도 이렇게 와 주시니 저희에게는 큰 힘이 됩니다. 대사관에서 병원으로 보내 주신 공문을 보고 여기의 병원장과 병원 관계자가 매우 놀랐다고 합니다. '한국 간호사는 한국대사관에서 무척이나 신경을 쓰고 있구나'라고 느꼈답니다. 이런 경우는 병원에서 처음이었다고도 했습니다. 다른 나라의 간호사는 무척 저희를 부러워하기도 했습니다."

담맘이라는 도시는 사우디아라비아의 동쪽 지역의 대표적 도시였다. 척박한 땅으로 알려진 지역이었는데 석유가 사우디 반도의 동쪽에서 나오기 시작하면서 조금 발전되었다. 담맘지역에 새 국립병원이 개원하면서 한국 간호사 5명이 취업해 왔다. 모두 20대 중후반의 젊은 간호사였다. 사우디에 도착한 지 3개월 정도 지난 시점이라 정착하는 데 어려움은 없는지를 살피기 위해 담맘으로 출장을 오게 되었다. 나는 병원장에게 이런저런 사유로 방문할 것이라고 문서로 보내고 병원장 면담 일정도 잡았다. 그 덕분에 병원에서 마련해 준 회의장에서 우리 간호사 5명과 오랜만에 재회를 하는 기회를 가졌다.

"그랬나요? 타국에 와서 고생을 많이 하고 계시는데, 가끔 와서 애로사항도 해결하는 것이 당연한 일입니다. 특히 사우디아라비아는 일을 떠나 생활에 제약을 많이 받는 곳이라 더 적응하기 어려울 수도 있습니다. 그래서 저는 최소한 6개월에 한 번은 여러분을 찾아오려고 합니다. 어렵거나 힘든 사항이 있으면 병원장을 만나 부탁도 할 것입니다. 여러분이 건강하고 편안하게 일할 수 있도록 더 신경을 써 달라고도 해야지요."

한참 젊은 나이이기 때문에 호기심도 많고 다양한 활동을 자유롭게 해 보고 싶은 시기인데, 사우디라는 나라에 취업해서 통제된 생활을 하고 있으니 그 어려움은 더할 것이다. 사우디 병원에 취업한 외국인 간호사는 모두 기숙사 생활을 하면서 지낸다. 사회적, 문화적 여건으로 인해 외부 출입도 자유롭지 못하고 일정한 기준이나 시간에 따라 제한적으로 허용되고 있었다. 일주일에 한 번씩 시장을 들르거나 쇼핑을 할 수 있도록 병원의 버스로 외출을 시켜 주는데, 시간도 4시간이 최대다. 개인적으로 외출을 하고자 하면 그 사유를 적어 병원장의 허가를 받아야 하고 안전 문제도 본인이 책임을 져야 한다. 여성의 독자적 외부 활동이 허용되지 않는 나라다 보니 한국 여성에게는 지옥과도 같을지도 모른다.

"병원장을 만나서 여러분의 요청사항을 얘기하고 올 테니 여기 잠시 기다려요. 저랑 같이 밖으로 외출하여 한국식당에서 점심을 같이 먹읍시다."

"그래 주시면 너무 좋지요. 병원장에게 얘기해서 외출 시간을 넉넉히 잡아 오세요. 흐흐."

나는 병원 관계자의 안내를 받아 병원장을 만났다. 키는 작았지만 골격은 매우 큰 외모였고, 사우디 전통 복장을 하고 있어 나름대로 위엄을 보였다. 나는 병원장에게도 친숙함을 표현해야 한다는 마음으로 인사말을 아랍어로 하였다. 외교관과의 만남이 익숙하지 않던 병원장은 약간 어색함을 비추면서도 얼굴은 금방 밝아졌다. 병원장에게 좋은 인상을 심어 주어야 한국 간호사에게 최대한 편의를 봐주지 않을까 하는 마음에 나는 조그만 선물도 대사관에서 가지고 갔다. 한국의 전통 문양이 그려져 있는 화병이었다. 선물까지 건네받은 병원장은 놀라움을 표하면서 거듭 나에게 고마움을 표현하였다.

"한국의 기념품까지 주시니 고맙습니다. 여기에 와서 근무하는 한국 간호사는 매우 행복하다고 판단이 됩니다. 이렇게 대사관에서 병원을 찾아와 자국 간호사들의 민원을 해결하거나 격려해 주는 것을 경험해 본 바가 없습니다. 한국대사관에서는 이렇게 찾아오셔서 간호사들을 걱정해 주시고 격려해 주시니 간호사에게 아마도 큰 힘이 될 것입니다. 한국대사관에서 관심을 기울여 주시는 만큼 우리 병원에서도 한국 간호사에 대해 더 신경을 기울여 보호하고 지원해 드리겠습니다. 너무 염려하지 마시고 필요한 것이 있으면 언제든지 찾아 주시거나 전화를 주시면 해결책을 찾아보겠습니다."

"병원장님, 감사합니다. 오늘 제가 처음으로 병원을 방문하였는데, 가끔 찾아와서 병원장님을 만나도 되겠지요? 그리고 제가 오늘 병원을 방문하였으니 한국 간호사들과 점심을 하려고 합니다. 시내 한국식당에 식사 예약을 해 놓았는데, 간호사들과 외출을 해도 되겠지요?"

"예, 물론입니다. 천천히 식사하시고 격려해 주시기 바랍니다. 오후 시간 내내 근무 당번은 없다고 하니 여유롭게 대화하시기 바랍니다."

병원장과의 만남을 마치고 간호사들과 함께 점심을 같이 먹었다. 교민이 운영하는 한국식당을 찾아 한국 음식을 주문하였다. 젊은 간호사들은 오징어볶음, 생선구이를 선택하였고 나는 된장찌개를 선택하였다. 추가적으로 초밥도 맛보았다. 외국에 나와 생활하다 보면 한국 음식이 그립다. 그나마 한국식당이 있어 한국의 맛을 느낄 수 있었다. 오후 시간 내내 외출 허락을 받았으니 식사 후에 카페에서 커피도 마시고, 시내로 가서 쇼핑도 같이 하자고 제의하였다. 이렇게 편안한 시간이 없었다며 간호사들이 환호하였다. 해외에서 한국 사람을 만나면 그렇게 반가울 수가 없는데, 아마도 그런 반가운 느낌을 흠뻑 느끼는 시간이었다. 그렇게 하루를 늦은 시간까지 보내고 간호사들과 작별 인사를 하고 리야드로 돌아왔다. 병원 앞에서 다시 만날 시간을 기약하자고 말하면서 떠나올 때는 서로가 말하지 않아도 아쉬워하는 서로의 마음을 느낄 수 있었다. 젊은 나이에 사우디라는 특수한 나라에서 직장업무와 통제된 생활 규칙으로 고생할 간호사들을 생각하니 왠지 모르게 안쓰러운 마음이 덮쳐왔다. 그러나 젊은 나이이므로 더 용감하게 잘 생활할 수 있을 것이라는 기대도 할수 있었다. 그날은 이런저런 생각으로 심경이 복잡해지는 짧고 아쉬운 만남이었다.

노무관님께…

담맘에서 간호사로 근무하고 있는 이○○입니다.

전화로 말씀을 드릴까 하다가 바쁘실 것 같아 편지로 소식을 보냅니다.

지난번 담맘에 와 주셔서 많이 감사하였습니다. 건강히 잘 지내고 계시는 거죠?

저희는 이곳 담맘에서 잘 적응해서 병원 생활도 즐거운 마음으로 보내고 있습니다.

노무관님이 다녀간 이후 저희의 생활이나 근무 여건도 많이 변화되었습니다. 노무관님이 저의 근무부서 변경을 요청해 주셨는데, 덕분에 부서 배치도 제가 전문으로 하는 파트로 변경이 되었고(ER, Emergency Room, 응급실로 배치), 외출의 기회도 1주일에 1번에서 2번으로 늘어났습니다. 그리고 병원장이 가끔씩 저희와 면담도 해 줍니다. 어려운 일이 있을 때는 언제든지 병원장을 찾아오라고도 하더라구요. 이것이 다 노무관님이 병원을 다녀가신 덕분입니다. 대우가 눈에 띄게 달라졌습니다.

담맘에 근무하는 간호사들은 모두가 젊은 친구들입니다. 그래서 꿈도, 미래에 대한 기대도 많지요. 대부분은 사우디에서 3~4년 근무를 하다가 저축도 조금 하고 영어 공부도 더 해서 미국 병원으로 진출하려고 준비 중입니다. 그래서 현지 병원에 근무하는 미국인 의사와 대화를 자주 하려고도 하면서 영어 공부도 더 열심히 한답니다. 아무래도 미국이 자유로운 나라고 간호사에 대한 대우도 좋기 때문이겠죠? 저도 기회가 된다면 미국으로 가고 싶습니다.

'사우디가 문화적으로 타 외국과는 비교할 수 없을 정도로 달라서 지내기가 힘들지 않을까?'라고 걱정을 하고 계시는 거 잘 알고 있습니다. 너무 염려하지는 마세요. 사우디로 취업해서 올 때 사우디에 대한 공부를 조금이나마 하고 왔기 때문에 그러려니 하면서 잘 견디고 있습니다. 현실이니 극복할 수밖에 없습니다. 실제로 와 보니 이런 나라도 있네요. 긍정적으로 생각해 보면 이런 생활도 좋은 추억과 경험이 되겠죠?

아무쪼록 노무관님도 늘 건강하시길 바랍니다. 저희가 한국으로 돌아가면 뵐 수도 있겠지요? 언제가 될지는 모르지만… 만약에 오랜 세월이 지나서 한국에서 만나게 되면 사우디 이야기를 하지 않을 수 없을 것 같습니다. 그런 날이 오기를 기대해 봅니다.

6개월에 한 번씩은 담맘을 들러 주신다고 하셨으니 또 뵐 수 있겠지요. 그날을 기다립니다. 노무관님도 사우디아라비아에서 늘 행복한 나날이 되시길 바라며 이만 줄이겠습니다.

담맘에서 간호사 이○○ 드림

담맘을 갔다가 온 지 1개월이 지난 어느 날 도착한 편지였다. 편지 내용에 의하면 병원에서 한국 간호사들에게 많은 편의를 봐주고 있다니 안심이 되었다. 최근에 새롭게 개원한 고급병원이라 아직 체계가 제대로 잡히지 않았을 수도 있다. 병원장에게 다양한 부탁을 하고 왔는데, 배려를 해 주고 있다니 뿌듯한 마음도 들었다. 해외에서 한국 국민이 더 좋은 대우를 받을 수 있도록 노력한다는 것은 어찌 보면 당연한 일인지도 모른다. 우리 간호사들이 꿈꾸고 있는 더 높은 꿈이 실현될 수 있기를 바라고 기도할 뿐이다.

55

　사우디로 취업해 온 한국 간호사는 그 당시 150여 명이었다. 사우디 수도 리야드, 동부의 담맘, 서부의 젯다라는 도시의 사우디 국립병원으로 나뉘어 근무하고 있었다. 한국 간호사가 사우디 병원에서 받는 보수는 한국에서 근로할 때 받는 보수보다 2배 이상 높았다. 한국 간호사의 우수성과 전문성을 잘 알고 있었기에 그만큼 좋은 조건을 보장하였다. 동남아시아에서 온 간호사가 병원 간호사의 대부분을 차지하고 있었으나 임금 수준에 있어서는 한국 간호사와의 비교 자체가 무의미했다. 그런데 최근에 사우디로 취업해서 온 의료인력(간호사와 치기공, 물리치료사, 방사선사)의 임금 수준과 관련하여 사우디 보건부와 갈등이 발생하였다. 한국 의료인력들은 사우디 병원에서 채용 공고를 내면서 제시하였던 임금 조건을 보장해 달라는 것이었고, 사우디 보건부는 그 채용 공고는 3년 전에 제시되었던 조건이고, 작년에 다시 임금 조건을 제시하고 근로계약을 작성하였기 때문에 임금 수준을 더 높여 줄 수 없다는 입장이었다. 문제의 발단은 사우디 정부의 채용 공고 시점과 그 이후 채용 절차 과정에서 너무나 오랜 시간이 걸렸다는 것이다. 채용 공고로부터 4년이나 지난 시점에서 채용 절차가 마무리되고 사우디로 진출해 왔다는 것이 문제였다.

　"Mr. Mahdi. 오늘도 내가 당신을 방문한 이유는 최근 한국에서 사우디로 온 한국 의료인력의 임금 문제인데, 내부에서 논의해 보았나? 그 논의의 결과는 무엇이지?"

나는 한 달에 한 번씩 사우디 보건부를 찾아갔다. 나의 파트너는 Mr. Mahdi라는 국장이었다. 왜소한 체구에 깔끔한 외모를 하고 있었고, 언제나 친절하였다. 내가 찾아간다고 전화를 하면 언제든지 방문하라며 호의를 베풀기도 하였다.

"Mr. Kim. 사우디 정부도 재정이 매우 어려운 상황이야. 그 재정 상황을 떠나 우리는 한국 의료 인력에게 합당한 임금 수준을 보장해 주었다고 생각해. 만약에 임금 수준에 이의가 있었다면 계약서를 쓰지 않았어야 하고, 사우디로 오지 않았어야지. 내부 논의에서도 지금에 와서 임금 수준을 새로 변경하는 것은 어렵고, 그렇게 해 줄 이유가 없다는 거였어."

"문제는 한국 의료인력을 상대로 4년 전에 채용 공고를 낼 때 사우디 정부가 제시한 임금 수준을 신뢰하고 지원서를 내고 한국을 방문한 사우디 정부 관계자와 면접까지 보았는데, 그 이후 채용 절차가 이어지지 않고 중단되어 버렸다는 거야. 사우디 정부 관계자와 한국에서 면접까지 본 한국 의료인력은 곧 사우디로 진출할 수 있을 것으로 예상하여 한국에서의 직장까지도 사직 절차를 밟으면서 정리를 하고 있었어. 그런 상황에서 사우디 정부에서의 소식이 2년 넘게 없어 초조하게 기다리고 있었는데, 2년 후 사우디로 오라고 통보를 하면서 임금 수준을 대폭 삭감하여 계약서를 체결하자고 하니 이를 받아들일 수 없었기 때문에 문제가 되는 거야. 사우디 진출을 기다리면서 한국 직장까지 정리하고 있었기 때문에 뒤늦게 임금 수준을 낮추어 계약서를 체결하자고 해도 사우디로 진출하지 않을 수도 없게 된 상황이었던 거지. 한국 직장을 정리하고 있는 그런 상황임에도 불구하고 일부 사람은 이런 계약 조건을 보고 사우디로의 진출을 포기한 사례도 많았어."

"채용 절차가 많이 지연된 것은 우리도 안타깝게 생각해. 그 당시 사우디의 인력 상황이 좋지 않아 최종적인 채용 여부를 결정하지 못하고 있었어. 한국에서 상황이 어떻게 진행되었는지는 우리가 잘 알지 못하는데, 중요한 것은 채용계약서를 체결할 때 사우디가 제시한 최종적인 임금 수준에 대해 한국 의료인력이 받아들이고 사우디로 왔다는 거야. 그러면 그 임금 수준을 수용하겠다는 의사 표현인 거지."

"면접까지 마친 한국 의료인력은 한국의 직장을 정리하고 있는 단계였기 때문에 선택을 여지가 없었던 점을 알아야 해. 앞으로 이렇게 채용 절차가 지연되고, 임금 수준을 예전보다 낮게 책정해 준다는 것이 알려지면 향후에 한국 의료인력이 사우디로 진출하는 것은 매우 어려울 수도 있어. 지원자가 많이 없을 수도 있고, 사우디에 진출한 인력도 다른 곳으로 떠날지도 몰라. 그렇게 되면 사우디 정부 입장에서도 전문성이 있는 한국 의료인력을 채용하지 못하는 상황이 오게 될 테니 모두에게 바람직한 일이 아니라고 생각해. 앞으로의 일을 포함하여 전반적 상황을 깊이 고민해 볼 필요가 있어."

"인샬라. 인샬라. (알라신의 뜻대로 이루어지리라)"

사우디아라비아 보건부의 인력 채용 담당 국장을 만나 논의한 내용의 골자다. 몇 번이고 찾아가 이 문제에 대해 논쟁을 하고 건의를 하였으나 논의의 진전은 없었다. 한국대사관의 대사님도 이 문제를 보고받고, 사우디의 보건부장관을 2차례나 면담하면서 한국 의료인력의 의견과 고충을 상세히 얘기하고 최근에 진출한 한국 인력 30여 명의 임금 수준을 개선해 줄 것을 요청해 보았으나 진전은 없었다. 내부적으로 논의는 해 보겠으나 여러 가지 사정이 있어 요청사항을 받아들이는 데에는 어려움이 있다고 말하는 것이 외교적 언어 술사에 불과하였던 것일까? '그쪽의 상황과 요청을 충분히 이해할 수 있지만, 우리에게도 여러 가지 사유가 있다. 요청한 내용을 수용할 수 없는 사정이 있음을 알아 달라'는 입장만 되풀이되었다. 이런 대화가 외교에서 흔히 사용되는 기법임을 알 수 있었다.

"노무관님, 저희들 임금 문제는 어떻게 진전이 있나요?"

"안타깝습니다. 사우디 정부 관계자를 만나 몇 차례나 요청하였는데, 확실한 답이 없네요. 논의는 해 보겠으나 어렵다고만 말하고 있어요. 요즘 석유 가격이 낮게 형성되어 있어 사우디 정부의 재정상황도 매우 열악하다고 변명을 하기도 하네요."

"힘드시겠지만 조금 더 강력하게 요청해 볼 수는 없을까요? 저희는 임금의 수준이 좌우되는 문제라 절박한 상황입니다. 사우디까지 왔는데 당초에 사우디 정부에서 약속했던 임금 수준을 제대로 인정받아야 하지 않겠습니까?"

"충분히 마음은 이해합니다. 대사님도 사우디 보건부장관을 찾아가 이 사안을 요청하였습니다. 사우디 정부는 뚜렷한 입장을 잘 밝히지 않고 있는데, 아마도 수용이 곤란하다는 뜻을 시간 끌기로 표현하고 있는 것 같습니다. '이렇게 하면 향후 사우디로 진출하는 한국 의료인력은 없을 수도 있고, 사우디에 있는 한국 인력도 사우디를 떠나 버릴지도 모른다. 사우디는 최초에 공고한 임금 수준을 지키는 것이 양국 간 신뢰관계 구축을 위해서도 필요하다'고 협박성 얘기까지 하였습니다. 여러분의 요청사항이 쉽게 해결되지 않아 안타까울 뿐입니다."

"사우디가 역사적으로 아라비아 상인의 후예 아닙니까? 저도 사우디에 와서 생활해 보니 사우디 국민은 상인 기질이 짙게 있어 보입니다. 어려우시겠지만 계속 노력해 주시면 고맙겠습니다. 우리가 믿을 수 있고, 의지할 곳은 대사관뿐입니다."

"사우디라는 곳은 한국과는 전혀 다른 행정 시스템이고, 사안을 바라보는 시각이나 관점도 많이 틀려 문제 해결이 쉽지가 않네요. 한국에서처럼 문제가 해결되기를 기대하기는 어렵습니다. 특히나 임금 문제고 재정 문제이다 보니 더 예민하고, 문제를 풀어 가는 여지가 좁네요. 여하튼 잘 마무리될 수 있도록 최대한 노력해 보겠습니다."

해 줄 수 있는 말이 없어 참 미안하기도 했다. 문제를 해결해야 하는데 해결되기가 불투명해 보여 더 안타까웠다. 지루한 다툼을 벌여 왔지만, 시간만 흘러갔다. 국가 간의 관계에서 풀어 가야 하는 측면도 있었고, 근로자와 사우디 병원 간의 계약체결이다 보니 어디까지 논의가 확산되어야 할지 애매하기도 하였다. 외교든, 일반적 관계든 문제 해결을 위해서는 상대를 잘 설득하는 것이 중요한데, 상대는 설득이 될 마음의 자세가 없었다. 그렇다고 합리성만 가지고 논의가 진전되는 것도 아니었다. 특히, 외교관계에서는 더 그러했다. 자국의 이익을 먼저 고려하여 상대는 자신의 입장에서만 바라보기 때문에 우리의 합리적 주장을 비합리적이라고 바라봤다. 그러다 보니 이 문제의 해결은 어려운 상황에 직면해 있었다.

56

사우디의 가을 날씨는 한국의 봄 날씨처럼 화창하고 산뜻하다. 여름철의 50도에 육박하는 더위는 어디론가 가 버리고 20도 정도의 기온은 야외활동을 하기에 알맞은 시기다. 외국에 설치되어 있는 한국대사관 또는 공관은 10월 3일 개천절이 되면 국경일 행사를 개최한다. 대사관저에 한국 음식을 비롯한 다양한 먹거리를 차려 내고 외교행사답게 위스키도 제공한다. 참석 대상은 현지의 정부 관계자 및 업무 관련자, 교민, 타 국가 외교관 중에서 한국대사관에서 초청장을 보내는 사람이고, 이 행사는 1년 중 대사관에서 개최하는 가장 큰 행사다. 한국의 국경일을 해외에서 기념하는 자리다.

이 행사를 위해 대사관의 외교관을 비롯한 전 직원이 동원되었다. 1달 전부터 각 외교관마다 사우디의 정부 관계자를 초청하고, 교민에게도 소식을 알렸다. 당일에는 이른 아침부터 준비에 박차를 가하여 저녁 행사가 시작되는 6시 즈음에는 행사에 필요한 모든 것이 완벽하게 갖추어졌다. 손님을 맞이해야 하는 주최자의 입장이었으므로 오랜만에 정장도 갖추어 입었다. 야외에 마련된 행사장 입구에는 '대한민국 국경일 행사 (National Anniversary of Korea)'라고 큰 현수막을 내걸었고, 내빈이 입장하는 곳에는 빨간색 양탄자도 깔아 놓았다. 호랑이 모양의 얼음 장식도 설치하고, 한국의 태극기도 입구 오른쪽에 배치하였으며 어둠을 대비한 조명도 설치하였다. 대사와 대사 사모님은 한복을 곱게 입고 나와 행사장을 둘러보며 행사 준비에 소홀함은 없는지 점검하였다. 행사의 시작 시간이 되어 감에 따라 대사를 비롯한 외교관들은 정장 차림으로 입구에 서서 오는 손님들을 일일이 악수하며 환영의 메시지를 보냈다.

6시를 지나 어둑어둑해지자 대사관저의 행사장은 손님으로 가득 찼다. 사우디 전통 복장을 한 사우디 관계자부터 양복을 깔끔하게 차려입은 타 국가의 외교관과 양장을 한 외교관의 부인들, 행사장 파티복을 입고 등장한 교민들, 흰 가운을 벗어 버리고 화려한 원피스를 멋있게 차려입고 온 한국 간호사들, 태권도의 도복을 입고 온 태권도 사범들도 보였다. 조명으로 불빛이 화려해지자 야외 행사장은 큰 파티장처럼 보였다. 곳곳에 차려진 음식과 위스키를 주위로 하여 사람들끼리 둘러서서 얘기를 나누는 모습은 평화로웠다. 그때 어디선가 가야금 소리와 함께 아리랑 노래가 울려 퍼지기 시작했다. 행사장 한편에서 젊은 학생 몇 명이 가야금을 연주하며 노래를 부르고 있었다. "아~리랑, 아~리랑, 아라~리요~ 아~리랑~ 고개를 넘어간다~" 참석자의 눈은 모두가 그곳으로 집중되었고, '아리랑'이라는 노래의 선율은 모두의 얼굴을 웃게 하면서 자연스럽게 합창의 소리로 이어지게 하였다. 알고 보니 한국 교민의 자녀 중에서 가야금을 배운 학생들이 기습적으로 이 모습을 연출한 것이었다. 한국대사관의 직원들도 몰랐던 깜짝 이벤트였다. 이 노랫소리에 사우디 관계자와 타 국가의 외교사절은 감격의 모습을 보이며 '엑설런트, 엑설런트 코리아' 라고 하며 손을 흔들어 주었다. 한국 교민들은 누구나 할 것 없이 노래 장단에 맞추어 합창 대열에 뛰어들었다.

그렇게 잠깐의 깜짝 이벤트가 마무리되고 연회장 모습으로 되돌아갔다. 음식과 위스키가 조금씩 참석자의 몸을 적시면서 이야기의 꽃은 더

활활 피어올랐다. 사우디라 하더라도 외교행사에서는 위스키가 허용되었으므로 사우디 관계자도 자유로운 마음으로 즐길 수 있었다. 한국 교민들도 오랜만에 위스키를 맛보며 웃음꽃을 피웠다. 사우디 병원에 진출하여 온 한국 간호사들도 처음으로 참석해 보는 대사관 행사라며 즐거워하였다. 리야드 병원에 근무하는 한국 간호사들이 단체로 참석하였는데, 사우디에 진출한 지 얼마 지나지 않은 젊은 간호사가 스스럼없이 얘기를 걸어 왔다. 단발머리에 옅은 화장을 하고 있었지만, 청바지에 빨간색 티셔츠가 돋보이게 잘 어울렸다. 위스키를 손에 들고 웃음이 가득한 얼굴로 나에게 다가왔다.

"노무관님, 대사관에서 이런 행사도 하니 너무 좋아요. 날씨도 야외 행사를 하기에 적정하고 대사관의 정원도 분위기를 만들어 주네요. 외국에서 이런 파티에도 참석할 수 있다니 즐겁습니다. 이런 자리를 자주 만들어 주시면 좋겠어요. 부탁드려요."

"예, 오늘은 한국의 국경일 행사입니다. 일 년에 한 번밖에 없어요. 아쉽지만 대사관에서 하는 공식 행사는 이것이 유일합니다. 오늘은 맘껏 편히 즐기세요."

나는 한국 간호사들을 일일이 찾아다니며 인사를 나누었다. 삼삼오오 모여서 한국 음식을 찾아 먹고 있었다. 모두가 한껏 단정한 옷을 입고 멋을 뽐내었다. 어떤 사람은 곳곳에서 핸드폰으로 사진을 찍으며 기념이 될 장면을 남기기도 하였다.

"내년에도 국경일 행사가 있겠죠? 그때는 우리 간호사들이 한복을 입고 와서 합창 무대를 꾸며 보는 것은 어떨까요? '고향의 봄'이나 '과수원 길'과 같이 한국 생각이 나는 노래들을 불러 보고 싶어요. 고국을 오래 떠나온 교민들은 좋아할 것 같아요."

"어머, 저도 같은 생각을 하고 있었어요. 대한민국 국경일 행사니까 사우디 관계자에게 우리나라를 알리는 노래가 좋을 것 같습니다. '애국가'를 불러도 좋고, 이번 한일 공동 월드컵에서 우리 선수들을 응원하던 월드컵 응원가도 재미있을 것 같네요. 대~한민국, 대~한민국. 저도 이번 월드컵 경기를 보며 대한민국을 목 놓아 외치며 응원을 했었습니다."

한국을 떠나 외국 생활을 하게 되면 모두가 애국자가 된다고 했던가? 사우디에서 힘들게 지내는 한국 간호사들이 국경일 행사에 참석하여 많은 상념에 젖어 있는 듯 보였다. 외국에서 지내는 교민들에게 대사관은 어찌 보면 한국의 땅이었다.

"고마운 말씀입니다. 그렇게 하면 국경일 행사가 더욱 화려해지고 다양한 행사로 꾸며질 수 있겠어요. 국경일 행사지만 한국의 멋이나 풍류를 세계에 알리는 기회로 만들면 더 좋겠습니다. 내년에는 그런 행사가 같이 준비될 수 있도록 대사님께 건의해 보겠습니다."

외국에 살다 보면 한국의 명절이라는 것을 기념할 수가 없다. 설날이나 추석이 되어도 가족끼리 모두 모이거나 제사를 지내는 그런 풍습을 지키지 못하게 된다. 그러다 보니 모두가 가족과 친지에 대한 그리움이 짙어진다. 명절마다 고향을 찾아가는 귀성객 행렬에 동참할 수도 없고, 가족 및 친지와 만나는 즐거운 시간을 그리워한다. 그런 가운데 대사관에서 10월 3일 개천절을 맞아 개최하는 국경일 행사는 어찌 보면 교민들에게는 명절 행사라 할 수 있다.

그렇게 즐기던 사이에 어느덧 시간은 밤 9시를 넘어가고 있었다. 대부분의 손님들은 슬며시 빠져 나가고, 그냥 떠나기에는 아쉬움을 가지는 교민들 중심으로 남았다. 9시 30분이면 리야드 병원으로 가는 버스도 출발할 예정이었다. 한국 간호사들은 병원의 기숙사 생활을 하고 있었고, 행사가 있으면 병원의 버스를 이용해 단체로 이동을 하곤 하였다. 30분 후에는 그 병원의 버스를 타고 돌아가야 했다. 남은 시간 추억을 담기 위해 같이 사진도 찍었다. 맥주잔을 들고 다 같이 소리를 모아 건배도 외쳤다. 이런 모습을 보고 대사님도 합류하셨다.

"간호사 여러분, 오늘 즐거우셨나요? 어려운 여건에서 일하시느라 고생이 많지요? 위스키는 가져가면 이 나라 법에 위반되니까 안 되고 맛있는 음식이 조금 남아 있는데, 직원 시켜서 포장해 드릴게요. 가져가셔서 드세요."

"대사님, 저희들은 오늘 저녁 너무 소중한 시간을 보냈습니다. 한국 음식도 먹어 보고, 너무나 오랜만에 위스키도 마셔 보았습니다. 한국 생각도 많이 났고요, 빨리 돈 많이 벌어서 한국으로 가든지, 미국으로 가든지 하여튼 더 좋은 나라에 가서 자유롭게 살고 싶기도 합니다. 대사님도 저희들 생각 많이 해 주시고 늘 건강하세요."

"여러분 희망대로 다 이루어질 겁니다. 열심히 해 보시면 좋은 시절이 오지 않겠어요? 저는 이제 몇 년만 지나면 퇴직을 하게 되는데, 외국 생활을 하다 보면 항상 한국 음식이 그립지요. 여러분도 건강 잘 챙기시고, 대사관에서 역할을 해야 하는 일이 있으면 언제든지 여기 있는 노무관에게 요청해 주세요. 여러분에게 힘이 되도록 노력하겠습니다."

짧은 시간을 뒤로하고 간호사들은 출발 시간이 되어 버스를 타고 병원으로 돌아갔다. 간호사들이 썰물처럼 행사장을 떠나니 파티장은 썰렁해졌다. 직원들이 행사장 정리와 마무리를 하느라 바쁘게 움직이고 있었다. 대사관의 외교관들은 위스키를 한 잔 더 마시며 오늘 행사를 되돌아보았다. 내년에는 더 화려한 국경일 행사가 되기를 기약하였다.

57

해가 바뀌고 화창한 어느 오후, 미국이 아프가니스탄의 테러 조직을 대대적으로 공격하고 있다는 뉴스가 CNN을 통해 흘러나왔다. 매일 방영되는 테러 조직과의 전쟁 소식이 이제는 어느 정도 익숙하게 들려왔다. 사우디 부임 이후 업무를 진행하면서도 테러 조직과 미국의 전쟁, 중동지역의 정세는 항상 관심을 가지고 주의를 기울여야 했다. 사우디를 비롯한 중동지역이 전쟁의 중심지였고, 사우디에서도 종종 서구인을 대상으로 하는 자폭테러가 일어나고 있어 경계를 늦출 수가 없었다. 사무실에서 조용히 텔레비전을 주시하며 뉴스에 귀를 기울이고 있던 그때 전화벨이 울렸다.

"여보세요. 헬로우." 무심한 마음으로 전화를 받았다.

"노무관님이시죠? 저는 사우디로 와서 작은 중소업체에서 일을 하고 있는 ○○○입니다."

전화기 너머 들리는 목소리는 중년의 한국인이었다. 중소업체에서 일을 하고 있다는 얘기를 듣고 나니 한국 건설 현장에서 일하는 분은 아니라는 것을 짐작할 수 있었다.

"예, 그렇습니다."

"시간 되시면 지금이라도 찾아뵙고 싶어서 전화를 드렸습니다. 2시간 후에 사무실로 방문해도 될까요? 시간 내주시면 고맙겠습니다."

"예, 저는 사무실에 계속 있을 겁니다. 찾아오십시오."

전화기를 끊고 나니 '무슨 일이 있어 방문하겠다는 걸까?'라는 생각이 들었다. 궁금했다. 갑자기 걸려 온 전화였고, 지금 방문한다고 하니 급한 일일 것이라는 추측도 되었다. 그로부터 1시간 40분이 지난 시점에 내 사무실 방으로 누군가가 들어왔다.

"안녕하십니까? 처음 뵙겠습니다. 저는 ○○○입니다."

"예, 앉으십시오. 사무실까지 방문해 주셔서 고맙습니다."

"단도직입적으로 말씀드리겠습니다. 제가 노무관님을 찾아 온 이유는 임금을 받지 못해서입니다. 지인의 소개로 사우디에 통신선로 공사 일이 수주되어 한국인 책임자가 필요하다고 하여 오게 되었고, 제 역할은 작업 현장의 기술적인 측면을 지원하고 관리하는 것이었습니다. 사장이 한국인이었고, 월급은 미국 달러로 4000달러를 받기로 약속을 하였습니다. 공사가 다 마무리되었는데, 아직까지 5개월 치 월급을 주지 않고 차일피일 자꾸 기다려 달라고만 하여 찾아왔습니다. 빨리 밀린 월급을 다 받고 한국으로 돌아가야 하는데, 월급을 주지 않으니 돌아가지를 못하고 있습니다."

"그렇습니까? 안타깝군요. 일은 다 마무리되었다는 얘기군요. 사장님이 한국인이라 하셨는데, 연락은 계속 취하고 계시죠? 사장님 연락처와 이름을 알고 계시면 말씀해 주십시오. 다른 한국 근로자도 있습니까?"

"한국 사람은 사장과 저뿐이었습니다. 다른 동남아시아 외국인 근로자가 5명 있었는데, 그 친구들은 공사가 끝나고 다 어디론가 떠나 버렸습니다. 들리는 소문에 의하면 외국인 근로자에게는 월급을 절반만 주고 다 보냈다고 합니다."

"지금은 사우디에서 어떻게 생활을 하고 계십니까?"

"한국인이 운영하는 하숙집에서 하루하루 보내고 있는데, 월급을 받지 못하여 하숙비도 몇 개월 치를 못 주고 있습니다. 빨리 이곳 생활을 청산하고 돌아가고 싶은데 그러지 못해 노무관님까지 찾아오게 되었습니다. 갑갑하기만 합니다."

그런 사연을 듣고 나니 또 다른 고민이 시작되는 느낌이었다. 임금을 받지 못하였다며 대사관까지 찾아온 분은 처음이었다. 사업장에서 어떤 사연이 있는 것일까? 임금 체불이 해소될 수 있는 가능성이 있을까? 어떻게 하면 체불 임금이 청산될까?

다음 날 아침, 수첩에 적혀 있는 사장 연락처로 전화를 해 보았다. 이런저런 이유로 전화를 하게 되었다고 하니, 사장은 지금 다른 도시에 와 있는데, 모레 리야드로 돌아오게 되는데, 3일 후에 대사관으로 찾아오겠다고 하였다. 그러면 기다리겠다고 전하고 전화를 끊었다.

'업무적 고민이 생길 때는 옆에 있는 분들의 조언을 듣는 것이 좋다'라는 생각이 들어 옆방에 있는 상무관님을 찾아갔다. 고민을 얘기하니, "한국 중소업체가 사우디에 진출하는 사례가 많이 있어. 아마도 사우디 정부 기관 아니면 공공기관으로부터 발주를 받아 사업을 하였을 것으로 짐작이 되는데, 한국 중소업체가 사우디에 진출해서 제일 힘든 일이 공사대금을 제때 제대로 받지 못하는 거야. 그래서 임금도 체불이 되었나 보네"라고 얘기해 주었다. 공사대금을 어떻게 해야 받을 수 있냐고 여쭈어보니, "사우디에서 사업하는 것이 쉽지만은 않아. 사우디 친구들이 공사가 마무리되면 이런저런 핑계를 대는 사례가 많은데, 대사관에서 레터를 써 주는 것도 조금은 도움이 되고, 사장이 매일같이 발주자를 찾아가서 남은 공사대금을 달라고 해야지 다른 뚜렷한 방법이 있겠나"라고 하였다.

그런 사례가 많다고 하니 사장의 얘기를 구체적으로 들어볼 필요가 있었다. 사장이 처한 상황이 어떠한지가 궁금했다.

그로부터 3일이 지난 오후에 약속하였던 사장이 내 사무실을 찾아왔다. 머리카락이 듬성듬성한 머리를 보니 연세는 60이 조금 넘었을 것으로 추정되었다.

"노무관님, 처음 뵙겠습니다. 저희 사업 일로 심려를 끼친 것 같습니다."

"아닙니다. 이렇게 와 주셔서 감사드리고, 사우디에서 사업하시느라 고생이 많으시겠습니다. 사회시스템이 한국과 달라서 사업하시는 데 애로사항도 많으실 것으로 생각됩니다."

사장은 일을 맡아 마무리는 지었는데, 여러 가지 부수적인 일들이 생겨 바쁘게 움직이고 있다고 설명해 주었다. 사업 수주를 위해, 사업에 따른 문제 해결을 위해 바삐 움직이고 있는 모습이 역력하게 보였다. 다만 사우디라는 곳이 정말 너무 이질적이어서 다시 일을 맡아 할 수 있을지 의문스럽다고까지 하였다.

"전화로 제가 잠깐 말씀드렸는데, 체불 임금이 있다며 저에게 찾아온 분이 있었습니다. 누구인지도 알고 계시죠? 언제쯤 체불 임금의 청산이 가능할까요? 다양한 방법을 고민하고 계실 것으로 생각됩니다."

"그렇지 않아도 어제 제가 리야드에 와서 그 친구를 만났습니다. 그래서 제 사정도 상세히 다시 설명하였습니다. 일을 다 마무리가 되었는데, 발주자가 이런저런 이유와 핑계를 늘어놓으며 공사 잔금을 주지 않아 어려움이 있었습니다. 공사대금을 빨리 받아 한 달 안에 청산할 수 있도록 노력하겠습니다. 시간을 주십시오."

"예, 사장님. 근로자가 임금이 청산되지 않아 한국에 돌아가지도 못하고, 계속 머물며 세월만 보내고 있다고 합니다. 사장님도 힘드시겠지만, 근로자의 임금은 제때 지급되어야 하는 문제이니 최선을 다해서 한 달 안에 처리해 주시기 바랍니다. 공사 잔금을 받는 데 도움이 필요하다면 대사관의 협조를 받는 것도 좋겠습니다."

"노무관님, 제가 한 달 안에 처리하겠다고 약속드리겠습니다."

그렇게 면담을 마치고 이 사실을 근로자에게 전달해 주었다. 한 달 안에 처리가 되면 제일 좋을 것이다. 그렇게 한 달이 지나고 근로자의 전화가 걸려 왔다. 여전히 임금을 주지 않는다는 것이었다. 사장의 약속이 지켜지지 않으니 다른 조치를 취해 달라는 부탁이었다. 그래서 사장과 근로자를 같은 날짜, 같은 시간에 대사관으로 출석시켰다. 근로자와 사업주의 대질조사가 가장 빠른 방법일 수도 있겠다고 생각했다. 서로에게는 불편할 수 있겠지만 대사관에서 함께 모였다. 그리고 지난 한 달간 임금 청산을 위해 어떠한 노력을 하였는지 소상하게 말해 보라고 사장에게 요구하였다. 사장은 공사 잔금을 받기 위해 다른 사람의 협조도 받으면서 노력하였으나 실패하였다고 말하면서 사장에게도 다른 자금이 없어 여전히 청산하지 못하고 있다고 설명하였다. 그러자 근로자의 언성이 높아졌다. 사장은 여기저기 돈을 잘도 쓰고 다니면서 공사 잔금을 못 받아 임금을 못 준다고 변명만 한다고 말하였다. 일을 마치고 지금까지 5개월을 기다려 왔는데, 마냥 계속 기다릴 수만은 없다는 것이었다. 사장과 근로자가 함께 자리를 하고 있다 보니 서로의 감정이 격해지고, 급기야 몸싸움까지 벌일 기세였다.

"사장님이 노력은 하고 계시지만 약속한 날짜까지 임금 청산을 하지 못한 것은 이유를 막론하고 사장님에게 책임이 있습니다. 이에 대해서 근로자에게 사과를 하고 양해를 구하는 것이 먼저입니다. 사우디까지 와서 한국 사람들끼리 이렇게 갈등을 하셔야 되겠습니까?"

사장은 고개를 숙인 채 어쩔 줄 몰라 하였다. 임금을 지급하지 않은 것이 노동법으로 문제가 되는 것을 알고 있었기에 스스로도 자책하고 있었다. 그렇다고 공사 잔금을 받지 못하면 임금을 청산할 수 없었기에 난처할 뿐이었다. 여유로 가진 돈이 있다면 임금을 바로 지급하겠으나 그런 형편도 되지 않음을 하소연하였다.

"노무관님, 정말 죄송합니다. 제가 임금 청산을 약속한 날짜까지 청산을 하지 못하였으니 벌을 받겠습니다. 노무관님은 저에게 수갑을 채울 수도 있는 분 아닙니까? 저에게 수갑을 채우십시오. 그렇게 하십시오. 제가 벌을 받아야 하지 않겠습니까? 저도 사우디까지 와서 힘들게 사업을 하였는데 근로자 임금을 주지 못해 이런 지경까지 이를 거라고는 상상도 하지 못했습니다. 아무리 생각해 봐도 눈물이 납니다. 저도…"

잠시 침묵이 흘렀다. 근로자도, 사장도 이 순간의 괴로움이 밀려오고 있음은 마찬가지였다. 무엇인가 다른 방법은 없을지 고민하여야 했다. 결국은 공사 잔금을 조속히 지급받을 수 있는 방법을 찾아내는 길이 최선이었다. 그러나 상대는 외국인 사업주를 무시하며 버티기 작전을 벌이고 있는 사우디아라비아의 건설 발주자였다.

"마음을 가다듬으시고 해결책을 찾아봅시다. 제가 대사관의 노무관 명의로 '공사 잔금이 지불되지 않아 임금 체불로 근로자가 고통스러워하고 있으니 공사 잔금을 조속히 지급해 줄 것을 요청하며, 만약 공사 잔금이 지급되지 않으면 한국대사관은 사우디 정부에 협조를 요청할 계획이다'라는 내용을 레터로 만들어 드리겠습니다. 이것을 가지고 발주자를 찾아가 보시기 바랍니다. 조금이라도 도움이 되면 좋겠습니다."

"예, 그렇게 해 주시면 저에게는 큰 힘이 될 것입니다. 감사합니다. 노무관님께서 이렇게 신경을 써 주시는데 문제를 스스로 해결하지 못하여 근로자에게도 미안하고 노무관님께도 죄송스럽습니다. 어떤 수단을 써서라도 다시 문제를 해결해 보겠습니다."

이렇게 대화가 진행되면서 근로자의 마음도 조금은 진정이 되었다. 조금의 시간이 더 필요함을 모두가 느꼈다. 구체적 사연은 잘 모르겠으나 공사 후의 잔금 받는 것이 쉬운 것만은 아닐 것이라고 느껴졌다. 그렇지만 공사를 마무리하였는데 공사 잔금을 지불하지 않는 발주자를 그냥 지켜보고만 있을 수는 없었다. 정당한 공사의 대가를 받아 내야만 했다. 그래야만 임금 체불도 해결될 수 있었다. 외국인 사업자가 사우디 와서 일하였다고 사우디 발주자가 우습게 보고 있다면 그런 인식을 없애 버리도록 하는 것이 앞으로 동일한 일이 다시 발생하지 않도록 하기 위해 필요한 건지도 모른다. 그래서 최대한 외교관의 권한과 신분을 적극 활용해야겠다고 결심을 하였고, 그런 차원에서 자발적인 지급을 촉구하는 레터를 만들어 주게 되었다.

그로부터 20여 일이 지난 어느 날 오후, 근로자로부터 전화가 걸려 왔다. 어젯밤에 사장으로부터 체불되었던 임금의 60%를 받았고, 나머지 40%는 순차적으로 청산해 주겠다는 약속을 받았다고 전해 주었다. 지금은 공항에 와 있는데, 저녁 비행기를 타고 한국으로 돌아간다고 하였다. 사우디를 떠나기 전에 노무관님께는 감사 인사는 드리고 가야겠다는 생각이 들어 전화로 인사를 드리게 되었다며 양해해 달라고 말하였다. 반가운 전화였고, 전화로 들리는 근로자의 목소리는 다소 흥분되어 있었다. 오랜 해외 생활을 마치고 돈을 벌어서 한국으로 돌아갈 수 있게 된 것이 마냥 즐거웠던 모양이었다.

"그동안 마음고생이 많으셨습니다. 체불된 임금을 조금이나마 받으셨다니 고마운 일입니다. 나머지 임금도 조속히 지급될 수 있기를 바랍니다. 저도 계속 챙겨 보겠습니다."

"노무관님 덕분입니다. 해외에 나오셔서 저희 같은 근로자를 도와주시니 고맙습니다. 노무관님이 아니었으면 저는 빈털터리가 되어 한국으로 돌아갈 뻔하였습니다. 사우디에서 임무 잘 마치시고 한국으로 돌아오시면 꼭 연락을 주십시오. 제가 설렁탕이라도 한 그릇 꼭 대접해 드려야 마음이 편안할 것 같습니다. 진심입니다. 저의 집사람이 서울의 화곡동에서 음식점을 하고 있습니다. 그러니 부담 갖지 않으셔도 됩니다. 꼭 다시 뵙겠습니다."

"예, 꼭 찾아뵙겠습니다. 한국 가서도 늘 건강하시길 바랍니다."

58

주말인 오늘은 늦게 일어나 집에서 빈둥거렸다. 무심히 켜 놓은 텔레비전을 보는 것도 이제 지겨워서 청소기로 집 청소도 하고, 밀린 빨래를 위해 세탁기도 돌렸다. 휴일이 주는 안식인데, 어쩐지 즐거움보다는 허전함이 강하다. 집 정리를 자주 하지 않는 게으름을 나는 피우며 계속 미뤄 왔는데, 그래서인지 한 번은 청소를 해야 한다는 부담감이 늘 나를 짓누르고 있었다. 딱히 해야 할 일이 없는 주말이라 청소를 시작하다 보니 땀은 흘렀지만 늦지 않게 마무리할 수 있었다. 집 거실과 침실이 조금은 산뜻해지자 내 마음도 조금은 가벼워졌다.

내친김에 마당으로 나가 수도꼭지의 물을 틀고 호스를 이용해 마당의 모래 먼지도 씻어 내었다. 사우디는 사막에서 불어오는 바람으로 늘 모래 먼지가 집이나 마당에 쌓인다. 모래바람이 심하게 불어오는 날에 집 창문을 오래 열어 두면 집 안의 거실까지 모래 먼지로 뒤덮이기도 한다. 그래서 모래 먼지가 집으로 불어와 쌓일까 봐 늘 조심스럽다. 생활하다 보면 알게 모르게 우리의 목으로 넘어가는 모래 먼지도 많을 것이다. 우스갯소리로 '모래 먼지를 많이 마시게 되면 사막의 낙타 머리가 된다'고 하였다. 즉 모래 먼지를 많이 마시면 낙타처럼 우둔해지는 머리를 가지게 된다는 비아냥이었다. 그런 비아냥까지 있지만, 사우디에서 살아가는 한 모래 먼지를 피할 수 없는 노릇이다.

마당 청소를 하다가 정원의 나무에도 물을 듬뿍 뿌려 주었다. 이 뜨거운 나라에도 사시사철 붉은 꽃을 피우는 나무 한 그루가 정원에 심어져 있었는데, 나무 이름은 잘 기억하지 못했다. 그렇게 마당 청소까지 마치고 다시 집 안으로 들어와 샤워를 간단하게 하고 거실 소파에 누워 텔레비전을 보다가 낮잠에 빠져 버렸다. 낮잠을 얼마나 잤을까? 잠에서 깨어 보니 벌써 오후 늦은 시간이 되어 있었고, 배도 고파 왔다. 끼니도 거른 채 잠을 잔 것이었다. 먹을 음식을 혼자 장만하려니 귀찮았다. 그래서 고민하다가 옷을 가볍게 차려입고 주방에서 위스키를 한 병 챙긴 후에 어디론가 외출을 하기로 마음먹었다.

나는 가끔 시간적 여유가 있거나 외로움을 느낄 때 찾아가는 곳이 있었다. 다름 아니라 한국 건설 현장이었다. 리야드 시내에서 외곽으로 30여 킬로미터 떨어져 있는 곳에 대학교의 기숙사를 신축하는 건설 현장이 있었다. 현장 소장과 관리자 3명이 한국 사람이고 나머지는 모두 동남아에서 와 있는 외국인 근로자였다. 요즈음은 한국 건설회사가 운영하는 해외 현장은 모든 근로자가 제3국 근로자로 채워져 있다. 예전처럼 한국 근로자가 해외 현장에서 노동을 하는 것은 매우 드물다. 인건비가 싼 제3국 근로자를 사용해야 수익이 창출될 수 있기 때문이다. 건설 현장은 숙식을 모두 현장에서 해결하는 것이 큰 장점이었다. 숙소도 있었고, 현장 근로자를 위한 식당도 직접 운영하고 있어 편리했다.

"잘 지내고 계시죠? 너무 일을 열심히 하셔서 그런지 이제 공정률이 많이 올라갔군요. 1년 안에 현장을 마무리해야 하겠는데요. 그러면 우리의 아지트도 없어지게 되나요? 허허허."

"노무관님 오셨군요. 너무 오랜만에 오셔서 일이 많이 진행된 듯이 보이는 겁니다. 그런데 신문지로 감싼 채로 손에 들고 오신 것은 무엇입니까? 모양을 보니 저희가 좋아하는 영양제 또는 비타민을 가지고 오신 것 같은데요. 역시 짱이십니다. 노무관님. 그러지 않아도 위스키 한잔 마시면 좋겠다고 생각하고 있었습니다. 혹시 오늘 특별한 날은 아니죠?"

나는 건설 현장을 갈 때 가끔 집에 있는 위스키를 한 병 가지고 가곤 하였는데, 가끔씩 마시는 술이라 모두가 들뜨게 되는 기분이었다. 술을 마시지 못하게 금지하는 국가이다 보니 더욱 술이 그리운지도 모른다. 특히나 건설 현장에서 일하는 근로자들은 땀을 많이 흘리고 고된 육체노동을 하기 때문에 더 술이 필요하고 갈구하기도 한다.

"오늘 맛있는 안주 있는 거죠? 요즈음 더 날이 더운 것 같아 영양 보충을 좀 해야 해요."

"그러지 않아도 오늘은 왠지 노무관님이 오실 것 같아 식당에다가 양갈비를 잘 구워 올리라고 주문해 놓았습니다. 오늘 마음껏 먹어 보지요. 어서 앉으십시오."

현장 소장님의 안내에 따라 우리는 차려진 식탁에 둘러앉았다. 한국 음식에 훌륭한 재능을 보여 주고 있는 방글라데시 출신의 주방장이 양갈비를 구워 내 주었다. 얼음 한 주먹을 술잔에 넣고 위스키를 넉넉히 채웠다. 그리고 잔을 들어 건배를 외쳤다. "위스키, 위스키, 위스키." 위스키 한잔을 비어 있는 위장 속으로 들이키고 나서 양갈비를 하나씩 집고 뜯었다. 부드럽게 씹히는 양갈비가 입을 더 즐겁게 만들어 주었다. 사우디는 돼지고기를 먹지 못하도록 금지하고 있었기에 돼지고기를 대신하는 음식으로는 양갈비가 최고였다. 그리고 마늘을 고추장에 찍어 씹었다. 더위를 이기는 데는 역시 마늘이 좋았다.

"노무관님, 시간 되실 때마다 자주 오십시오. 다른 용무도 바쁘시겠지만 우리 건설 현장도 관심을 가져 주시면 좋겠습니다. 노무관님이 오셔야 우리도 오늘처럼 맛있는 양갈비를 먹을 수 있습니다. 오늘은 소장님이 정말 특식으로 차려 주신 것 같아요."

건설 현장의 살림을 책임지고 있는 관리부장님이 너스레를 부렸다. 해외에서 생활하다 보면 외로움이 제일 무서운 병이다. 나 역시도 그랬다. 서로 자주 보면서 외로움도 이기고, 좋은 정보도 주고받으면 더 좋을 것이다. 가끔은 이벤트가 있어야 즐겁게 시간을 이길 수도 있다.

"자주 오고 싶은데, 제가 위스키 재고가 다 떨어져 버렸습니다. 아쉽게도 말입니다. 공수해 올 수 있는 방법이 있을지 고민하고 있는데, 쉽지가 않네요."

"위스키 없어도 됩니다. 편하게 오십시오. 위스키 없으면 무알코올 맥주 마셔도 됩니다. 여기는 알코올이 없는 맥주가 마트에서 판매되고 있는 것을 보고 깜짝 놀랐습니다. 사우디 사람은 그 맥주를 즐겨 마시는가 봅니다. 노무관님도 마셔 보셨겠지요?"

"저도 마셔 보았는데 너무 심심하더군요. 위스키랑 무알코올 맥주를 섞어서 마시면 폭탄주가 되는 거겠죠? 한국에서 유행하는 위스키와 맥주를 섞는 폭탄주 말입니다."

"진짜 그러네요. 사우디에서는 어떤 모임이든 위스키가 있다면 금상첨화죠. 혹시 옆에 있는 나라 바레인에 가면 술을 살 수 있지 않나요? 바레인으로 놀러 한번 가서 돼지고기도 먹고, 술도 공수해 오면 어떨까요? 바레인에 한국인 식당이 있는데, 그 식당에서는 삼겹살을 먹을 수 있고, 소주도 마실 수 있다고 들었습니다. 그런데 술을 공수해 오는 것은 우리 일반 차량은 불가능하니 노무관님 차량을 가지고 가면 좋겠습니다. 노무관님 차에 위스키를 숨겨서 국경을 통과할 수 있을 겁니다. 위스키 공수 작전을 잘 짜야지요."

말없이 과묵하기만 하던 자재부장님도 거들었다. 한국에 갔다가 올 때 대한항공 비행기를 이용해서 바레인까지 와서 사우디로 왔는데, 바레인에서 잠시 머물고 있을 때 지인의 소개로 한국 식당을 방문한 적이 있다면서 그 식당에서의 경험을 상세하게 말해 주었다.

"한 번만 성공하면 6개월은 술을 마음껏 마실 수 있습니다. 한번 시도해 볼 만한 작전이지 않을까요? 노무관님의 차량이 외교관 번호판을 가지고 있으니 가능할 것입니다."

위스키를 마시다 보니 어느새 겁은 서서히 없어지고 호기가 점점 높아졌다. 외교관은 외교 활동을 해야 하므로 위스키를 구매하더라도 크게 규제를 받지는 않았다. 아울러 외교관이 쓰는 차량에 대해서는 검열도 간소하게 진행하였다.

"좋습니다. 한번 해 봅시다. 운수 좋은 날을 잡아서 바레인 관광도 하고 우리의 또 다른 목적도 달성해 보도록 합시다. 그건 그렇고 우리도 광야로 별 구경을 한번 가야 하지 않겠습니까? 사막의 밤하늘은 별들의 잔치가 벌어진다고 하던데요."

모두 얘기만 들어 보았지 실제로 광야를 나가 본 적은 없다고 하였다. 그래서 자연스럽게 광야로의 별 구경 여행도 합의를 보았다. 물론 광야에서도 모닥불을 피우고 맛있는 양갈비와 위스키도 같이 수반되어야 한다는 것에 공감하고 있었다. 그렇게 건설 현장에서의 그날 밤은 위스키와 양갈비가 조합되고, 즐거운 얘깃거리가 더해지면서 화끈하게 저녁 시간을 채워 가고 있었다. 즐거움이 함께 하면 시간은 더 빨리 지나가는 법

이다. 어느새 시간이 흘러 밤하늘의 별도 무수히 많아졌다. 사우디의 밤
하늘은 별천지 나라였다.

59

　그로부터 며칠이 지나 광야로의 여행 일자가 잡혔다. 사우디의 광야는 시내에서 아주 먼 거리까지 나가야 하고, 제대로 된 도로가 없으므로 길을 잃지 않도록 매우 조심해야 했다. 그래서 현지의 광야에 대해 식견이 있고, 지리에 밝은 전문가를 한 명 섭외하였다. 광야의 별 구경도 좋지만 무사히 돌아올 수 있는 담보책도 마련하여야 했다. 그래서 섭외한 사람은 대사관의 정원사로 10년 이상 근무하는 방글라데시 국적의 직원이었다. 한국 외교관들과 가끔 광야로 별 구경을 갈 때 가이드를 해 보았다고 하여 신뢰를 가질 수 있었다.

　건설 현장 소장과 직원이 타는 차량 하나와 나와 가이드(대사관의 정원사)가 이용하는 나의 외교관 차량 하나를 이용하여 어둠이 내리는 광야로 출발하였다. 시내를 벗어나 고속도로를 달리다 어느 지점에서 도로가 없는 광야로 접어들었다. 울퉁불퉁한 자갈길을 지나 도시의 불빛이 완전히 사라지는 지점까지 이동하였다. 얼마나 깊이 광야로 들어왔을까? 차량이 달리는 주위를 살피면서 우리는 길의 방향을 잃지 않기 위해 온 신경을 집중하였다. 광야로 들어가는 도중에 베두인이 거주하고 있는 것으로 보이는 커다란 천막도 보았다. 아직도 광야에서 양을 키우며 자연과 함께 살아가는 베두인이 존재하고 있음에 놀라지 않을 수 없었다. 깊숙이 광야 속으로 들어가면 갈수록 야생동물의 울음소리도 간간이 들려왔다. 두려움도 조금씩 증가되어 왔으나 가이드 역할을 하는 직원은 우리가 먼저 공격하거나 해치지 않으면 야생동물도 아무 문제가 없을 것이라며 우리의 두려움을 잠재워 주었다.

도로를 완전히 벗어나 차량이 거친 길을 달린 지도 1시간 정도 지났다. 그리고 큰 나무 한 그루가 서 있는 지점에서 차량은 멈추었다. 어두운 밤이라 나무의 형체만 어스름하게 볼 수 있었다. 큰 나무의 주위는 암흑으로 뒤덮여 있었고 평지가 넓게 펼쳐져 있는 그야말로 광야라 할 수 있었다. 보이는 것은 짙은 어둠과 으스스한 공기뿐이었다. 도심의 불빛도 아득히 먼 곳에서 가느다란 선으로 남겨져 버렸다. 우리를 안내하는 막중한 책임을 가지는 가이드는 차량을 멈추고 큰 나무를 중심축으로 하여 여기서 광야의 찬란함을 즐기자고 제안하였고, 우리는 차량 라이트를 켜 놓은 채 차량에서 내려 주위를 살펴보고 모닥불을 피울 준비를 하였다.

건설 현장에서 오랜 경험을 한 관리부장과 자재부장은 능숙한 솜씨로 땔감으로 가능한 나무들을 모아 놓고 담뱃불을 붙이는 라이터로 불을 붙였다. 모닥불은 야생동물이 접근을 막아 내는 기능도 있었다. 모닥불이 타오르는 모습을 보면서 우리는 음식을 차렸다. 고픈 배를 먼저 채워야 했다. 모닥불 위에 철판을 올리고 양갈비를 올려놓았다. 광야로 나와 있는 만큼 양갈비를 중심으로 간단한 만찬을 차릴 수 있을 뿐이었다. 모닥불 주위로 둥그렇게 모여 앉았다. 의자로는 평평한 돌을 가져다 활용하였다. 그렇게 피어오르는 모닥불을 바라보며 우리는 양갈비와 위스키를 곁들여 가며 든든하게 배를 채웠다. 이렇게 앉아 있으니 어린 시절 캠핑을 와서 모닥불을 피웠던 기억이 되살아났다.

시간이 얼마나 지났을까? 밤은 이미 깊어 있었다. 저녁 만찬을 마치고 뒷정리를 하고 나니 시간은 벌써 11시를 지나고 있었다. 이제는 우리가 광야로 달려온 이유인 그 찬란한 순간을 맞이해야 할 시간이었다. 별들이 펼치는 잔치와 그 환희를 맞이해야 할 순간이었던 것이다. 별들을 제대로 감상하기 위해서는 주위가 암흑일수록 좋다는 가이드의 이야기에 따라 모닥불도 물을 부어 꺼 버리고 차량의 라이트도 껐다. 그 순간 영화가 시작되기 전의 영화관처럼 주위는 완전히 암흑으로 변해 버렸다. 주위는 고요하기만 하였고, 암흑 속에서 우리의 시선은 자연스럽게 하늘의 별들로 향했다.

"우와, 하늘이 별들로 완전히 점령을 당했어요. 하늘은 벌써 별의 나라가 되었네요. 하늘에 이렇게 별들이 많은 겁니까? 하늘 전체가 별이네요. 춤추는 별빛의 나라가 눈앞에 펼쳐지다니 황홀하고 신기합니다. 사우디에서 벌써 6년째 살고 있는데, 정말로 이런 광경은 처음입니다. 광활한 사막만이 줄 수 있는 선물인가요?"

"별들이 이렇게 우리 가까이 있는 겁니까? 얼마 떨어져 있지 않아 보입니다. 이곳에 오면 '저 하늘의 별을 따서 너에게 줄래'라는 약속을 지킬 수 있겠다고 느껴집니다. 손을 뻗으면 정말 닿을 것 같아요. 별 하나를 손에 담아 한국에 있는 가족에게 보내고 싶네요. 멀리에 있어 잡을 수 없을 것으로만 생각했던 별들이 이렇게 우리가 서 있는 곳에서 닿을 수도 있겠다는 생각이 드니 신비롭네요."

"그리움이 짙으면 하늘의 별이 된다고 하였던가요? 세상의 그리움이 얼마나 많은 사람의 가슴속에서 그렇게도 짙었는지 헤아릴 수 있겠습니다. 이 밤을 다 지샌다 해도 셀 수가 없을 것 같아요. 노무관님이 가슴에 품었던 별도 저 하늘에 몇 개 있겠죠? 사랑하던 연인을 너무 그리워하다 저 하늘에다 별로 남겨 두셨죠? 저에게도 가슴에 별이 몇 개 있었어요.

아마 그 별도 저 하늘에서 잠자고 있을 거예요."

　모두 하늘의 별이 발산하는 아름다운 빛을 보고 감성이 넘치는 남자로 변해 버렸다. 말로만 듣던 밤하늘의 별 잔치를 실제로 보게 되어 살짝 정신줄을 놓아 버린 것 같았다. 물론 나도 감탄을 연발하며 멍하니 하늘만 바라보며 말을 이어 가지 못하고 있었다. 서로의 표정이 아닌 몸짓만 남아 있는 어두운 밤이었으므로 그런 모습이 충분히 이해되었다. 모두에게 처음인 경험이었다. 마지막 경험이 될지도 몰랐다. 별들의 잔치에 정신을 빼앗기고 보니 이 순간만은 철없는 어린 시절로 돌아가도 무방할 것 같았다.

　"어디에 있나 찾아봐야겠어요. 제가 가슴으로 품어 하늘 위로 쏘아 올린 그 별을요. 저기네요. 저기 유난히 반짝이는 별, 손짓하고 있는 별, 여기 있다고 저를 향해 빛을 열심히 발산하고 있는 별이 보이나요? 저 별은 나의 별, 저 별은 너의 별, 별빛에 물든 밤같이 까만 눈동자, 저 별은 나의 별, 저 별은 너의 별, 아침 이슬 내릴 때까지~"

　하늘이 선사하는 신비가 이런 것일까? 깊어진 시간, 하늘의 별이 둥그렇게 커져 버린 우리의 눈 바로 앞에서 비처럼 내리고 있었다. 시간이 깊어질수록 저 별들은 자신의 매력을 더 마음껏 발산할 듯하다. 별들이 잔치에 모여서 나름대로의 멋을 부리며 누군가를 유혹하는 밤의 세레나데를 우리는 듣고 있었다. 그런데 갑자기 저 멀리서 빛나던 별은 꼬리가 있는 불을 뿜어내며 낙하하고 있었다. 이름 하여 저것이 별똥별(유성)인가? 저 별똥별은 우리의 소원을 정말 들어줄까? 가슴에 손을 모으고 간절한 눈빛을 하늘로 쏘아 올려 본다. 별똥별이 사라진 후에도 하늘은 온통 별빛으로 형언하기 어려운 장관을 뿜어내고 있었다. 우리의 눈에서 멀지 않은 곳에서 빛의 유혹이 비처럼 뿌려졌다. 광야의 밤하늘이 펼치는 별들의 황홀한 잔치였다. 그 옛날 반 고흐는 별이 쏟아지는 이런 광경을 보고 '별이 빛나는 밤'이라고 노래하며 작품을 남긴 것일까?

별에게

그리웠어요.

어쩔 수 없이 떠나 버렸지만

언젠가는 다시 만나게 될 것이었기에

그 기다림이 좋아서 더 그리웠나 봐요

반가웠어요

이렇게 가까이에서 바라볼 수 있어서

다가가기에는 너무 멀다고만 막연히 생각하고 있었는데

나의 눈앞에 다가와 줘서 눈시울이 사라졌네요

즐거워요

바라볼 수 있는 것만으로도

춤추며 노래하는 마음을 헤아릴 수는 없지만

나를 보고 있을 것 같아서요

고마워요

내 가슴을 떠나 하늘에서 잘 살아가고 있어서

외로운 내 가슴에 다시 돌아올 것 같아서

매일 밤 그대를 만나러 올 수 있을 것 같아서요

기다릴게요

하늘보다 제가 더 그리워지면 내려오세요

아무런 말 없이 갑자기라도 좋아요

제 가슴엔 여전히 그대가 있답니다.

언제든지 노크해 주세요

밤이면 그대를 맞으러 나올 테니까요

60

내가 2001년 8월 말 사우디에 부임하고 2주일이 지난 2001년 9월 11일 이슬람 테러단체(IS, Islamic State)가 자행한 미국의 WTC(World Trade Center, 테러 조직이 미국 국내선 비행기를 하이재킹하여 아침 출근길 시간에 세계 금융의 중심인 쌍둥이 빌딩을 폭발시킨 사건) 테러 이후 미국의 대통령은 이슬람 테러 조직과의 전쟁을 선포하고 테러 조직이 활동하고 있는 아프가니스탄을 막강한 군사력으로 초토화시켰다. 그 이후 중동의 이라크와도 전쟁을 선포하고 이라크 후세인 정권을 무너뜨리는 군사작전을 펼치고 있었다.

미국과 영국이 주축이 되어 진행되던 테러와의 전쟁, 중동과의 군사작전은 우방국으로까지 참여를 요구하기에 이르렀다. 한국 정부는 2003년 미국의 요청으로 이라크 치안 유지와 재건을 위한 군대를 파병하기로 결정하였다. 파병 여부에 대한 논의가 격화되기도 했지만, 전쟁을 수행하는 군사적 목적이 아닌 이라크 치안 유지 및 재건을 위한 목적으로만 참여하는 것으로 가닥을 잡았다. 이에 대해 이슬람 테러 조직은 미국을 비롯한 서방세계에 대한 적대감을 더욱 확산시키고 있었고, 중동의 일부 국가의 국민은 미국이 주축이 되어 진행되는 전쟁에 대해 반감을 표시하였다. 아울러 테러 조직은 미국이 주도하는 전쟁에 파병하는 국가와 그 국가의 국민에 대해서도 이유가 무엇인가를 따지지 않고 보복하겠다며 엄중한 경고를 보내고 있었다. '미국에 동조하는 국가는 성스러운 과업을 수행하는 테러단체와 무슬림의 적이다. 미국에 동조하는 나라는 응당한 책임을 져야 할 것이고, 우리는 그 책임을 피로 물을 것이다'라며 공포 분위기를 조성하였다.

사우디를 비롯한 중동의 국가에서는 종종 자살테러 행위가 자행되었다. 트럭에 폭탄을 설치하고 외국인, 특히 서양인이 모여 사는 거주지(현지에서는 컴파운드라 지칭)를 뚫고 들어가 폭탄을 터뜨리면서 함께 자살하는 테러가 간혹 보도되었다. 그런 자살테러가 자행될 때마다 미국을 비롯한 서구인 몇 명이 사상자로 기록되었다. 한국도 이제는 안심할 수 없는 지경에 이르렀다. 이라크에 대한 파병이 결정되었다는 소식이 중동의 언론에 노출이 되고 나면서부터 한국인에 대한 보복도 공공연하게 표출되었다. 대한민국의 파병은 군사적 목적이 아니라 치안 유지와 복구를 위한 용병의 파병에 불과하다는 주장은 현지 주민과 테러 조직에게는 통하지 않았다. 사우디 한국대사관에도 협박성 내용의 팩스가 전달되기도 하였다. 이런 분위기 속에서 한국대사관은 한국 교민, 기업체 주재원, 건설 현장 직원, 병원 간호사 등에게 신분상의 경계를 요구하였다. 특히나 대사관의 외교관은 차량의 번호판 색깔(녹색)이 일반 차량(흰색)과 다르고, 번호판 번호에 해당 국가를 나타내는 고정숫자(한국은 43)가 표기되어 있어 신분의 노출이 더 쉽기 때문에 더 강한 주의를 기울여야 했다.

한국 정부에서도 대사관으로 관련 지침을 내려보냈다. 교민의 안전을 최대한 유지해야 하므로 교민과의 비상연락망을 견고히 하고, 외부적 활동을 할 경우라 할지라도 정치적 발언을 자제하면서 신변 안전을 위해 만전을 기해 줄 것을 부탁하라는 내용이었다. 대사관의 외교관은 각 담당 분야의 한국 교민들에게 이 내용을 공지하면서 철저히 지켜 줄 것을 부탁하고, 특이상황이 있을 경우에는 신속히 대사관으로 신고해 달라고도 요청하였다. 또한 한국 정부는 현지에서 외교 활동을 하는 외교관에게도 업무를 수행함에 있어 불필요한 오해를 초래하는 행위를 억제하고, 업무도 중요하지만 외교관의 신변 안전이 무엇보다 중요하니 이를 유념하라고 지침을 내려 주었다. 만약에 테러 조직에게 한국 외교관 또는 교민이 납치되거나 자살 폭탄 테러로 희생이 된다면 이는 엄청난 파급을 가져올 것이었다.

이러한 상황이 전개됨에 따라 우리의 일상은 완전히 달라졌다. 먼저 시내 출입을 최대한 자제하였다. 대사관 사무실과 거주지 관사가 있는 외교 단지(Diplomatic Quarter)를 잘 벗어나지 않았다. 교민과의 연락은 전화로 하였고, 대면 접촉은 피하였다. 그리고 주기적으로 교민들과 연락을 주고받으며 동향을 파악하였다. 어쩔 수 없이 시내에 있는 마트를 가고자 할 때는 외교관 번호판을 일반 차량의 번호판으로 바꾸어 달았다. 업무를 위해 주재국 정부 기관을 방문할 때는 꼭 2명이 함께 움직였다. 나의 차량을 따라오는 차량은 없는지를 살피며 항상 주위를 경계하였다. 헤어스타일도 옷차림도 조금 허술하게 입고 다녔다. 얼굴의 수염은 조금씩 길렀다. 중동 사람과 무슬림인은 수염을 기르는 경우가 많았기에 수염을 길러서 다니는 것이 도움이 되리라 판단하였다. 또한, 불필요한 대화를 억제하고 이슬람 교리에 어긋나는 행동을 최대한 자제하면서, 한국인이라는 인상을 심어 주지 않으려고 노력하였다.

테러에 대한 불안감이 고조되면서 한국대사관을 출입하는 차량 및 방문객에 대한 통제와 검사도 강화되었다. 대사관을 출입하는 모든 차량은 폭탄 감지기를 이용하여 출입문에서 검사가 진행되었고, 방문 민원인에 대해서는 철저한 신분 확인 과정을 거치게 하였다. 보안 인력과 시설도 강화되었다. 전문 보안 경비원이 추가로 고용되었고, 대사관 출입문이 개방되어 있더라도 외부 차량이 대사관으로 진입하는 것을 통제할 수 있도록 하는 방어시설물을 설치하였다. 각국의 대사관이 집중적으로 모여 있는 외교 단지의 도로 곳곳에는 사우디 경찰이 배치되었는데, 총을 들고 있는 무장된 모습이었다. 사우디 경찰은 수시로 통행 차량을 멈춰 세우고 검열을 진행하였다. 특히, 미국대사관이 있는 주위의 도로는 그 경계와 통제가 더 심하였다. 불행하게도 내가 지내고 있는 관사는 미국대사관으로부터 20미터 거리에 있어 생활의 불편함과 불안감이 가중되었다. 오히려 미국대사관의 보안은 철통같은 군사력으로 보장되고 있어 더 안전할지도 모를 일이다. 그럼에도 불구하고 테러에 대비한 안전조치가 최우선이었으므로 그 불편함은 참아야 했다.

중동의 정세가 불안을 더해 가면서 중동을 떠나는 교민도 있었다. 기업의 현지 주재관은 테러 위협이 적은 인근 나라로 이전하거나 철수하기도 하였다. 사우디 국립병원에 취업을 하였던 한국 간호사 중의 일부도 사우디를 떠나 유럽 또는 미국으로 이주하였다. 사우디의 한국 건설 현장 중에서도 잠시 공사를 중단하고 현장을 폐쇄하는 사업장이 있었다. 물론 그 건설 현장의 근로자도 한국으로 철수하였다. 어떤 이는 무슬림으로 개종을 하기도 하였는데, 이는 중동의 테러범이 이슬람 극단주의자이므로 무슬림에 대해서는 관대하다는 믿음에서였다. 이슬람을 국교로 하는 중동에서 이슬람교를 믿는 무슬림끼리는 서로 친구라고 표현하면서 우호적이고, 이슬람이 아닌 다른 종교를 가진 사람에 대해서는 무자비하게 대우하였기 때문이다. 만약 테러범에게 납치되거나 납치 위협에 직면하게 되면 종교가 이슬람임을 적극적으로 설명하여 위기를 피해 보라고 말하는 이도 있었다. 그 유용성 여부를 떠나 그런 이야기에 귀가 솔깃해질 정도로 당시의 테러 위협은 심히 높았다.

　2001년 테러로 인해 중동지역의 정세가 혼란스러워지고, 2002년 월드컵 축구에서 한국이 4강에 진출하는 순간까지는 사우디와 중동지역에서 무슬림과 현지인이 가지고 있는 한국에 대한 인식은 매우 호의적이었다. 특히, 2002년 한국과 일본이 공동으로 개최한 월드컵 축구대회에서 한국이 아시아를 대표하여 4강에 진출하였고, 4강까지 진출하는 과정에서 서구의 축구 강국을 차례로 한국이 무너뜨리자 중동지역 사람은 한국의 축구 실력에 환호하였다. 특히 반미, 반서구적 국민성을 가진 중동지역이었기에 유럽 국가를 물리치고 4강에 진출한 한국은 아시아의 자존심으로 부상하였다. '대~한민국, 대~한민국'이라는 응원의 소리가 현지에서 울려 퍼졌다. 월드컵 축구에서 한국이 계속 승리했다고 전해지면서 한국인이냐고 물어 오면서 'KOREA no. 1'이라며 엄지 척해 주던 현지인이 많았다. 그러했던 분위기가 2003년 한국군의 이라크 파병으로 완전히 뒤바뀌었다. 사우디와 중동 국가는 체제 유지와 경제적 발전을 위해 친미, 친서구 성향을 보였지만 중동지역의 무슬림이나 주민들은 반미, 반서구 정서가 일반적이었다. 미국이나 유럽으로 진출하고자 하는 욕심은 미국 입국 비자를 받기 위한 중동지역 주민의 열의에서도 나타나듯이 매우 높지만, 중동지역을 군사적으로 침범하고 경제적으로 핍박하는 서구의 체제에 대한 반대적 정서 또한 역설적으로 강하였다. 미국 사회를 동경하면서도 반미적 정서를 가지는, 어쩌면 이중적 인식을 가지고 있었다고 할 수 있겠다.

사우디에 처음 부임하고 2주일 만에 9·11 테러가 발생하였고, 그로 인해 중동의 정세는 테러에 대한 불안감과 미국을 중심으로 한 서방세계와 중동의 테러 조직과의 전쟁 속에 갇혀 버렸다. 그런 상황 속에서 나의 사우디 생활도 벌써 3년을 채워 가고 있었다. 임기가 3년이었으므로 2004년 8월이면 한국으로 돌아갈 수 있었다. 임기를 마치는 그날까지는 무사히 한국대사관의 노무관으로서 임무를 잘 마쳐야 한다는 책임감을 가졌다. 중동지역의 정세 불안으로 3년의 임기가 순탄하지 않았지만, 특히 마지막 1년은 한국의 이라크 파병 결정으로 사우디를 비롯한 중동지역의 테러 조직이 중동지역에 거주하는 한국 국민에게까지 테러를 위협해 오면서 더더욱 힘든 나날이었다. 곧 한국으로 돌아갈 수 있다는 기대감이 힘든 시절을 버티게 하는 버팀목으로 작용하였다. 그런 와중에도 사우디에서 생활하는 한국 간호사, 한국 건설 현장의 근로자의 안부를 유선으로 물으면서 서로를 위로하고 안정감을 주고받았다.

생활은 단조로웠다. 아침에 눈을 뜨면 출근하고, 하루의 일과를 대사관에서 마치면 관사로 퇴근하는 단조로운 일상이 이어졌다. 이런 나날의 외로움과 불안감을 떨치기 위해서는 노래를 열심히 들으면 도움이 된다는 누군가의 조언을 듣고, 인터넷을 검색하다가 나의 마음을 흠뻑 스며들게 하는 노래 한 곡을 찾았다. 바로 '제주도 푸른 밤'(2001년, 유리상자가 리메이크한 노래)이라는 노래였다.

떠나요, 둘이서. 모든 것 훌훌 버리고, 제주도 푸른 밤 그 별 아래.
이제는 더 이상 얽매이긴 우리 싫어요. 신문에 티비에 월급봉투에,
아파트 담벼락보다는 바다를 볼 수 있는 창문이 좋아요.

낑깡밭 일구고 감귤도 우리 둘이 가꿔 봐요.

정말로 그대가 외롭다고 느껴진다면 떠나요.

제주도 푸른 밤 그 별 아래로.

떠나요, 둘이서. 힘들 게 별로 없어요, 제주도 푸른 밤 그 별 아래.

그동안 우리는 오랫동안 지쳤잖아요.

술집에 카페에 많은 사람에, 도시의 침묵보다는 바다의 속삭임이 좋아요.

신혼 부부 밀려와 똑같은 사진 찍기 구경하며,

정말로 그대가 재미없다 느껴진다면 떠나요.

제주도 푸른 메가 살고 있는 곳.

이 노래를 들으며 외로움을 달래고 멋진 세상을 동경했다. 자유와 평화, 여유로움이 있는 곳이라면 어디든 가고 싶었다. 노래 가사처럼 모든 걸 홀홀 버리고 아무런 걱정과 근심이 사라지는 어디론가 떠나고 싶었다. 제주도의 푸른 밤이 나의 마음을 달래 줄 것만 같았다. 외국에서의 3년 생활에 지쳐 안식처가 필요하였는지도 모르겠다. 그런 와중에 이 노래를 듣고 있으니 한국의 제주도가 나에게 휴식을 줄 것 같았다. 임기를 마치고 한국으로 돌아가게 되면 바로 제주도로 가서 여행을 즐기리라는 각오를 다졌다.

미국과 영국이 주도하여 3년째 장기적으로 진행되고 있는 테러와의 전쟁, 중동 독재자와의 전쟁 뉴스는 이제는 일상이 되었고, 모두에게 지루함과 피곤함을 주었는지도 모른다. 당연히 평범한 일반인을 희생시키는 테러라는 행위는 잘못된 것이고 제거되어야 하는 세계적 악임이 분명하다. 그러므로 세계 평화를 위해 전쟁이라도 불사한 것이다. 그러한 전쟁을 통해 큰 성과가 있었지만, 한편으로는 그 전쟁으로 미국을 주축으로 하는 서방세계와 중동의 이슬람 세계는 서로의 갈등을 심화시킨 측면도 있었다. 전쟁의 결과로 아프가니스탄에 주둔하는 테러 조직이 와해되어 가는 상황에 이르고 이라크 후세인 대통령이 제거되었지만, 중동과 서방세계의 갈등이 근본적으로 치유된 것은 아니었다. 여하튼 세계의 모든 국가와 국민은 전쟁이 아닌 평화와 자유를 원하였다. 이를 위해 함께 노력하여야 한다는 공감대를 다시 형성하게 되었음은 분명하였다.

61

지난 3년의 외교관 생활을 돌이켜보면, 기대와 설렘 속에서 시작되어, 어렵고 힘들지만 불가능한 일은 없다, 또는 열심히 노력하면 이루어진다는 자신감 속에서 각고의 고민과 노력이 투자된 가운데, 나름대로의 큰 성과와 보람을 거둔 시간이었다고 평가할 수 있겠다. 이처럼 사우디아라비아는 나에게 낯설었지만 다양한 경험과 배움을 준 기회의 나라였다. 또한, 대한민국의 선배 근로자들이 열사의 땅인 이곳에서 땀을 흘리면서 조국 근대화의 기틀을 다지고 한국인의 근면 정신을 보여 준 그 해외 현장을 몸소 체험할 수 있는 계기가 되었다. 이러한 평가는 나의 단순한 주관적 의견에 따른 것이 아니라 사우디아라비아 현지의 정부 기관 관계자, 한국 교민, 중동지역의 주민으로부터 직접 듣고, 보고, 느낀 객관적 근거에 의한 것이었다. 특히 건설 현장에서 더운 날씨를 피해 늦은 밤까지 불을 환히 켜고 일을 하는 한국 근로자들을 보고 감명을 받았다는 사우디 국왕의 얘기는 많은 이들에게 회자되고 있었다.

'사우디는 모래가 많고 한국은 인재가 많다'는 얘기도 있다. 사우디 국민은 더운 날씨 탓에 근로의욕이 떨어진다. 그러다 보니 어렵고 힘든 일은 제3국의 근로자에게 의지하고 있고, 국가기관도 오후 2시까지만 운영되고 오후는 휴식의 시간이다. 해가 지고 나면 저녁 시간은 쇼핑과 외식이 이루어지는 가족의 나들이 시간이다. 이처럼 근로보다는 휴식과 나들이 시간이 하루의 대부분을 차지한다. 그러나 한국 근로자는 아침이든 저녁이든 일을 할 수만 있다면 열심히 하니까 사우디와는 극명하게 대비된다. 나와 매우 친숙했던 사우디 사회보험청 직원은 한국 사람들은 항상 '빨리빨리'라고 외치는 것을 보게 되는데, 너무 일을 열심히 하려는 것 같다고 얘기하기도 했다. 그런 인식 속에서 매일매일 찾아와 한국 근로자의 사회보험료 환불 신청서 처리를 요청하는 나를 나름대로 최선을 다해 도와준 것이었다. 한국에 대한 좋은 인식을 가지고 있었기에 일이 더 빠르게 진행되었다고 볼 수 있다.

한국 근로자의 사회보험료 환불 신청서 처리는 계속적으로 속도를 높여 갔다. 사우디 사회보험청 창고에 쌓여 있던 종이상자의 신청서들도 모두 처리가 되었고, 지속적으로 한국에서 송부되어 온 환불 신청서와 처리 여부에 대한 민원도 직접적인 확인을 거쳐 마무리하였다. 이렇게 진행한 결과 지난 3년간 한국으로 송부된 사회보험료 환불 액수는 약 700만 달러에 이르렀다. 열사의 땅에 와서 땀을 흘리신 선배 한국 근로자들에게 사우디의 추억을 되살려 주었고, 사우디에 남아 있었던 근로의 대가를 마지막까지 정리해 줄 수 있었다. 가끔 사회보험료 환불을 받을 수 있도록 노력해 줘서 고맙다는 인사도 전해져 왔다. 그럴 때마다 사회보험청으로 열심히 뛰어다니며 노력했던 시간을 떠올리며 보람을 느꼈다.

한국 간호사 등 의료인력의 사우디 진출도 그 이후 순조롭게 진행되었다. 근무를 마치고 한국으로 돌아가거나 미국 또는 호주로 떠나는 간호사도 있었고, 새롭게 사우디에 진출하는 간호사도 있었다. 대부분이 여성이었는데, 여성의 사회활동이 제약되는 사우디아라비아에서 항상 활동적인 생활에 익숙해 있던 한국 간호사들의 고초도 많았다. 어려운 여건이었지만 의료의 전문성을 발휘하며 한국 의료인의 우수성을 알려 주었다. 사우디의 병원 관계자는 한국 간호사가 매우 우수하다며 언제든지 좋으니 사우디로 더 많은 간호사가 진출할 수 있도록 한국 정부가 노력해 달라고 부탁하였다. 특히, 지난 3년간은 테러와의 전쟁으로 중동지역의 정세가 어느 때보다 불안했지만 특별한 문제도 발생하지 않았고 모두 안전하게 잘 근무할 수 있어서 고마웠다. 지난 3년의 기간에 사우디에서 타국으로 떠나간 간호사들은 지금은 사우디를 떠나 어디에서 일하고 있는지 알 수 없지만, 사우디에서의 추억을 기억하고 간직할 것이다.

몇 개에 불과하였던 사우디의 한국 건설 현장도 모두 잘 마무리하고 있었다. 바닷물을 담수화하는 시설을 건설하는 현장, 통신장비와 시설을 구축하는 현장, 대학 기숙사 신축 현장의 한국 근로자와 관리자도 지역의 불안한 정세를 잘 버티고 이겨 내었다. 큰 피해 없이 공정을 잘 진행하였다. 사우디의 한국 건설 현장에서 일하는 동남아 출신의 외국인 근로자들은 한국으로 가서 일하고 싶다며 그 방법을 물어 오기도 하였다. 한국 건설 현장에서 일하는 것이 제일 좋다고 하는데 그 이유가 뭐냐고 물어보면, 월급을 잘 주고 먹고 자는 것이 편안해서 그렇다고 하였다. 그러면서 한국에서 일하면 사우디에서 일하는 것보다 월급을 더 많이 받을 수 있다는 것을 알기에 꼭 한국으로 가서 일하고 싶다는 것이었다. 한국의 근로자들도 30년 전에 더 많은 돈을 벌기 위해 외국으로 진출하였었기에 그들의 고충을 충분히 이해할 수 있었다. 그들에게 최대의 관심사는 열심히 일하여 돈을 많이 벌고, 그 돈으로 고국에 있는 가족의 생계를 이어 가는 것이었다. 그들이 모두 성공하여 한국의 건설 현장에서의 기억을 잘 간직해 주었으면 하는 바람을 가져 보았다.

처음 사우디에 도착하여 한증막 같은 열기를 느끼고, 아침에 일어나면 건조한 날씨로 인해 코피가 흘리기도 했을 때, 어떻게 앞으로 3년간 살아 갈까 하는 두려움도 있었지만, 그럭저럭 지내다 보니 어느새 사우디에서의 생활에도 익숙해졌다. 테러와의 전쟁으로 중동지역 전체가 불안감을 가졌을 때, 사우디에서도 테러 조직이 자살 폭탄 테러를 일으켜 서구인 희생자가 발생하였다는 뉴스를 접할 때마다 두려움 속에서 하루하루를 보냈지만, 그 시간이 쌓여 이제는 사우디에서의 생활도 얼마 남지 않은 시기에 이르렀다. 한국 정부의 이라크 파병 결정으로 한국인에 대한 위협도 높아졌지만, 사우디에서의 한국민은 모두 안전하게 무사히 지냈다. 두려움 속에서도 스스로 조심해 주고, 서로에게 위로가 되었기에 가능했던 일이었다. 한국민 모두가 안전하였으므로 모두에게 감사하였다.

외교관이라는 신분을 가지고 보낸 3년, 나에게는 특별한 공직 경험이었다. 그리고 해외에서 장시간 체류하는 생활도 처음이었다. 해외에 나와 거주하면서 오래도록 지내는 교민도 만나면서 그들의 실상도 이해하였다. 한국민에게 익숙한 한반도를 떠나 다른 문화를 가진 나라에서 적응하여 살아간다는 것이 쉬운 것만은 아니었다. 어느 나라든 좋은 측면도 있겠지만 나름의 애로와 고충이 있을 수밖에 없다. 그럼에도 불구하고 그 어려움을 극복하며 열심히 살아가는 한국 교민이 자랑스럽다. 현실을 이겨 내며 열심히 살아가는 것이 한국민의 근성이고 국민성이기도 하다. 그들이 거주하는 곳은 이국만리 타향이라 할지라도 마음만은 항상 한반도에서 살아 숨 쉬고 계실 것이다. 그래서 이들은 해외를 방문하는 한국민을 만나면 매우 반가워하고 환영해 준다. 한국민이라는 끈끈한 정으로 인해 그렇게도 반가울 수가 없기 때문이다.

사우디에 왔기 때문에 쉽게 접하지 못했던 중동 국가의 문화도 이해하였다. 덩달아 어렵다고 하는 아랍어도 배웠다. 짧은 아랍어 실력으로 지역의 전통시장에 가서 아랍인들이 사용하는 물건도 구매하면서 대화도 해 보았다. 이슬람 종교까지 친숙해지지는 않았지만, 아랍인의 전통 복장도 간혹 입어 보았다. 또한, 중동 사람들이 좋아하는 양고기도 즐겨 먹었다. 그때까지 한국에서는 양고기를 먹어 보지 못했었다. 모든 것이 새로운 경험이었다. 역사적으로 보면 중동지역도 세계 4대 문명 발상지 중의 하나다. 고온 건조한 날씨 탓에 주저하는 느낌이 있지만, 역사적 전통을 가진 지역임에 틀림이 없다. 이런 중동지역이라는 새로운 곳에서 새로운 문물을 배워 간다는 것도 큰 즐거움이다. 어색하고 불편하다고만 생각할 것이 아니라 다가가고 익숙해지려고 노력하는 것이 더 중요하다. 그들이 지켜 온 오랜 생활의 문화를 존중하고 이해할 수 있어야 한다. 그것이 상호 간에 공존, 공영할 수 있는 토대다.

62

아쉬움을 뒤로하고 사우디아라비아를 떠나야 하는 순간이 다가왔다. 사우디라는 성을 가진 부족이 아라비아반도의 여러 부족을 통합하여 이룬 나라(왕국), 아라비아반도의 서쪽에는 이슬람 성지인 메카·메디나라는 도시가 있고, 동쪽에는 석유 매장량이 무한대인 나라가 사우디아라비아다. 그런 특징을 가지는 나라에서 며칠 남지 않은 나날을 보내고 있었다. 마지막 날에는 대사관 식구들과 마지막 인사를 나누고 리야드 공항에서 탑승할 비행기를 기다렸다. 현지에서의 몇 시간만을 남겨 두고 있는 시점에서 이런저런 많은 생각이 다가왔다. 많은 기억과 추억들이 떠오르고, 같이 즐겁게 지냈던 사람들도 머릿속을 스쳐 갔다. 시간이 지나 사우디에서의 생활을 기억해 보면 아름다운 추억이 될 것이다. 다시 사우디를 올 수 있게 되거나 사우디에서 만났던 사람을 다시 만날 수 있으리라는 가능성은 희박해 보인다. 그래서인지 한국으로 돌아온다는 기쁨과 사우디를 떠난다는 아쉬움이 교차하였다. 그만큼 3년이라는 긴 시간에 걸쳐 사우디가 친숙해졌기 때문이리라. 그런 와중에 한국으로 향하는 비행기는 사우디 리야드 공항을 이륙하고 말았다. 나는 살며시 눈을 감고, 사우디를 비롯한 중동지역 전체가 평화롭게 더욱 성장하길 기원하였다. 아울러, 사우디에서 지내고 있는 한국 교민을 비롯한 모든 사람의 안전과 행복을 빌었다.

굿바이(GOODBYE) 사우디아라비아, 포에버(FOREVER) 사우디아라비아.

V

북한 방문 여정

63

    10시간의 비행을 마치고 드디어 한국공항에 착륙하였다. 시간은 2004년 8월 25일 오후 3시, 한국공항은 다이내믹하고 활력이 넘쳤다. 화려한 의상에 다양한 패션, 멋을 부린 여성들의 긴 헤어스타일, 짧은 바지에 발가락이 보이는 슬리퍼로 더운 여름을 즐기는 모습이 새로웠다. 아니, 오랜만에 느껴 보는 한국 풍경이었다. 다양성, 화려함, 자유로움을 즐기는 저마다의 개성이 넘쳐나고 있음이 느껴졌다. 3년 전 사우디 근무를 위해 떠났던 공항에 다시 돌아왔건만, 완전히 새로운 공항으로 탈바꿈한 듯 보였다. 자동화가 진전되어 첨단화되어 있는 시설도, 더 세련되어 보이는 승객들의 모습도, 익숙하지 않은 대중교통체계도 그렇다. 3년 사이에 천지개벽이라도 했단 말인가? 놀라움이 앞섰다. 그렇지만 한국에 도착하였다는 심리적 안도감이 좋았고, 환경적·공간적 익숙함에 평안하였다. 한국에 도착하였으니 이제는 새로운 시작을 준비하기 위한 휴식이 필요했다. 그런 자유로운 나날이 1개월가량 이어졌다.

    한국에 돌아와 잠시의 자유를 즐기는 나와 다르게 다른 사람들은 모두가 항상 바쁘다. 저마다 짜인 일정이 있다. 아침이면 학생들은 학교로, 직장인은 회사로, 자영업자는 가게로 간다. 직장이 있는 대다수의 월급쟁이는 하루의 절반을 직장에서 바쁘게 보낸다. 그래서 낮 시간에는 직장을 다니는 누구를 만나기가 쉽지 않다. 그러고 보니 나에게는 자유로운 시간이 넘쳐나는데 정작 만날 사람은 그렇게 많지 않다. 느껴보지 못한 또 다른 어색한 자유로움이다. 밤이면 하루의 일과를 마친 사람으로 거리가 북적인다. 만남의 자유로움도 즐길 수 있다. 낮에는 시간은 많은데 정작 만날 수 있는 사람은 없고, 밤이면 친구를 만나 음식과 술을 마시는 즐거움이 있다. 이런 하루의 일과는 직장을 잠시 가지 않고 하루의 자유로움을 즐기는 나에게 또 다른 불편함으로 다가왔다. 도시를 떠나 어디론가 여행을 떠나고 싶지만 혼자 떠나는 여행이 익숙하지 않다. 혼자만의 시간을 가지는 것이 이렇게 어려운 것인 줄 몰랐다.

그래도 생활의 자유로움이 있어 즐거웠다. 외국 주재관으로 3년을 다녀온 후 한국에 적응할 수 있는 시간이었기에 부담감도 없었다. 아침에 일어나 시간에 맞춰 사무실로 출근을 해야 한다는 압박도 없어 더욱 여유로웠다. 낮에는 편히 쉬고, 저녁에는 친구나 지인을 만나기 위해 활동하는 올빼미의 나날이었다. 다만, '복직 이후 어느 부서로 배치가 될까?' 하는 궁금증은 있었다. 그렇다고 내 마음대로 되는 것이 아니었고, 조직에서의 인사 상황을 지켜봐야 했으므로 기다릴 뿐이었다. 고용 및 노동 문제와 관련하여 사회적 현상은 여전히 갈등의 연속이었다. 외환위기 이후 노사관계는 여전히 대립과 극한 갈등으로 치닫고 있었고, 일자리 시장은 구인자와 구직자 사이의 미스매치 현상도 심화되어 갔다. 특히, 중소기업과 대기업, 정규직과 비정규직, 원청과 하청 근로자 간의 임금 등 근로 여건의 격차는 커지고 있었고, 그 결과로 사회는 양극화라는 현상으로 불리는 상황까지 몰리고 있었다. 그래서 정부는 사회 양극화 완화를 주요한 정책 목표로 설정하고, 양극화 완화를 위해 갖은 수단을 강구 중이었다.

사회는 언제나 문제와 갈등을 품고 있다. 그래서 국가는 사회문제를 해결하기 위한 노력을 지속한다. 최근 'IMF 외환위기 상황에서 졸업하였다는 정부의 발표가 있고 난 이후 어느 정도 경제가 회복되고 사회도 안정을 회복해 가고 있었으나, 경제적 빈부 격차는 커지고, 사회적 어려움을 겪는 계층은 오히려 늘어나고 있었다. 특히, 외환위기 극복과정에서 기업의 구조조정으로 직장을 잃은 근로자의 재취업은 어려워졌고, 자영업으로 뛰어들었다 자영업도 수익을 내지 못하면서 위기를 맞이한 사람, 취업은 유지하고 있으나 비정규직으로 몰려 수입도 적어지고 고용도 불안해진 근로자, 치열해진 경쟁 속에서 밀려나 경제적 활동을 제대로 하지 못하는 사람, 기업의 생존을 위해 고용은 최소화하고 구조조정이 일상화되면서 좋은 일자리는 줄어들고 취업의 문도 좁아져 위기를 겪는 청년, 근근이 하루하루 버티던 건설 일용노동자가 서울역에 노숙자로 전락해 있는 현실에서 사회의 보호가 새롭게 필요한 계층은 지속적으로 증가하였다. 사회와 국가는 많은 발전과 성장을 이루었는데도 불구하고 소위 취약계층의 어려움은 지속되고 사회적 갈등은 여전하였다. 왜 그럴까? 아이러니하다. 외환위기를 지나고 경제성장률, 1인당 GNP 등 경제적 수치는 양호해지고 있으나, 경제성장에 따른 그 혜택이 모든 국민에게 전달되지 못하고 사회는 양극화라는 상황까지 치닫고 있었던 것이다. 무엇이 문제인가? 어떤 대책이 필요한 것인가?

이런 고민이 깊어 가고 사회적 문제는 해결책을 찾아가기 힘들어진 한국의 현실 속에서 나는 고용노동부로 복귀하여 새로운 근무부서를 기다리고 있었다. 한국의 노동시장이 직면한 현실은 계속 악화되고 있는 상황을 인지하게 되면서 나의 또 다른 고민도 깊어졌다. 어떤 부서로 발령이 나던 사회 현실의 문제를 해결해 가는 데 조금이나마 기여할 수 있기를 기대하였다.

그런 마음으로 하루하루를 보내다 부서 발령을 받았다. 근무부서는 직업능력개발사업을 담당하는 인적자원개발과였다. 주요 업무는 실업자의 재취업을 지원하기 위해 직무능력을 배양토록 하는 양성훈련 사업과 재직 근로자의 경쟁력을 강화하기 위해 직업능력을 향상시킬 수 있도록 지원하는 향상훈련 사업이었다. 경제위기를 지나면서 근로자의 고용 여건은 평생직장에서 평생직업의 시대로 전환되었다. 취업한 직장에서 정년으로 퇴직을 할 때까지 평생토록 고용을 유지하던 평생직장의 개념은 구조조정이 상시화되면서 조금씩 사라져 갔다. 그 자리를 대신한 것은 잦은 사업장의 이동을 하면서 정년까지 고용을 유지하는 평생직업의 개념이었다. 즉, 기업의 구조조정 상시화와 명예퇴직이 일상화되면서 근로자의 직장 변경이 빈번하게 이루어지는 개념으로 전환된 것이다. 통계에 따르면 직장에서의 평균적 근속기간은 10년을 넘어서지 않았다. 이러한 고용상황이 확산되면서 근로자와 실업자의 직업능력개발은 점점 중요성을 인정받았다. 근로자의 능력이 고용의 안정을 보장받고, 임금 등의 좋은 보상을 받는 데 결정적 기준으로 작용하였다. 각자의 경쟁력 확보가 중요해지면서 능력을 강화하기 위한 직업능력 개발에 큰 관심을 기울였다. 그런 분위기 속에서 등장한 개념은 '평생직업능력 개발의 시대'라는 것이었다. 정규 학교과정을 마치고 노동시장으로 진출한 후 모든 근로자가 노동시장을 떠나는 시점까지 평생토록 직무능력을 개발해야 하는 시대에 접어들었고, 이러한 평생에 걸친 직업능력 개발을 위해 정부가 적극적으로 지원해야 한다는 것이었다.

64

여러 가지 직업능력개발사업 중에 취업의 어려움이 가중되고 있는 특수한 대상에게 특별히 지원하는 사업도 있었다. 그중에서 내가 집중적으로 관리한 사업 중의 하나가 북한이탈주민(북한에서 이탈하여 동남아를 거쳐 한국으로 망명하여 정착한 사람)을 대상으로 하는 직업능력개발사업이었다. 북한이탈주민이 남한에서 잘 정착할 수 있도록 하기 위해서는 신속히 직업을 찾을 수 있도록 능력의 개발을 지원하는 것이 절실하였다.

북한이탈주민이 한국으로 입국하여 정착하기 위해서는 통일부의 정착지원 절차를 거쳐야 한다. 통일부는 북한이탈주민의 남한 사회 정착을 위해 다양한 지원 정책을 추진하고 있었다. 우선 하나원(북한이탈주민 정착지원 사무소)이라는 기관을 설치하여 3개월간 남한 사회 적응을 위한 기본 교육과 지역 적응 교육을 실시하였고, 하나원 교육과정이 끝나면 각 지역으로 분산하여 생활에 필요한 주거시설인 임대주택을 제공하였으며, 아울러 정착에 필요한 상당액의 지원금까지 일시금으로 지급하였다. 상당한 금액이 일시에 지급되는 정착지원금은 한국으로 입국하기 위한 과정을 도와주는 브로커에게 모두 지급되는 것으로 지출되다 보니 사실상 기본자금이 없는 상태에서 생계를 유지해야 했다. 그런 현실이었기에 북한이탈주민에게 직업을 갖게 해 주는 것은 안정적인 남한 사회 정착을 위해 무엇보다 중요한 과제였다.

이들의 취업지원을 위해 고용노동부는 북한이탈주민 직업능력개발사업을 실시하고 취업지원 서비스를 지원하고 있었는데 직업훈련 이후 취업이 되는 비율인 취업률은 일반적인 실업자의 취업률보다 절반 이상 낮은 수준에 머물렀다. 그 이유는 북한이탈주민이 가지는 개인적 한계도 있었지만 특화된 훈련프로그램이 부족하다는 것이었다. 북한이탈주민의 남한 사회 정착의 애로가 부각되는 현실에서 국가적으로 이들의 원활한 정착을 지원하는 새로운 접근과 대책이 필요하다는 요구가 많았다. 그중에서도 가장 중요한 대책은 직업능력개발사업을 보다 효율적이고 체계적으로 재편하여 북한이탈주민에게 맞춤형으로 지원하라는 것이었다. 이와 관련하여 나는 고용정책실장의 호출을 받고 얘기를 나누게 되었다.

"김 사무관, 어제 국회에서 북한이탈주민의 남한 사회 정착이 잘 이루어지도록 '직업능력개발 사업을 보다 효율적으로, 맞춤형으로 실시하는 방안을 고민해 봐야 한다'고 지적을 받았는데 전해 들었지?"

"예, 어제 저도 국회 환경노동위원회에서 논의되는 내용을 잘 경청하였습니다. 새로운 접근을 해 볼 시점이라고 저도 생각합니다. 다양한 대책을 마련해 보겠습니다."

"북한이탈주민은 남한의 일반적인 사람과는 다른 특성을 가지고 있다고 생각해야 하네. 한국과 다른 체제에서 살다가 왔기 때문에 그들이 가지는 특성을 면밀하게 파악해서 그들에게 필요한 맞춤형 사업으로 개편해야 효과적인 직업능력개발사업이 될 것이야. 우리도 해외에 공부하러 가게 되면 어학이라는 기초부터 시작하지 않는가. 그런 측면에서 고민을 해 봐."

"예, 실장님. 좋은 방향 설정을 해 주셨습니다. 저희가 현재 실시하고 있는 직업능력개발사업의 문제점도 살펴보겠습니다. 아울러 북한이탈주민이 한국에 들어와 정착지원이 이루어지는 전 과정에서 상호 협조할 수 있는 방안이 없을지 통일부와도 협의해 보겠습니다. 통일부는 북한이탈주민의 정착지원을 위해 하나원 교육과정을 3개월간 운영하고 있다고 알고 있습니다. 이와 연계하여 할 수 있는 방안은 없을지도 논의해 보겠습니다."

"그렇군. 통일부와 협력체계를 가지면서 사업이 이루어지면 더 좋겠군. 중간중간 논의된 사항을 가지고 나와 같이 고민을 해 보도록 하지. 대책을 마련하는 과정에서 어려움이 있으면 언제든지 얘기하게. 나는 적극 의견을 제시하겠네."

"예, 그렇게 하겠습니다. 실장님의 도움을 많이 받도록 하겠습니다."

고용정책실장의 지침의 받고 고민과 논의가 시작되었다. 나는 먼저 통일부 담당 사무관에게 전화를 걸었다. 북한이탈주민의 정착지원을 위한 각 부처 사업 담당자 회의가 있을 때 얼굴을 익혔던 직원이었다. 고용노동부가 가진 고민을 얘기하자 통일부도 며칠 전 국회에서 상당한 논의가 있었으며 북한이탈주민의 원활한 정착지원을 위해 다양한 고민을 시작하였다고 전해 주었다. 고용노동부가 실시하고 있는 직업능력개발사업에 대해서도 협조를 요청하려고 준비하고 있었다고 하였다. 그래서 나는 양 부처 간의 실무협의를 하자고 제안하였고, 통일부도 흔쾌히 수락하여 통일부 회의실에서의 논의 일정을 잡았다.

"조 사무관님, 오랜만에 뵙습니다. 고용노동부와 통일부가 협력체계를 잘 마련하기 위해서는 각 부처가 북한이탈주민에게 지원하는 정책의 내용과 과정에 대해 서로가 잘 이해할 필요가 있어 보입니다. 그 공부부터 해 보는 게 어떨까요?"

"예, 김 사무관님. 북한이탈주민 지원을 위해 통일부를 찾아 주셔서 고맙습니다. 말씀처럼 각 부처에서 지원하는 정책에 대해 개략적인 내용만 알고 있으니 보다 상세한 내용을 알게 되면 더 좋은 방법을 찾을 수 있다고 생각됩니다. 저는 전적으로 동의합니다."

"그럼 양 부처의 사업 내용을 서로 설명하기로 합시다. 그리고 하나의 부탁이 더 있는데, 북한이탈주민의 성격이나 특성이 어떠한지에 대한 이해도 필요해 보입니다. 아마 통일부에서는 북한이탈주민을 자주 접촉하기 때문에 그들의 생각이나 관심 사항을 상세히 알고 있을 것으로 생각됩니다. 그 부분도 말씀해 주시면 좋겠습니다."

이렇게 양 부처 간 실무협의는 시작되었다. 북한이탈주민이 북한을 이탈하여 어느 지역에서 어떻게 생활하다가 어떤 경로를 거쳐 한국으로 입국하게 되는지에 대해서도 상세히 알게 되었다. 최근에 한국으로 입국하는 북한이탈주민의 숫자가 크게 증가하였는데, 작년에는 연간 입국자 수가 2천 명을 넘었고 올해도 2천 명을 넘을 것 같다는 전망까지 설명해 주었다. 한국에 입국한 이후 하나원에 입소하여 어떤 기초교육과 적응 교육을 받는지, 하나원에서의 생활은 어떠한지, 하나원을 떠나 각 지역의 거주지(임대주택)로 가는 과정, 거주지에서의 생활과 정부의 지원 내용에 대해서도 설명을 들을 수 있었다. '북한이탈주민의 보호 및 정착지원에 관한 법률'에 근거하여 이들의 원활한 정착을 위해 필요하다고 판단되는 다양한 정책이 마련되었고, 지난 10년간에 걸쳐 계속 보완하여 왔다. 이렇듯 북한이탈주민의 남한 사회 정착지원 정책은 어느 정도 꼼꼼히 설계되어 추진되고 있었다. 그리고 그러한 지원을 위해 통일부는 지방자치단체, 경찰과도 면밀한 협조체계를 구축하고 있었다.

통일부의 설명에 따르면 한국으로 입국하는 북한이탈주민은 최근 급속히 증가하여 연간 2천 명에 이른다고 하였다. 1년이나 2년 더 지나면 그간의 입국자 수 전체가 2만 명을 넘어 설 것으로 전망된다고도 설명해 주었다. 성별로 비교해 보면 여성이 70%이고 남성은 30%에 불과하다고도 하였다. 여성이 압도적으로 많은 이유는 북한을 떠나 중국, 동남아 등에서 신분을 숨긴 채 지내게 되는데, 아무래도 남성보다 여성이 여러 가지 사정으로 더 용이하게 신분을 숨길 수 있기 때문이라는 설명이었다. 중국 또는 동남아 국가에 머물고 있다가 신분이 노출되어 북으로 압송되는 숫자도 매우 많다는 것이 언론 등을 통해 보도되기도 하였다. 말 그대로 북한이탈주민은 목숨을 걸고 북한을 이탈하여 제3국에서 숨어 지내며 북송의 두려움을 이겨 내야 한다. 그런 과정에서 많은 어려움을 겪다가 북한이탈주민의 한국 입국을 돕는 브로커의 도움을 받아 남한으로 오는 것이었다. 북한을 떠나 남한에 도착하기까지의 여정을 추적한 다큐멘터리에 따르면, 그 여정이 1만 2천킬로미터에 이른다고 한다. 남한으로 오기까지의 전 여정이 목숨을 거는 투쟁이다.

65

생사를 건 긴 여정 끝에 남한에 입국한 북한이탈주민은 하나원에서 3개월에 걸쳐 남한에서의 생활을 위한 기초교육과 적응 교육을 받게 된다. 하나원은 경기도 안성에 설립되어 운영되고 있었다. 최근 남한에 입국하는 북한이탈주민이 급격히 증가하면서 하나원 분원을 화성에 추가로 설립하였다. 그래서 안성 하나원 본원은 여성 북한이탈주민의 교육기관으로, 화성 하나원 분원은 남성 북한이탈주민의 교육기관으로 역할이 재정립되었다. 입국하는 북한이탈주민의 70%는 여성이었는데, 남성과 여성을 분리함으로써 하나원 교육과정의 효율성을 보완할 수 있었다는 것이 통일부의 설명이었다. 북한이탈주민의 남한 사회 정착을 체계적으로 지원하는 방안을 통일부와 함께 모색하면서 하나원도 방문하여 교육의 내용과 방식도 지켜보았다. 통일부의 고민 중에서 긴요한 과제는 하나원에서의 3개월 교육과정이 북한이탈주민에게 보다 유용할 수 있도록 내실 있게 편성되어야 한다는 것이었다. 그런 고민이 통일부에 있었기에 고용노동부의 직업능력개발사업과 접목해 보는 것도 좋은 대안으로 대두되었다.

통일부와의 긴밀한 협의는 계속 진행되었다. 기본적 목표는 북한이탈주민이 남한 사회에 잘 정착할 수 있는 방안을 찾는 것이었고, 정착 방안 중에서 제일 중요한 것이 효과적인 직업능력개발사업을 통해 신속하고 원활하게 취업이 될 수 있도록 지원하는 것이었다.

"조 사무관님, 하나원 교육과정의 프로그램을 변경할 수는 없나요? 남한 사회 정착에 필요한 적응 교육 중심으로 편성되어 있군요."

"3개월의 기간으로 하나원 교육과정을 운영하고 있는데, 좋은 프로그램이 있다면 추가할 수도 있겠지요. 통일부는 3개월간 진행되는 교육과정이 너무 장기간이어서 교육 기간을 축소하는 방안도 검토하였습니다. 남한 사회에 잘 정착할 수 있도록 하는 방안을 고민하라고 함에 따라, 지금의 교육 기간을 축소하는 것은 정착지원을 후퇴시키는 것 같아 조심스럽습니다."

"교육 기간 3개월은 유지하되 1개월의 기간을 직업능력개발 교육 시간으로 채우면 어떨까요? 직업에 대한 이해와 함께 취업에 필요한 기초적인 직업능력개발훈련을 실시해 보는 것이 필요하다고 느껴집니다. 하나원에서 기초적인 직업능력개발훈련을 받고, 하나원 퇴소 후 각 거주지에서 전문직업능력개발 훈련과정을 거치게 되면 취업에 필요한 직무능력을 체계적으로 습득할 수 있을 것으로 생각이 됩니다. 단계별 직업능력개발훈련을 받도록 하는 것이지요."

"고용노동부에서 그렇게 직업능력개발훈련 과정을 운영해 준다면 저희는 좋을 것 같습니다. 윗분들과 상의해 보도록 하겠습니다. 1개월의 기초적 직업능력개발 훈련과정을 하나원에서 운영하려면 훈련프로그램을 마련해야 하고 많은 예산도 수반되어야 할 것인데, 그 프로그램 편성과 예산 마련은 고용노동부가 책임지고 추진할 수 있나요?"

"북한이탈주민을 위한 기초적 직업능력개발 훈련과정을 새롭게 실시하는 것이므로 당연히 예산이 필요하다고 판단되고, 훈련과정 프로그램과 필요 예산은 고용노동부에서 마련해 보도록 하겠습니다. 물론 저도 하나원 교육과정의 1개월을 고용노동부에서 책임지고 운영한다는 내용과 그에 따른 훈련프로그램의 편성과 예산 소요를 분석하여 윗분들에게 보고드리고 의견을 들어야 합니다. 통일부에서도 그 내용에 대해 내부적으로 논의해 주시면 좋겠습니다."

"그럼 각 부처가 그런 내용(① 하나원 교육과정을 3개월로 유지하되 1개월의 기간은 고용노동부가 기초적 직업능력개발훈련을 실시한다. ② 1개월의 기초적 직업능력개발 훈련과정 운영에 필요한 프로그램과 예산은 고용노동부가 편성한다)을 내부적으로 논의해 보고 다시 만나서 추가적 협의를 하시지요."

이런 방안을 갖고 각 부처가 논의에 들어갔다. 고용노동부는 기존에 실시하고 있던 북한이탈주민 직업능력개발사업의 문제점이 무엇인지도 검토하였다. 직업능력개발사업을 통한 취업실적을 보니 일반적인 실업자의 직업능력개발사업에 비해 1/3에 불과하였다. 그 원인은 무엇일까? 분석해 본 결과 ① 북한이탈주민이 참여하는 직업능력개발 훈련과정은 일반실업자와 같이 편성되어 운영되는데, 북한이탈주민이 훈련과정에 제대로 따라가지 못한다는 것이었다. 기본적인 훈련프로그램의 용어에 대한 이해와 기초적 능력이 일반 실업자보다 떨어지기 때문이었다. 또한 ② 북한이탈주민은 빠른 시간에 많은 돈을 벌고 싶어 하는 성향이 강하였는데, 직업능력개발 훈련과정은 최소 3개월 정도 소요되고, 훈련과정 수료 이후 취업을 하더라도 임금 수준은 기대만큼 높지 않았다. 그러다 보니 취업을 위한 직업능력개발 훈련과정에의 참여를 주저하거나 훈련과정을 중도에 포기해 버리는 경우도 많았다. 아울러 ③ 우리 사회에는 아직도 북한이탈주민에 대한 선입견이 있어 북한이탈주민이 취업할 수 있는 좋은 일자리를 발굴하는 데 어려움이 많았다.

　많은 분석과 논의를 거쳐 고용노동부는 제기된 문제점을 해결하는 대책을 마련하였다. 먼저 통일부와 협의를 통해 북한이탈주민을 위한 기초적 직업능력개발 훈련과정을 하나원에서 1개월간 실시하고, 하나원 퇴소 이후에는 각 거주지에서 북한이탈주민만으로 편성된 직업능력개발 훈련과정을 특화적으로 마련하여 운영하며, 지역의 공공기관 등과 협의를 거쳐 직업능력개발 훈련과정을 마친 북한이탈주민이 취업할 수 있는 기관을 적극 발굴하여 취업을 지원하기로 결론을 내렸다. 통일부에서도 하나원 교육과정의 1개월을 고용노동부에 완전히 위임해 주기로 하였고, 각 지역의 북한이탈주민 보호담당자를 통해 취업 지원에 더 적극적으로 노력해 주기로 결론 내렸다. 그리고 취업이나 창업을 통해 남한 사회에 잘 정착하여 지내고 있는 북한이탈주민의 사례를 발굴하여 안내해 줌으로써 취업을 통한 정착을 독려하였다.

　고용노동부는 이런 방안을 확정 짓고 필요한 예산도 10억 원을 편성하였다. 통일부도 고용노동부와 협력하에 하나원 교육과정을 더욱 효과적으로 운영하는 프로그램에 대해 동의하였고, 고용노동부에서 추진하는 사업에 적극적으로 동참해 주었다. 이러한 양 부처의 합의 과정을 거친 이후 본격적인 준비에 들어갔다. 하나원에서 실시되는 기초적 직업능력개발 훈련과정은 고용노동부 출연기관인 안성기능대학에 위탁하였다. 하나원 본원이 안성에 있었기 때문에 지리적으로 서로 협력하는 데도 매우 유용하다고 판단되었다. 훈련과정 프로그램도 안성기능대학에서 하나원과 협의를 거쳐 마련하였다. 이렇게 확정된 기초적 직업능력개발 훈련과정은 2006년부터 시작되었다. 북한이탈주민의 취업을 촉진할 수 있는 새로운 직업능력개발사업이 개시됨에 따라 통일부와 고용노동부는 최대한의 성과를 도출할 수 있도록 진행 과정을 모니터링하면서 지속적 협의 체계를 가동하였다.

북한이탈주민의 정착을 원활하게 지원하기 위한 새로운 프로그램이 이런 과정을 거쳐 시작되었다. 그 이후 나는 하나원에서 강의를 맡았다. 북한이탈주민 100여 명이 모여 있는 강의실에서 강의를 한다는 것이 설렘과 긴장감을 주어 마음을 다잡아야 했다. 강의 시간을 통해 나는 북한이탈주민에게 직업이 가지는 의미를 설명하였고, 남한의 사회보험제도에 대해서도 안내하였다. 고용보험과 산재보험, 건강보험과 국민연금은 직장생활을 하는 직장인이 반드시 알고 활용할 수 있어야 하는 제도이다. 근로자에게 도움이 되는 제도이므로 더욱 중요성을 가지고 있었다. 북한이탈주민도 직업을 갖게 되면 사회보험에 가입하여 다양한 혜택을 누릴 수 있음을 알렸고, 그 전에 직업을 빨리 가질 수 있도록 직업능력개발사업에도 적극 참여하여 줄 것을 부탁하였다. 강의 과정에 참여한 북한이탈주민 교육생은 다양한 호기심을 표출해 주었다. 질의 응답시간을 가지면서 더 깊은 이해를 할 수 있도록 도왔고, 의외로 직업에 대해서 그리고 남한의 제도에 대한 궁금한 내용도 많이 있다는 것을 알 수 있었다. 북한에서는 전혀 접해 보지 못한 제도들이므로 더욱 그러하였다.

66

고용노동부와 통일부의 공동 작품인 북한이탈주민 기초적 직업능력 개발 훈련과정이 자리를 잡아 가고 어느 정도의 시간이 지난 시점에서 통일부 조 사무관으로부터 전화가 왔다.

"서기관님, 승진도 하셨네요. 축하드립니다. 건강히 잘 지내시죠?"

"예, 사무관님. 축하해 주셔서 감사합니다. 통일부 덕분에 제가 승진도 하였습니다. 별일 없으십니까? 하나원은 기초적 직업능력개발 훈련과정을 잘 실시하고 있죠?"

"예, 훈련과정은 안정을 찾았습니다. 그건 그렇고요. 혹시 북한을 한 번도 못 가 보셨죠? 이번에 기회가 있을 것 같은데 북한 한번 다녀오시겠습니까?"

"북한을 방문할 수 있는 계기가 있다면 저에게는 영광이요. 쉽게 갈 수가 없는 곳이지 않습니까? 통일부에서 기회를 주신다면 저는 언제든지 좋습니다."

"요즘 정부에서 북한에 대한 인도적 지원 차원으로 쌀과 비료를 북한으로 보내고 있는데, 쌀과 비료를 인도해 주는 요원이 필요합니다. 인도 요원팀 편성 과정에 빈자리가 생겨서 김 서기관님을 제가 좋은 지역으로 추천해 놓았습니다. 추가적인 사항은 남한 적십자사에서 연락이 올 테니 그 일정에 잘 갔다 오시기 바랍니다. 북한으로 넘어가는 교통편이 화물선으로 움직여야 해서 고생은 조금 하시겠지만 좋은 경험이 될 겁니다. 일정과 출장에 따른 경비 등은 모두 남한 적십자사에서 지원할 예정입니다."

"조 사무관님, 저에게 그런 북한 방문의 기회를 주시니 감사합니다. 오늘은 저에게 좋은 일이 생기는 운수 좋은 날인 모양입니다."

"김 서기관님이 그동안 통일부를 위해서, 남한에 입국한 북한이탈주민의 남한 사회 정착지원을 위해서 의미가 있는 일을 해 주셨는데, 조금이나마 보답이 되면 좋겠습니다. 저도 늘 감사한 마음을 가지고 있었습니다. 건강히 잘 다녀오시고 좋은 시간 되시길 바랍니다."

이렇게 나의 북한 방문 여정은 시작되었다. 북한과의 친선교류가 활성화되고 북한 관광사업도 시작되면서 금강산 관광, 개성공단 방문 등이 빈번히 이루어졌지만, 평양이 아닌 특정 장소에 한정되어 이루어지는 방문이었다. 종교인, 노동계, 기업가의 방문도 평양을 비롯하여 여러 장소로 이루어졌지만, 공무원이 북한을 방문하는 기회는 통일부나 국가정보원과 같은 관련 부처가 아닌 이상 힘들었다. 인도적 지원 차원에서 이루어지는 쌀, 비료 지원은 화물선을 이용하여 바다를 통해 북한으로 넘어가는 경로를 이용했다. 여러 횟수에 걸쳐 쌀, 비료 지원이 단계적으로 이루어졌는데, 쌀과 비료를 북한에 전달해 주는 인도 요원으로는 4명이 구성되었다. 주최자인 남한 적십자사 부장급 직원을 중심으로 국가정보원과 통일부 각 1명, 민간 관계자 1명으로 구성되어 총 4명이 한 조를 이루었다. 그런데 4명으로 구성된 인도 요원 중 1명이 갑작스런 이유로 참석하지 못하게 됨에 따라 대타로 내가 대체하게 된 것이었다. 이것도 어떻게 생각해 보면 북한을 방문할 수 있는 기회의 운으로 나에게 다가왔기 때문인지 모른다. 그렇게 나에게는 북한 방문의 기회가 다가왔다.

쌀과 비료를 북한으로 전달하는 코스는 여러 개로 짜여 있었다. 남해

안에서 쌀이나 비료를 싣고 출발하는 화물선이 서해나 동해를 거쳐 도착하는 북한 지역의 장소는 서해 쪽으로는 남포와 신의주, 동해 쪽으로는 함흥과 청진으로 나누어졌다. 나에게 찾아온 북한 방문의 기회는 여수에서 남해화학 회사의 비료를 5,700톤 싣고 서해를 거쳐 남포항에 도착하는 노선이었다. 이 노선도 나에게는 큰 행운이었다. 만약 신의주나 청진을 향해 가면 북한 지역 중에서도 시골 지역이라 보고, 느낄 수 있는 것이 아무것도 없다고 소문이 나 있어 모두가 조금은 꺼려하는 노선이었다. 아울러 거리가 멀어서 이동 시간도 오래 걸리기도 하였다. 반대로 나에게 주어진 노선, 여수에서 출발해 남포항에 도착하는 경로는 매우 인기가 있었다. 그 이유는 우선 거리가 상대적으로 짧아 이동 시간이 많지 않았고, 남포항에서 평양이 가까워 남포항에 도착하는 남한의 인도 요원에게는 평양을 방문할 수 있는 기회가 주어질 수도 있기 때문이다. 아무래도 북한의 중심은 평양이었기 때문에 평양을 방문할 수 있는 기회가 주어지는 노선이 북한을 처음 방문하는 나에게는 더 소중하였다.

67

2006년 6월 드디어 예정된 시간이 다가왔다. 동행하게 될 인도 요원 4명은 여수에서 모였다. 약속 장소인 여수항에 도착하자 낡아 보였지만 상당히 커 보이는 화물선에 비료의 선적작업이 이루어지고 있었다. 여수항의 어느 작은 사무실에 인도 요원 4명이 얼굴을 마주하였다. 서로 처음 만났으므로 자기소개부터 간단히 하였다. 4명의 인도 요원을 대표하는 단장은 남한 적십자사의 이 부장이었고, 이 부장은 3명(통일부 직원, 고용노동부 직원인 나, 영남지역의 대학 교수)의 인도 요원에게 북한으로 가는 데 필요한 서류를 제공해 주며, 인도 업무의 일정, 업무상의 주의사항도 설명해 주었다. 내가 받은 서류는 일단 북한으로 가는 증서에 해당하는 북한 출입증(국가 간의 관계가 아니라고 판단하였는지 여권이 아닌 출입증이 별도로 마련되어 있었음)과 여비(미국 달러로 130달러)였다. 북한 출입증은 주민등록증보다 조금 더 큰 사이즈의 사각 모양이었고, 이름과 주민등록번호, 소속이 적혀 있었다. 인도 요원의 소속은 모두 남한 적십자사로 통일되어 있었다. 인도적 차원의 지원이었으므로 남한 적십자사와 북한 적십자사가 인도와 인수의 주체로 활동하였기 때문에 우리의 소속은 남한 적십자사인 것이다.

북한 출입증을 받고 나니 '드디어 북한으로 내가 갈 수 있구나!' 하는 설렘과 두려움이 동시에 다가왔다. 교육을 통해서 또는 언론의 보도를 보면서 생각해 왔던 북한이었기에 '실제로 북한 땅에 발을 밟게 되면 어떤 기분일까?' 하는 약간의 낯설음과 호기심도 발동되었다. 이것도 남북을 이어 주는 업무이기에 긴장감도 가지게 되었고, 마냥 편안하게 임무를 완수할 수 있을 것이라는 자신감은 약간 떨어졌다. 다만, 나는 북한이 첫 경험이지만 단장을 비롯한 다른 인도 요원은 경험이 있을 수 있다고 판단하여 단장에게 많이 물어보고 의지할 수밖에 없었다.

"이번 여수에서 남포로 가는 비료 인도 요원으로 오신 것을 환영합니다. 저를 포함한 4명이 이번 비료 지원 업무를 맡게 되었습니다. 업무가 성공적으로 잘 완수될 수 있도록 적극 협조해 주시면 감사하겠습니다. 이번 일정은 오늘 출발해서 다시 여기로 돌아오기까지 7일이 소요될 예정입니다. 건강하고 무탈하게 돌아올 수 있기를 희망합니다."

"이 단장님, 7일간의 일정을 상세하게 말씀해 주시면 좋겠습니다."

"예, 모두 상세한 일정이 궁금하실 텐데요. 대략적으로 오늘 오후 4시에 여수항을 출발하면 서해를 거쳐 이동하게 되는데 남포항에 도착하기까지는 47시간 정도 소요됩니다. 비료를 싣고 가는 화물선에서 이틀을 보내야 합니다. 그리고 남포항에 도착하여 비료를 인도하는 행정적 절차를 밟게 되고 그날 저녁부터 남포항의 숙소에서 3일간 머무를 예정입니다. 3일간 머무르는 이유는 비료의 하적 작업을 해야 하기 때문입니다. 그리고 비료의 하적 작업이 끝나면 다시 남포항을 출발하여 서해를 통해 여수로 돌아오게 되는데 그 항해 시간도 이틀 정도 소요됩니다. 그래서 여수에 다시 도착하기까지 총 7일이 걸립니다."

단장의 일정 설명이 마무리되자, 인도 요원 중의 한 명인 여성 교수님이 추가적인 질문을 하였다. 아마도 여기저기서 많은 얘기를 듣고 사전 준비를 해 오신 듯 보였다.

"남포항에 도착해서 3일간 머물 거라고 말씀하셨는데, 3일간 할 일이 있습니까? 쌀이나 비료를 지원하는 인도 요원으로 활동해 본 사람의 얘기를 들어 보니 남포항으로 가게 되면 북한의 인수 요원이 남한의 인도 요원에게 평양 시찰 기회를 준다고 하던데, 그게 사실입니까?"

"말씀 잘해 주셨는데요. 그건 확답을 드릴 수는 없습니다. 남포항에 도착해서 인수 요원으로 오는 북한 보위부의 직원과 협상을 해 보아야 합니다. 남포항에서 평양까지는 70킬로미터도 되지 않을 만큼 가깝습니다. 협상을 잘해서 우리 인도 요원팀도 평양을 방문할 기회가 마련되도록 노력해 보겠습니다."

"단장님, 그건 꼭 성사가 되어야 합니다. 남포항으로 가는 인도 요원들에게 중요한 첫째 미션은 비료를 인도하는 업무를 잘 완수하는 것이고, 둘째 미션은 평양을 시찰할 수 있는 영광을 가져 보는 것이라 생각됩니다. 잘 부탁드립니다."

"같이 노력해서 잘 성사시켜 보도록 하시지요. 다른 궁금한 사항이 없으시면 화물선이 출발하기까지는 아직 2시간 정도 여유가 있으니, 가까운 오동도로 산책을 가면 어떨까요?"

인도 요원 4명은 오동도로 발길을 옮겼다. 처음 만난 사이였지만 북한으로 가는 여정에 함께한다는 느낌이어서 그런지 어느덧 친숙해졌다. 북한으로 가는 여정, 화물선을 타고 가는 여정, 바다 위에서 오래 머물러야 하는 여정, 북한 보위부 직원과 접촉하게 되는 여정이 흔한 경험이 아니기에 서로에 대한 동지애를 불러일으킨 것일까?

오동도의 동백꽃은 더없이 붉었다. 바닷바람을 맞으면 더 붉어지는 것인가? 군락을 이루고 있는 동백나무에는 빨간 꽃이 만발해 있었다. 동백꽃이 있어서 오동도인 모양이다. 일행이 된 4명은 오동도 둘레길을 한 바퀴 걸었다. 일행 중에 홍이 제일 많으신 여교수님은 노래를 흥얼거리면서 즐거워하였다. "얼마나 울었던가, 동백아가씨, 그리움에 지쳐서 울다 지쳐서, 꽃잎은 빨갛게 멍이 들었소~" "누구의 노래인데 그렇게 구슬퍼요?"라는 물음에 이미자의 '동백아가씨'라고 말해 주면서 '이 노래를 모르고 있나?'라는 표정을 지었다. 바다의 파도 소리, 붉은 동백꽃, 여교수님의 노랫소리, 살랑거리며 불어오는 바람과 함께 거닐던 둘레길이 끝나는 지점에 다다랐다. 이 부장님은 이제 배로 이동하여 탑승할 시간이라고 말해 주었다.

드디어 비료 선적이 다 끝나고 우리는 화물선에 승선하였다. 5,700톤의 비료를 선적하여야 하는 배여서 그런지 그 크기도 웅장해 보였다. 다만, 배의 겉 표면에 긁힌 자국이 많은 것을 보니 오래되고 낡은 배임을 직감할 수 있었다. '이 낡은 배로 멀고 먼 북한까지 안정하게 갈 수 있을까?'라는 걱정을 하고 있었는데, 아직 수명이 10년은 남았으니 걱정하지 않아도 된다며 선장이 안심시켜 주었다. 정부가 북한에 비료를 지원하는 사업인데 안전하지 않은 선박을 이용할 리는 없을 것이라고 생각하며 위안을 삼았다.

화물선에 승선하여 선장과 인사를 나누고, 서로의 안전을 위해 지켜야 하는 안전 수칙과 배에서의 규칙을 습득하였다. 그리고 배의 앞과 뒤, 지하 공간을 전체적으로 둘러보고, 잠을 자게 될 방을 배정받았다. 각자 지내게 될 선실을 배정받는 순간 너무나 놀랐다. 선실이 너무나 초라했기 때문이다. '여객선 정도의 선실이지 않을까?'라는 기대와 생각에서 완전히 빗나갔다. 화물선에서 뱃일을 하는 근로자들이 쓰는 방이었고, 특히 화물선에서 일하는 근로자는 대다수가 외국인이었던 상황이어서 선실이 더 볼품이 없었고, 지저분하기까지 하였다. 침대 하나에 작은 책상이 들어갈 수 있는 공간밖에 되지 않아 보였는데, 그만큼 공간도 협소하였다. 침대는 이층침대로 삐걱대는 소리가 났고, 침대를 덮고 있는 이불은 오랫동안 세탁을 하지 않아 보였고, 벽면은 여배우의 수영복 사진으로 도배되어 있었다. 오랜 항해를 하는 선원의 애환을 달래 주고 있는 듯한 모습의 달력도 보였다. 달력의 그림은 계절별로 경치를 담은 산수화였다. 자연스럽게 고향이 그리워지고, 육지가 생각나게 하는 사진이라고 표현하는 것이 맞을지도 모르겠다. 초여름의 6월은 바닷가 고요함을 담은 어느 섬마을 풍경을 담았다. 파도는 잔잔하고 마을은 고요하기만 하였다. 이런 객실을 맞이하고 당황스러웠지만 그렇다고 누구에게 하소연할 수도 없었다. 이렇듯 화물선의 숙식 여건이 매우 열악하였지만 받아들일 수밖에 없었다.

방을 둘러보고 우리는 배의 지하에 있는 주방으로 갔다. 저녁도 먹을 겸, 선장과 교류도 할 겸 해서 식탁에 둘러앉았다. 배는 이미 뱃고동을 울리며 출발하였고, 어느새 여수 앞바다를 지나가고 있을 것이었다. 선장도 저녁 식사를 위해 주방으로 왔고, 대화가 시작되었다.

"뵙게 되어 반갑습니다. 북으로 항해하는 막중한 임무를 수행하게 되어 어깨가 무겁습니다. 여러분이 안전하게 임무를 수행할 수 있도록 최선을 다하겠습니다. 불편한 사항이 있으시면 언제든지 얘기해 주십시오. 그리고 침실을 둘러보셨겠지만, 숙식 여건이 썩 좋은 편은 아니어서 송구스럽습니다. 화물선이라 원래 환경이 열악합니다. 주방에는 꽤 실력이 있는 주방장이 있습니다. 식사는 입맛에 잘 맞았으면 하는 바람입니다."

선장은 화물선의 생활 여건이 부족하다는 것을 인지하고 있으면서, 먼저 선수를 쳤다. 뻔히 알면서도 침실을 깨끗하게 정돈하거나 청소를 하지 않은 채, 우리를 맞이한 것이 조금 얄밉게 느껴졌다. 그것도 일반 손님이 아니고 북으로 국가적 임무를 수행하러 가는 팀인데….

　"화물선은 처음으로 승선해 봅니다. 북으로 비료를 지원하는 국가적 임무를 수행하는 역사적 여정이라 기대와 책임감은 높았고, 아울러 여정에 어려움은 없을 거라 생각을 하였습니다. 그런 연유로 숙박에 대해서도 아무런 걱정을 하지 않았었는데, 화물선의 여건이 매우 열악하군요. 지금부터 북으로 가는 데 꼬박 2일, 북에서 남으로 오는 데 또 2일을 배에서 보내야 하는 상황인데 걱정이 앞섭니다."

　인도 요원 4명의 공통된 의견이었다. 우리는 이미 출발하였으니 어쩔 수 없다 하더라도 다음 팀들은 생활 여건이 조금이나마 개선되도록 의견을 내어야겠다고 다짐을 하였다. 통일부 직원도 열악하다는 것은 알았지만 이 정도로 나쁠지는 몰랐다며 손사래를 쳤다.

　"서해에서 북의 지역으로 넘어갈 즈음에는 북쪽의 해군과 연락하여 이 배의 출입 허가를 위해 교신하여야 합니다. 그 임무를 누가 수행해 주셔야 합니다. 어려운 것은 아니고 어떤 목적으로 항해하고 있다는 것을 북한 당국에게 알려 주면 됩니다. 물론 첫 시도는 제가 하겠지만 항해 목적은 인도 요원 중의 대표님이 맡아 주셔야 하겠습니다."

　"예, 그 시간을 알려 주시면 제가 선장님과 함께 북측 인사와 교신을 하도록 하겠습니다. 교신에 필요한 암호는 제가 받아서 온 것이 있으니 저 외에는 아무도 할 수가 없습니다. 북한과 교신을 하기 위해서 제일 중요한 것은 암호일 것입니다."

남한 적십자사의 이 부장님이 그것을 맡기로 하면서 북한으로 항해하는 과정에서의 중요한 일들은 정리가 되었다. 선장은 식사를 급하게 마치고 조종실로 돌아갔다. 인도 요원 4명은 조금은 긴장한 듯한 모습으로 담소를 나누면서 저녁을 간단하게 먹고 모두 헤어졌다. 아침 일찍부터 출장 준비를 하고 여수까지 내려와서 화물선에 탑승하기까지 고되게 하루를 보낸 터라 피곤이 몰려왔기 때문이다. 퀴퀴한 냄새가 나는 침실이지만 피곤을 이기기 위해 나는 잠을 청하였다. 만족하지 못한 환경이었지만 그렇게 북한으로 가는 여정의 첫날 밤이 저물어 갔다.

68

얼마나 잤을까? 눈을 떠 보니 어둠만이 가득하였다. 나는 눈을 감은 채 손을 더듬어 핸드폰을 찾아 시간을 확인하였다. 시간은 새벽 4시, 아직 동이 트기에는 일렀다. 침대에 계속 누워 있을까 하다가 잠에서 깨어나 밖으로 발길을 돌렸다. 아직 일행들은 잠들어 있었고, 어디에서 누구와 도 대화를 하는 것은 불가능하였다. 나는 계단을 따라 올라와 배의 갑판 위, 선미로 향했다. 망망대해의 한가운데 나는 서 있었다. 화물선은 망망 대해의 파도를 가르며 어디론가로 나아가고 있었다. 어디로 가는지 말도 없이 전진하는 배의 주위는 암흑이 지배하고 있었지만 어두운 가운데에 서도 새벽 바다와 하늘은 나의 눈과 오감을 이끌었다. 새벽 바다는 짙은 어둠이 가득하였고 차가운 파도 소리만으로 가득하였다. 세찬 바람도 나를 휘돌아 갔다. 바다에 빠지면 안 된다는 마음을 굳게 가지며 나는 몸을 옷으로 감싸고, 선상의 가드레일이라 할 수 있는 보호 시설을 손으로 잡으며 안정을 찾았다. 그리고 눈을 들어 하늘을 보니 별빛이 나를 비춰 주고 있었다. 서해 새벽하늘을 수놓은 별빛은 수를 헤아릴 수 없이 많았다. 서해의 망망대해 위에서 보는 새벽하늘의 별의 향연은 장관이었다. 유독 밝은 빛을 발하는 북극성은 홀로 돋보였다. 빛나는 별을 바라보며 세상의 이치를 밝히는 점성술이나 천체관측 능력이 있으면 좋으련만….

안전한 배의 난간에 자리를 잡고 바다 파도 소리와 하늘의 별빛에 빠져 있은 지도 꽤 시간이 지났을 즈음이었다. 누군가가 철문을 열고 선상으로 올라오는 소리가 들렸다. 누구일까 하고 뚫어지고 바라보았더니 통일부 정 주무관이었다. 20대 후반의 여성 주무관이었는데, 꽤 용감한 성격을 가지고 있는 듯 보였다. 정 주무관이 나의 인기척을 느끼고 나에게로 다가왔다.

"김 서기관님, 벌써 깨어나셨군요. 언제 나오셨어요? 망망대해의 선상에 서 있는 기분이 어떠세요? 북한으로 가고 있다는 느낌이 드시나요?"

"30분 정도 여기 홀로 서 있었던 것 같아요. 이래저래 생각도 많아지고, 고민이 없다면 거짓말이겠죠? 솔직히 말씀드리면 살짝 긴장이 됩니다. 떨리기도 하고요. 북한의 땅을 밟는 것도 처음이지만, 북한 사람들과 만나면 느낌이 어떨지 걱정도 됩니다. 제 머릿속에 들어 있는 관념은 자유도 없이 힘들게 살아가는 북한 주민의 모습만이 가득하니까요. 그 관념의 변화가 일어날 것인지, 아니면 그 관념이 더 확고해질지 궁금하기도 합니다. 통일부와 북한이탈주민 정착지원사업의 하나로 직업능력개발사업을 수행하면서 하나원을 종종 방문할 기회가 있었고, 그들의 모습을 보기도 하였습니다. 또, 하나원에 강의를 몇 번 가서 북한이탈주민과 대화를 해 보기도 했지만, 북한 땅에서 북한 주민을 직접 마주하는 것은 또 다른 느낌이겠죠? 그리고 학창 시절 교과서에서 배우던 것과는 다르겠죠? 세월이 많이 지났으니까요."

정 주무관은 선미의 안전난간에 손을 꼭 잡고 나의 옆에 서서 먼 바다를 바라보았다. 강한 바람에 정 주무관의 긴 머리가 휘날리고 있었다. 나는 계속해서 하늘의 별을 바라보며 무상무념의 상태로 빠져들었다. 오늘따라 별빛이 더 빛나고 있었다.

"북한 사람이라 해서 뭐 틀린 것이 있겠습니까? 저는 북한 인사들은 몇 번 만나 보았는데, 크게 우리와 다른 것이 없었어요. 같은 한국말을 쓰고 외모도 같아서 친숙한 측면도 있으니 그냥 편하게 생각하시면 됩니다. 다만, 우리랑 생각의 관점이나 정치철학은 틀리니까 상대의 말을 반박하거나 상대를 우리 관점에서 가르치려고 할 필요는 없습니다. 그리고 자극적인 정치적 얘기나 국가 체제적 비판은 자제하는 게 좋을 겁니다. 그냥 우리는 적십자사의 일원으로서 인도적 차원의 비료 지원을 하러 가는 것이니까요."

"중요한 말씀이십니다. 우리는 신분이 대한민국의 공무원이 아니라 남한 적십자사의 직원이라는 사실을 잊지 말아야 하겠습니다. 정 주무관님 말씀은 상대를 충분히 존중하고 인정해 주면서 편안하게 대하면 된다는 말씀이시군요. 언행의 신중함도 필요해 보입니다. 정 주무관님은 경험이 있으니 저를 잘 안내해 주시기 바랍니다."

"비료 인도라는 과업을 잘 수행하고 북한에서 좋은 경험도 많이 한 후에 무사히 안전하게 돌아오는 것이 최상의 목표입니다. 임무는 그렇게 어려운 것은 없을 거예요. 북한에서 인수하러 나오는 인수 요원과 행정적 절차를 잘 마무리하면 되니까요. 배가 남포항에 정박해 있는 3일간은 어떤 일정으로 진행될지 그것이 궁금해집니다. 북한에 머물 때는 우리 맘대로 다 이루어지지는 않겠죠?"

"그러게 말입니다. 저 별빛이 우리를 끝까지 잘 밝혀 주었으면 합니다. 파도와 함께 몰려오는 바닷바람이 강하니 들어가서 조금 더 눈을 붙이시죠. 아침 동이 트면 또 다른 바다의 광경이 눈에 펼쳐질 듯합니다. 이런 망망대해 바다 구경도 처음이니 눈동자와 머릿속에 잘 간직해야겠습니다. 다시 못 해 볼 경험이라 생각하니 모든 것이 다 소중해 보이네요."

"예, 먼저 들어가세요. 선상에서 이런 광경을 볼 수 있다는 것도 신기하네요. 저는 늦게 나왔으니까 조금만 더 바다의 바람을 맞다가 들어가겠습니다. 파도 바람에 아주 멀리 날려 버리고 싶은 것도 많아서요. 허허. 아침에 뵈어요."

바람에 날리는 옷을 여미며 다시 침실로 돌아왔다. 특별히 할 일도 없어서 눈을 감고 잠을 청하였다. 그렇게 다시 잠으로 스며들어 갔다.

69

어느덧 아침에 동이 트고 날이 훤히 밝아졌다. 잠에서 깨어 아침 식사를 위해 주방으로 이동하였다. 일행이 승선한 화물선 선창호는 밤에도 쉼 없이 열심히 달렸다. 화물선은 여객선처럼 높은 속도로 운행하지 못한다. 최대 시속이 15노트(kn)에 불과하다고 하였다. 시속 15노트는 시속 27.78 킬로미터로 환산된다. 마라톤 세계신기록 보유자가 시속 20킬로미터로 달린다고 보면 마라톤 선수가 달리는 속도보다 조금 더 빠른 셈이다.

"모두 잘 주무셨습니다. 이렇게 하룻밤이 지났네요. 아침에 선상에 나가 보았더니 사면이 다 바다뿐이더군요. 다행히 오늘도 날씨는 좋아 보입니다. 파도도 잔잔하니 마음이 놓입니다."

적십자사의 이 부장님은 책임자답게 날씨 걱정을 하고 있었다. 바다라는 것이 항상 변덕스러운 날씨를 보이는 것이어서 걱정이 되었던 모양이다.

"예, 오늘 날씨는 좋습니다. 풍랑도 안정적입니다. 걱정하지 않으셔도 됩니다. 오늘도 우리 배는 열심히 달릴 것이고 저녁쯤이면 북한 수역으로 진입할 것입니다."

선장은 오늘의 운항 일정을 대략적으로 설명하였다. 시간 보내기가 지루할 때는 선박 내부에 구비되어 있는 도서와 만화책을 이용해 보라고 권해 주었다. 주방에서는 텔레비전도 쉼 없이 한국 소식을 전해 주고 있었다. 스포츠 뉴스 시간에는 2006년 독일 월드컵 축구 소식으로 뜨거웠다. 대한민국은 첫 경기에서 아프리카 토고라는 나라를 물리치고 승리를 거

두었기 때문에 축구팬들은 더 열광하였다. 2002년 한일 월드컵 4강 진출을 이루어 냈던 한국이었기에 독일 월드컵에서도 16강 진출을 염원하고 있었다. 첫 경기 승리 이후 두 번째 경기가 이틀 후에 열린다는 소식도 전하고 있었다.

"이틀 후에 프랑스와 두 번째 경기를 치르게 되네요. 월드컵 축구 경기를 볼 수 있으면 좋겠는데, 방법이 없겠지요. 두 번째 경기가 진행되는 시점에 우리 일행은 북한에 머물 예정이니까요. 북한이야 월드컵 축구에 관심이 없을 테고…."

나는 아침 식사가 끝나갈 즈음 스포츠 뉴스를 유심히 들으며 일행들에게 말을 던졌다. 모두 스포츠에 그다지 관심이 많아 보이지는 않았지만, 월드컵 축구가 2002년에 전 국민을 응원단으로 만들어 버려 월드컵을 모르는 사람은 없었다. 교수님과 통일부 주무관이 2006년 독일 월드컵 축구의 예선 경기 1차전을 시청하였다며 아주 짜릿했다고 동참해 주었다.

"월드컵 축구 예선 경기를 봐야죠. 우리 배는 북한에 정박해 있어도 텔레비전 시청이 가능합니다. 인도 요원 일행이 원하시면 우리 배에서 월드컵 축구 예선 경기를 볼 수 있도록 지원하겠습니다. 대신 우리 배는 항구에 정박만 할 수 있을 뿐, 선원들은 북한 땅을 자유롭게 밟지는 못합니다. 그러니 축구 경기를 시청하시려면 시간에 맞춰 우리 배로 와 주시면 됩니다. 숙소에 머물러 계시다가 교통편을 이용해서 우리 배로 오시지요."

선장은 배의 시설은 형편없지만 텔레비전 방송 주파 수신은 잘된다며 자랑스럽게 말하였다. 우리 일행은 모두 귀가 솔깃하였다. 북한까지 와서 월드컵 축구 경기를 관람할 수 있다니 꿈만 같았다. 문제는 숙소에서 정박해 있는 배로 이동하는 것이었는데, 거리가 2킬로미터 정도 될 거라고 적십자사 이 부장님이 부연 설명을 해 주었다. 거기다가 월드컵 축구 경기가 진행되는 시간은 우리나라 시간으로 새벽 4시였다. 그런 연유로 관건은 '새벽 시간에 일행이 북한 남포항 숙소에서 정박해 있는 배로 어떻게 이동해 올 것인가?'였다. 이동하는 교통편의 방법을 찾을 수만 있다면 월드컵 축구 예선 2차전 대한민국과 프랑스의 경기를 시청할 수 있음을 확인하고 우리의 배로 오는 교통편을 확보하는 방법에 대한 고민에 들어갔다. 북한 인수 요원에게 부탁해야 할 일(평양을 방문할 수 있게 해 달라는 요청 외에)이 하나 더 생긴 것일까?

서해 바다를 헤쳐 가는 화물선 선창호 위에서 지루한 하루를 보냈다. 선상에도 나와 바람을 쐬다가 침실로 들어가서 만화책도 보고, 주방에서 텔레비전도 시청하며 무료함을 달랬다. 내일 오후쯤이 되어야 북한 남포 항에 도착할 수 있었다. 항해 시간은 앞으로도 꼬박 24시간이나 더 남았다. 47시간에 걸친 항해를 마쳐야 육지에 닿을 수 있다는 것이 이렇게 긴 시간일 줄 미처 몰랐다. 딱히 해야 할 일이 없는 상태이다 보니 시간은 더디게만 가고 있었다.

시간은 뒤로 가는 법이 없다. 그리고 늘 일정한 속도로 달려간다. 느릴 때도 빠를 때도 있지만 항상 앞으로 나아간다. 그래서 지금의 시간은 과거의 시간을 남기고 미래의 시간을 기다린다. 그러므로 과거와 현재, 미래가 언제나 공존하는 것이 시간인지도 모른다. 지금은 항상 지금이고, 지금 이전의 시간은 모두가 과거며, 지금 이후의 시간은 영원한 미래다. 지금 이 순간에 우리는 과거를 기억하고 미래를 기약한다. 이건 시간과 관련된 불변의 진리다. 어떤 누구도 거스를 수 없는 진리….

70

시간을 따라 선창호도 전진하고 있었다. 선창호의 속도가 느린 듯이 느껴지지만 최고의 속도를 유지하며 쉼 없이 달리고 있었고, 언젠가는 남포항에 도착할 것이었다. 달리고 달려서 드디어 그 언젠가가 바로 지금으로 다가왔다. 선창호는 북한 땅 남포항을 지척에 두고 남포항구 앞바다에서 잠시 멈추었다. 남포항구까지는 1킬로미터 거리밖에 남지 않은 곳에 도달해 있었다. 선창호의 도착 소식을 전해 들은 북한의 해양 경찰 3명이 군용 보트를 타고 선창호로 다가와 선상으로 올라왔다. 선창호가 항구에 정박하기 전에 거쳐야 하는 검열을 하기 위해서였다. 북한의 해양 경찰 3명이 선승을 하자마자 먼저 선장을 찾았다. 그리고 남한의 인도 요원 일행과도 인사를 나누었다. 전형적인 북한 군인의 군복과 비슷한 황갈색의 제복을 입고 있었고, 머리에는 황갈색에 검은 선이 그어져 있고 둥글게 각이 선 모자를 쓰고 있었다. 3명 모두 짧은 스포츠형 머리에 검게 그을린 얼굴빛이었다. 제복의 계급장 둘레에는 붉은 띠로 제단이 되어 있어 유독 두드러져 보였다. 경찰인지 군인인지 구별은 되지 않았다.

"남한 동무들, 반갑습니다. 먼 길 오시느라 수고 많으셨습니다. 입항하기에 앞서 배에 대한 검열을 수행하겠습니다. 선창호에 선승해 계시는 선원과 인도 요원의 신원을 확인하고, 배에 다른 폭발물이나 위험물이 없는지 검색하는 절차입니다."

"반갑습니다. 이번에 남포항에 들어가는 인도 요원은 4명이고 선원은 선장을 포함해 3명입니다. 선장인 제가 배의 검색을 안내하겠습니다."

북한의 해양 경찰 중 반장 자격인 1명은 인도 요원 일행과 간담회장에 남고, 2명은 선장을 따라 배의 검열에 들어갔다. 적십자사 이 부장님은 반장 자격의 해양 경찰에게 남한에서 가져온 담배를 꺼내 주며 피워 보라고 권했다. 잠시 망설이던 해양 경찰은 고맙다는 인사를 하고 담배 하나를 받아들고 불을 붙였다. 반장 자격의 해양 경찰이 다소 불편한 모습을 보여 일행 중에서 이 부장님을 제외한 3명은 주방으로 이동하였다.

"소문대로 남한 담배가 상당히 부드럽습니다. 목으로 스며드는 담배 연기의 느낌이 좋습니다. 남한 동무들은 이렇게 부드러운 담배를 피우나 봅니다. 남한의 영화배우들은 담배를 피우는 모습을 영화에서 자주 보여 주던데, 그 담배와 똑같은 것입니까?"

"이 담배는 남한에서는 평범한 담배입니다. 영화에서 나오는 것처럼 아주 특별한 담배가 별도로 있는 것은 아닙니다. 비슷비슷한 담배들이 어디서나 쉽게 구매할 수 있어 대중화되어 있지요. 취향에 맞으시면 이 한 갑을 다 가져가서 피우시지요. 저는 평소에 담배를 아주 즐기는 편이 아니라서⋯. 여기는 우리 둘 이외에는 아무도 없습니다."

"그래도 되겠습니까? 담배를 자주 피우지 않으신다니 별로 소용이 없겠군요. 그럼 남한 동무를 만난 기념으로 제가 가져가서 다 피우겠습니다. 부드러운 것이 아주 좋습니다."

"한 갑 더 드릴까요? 필요하시면 말씀하시지요."

"더 있으면 한 갑 더 주시지요. 남한 담배 맛이 좋아서 구미가 당기는군요."

해양 경찰은 옷 주머니에 담배 두 갑을 챙겨 넣었다. 남한에서 북한 남포항으로 입항하는 쌀이나 비료 지원용 화물선 배에 대해서 검열 작업을 종종 해 왔기 때문인지 남한 동무와의 만남에 거리낌이 없어 보였다. 또한 남한 동무들이 가져오는 물품은 북한에서 얻을 수 없는 것들이 많으므로 남측의 물품에 관심을 적극적으로 표현하였다.

1시간에 걸친 검열 작업이 마무리되고 나서 남한 적십자사 이 부장님은 북한 사람들과 만날 때 알아 두면 좋은 처세술을 뒤늦게 알려 주었다. 북한 군인이나 당원들은 여전히 서로에 대해 감시와 감독을 하므로 북한 사람이 여러 명이 같이 있을 때 어떤 물건이나 기념품을 건네주면 잘 받지 않는다는 것이었다. 그런 제의를 하는 것이 예의가 아니라고도 하였다. 그렇다. 사회주의를 지향하는 국가 체계상 개인의 소유보다는 공동의 소유가 더 바람직하다는 인식이 지배하였다. 그런 특성을 가지는 국가 체계이지만 개인에게 소유욕이 없을 수는 없었다. 국가 체계가 추구하는 사회주의 이념과 개인의 소유욕 사이의 대치 상황을 적절히 잘 판단하여 대처하는 것이 필요함을 느꼈다. 남한 사람은 인지상정으로 북한 사람에게 뭐든지 더 건네주고 싶은 마음을 가지고 있지만 그런 마음만 가지고 행동하다 보면 서로에게 어색함과 불편함을 줄 수도 있음을 명심해야 했다.

검열을 마친 북한 해양 경찰이 돌아가고 잠시 후 북한의 예인선 (tugboat)이 다가와서 선창호의 남포항 접안을 도왔다. 선창호는 예인선의 도움을 받으며 서서히 항구로 이동하였다. 접안이 안전하게 마무리되었다는 신호가 있고, 북한의 보위부 직원 2명이 선창호로 승선하였다. 남한에서 가져온 비료의 인수작업을 시작하기 전에 관련 서류를 상호 확인하고 주고받는 절차가 진행되었다. 남한과 북한의 인도 및 인수 요원 대표가 '남북 간 비료 인도 및 인수 확인서'에 서명을 함으로써 서류작업은 신속하게 마무리되었다. 이로써 모든 절차가 끝나고 드디어 북한 땅을 밟을 수 있는 시점이 눈앞에 다가왔다.

어느새 해는 지고 있었고, 시간은 6시를 넘었다. 우리 일행은 항해의 피로함도 잊은 채 긴장된 마음으로 하선을 준비하였다. 개인별 물품이 담긴 여행용 가방을 하나씩 들고 배와 육지를 연결한 가파른 철 계단을 따라 한 걸음, 한 걸음 밟으며 조심히 내려갔다. 일행 모두가 육지에 안전하게 내리자, 항구에서는 북한의 축하 인파가 30여 명 모여 박수를 치며 남한 일행을 환영해 주었다. 일행은 선창호에 승선하여 인도 및 인수에 필요한 서류작업을 하였던 북한 보위부 직원의 안내에 따라 환영객 인파와 악수도 하며 인사를 나누었다. 환영객은 대부분 군복과 같은 제복을 입고 있었다. 항구를 관리하는 해양 경찰, 군부대, 노동자, 공산당원으로 구성되어 있는 듯이 보였다. 북한은 나름대로 남한에서 온 비료 인도 요원 일행에게 감사와 고마움을 전하려 노력하였음을 환영 행사에서 인지하였다.

71

선창호가 정박하고 있는 항구에 다른 선박은 잘 보이지 않았다. 선창호에 비견되는 큰 화물선은 전혀 없었고, 커다란 한자가 적혀 있어 중국에서 온 화물선으로 추정되는 한 척과 소규모의 낚싯배와 어선이 몇 척 정도만 보일 뿐이었다. 그렇다 보니 항구는 적막감이 흘렀고, 항구의 유지·관리에 필요한 노동자를 제외하고는 인적도 드물었다. 남포항의 야외 장소에서 서로 인사를 나누고 환담을 하며 간단한 환영 행사를 마무리하고, 일행은 준비된 북한의 차량을 이용하여 항구의 숙소로 이동하였다. 인도 요원으로 나온 북한 보위부 직원 2명과 '벤츠 200' 차량 2대가 우리 일행을 기다리고 있었다. 차량 1대당 북한 보위부 직원 1명과 운전사, 남한 일행 2명씩 나누어 타고 '남포항 여인숙'이라고 큰 글자의 간판이 건물 옥상 위에 설치되어 있는 숙소에 도착하였다. 일행이 사용할 숙소는 남포항에 지어져 있는 유일한 호텔급 숙소였고, 남포항이 내려다보이는 작은 언덕 위에 자리하고 있었다. 선창호에서 차량으로 이동한 시간은 10분 정도 걸린 듯하였다. 여인숙이라는 이름이 붙어 있어 초라한 숙소이지 않을까 걱정하였는데 내부로 들어가자 시설은 깨끗하고 웅장해 보였다. 4성급 호텔 수준이라고 호텔 직원이 강조하였다. 건물은 5층 높이였고 현관에서 객실로 연결된 긴 통로가 있어 호텔 분위기를 물씬 풍겼다. 우리는 여인숙 직원으로부터 객실을 배정받았고, 3층 객실에 짐을 풀었다. 보위부 직원은 저녁 식사 시간이 조금 지났다며 객실에 가서 옷을 편안히 갈아입고 1층 연회장으로 오라고 요청하였다. 비료를 인도해 주기 위해 북한을 방문해 준 남한 일행을 위해 환영 만찬을 준비하였다고 말해 주었다.

항구도 호텔도 우리 일행을 제외하면 아무도 없었다고 하는 것이 올바른 표현일 것이다. 그만큼 인적이 드문 항구였다. 이제 내일부터는 비료의 하적 작업이 이루어져야 하므로 많은 노동자와 트럭이 항구에서 바삐 움직일 것으로 예상되었다. 호텔 1층에 마련된 연회장에는 우아한 샹들리에가 빛을 발하고 있었고, 식탁과 의자도 서양풍으로 고급스러움을 내뿜고 있었다. 그런 연회장에서 우리 일행은 다시 모여 북한 보위부 직원이 마련해 준 환영 만찬을 시작하였다. 만찬 참석자는 우리 일행 4명과 북한 보위부 직원 2명이었다.

북한 음식으로 차려진 식탁이 매우 화려해 보였으나, 김치와 각종 나물, 갈비찜의 육류, 생선구이와 해산물, 밥과 된장국으로 차려진 밥상은 한국의 한정식집 밥상과 별 차이가 없었다. 음식의 맛은 조금 싱거우면서 깔끔하였다. 밥상에 차려진 다양한 음식을 다 맛보아야겠다는 다짐으로 약간 싱그러운 반찬을 하나씩 맛을 보았다. 싱겁고 담백한 맛이라 과하게 먹어도 위에 부담을 주거나 싫증이 나지 않아서 좋았다. 다만, 조미료를 사용하지 않아서인지 대체로 담백한 느낌은 좋았지만 화려한 맛을 내지는 못하였다. 그런대로 그간 느껴 보지 못한 새로운 맛이라 생각하며 북한 음식을 음미하면서 먹었다. 나쁘지 않은 신선한 밥상이었다.

환영 만찬에 빠질 수 없는 것이 바로 주류였다. 북한에서는 어떤 술을 마실까 하는 궁금증이 있었는데, 역시나 북한 백두산에서 채취한 들쭉으로 제조한 술이 준비되어 있었다. 식탁에 올라온 술병에는 '백두산 들쭉

술'이라고 표기되어 있었고, 이 술은 북한의 소주로는 가장 대중적이고 인기가 높은 술이었다. 알코올 농도는 25%로 매우 높았지만, 북한에서 제조된 술을 마셔 본다는 신비로움을 느끼며 사기로 만들어진 작은 술잔에 들쭉술을 따르고 건배도 하였다. 먼저 북측에서 보위부 직원의 건배사가 진행되었다.

"북한을 방문해 준 남한 동무 일행을 반가이 맞으며 건배를 하겠습니다. 남한 동무들의 즐겁고 의미 있는 시간을 위하여~"

"위하여~"

서로 반가움과 행복감을 만끽하며 잔을 부딪치며 원샷을 하고 박수로 화답하였다. 이어서 남한 일행의 대표인 이 부장님의 답사가 진행되었다.

"환대해 주신 북측의 보위부 직원께 감사를 드립니다. 배에는 비료를 싣고 왔지만, 저의 손에는 커피포트와, 학생들을 위한 학용품도 있으니 이 자리에서 전달하겠습니다. 그리고 우리 일행의 마음에는 남과 북이 자주 교류하면서 우애를 쌓자는 다짐을 가지고 왔습니다. 그 마음을 기억하면서 건배하겠습니다. 우리 모두의 소중한 만남을 위하여~"

"위하여~"

술을 곁들인 만찬은 화기애애하게 진행되었다. 불과 몇 시간 전에 처음 만났지만, 서로가 어느새 친숙한 느낌을 받고 있었다. 북한 보위부 직원은 화려하지 않은 간소한 옷을 입고 있었고, 시골 마을에서 지내는 이장과 같은 인상을 풍겼다. 보위부 직원의 유니폼인 듯한 진갈색의 셔츠와 바지를 동일하게 입고 있었고, 고위 직급으로 보이는 직원은 넓은 얼굴에 까맣게 탄 얼굴색이었고, 다른 직원은 타원형 얼굴형에 안경을 착용하였다. 이러한 외모와 옷차림에서 느껴지는 인상은 부유하게 살아가는 것과는 거리가 먼 그냥 평범함 그 자체였다.

만찬이 종점에 다다르고 있을 즈음, 우리 일행 중의 여교수님이 북한 보위부 직원에게 부탁이 있다며 말을 건넸다. 일행은 남포항에 정박해 있는 3일의 기간에 걸쳐 경험할 수 있는 것을 최대한으로 누려 보고 싶었다.

"남한에서 쌀이나 비료 지원을 하는 일행이 남포항에 들어오면, 북에서 평양을 다녀올 수 있도록 배려해 준다고 들었는데, 저희 일행도 가능하겠지요?"

"남한 동무, 말씀을 잘해 주셨습니다. 저희도 최대한 편의를 봐 드리고 싶습니다. 다만, 평양을 방문하는 것은 아무나 할 수 있는 것이 아닙니다. 경애하는 김정일 위원장님의 허락이 있어야 가능합니다. 이번에 남한 일행들이 비료와 함께 커피포트를 비롯한 많은 선물을 가져오셨으니, 제가 오늘 밤늦게라도 그 내용을 상부에 보고해 보겠습니다. 위원장님의 허락이 있어야 평양을 방문할 수 있으니 기다려 보시기 바랍니다. 내일 아침에 얘기해 드리겠습니다."

남한에서 북한으로 오기 전에 남한 적십자사에서 비료 외에 여러 가지 선물을 준비해 온 것이 효과를 발휘하고 있었다. 북에서 긴요하게 활용될 수 있는 물품을 선별해서 가져온 것에 대해 매우 고무된 표정으로 고마워하였다.

"보위부 직원께서 잘 보고드려 주시기 바랍니다. 우리 일행은 너무나 평양을 방문하고 싶습니다. 여수에서 남포항까지 와서 지척에 있는 평양을 가 보지 못하고 남측으로 내려가면 평생 후회가 될 것 같으니 꼭 도와 주시길 바랍니다."

우리 일행은 남한에서 출발할 때부터 평양 방문을 염두에 두고 있었기 때문에 환영 만찬 자리에서 북측에게 평양 방문 기회를 부탁하지 않을 수 없었다. 그리고 다른 한 가지의 부탁이 더 있었다. 그건 독일 월드컵에 출전한 한국의 예선전을 텔레비전으로 볼 수 있도록 도와달라는 것이었다. 이 부탁은 젊은 내가 말을 꺼냈다.

"북한에서는 월드컵 축구에 대해 관심이 많으십니까? 2002년 한일 공동 월드컵 축구대회에서 한국이 4강에 진출하였고, 그 이후 남한은 축구 응원 열정으로 뜨겁습니다. 올해에는 2006년 독일 월드컵 축구대회가 진행되고 있는데, 이틀 후 한국의 2차 예선전이 새벽 4시에 진행이 됩니다. 그래서 축구를 관람하고 싶은데, 비료를 싣고 온 선창호에 텔레비전 위성이 잡힌다고 합니다. 보위부 직원께서 저희를 그 시간에 맞추어 여기 숙소에서 선창호가 정박하고 있는 곳까지 이동시켜 주실 수 있으실지요?"

"그렇습니까? 북한도 예전에 월드컵 축구대회에서 8강까지 진출한 적이 있습니다. 남한도 축구가 매우 강해졌군요. 텔레비전 위성이 수신되는 선창호까지 이동하는 것은 새벽 시간이기는 하지만 저희도 여기 남포항에 계속 머물 예정이어서 가능할 것 같습니다. 정확한 시간을 알려 주시면 호텔 로비에서 기다리고 있겠습니다."

그렇게 해서 우리 일행은 남포항에 머무는 3일의 기간 동안 할 수 있는 일들을 북의 협조하에 진행하기로 계획하였다. 내일 아침이면 평양 방문 여부가 결정된다고 하니 기다려야 했다. 그렇게 환영 만찬을 마치고 우리 일행은 호텔 주위를 산책하였다. 언덕 위에 있는 호텔에서 북의 서해안 바다를 바라보는 풍경도 좋았다. 북한 땅에 발을 내어 딛고 맞이하는 첫날밤이었다. 47시간에 걸친 항해로 피곤이 몰려왔으나 쉽게 잠에 빠져들 수는 없었다. 내일은 평양을 갈 수 있다는 기대를 가지게 되어서 그런지 선창호에서 가졌던 나쁜 기억은 다 사라져 버렸다. 북에 온 것도 처음이고, 북한 보위부 직원과 대면한 것도 처음이었으며, 북의 음식도 처음 맛보았고, 북의 호텔에서 숙박하는 것도 처음이었다. 북에서의 모든 일은 모두 첫 경험이어서 모든 것을 있는 그대로, 스며드는 감정 그대로를 머리와 눈과 가슴에 담아 가야 한다는 의무감이 생겼다. 영원히 기억해도 부족할 것 같은 소중한 기회이자 시간이었기 때문이다.

72

다음 날 아침에 일찍 눈을 떴다. 낯선 북한 땅에서의 첫날밤이었지만 피곤해서인지 밤새도록 숙면에 빠져들었다. 몸도 마음도 한결 가벼웠다. 일행은 다시 아침 식사를 위해 1층에 있는 연회장에 모였다. 일반 호텔처럼 조식을 위해 뷔페식으로 다양한 음식을 차려 놓았다. 원하는 대로 가볍게 아침 식사를 하였다. 나는 삶은 계란, 우유, 구운 빵, 딸기 잼, 베이컨으로 선택해서 접시에 담았다. 나머지 일행도 간편하게 아침 식사를 골라 식탁에 같이 자리하였다. 밤새 별일 없이 잘 쉬었는지가 모두의 안부였다. 호텔의 화장실과 샤워 시설, 수건과 비누, 침대에 대해서도 모두 만족스러워하는 표정이었다.

아침 식사를 하면서 담소를 나누고 있을 즈음, 북한의 보위부 직원 2명이 연회장으로 들어와서 우리에게로 다가왔다. 아침 식사를 마쳤으면 자리를 옆방의 회의실로 옮겨 오늘 일정에 대해 얘기를 해 보자고 제안하였다. 우리는 궁금증을 가득 안고 자리를 옮겨 앉았다.

"남한 동무들이 그렇게 원하던 평양 방문이 오늘 새벽에 허가되었습니다. 경애하는 김정일 위원장께서 비료를 싣고 온 남한 동무들에게 큰 호의를 베푸신 것이지요. 준비를 마치고 1시간 후에 출발하도록 합시다. 차량은 우리가 준비하여 놓았습니다."

"우아, 영광입니다. 평양 방문을 갈 수 있게 되어 기쁩니다. 보위부 직원이 고생을 많이 하셨겠지요. 노력해 줘서 고맙습니다. 그럼 우리 일행은 침실로 가서 빠르게 준비를 하고 내려오겠습니다. 9시 30분에 1층 로비로 모이면 되겠지요?"

"평양으로 갈 준비를 하고 내려오시지요. 그 전에 계산을 하여야 할 것이 있습니다. 평양 방문을 가기 위해서는 교통비, 관람비, 식사비가 필요합니다. 남한 동무 1명당 100달러씩 지불하여 주셔야 하겠습니다. 오늘 하루를 위한 전체 비용인데, 괜찮으신지요?"

우리 일행은 흔쾌히 동의하였다. 평양 방문을 위해서는 그만큼의 비용을 북측에게 지불하여야 한다는 사실을 사전에 인지하고 있었기 때문이다. 우리 일행보다 먼저 남포항에 입항하여 평양을 다녀온 인도 요원도 모두가 같은 금액을 지불하였다. 남한에서 출발할 때 출장 여비로 받은 130달러 중에서 100달러를 각자 내어 놓아 합계 금액인 400달러를 북측 보위부 직원에게 전달하였다. 이로써 평양 방문을 위한 선결 요건은 모두 해결되었다.

준비를 마치고 드디어 우리는 평양으로 출발하였다. 이동에 사용하는 차량은 '벤츠 200' 2대였다. 차량 1대당 운전사가 있고 앞쪽 좌석에는 북한 보위부 직원 1명이 타고, 뒤쪽 좌석에는 일행이 2명씩 나누어서 탑승하였다. 차량이 출발하고 얼마 지나지 않아 평양으로 이어지는 고속도로에 진입하였다. 이 고속도로 이름은 평양남포고속도로였다. 고속도로는 왕복 10차로였고 통행 차량은 전혀 보이지 않았다. 오직 우리 일행이 탑승한 벤츠 차량 2대만이 유일하게 고속도로를 달렸다. 차량의 통행은 없고, 한적한 고속도로를 인근 지역 주민이 무단으로 횡단하는 모습만 간혹 보였다. 평소 차량 통행이 없음을 증명하는 듯하였다. 한적한 고속도로를 벤츠는 최고의 속도로 달려갔다. 달리는 차량의 창문으로 바깥 풍경을 눈여겨보았다. 고속도로를 따라 가로수가 조성되어 있었고, 시골 마을처럼 보이는 동네가 간혹 보였는데, 인적은 드물었다. 고속도로는 아스팔트를 이용하여 조성하였고, 흰색의 차선을 정돈된 모습으로 그어 놓았다. 들판에는 농사일에 바쁜 북한 주민이 일에 열중하고 있었고, 군복을 입은 남성도 간혹 눈에 띄었다. 평양으로 가는 고속도로에서 바라본 6월의 북한 풍경은 고요하기만 하였다. 남포항에서 평양까지의 거리는 70킬로미터 남짓 되는데, 벤츠는 45분을 달려 순식간에 평양에 도착하였다. 도시다운 모습이 눈에 들어왔는데, 여기가 바로 평양이었다. 평양시로 진입하는 입구에는 '혁명의 도시, 평양', '주체사상의 성지'라는 원형의 조형 간판이 크게 세워져 있었다.

10시 30분쯤 평양 시내에 들어서자 완전히 새로운 세상이 펼쳐졌다. 높은 고층빌딩과 아파트와 같은 웅장한 건물이 보이고, 지나가는 시민도 많았다. 300만의 시민이 사는 도시, 지금은 조선민주주의인민공화국의 수도다. 거리에는 대중교통인 버스와 택시가 왕래하는 모습을 볼 수 있었다. 또한, 철도와 노면 전차가 조성되어 있었고, 놀랍게도 지하철도 개통되어 있다고 들었다. 평양 시내를 흐르는 대동강도 시야에 들어왔고, 대동강을 가로지르는 다리도 건넜다. 화려한 도시는 아니었지만, 계획적으로 조성된 도시의 웅장함과 광활함이 느껴졌다. 서울처럼 평양도 우리의 역사에서 중요한 도시였다. 특히, 고구려의 도읍지였고, 고려 시대에는 서경(西京)으로 불리었으며, 왕조의 중심지역이었다. 예전에는 광활한 평야가 펼쳐져 있어 농업이 크게 발달하였을 것이다.

73

　평양에 도착하여 가장 먼저 우리 일행을 안내한 곳은 바로 김일성 생가였다. 만경대 고향집이라고 불리는 북한의 사적지다. 김일성 생가는 초가집으로 복원되어 있었고, 그렇게 크지 않은 집터와 넓은 마당, 농기구가 보관되던 창고로 구성되어 있었다. 마당 한편에는 깊은 우물이 있었고, 수도용 펌프질을 하면 물이 흘러나왔다. 보위부 직원은 만경대 고향집을 안내하는 안내원을 붙여 주었고, 안내원은 김일성 생가 시설에 대한 안내와 함께 역사적 의미를 설명하기 시작하였다. 안내원은 작은 얼굴에 야무진 인상을 가진 여성이었다. 까만색 치마와 흰색 저고리를 한 복장이었고, 신발 역시 까만색 고무신이었다.

　"만경대 고향집 사적지에 방문한 남한 동무들을 환영합니다. 이곳은 영도하신 김일성 수령께서 태어나신 곳입니다. 이쪽으로 와 보시면 이 건물이 실제로 거주하던 곳이었고, 오른쪽으로 있는 작은 방에서 태어나신 것으로 기록되어 있습니다. 아울러서 친애하는 김정일 위원장께서도 이 집에서 태어나셨습니다."

　우리는 안내원의 설명을 들으며 이곳저곳을 눈여겨보았다. 북한의 사적지이다 보니 외국인 방문객도 몇몇 눈에 띄었다. 우리는 어떤 질문을 하지는 못한 채 안내원이 설명하는 내용을 귀담아 듣기만 하였다. 그리고 마당 한편에 있는 우물로 가서 물을 한잔 맛보았다.

　"이 우물은 연중 마르지 않고, 땅속에서 계속해서 솟아나는 영험력을 가진 우물입니다. 영도하신 김일성 수령님은 이 우물을 마시며 자라셨지요. 김일성 수령님의 조선 해방을 위한 지칠 줄 모르는 열정은 아마 이 우물물에서 비롯된 것이 아닌가 판단됩니다."

안내원의 설명은 유창하게 거침없이 이어졌다. 우리 일행이 기념사진을 같이 찍자고 제의하자 안내원은 흔쾌히 응해 주었다. 일행 4명은 안내원을 가운데 두고 김일성 생가가 뒤 배경으로 잘 보이는 위치에서 기념사진을 찍었다. 우물물을 마시는 모습도 사진으로 남겼다. 우물물은 안내원의 설명을 들었지만, 다른 특이한 맛을 찾을 수 없었다. 갈증을 해소하는 차원에서 시원하게 목을 축였을 뿐이다. 우물물을 마시고 잠시 휴식을 취하였다.

"남한 동무들, 다음 안내 장소로 이동하겠습니다. 저를 따라 오시기 바랍니다."

우리 일행은 안내원을 따라 김일성 생가를 기준으로 오른쪽 길을 따라 걸어갔다. 약간 오르막길이었다. 100미터 정도의 거리를 오르막길을 따라 걸어 올라가니 조그마한 정자 하나가 눈에 들어왔다. 안내원의 설명이 이어졌다.

"이 정자에 올라와 보십시오. 저 아래쪽으로 흘러가는 대동강물이 보이십니까? 이곳은 평양의 젖줄인 대동강을 바라볼 수 있는 곳이며, 이곳에 서면 아래로 펼쳐진 일만 가지의 경치를 볼 수 있다고 하여 우리는 이 정자를 만경대라고 부릅니다. 대동강물에는 천연기념물에 해당하는 철새들이 날아와 서식하기도 합니다. 영물들이 서식하고 지내는 자연 그대로의 강물이지요. 영도하신 김일성 수령님은 친구들과 이곳에 들러 운동을 하시다가 이 만경대 정자에 앉으셔서 흘러가는 대동강물을 바라보시고 원대한 꿈을 꾸셨으며 사나이의 호연지기도 키우셨지요. 이 옆을 보시면 조그마한 잔디밭이 하나 있지 않습니까? 이곳은 김일성 수령님이 어릴 적에 동무들과 씨름을 하며 체력을 키우시던 곳입니다."

"언제까지 이곳에서 살았나요?"

"영도하신 김일성 수령님은 어린 시절 학업에 집중하다가 조국 광복의 전선에서 활동하는 것이 더 우선이라는 판단을 하고 17살의 나이에 만주 땅으로 넘어가셨습니다. 오로지 조국 광복을 찾겠다는 일념 하나만으로 맨몸으로 전선에 뛰어드신 것입니다."

그 정자에는 만경대(萬景臺)라는 푯말이 붙어 있었다. 만경대라는 명칭을 예전에 들어 본 기억이 났다. '아, 여기가 만경대라는 곳이구나!'라고 새삼 느끼며 아래쪽에 펼쳐진 대동강물을 바라보았다. 대동강물의 강폭은 한강만큼이나 웅장하였다. 강물의 한복판에 조성된 작은 섬에 크지 않은 소나무가 몇 그루 있었고 숲은 잡풀로 무성하였고, 그 곁으로 천둥오리와 하얀 깃털의 학과 같은 새들이 먹이를 찾고 있는 모습도 보였다. 강물 주위는 자연 그대로 보존되어 있었고, 개발의 흔적은 보이지 않았다.

나는 만경대 정자에서 발을 뗄 수가 없었다. 흘러가는 강물의 물결이 너무나 아름다운 광경, 자연이 그대로 살아 있는 강변에 동식물이 거닐고 있는 풍경, 무언가 잠재적인 뜻을 내포하고 있을 것만 같은 환경이라는 생각을 담았기 때문이다. 자꾸만 나의 눈은 커졌고, 대동강물 줄기를 따라 시선이 옮겨갔다. 남한 서울에는 한강이 있듯이 북한 평양에는 대동강이 있다. 서울의 한강은 대한민국의 경제발전을 '한강의 기적'이라는 말로 기념할 만큼 상징적인 강물이다. 북한의 평양에서는 대동강물을 젖줄이라고 표현하고 있다. 그만큼 평양의 발전을 뒷받침하는 상징이라는 뜻일 것이다. 대동강이 흘러가는 강변에 김일성 생가가 터를 잡고 있었다. 아울러 대동강의 다양한 경치, 만 가지의 아름다운 경치를 한눈에 바라볼 수 있다는 그 언덕 옆에 김일성의 생가가 위치를 잡았다.

대동강물을 하염없이 감상하다가 나는 잠시 정신을 잃었다. 무언가 나의 머리를 휘감아 도는 전율을 느껴졌기 때문이다. 정신을 다시 가다듬고 눈을 떠 보니, 나의 눈은 어느 순간부터인지 알 수 없으나 대동강물 중간에 형성된 작은 섬 1개와 큰 섬 1개를 발견하였다. 그것도 김일성의 생가 터가 자리 잡은 바로 그 앞쪽으로 형성되어 있는 큰 섬 1개와 작은 섬 1개를 보았다. 안내원의 설명에 따르면 평양 시내를 흐르는 강물은 2개인데 하나는 대동강이고 다른 하나는 보통강이다. 대동강은 서쪽에서 동쪽으로, 보통강은 북쪽에서 남서쪽으로 흐른다. 이처럼 두 개의 강이 각각 흘러오다가 평양의 시내 한가운데에서 하나의 대동강으로 합쳐진다. 보통강이 대동강으로 합류된다고 할 수도 있겠다. 하나로 합쳐진 대동강이 커다란 한 줄기 강물로 흘러가다가 김일성 생가 터 앞에서 1개의 큰 섬과 1개의 작은 섬을 만나 물줄기가 갈라짐을 나는 볼 수 있었다. 그 2개의 섬에 희귀한 동식물이 많이 서식하고 있어 자연의 보고가 되고 있다는 것이 안내원의 설명이었다. 이것이 뜻하는 바는 무엇일까? 김일성 생가 앞에서 형성된 대동강물의 작은 섬 2개는 무슨 의미를 품고 있을까?

나는 일행이 부르는 소리에 뒤를 돌아보니 일행은 만경대 옆에 조성된 잔디밭을 거닐고 있었다. 안내원의 설명에 따르면 '영도하신 김일성 수령님이 어릴 적 동네 친구들과 씨름을 하며 체력을 키우고 호연지기의 기개를 품었다'는 장소였다. 둥그렇게 조성된 잔디밭에는 천연 잔디가 일정한 크기로 우아하게 자라 있었다. 나는 복잡한 생각을 잠시 접어 두고 만경대를 내려와 일행과 함께 어울렸다. 안내원의 가이드를 받으며 우리 일행은 만경대에서의 느낌을 뒤로한 채 다시 김일성 생가 터가 있는 쪽으로 내려왔고, 다시 초가집을 잠시 둘러보다가 생가 터 방문을 마무리하였다. 그리고 우리 일행은 보위부 직원의 안내에 따라 차량에 탑승하여 다음 장소로 이동하였다.

74

평양을 지리적으로 구분해 보면, 평양시를 흐르는 강은 보통강과 대동
강이 있는데 평양시를 기준으로 북쪽에서 내려오는 보통강(대동강의 1/3
수준 규모)과 동쪽에서 흘러 들어오는 대동강이 평양의 중심에서 합쳐져
완전한 대동강이 된다. 보통강과 대동강이 합쳐지기 전까지의 지역은 두
개의 강을 좌우로 두게 되는데 그 지역을 본평양(本平壤)이라 부르고, 대
동강의 동쪽은 동평양(東平壤), 보통강과 완전한 대동강의 왼쪽은 서평
양(西平壤)이라고 호칭한다. 말 그대로 본평양이 평양의 중심부가 되고,
본평양에 내각청사, 인민대학습당, 김일성 광장, 주체사상탑, 조선 미술
박물관 등 행정·경제·문화와 관련된 중심건물이 밀집되어 있다. 동평양
과 서평양은 시민들이 거주하는 지역이다.

우리 일행이 다음으로 향한 곳은 주체사상탑이었다. 대동강 기슭에 있
는 주체사상탑은 북한의 주체사상을 기념하기 위해 건립한 탑으로 김일
성 70회 생일에 맞추어 1982년에 완공되었다고 한다. '주체'라는 큰 글자
가 탑의 벽면에 쓰여 있으며 높이는 170미터에 이르고 탑의 맨 상단은 불
길 모양의 붉은색 봉화로 장식되어 있다. 이 봉화는 밤이 되면 불을 밝혀
실질적인 불길처럼 보인다고 한다. 탑의 가장 아래쪽 부분에는 좌우 측
면으로 목란꽃 70송이가 새겨진 부각이 있다. 이렇듯 주체사상탑은 평양
시내에 우뚝 서 있는 조형물이다 보니 평양 건축물의 상징이 되었고, 탑
으로 올라가면 평양 시내 전체를 조망할 수 있어 관람객의 마음을 사로잡

는 최고의 명소가 되었다.

일행은 주체사상탑에 도착하여 안내원과 보위부 직원의 설명을 들으며 탑 근처에서 위쪽을 보았다. 170미터나 되는 높이의 위엄이 있어서인지 맨 상단의 모습은 눈에 들어오지 않았다. 우리는 탑의 전망대로 가기 위해 엘리베이터에 탑승하였다. 이 엘리베이터를 타고 150미터까지 올라가면 평양을 전체적으로 볼 수 있는 전망대가 있다고 설명해 주었다. 150미터 상공까지 올라가 시내를 바라본다는 것에 놀라움과 기대감을 표하지 않을 수 없었다. 기대감으로 탑승한 엘리베이터는 10여 명이 탈 수 있는 공간이었고, 출발하자마자 엄청나게 빠른 속도로 상승하기 시작했는데, 서울의 63빌딩에 설치된 고층 전용 엘리베이터의 속도만큼이나 빨랐다. 엄청난 속도를 느끼다 보니 엘리베이터를 탑승하고 1분도 되지 않아 150미터까지 올라온 듯하였다. 초고속이었지만 흔들림이나 불편함이 없었던 엘리베이터의 문이 열리고, 몇 걸음씩 발을 내딛는 순간 사면으로 시내의 경치가 들어왔다. 사면을 투명한 유리로 만들었는데, 조금씩 돌면서 동서남북으로 시내를 바라볼 수 있었다. 서울 남산의 전망대와 비슷한 느낌이었지만, 150미터 상공의 높이에 설치된 전망대라는 것에서 그 위용이 느껴졌다.

불행하게도 그날따라 날씨는 흐리고 안개가 얕게 깔려 있었다. 평양 시내를 관람할 수 있는 최상의 날씨 상황은 아니었지만, 이럴 기회가 다시 없기에 나는 눈을 부릅뜨고 하나라도 더 자세히 보려고 정신을 가다듬었다. 가장 눈에 먼저 들어온 것은 정지된 듯 보이면서도 유유히 흘러가는 대동강이었다. '대동강의 강폭을 한강의 강폭과 비교해 보면 어떨까?'라는 생각이 스쳐 갔지만, 쉽게 가늠할 수는 없었다. 대동강 위로 건립된다리 몇 개가 띄엄띄엄 보였는데 서울의 한강 다리처럼 숫자가 많아 보이지는 않았다. 대략 6개 정도의 다리가 건립되어 있었던 것으로 기억된다. 그리고 서쪽으로는 인민대학습당과 김일성 광장, 북쪽으로 평양 개선문과 유경호텔이 눈에 들어왔다. 우리가 다녀온 김일성 생가의 위치를 묻자, 안내원은 남쪽 방향을 가리키며 어느 부근임을 설명하였는데, 자세하게 눈에 들어오지는 않았다. 그리고 오후에 우리 일행이 가게 될 평양 개선문과 김일성 광장의 위치도 알려 주었다. 안내원은 평양의 도시가 품고 있는 우수성을 알리고 자세하게 설명하려고 적극적인 모습을 보였다.

"전망대에서 바라보는 평양 시내의 모습이 어떻습니까? 오늘 날씨가 맑았다면 더 선명하게, 더 먼 곳까지 볼 수 있었을 텐데 안타깝습니다. 평양은 크게 세 지역으로 나누어져 있다고 얘기할 수 있습니다. 이쪽으로 보시면 작은 강인 보통강과 큰 강인 대동강 사이의 지역을 조망할 수 있는데, 이곳을 우리는 본평양이라 부릅니다. 그리고, 대동강의 동쪽과 서쪽은 동평양과 서평양으로 부르고 있지요. 국가의 중요 시설과 건물은 본평양에 모두 모여 있습니다. 본평양 지역이 평양의 가장 중심부이지요. 동평양과 서평양은 시민들이 거주하는 지역입니다."

"동평양과 서평양이라는 지역은 시민들이 거주하는 지역이라고 설명해 주셨는데 그 방면에도 높은 건물들이 제법 보입니다. 높은 건물은 다 아파트입니까?"

"예, 맞습니다. 평양 시민들도 아파트 거주를 좋아합니다. 북한에서 아파트는 시민들 중에서도 조금 상류층 사람들이 지내는 거주지이지요."

북한에도 드물게 아파트라는 건축물이 있고, 상류층이 거주하고 있다는 설명을 고려하면 아파트에 대한 인기가 높다는 것을 알 수 있었다. 동

평양, 서평양에 조성된 시민들의 주거지역은 너무 멀리 떨어져 있어 주체
사상탑에서 자세하게 볼 수는 없었다.

75

주체사상탑 전망대에서 엘리베이터를 타고 내려오니 시간은 오후 1시를 넘어 있었다. 다음으로 우리가 간 곳은 점심 식사를 위한 식당이었다. 평양 시내 어딘가로 향했는데, 식당의 이름은 '민족 식당'이었다. 식당으로 들어서니 아주 넓은 홀이 나왔다. 4인용 식탁은 50여 개가 넘었고 출입문에서 가장 안쪽으로는 무대가 설치되어 있었다. 무대 위에는 피아노, 드럼, 기타가 자리를 잡고 있었고, 세워진 마이크도 두 개가 보였다. 여기는 식당인데 왜 공연장의 무대가 설치되어 있는지 의아하였다. 일단, 우리 일행은 식당의 중앙 쪽 식탁 2개에 나누어서 자리를 잡았다. 일행 4명과 북한의 보위부 직원 2명, 총 6명이었다. 다행스럽게 그 넓은 홀을 가진 식당에 다른 일반 손님은 없었다. 자리에 앉아 주위를 둘러보고 있을 즈음 간편한 한복 차림으로 곱게 차려입은 여성 종업원이 다가왔다.

"접대원 동무, 여기 일행은 모두 6명이고, 사전에 주문한 음식을 내어 주시지요. 오늘은 특별하게 남한에서 귀한 동무들이 방문하였으니 맛있는 음식으로 잘 차려 주시기 바랍니다."

보위부 직원은 다가온 종업원을 접대원 동무라고 부르며 의기양양하게 얘기를 하였다. 그리고 우리 일행이 남한에서 온 귀한 손님이라고 소개하면서 분위기를 한층 끌어올렸다.

"예, 보위부 상급 동무. 그러지 않아도 기다리고 있었습니다. 남한에서 오신 동무님들, 반갑습니다. 그리고 환영합니다. 우리 식당은 '민족 식당'

으로서 평양에서 맛집으로 소문이 난 곳입니다. 오늘 메뉴는 남한 동무들이 평양에 오시면 꼭 드시고 가야 할 음식으로 마련해 놓았습니다. 혹시 추가로 필요한 게 있으시면 언제든지 하달하여 주시어요. 평안한 점심 식사 시간이 되도록 성심껏 모시겠습니다. 감사합니다."

20대 초반으로 보이는 여성 접대원은 얼굴에 미소를 가득 품으면서 말하였다. 그 대답을 마치고 돌아서는 여성 접대원은 짙은 가지색 한복 치마에 개나리처럼 밝은 색의 노란 저고리를 입었으며, 긴 머리는 두 갈래로 단정하게 가지런히 묶어 청초한 아름다움을 띠고 있었다. '여기서는 식당의 종업원을 접대원이라는 호칭으로 부르고 있구나!'라는 생각을 하며, 여기가 북한 평양에 있는 식당임을 새삼스럽게 느꼈다.

"이 식당은 규모가 상당히 크군요. 200명 이상의 손님이 앉을 수 있을 것 같습니다. 여기도 옥류관처럼 평양에서 유명한 식당인가요? 그런데 이 넓은 홀에 다른 손님은 보이지 않는군요. 시간이 오후 1시를 넘겨서 그런가 봅니다. 식당이 넓으니까 우리 일행이 엄청나게 대접을 받고 있다는 느낌을 받게 됩니다. 그런 거지요?"

"예, 남한 동무들을 위해 우리가 좋은 식당으로 준비를 하였습니다. 이 식당은 매우 규모가 크고, 일반 평양 시민들도 자유롭게 이용할 수 있는 식당이고, 음식은 수준이 꽤 높은 곳으로 유명합니다. 남한 동무들을 모시기 위해서 특별하게 사전예약을 하였더니, 접대원 동무들이 음식 대접과 함께 다양한 행사도 준비하였다고 합니다."

"특별한 행사라면 무엇을 말하는 건가요?"

"점심 식사 시간을 가지고, 식사가 마무리될 즈음에 접대원 동무들이 남한 동무들을 위해 무대 행사를 시연할 예정입니다. 저기 안쪽으로 보이는 무대에 드럼, 피아노, 기타가 있는데 보이십니까? 아무에게나 무대 행사를 하지는 않습니다. 오늘은 특별히 남한 동무들을 위해 무대 행사를 준비하였다고 하니 기다려 보시기 바랍니다."

그제야 이 넓은 식당에 무대가 설치된 이유를 알 수 있었다. 식당 종업원들이 한복 차림인 이유도 무대 행사를 위한 준비 때문인지도 모르겠다. 아니면 원래 종업원의 복장이 그렇게 한복으로 정해져 있는지도 모른다. 하여튼 식사와 함께 뒤이어 펼쳐질 북한 접대원들의 무대 행사도 예정되어 있다는 설명에 우리의 기대는 한껏 고조되었다. 식당에 와서 공연도 볼 수 있다는 것이 신기롭기만 하였다.

잠시 후 접대원들이 차려 주는 음식으로 즐거운 식사 시간을 보냈다. 늦은 점심이어서 그런지 더 맛있는 점심이었다. 여러 음식 중에서 가장 인상적이었던 것은 평양냉면이었다. 심심한 듯하면서도 시원한 육수에 메밀가루 향이 살짝 나는 듯한 냉면이었다. 동치미로 담은 배추와 무가 곁들어지고, 고기 몇 점도 위에 올려져 있어 한껏 평양냉면의 위용을 드러내고 있었다. 여름으로 접어드는 유월의 날씨에 시원한 냉면은 더웠던 속을 시원하게 적셔 주었다. 냉면을 즐겨 먹지 않았던 나는 북한에서 오리지널 평양냉면을 먹은 터라 냉면이라는 음식의 묘미를 듬뿍 느낄 수 있는 계기가 되었다. 그렇게 식사는 마무리되었다.

이제는 특별한 무대의 시간이었다. 점심 식사 와중에도 '무대 행사가 무엇일까?'라는 생각이 들었기에 기대감은 많이 고조되었다. 이윽고 여성 접대원 6명이 무대로 올라가 가볍게 인사를 하였다. 그리고 한 명은 기타, 한 명은 드럼, 한 명은 피아노, 한 명은 전자오르간 앞에 앉았고, 나머지 두 명은 무대에 세워져 있던 마이크를 잡았다.

"남한에서 평양을 방문해 주신 동무들 반갑습니다. 저희가 준비한 무대를 지금부터 펼쳐 보겠습니다. 흥이 나시면 저희와 함께 같이 즐겨 주셔도 되겠습니다. 첫 노래는 여러분을 환영하는 의미를 담아 선곡해 보았습니다. 그럼 시작하겠습니다."

접대원들은 일제히 각자가 가진 악기 연주를 시작하였고, 흥겨운 음악 반주와 함께 시작된 노래는 '반갑습니다'라는 제목의 노래였다. 첫 곡부터 흥겨운 가락에 가벼운 율동을 섞어 가며 분위기를 띄우고 있었다.

(1절) 동포 여러분 형제 여러분 이렇게 만나니 반갑습니다. 얼싸안고 좋아 웃음이요. 절싸 안고 좋아 눈물일세. 어허허 어허허허허 늴리리야. 반갑습니다. 반갑습니다. 반갑습니다. 반갑습니다.

(2절) 동포 여러분 형제 여러분 정다운 그 손목 잡아 봅시다. 조국 위한 마음 뜨거우니 통일 잔칫날도 멀지 않네. 어허허 어허허허허 늴리리야. 반갑습니다. 반갑습니다. 반갑습니다. 반갑습니다.

(3절) 동포 여러분 형제 여러분 애국의 더운 피 합쳐 갑시다. 해와 별이 좋아 행복이요 내 조국이 좋아 기쁨일세. 어허허 어허허허허 늴리리야. 반갑습니다. 반갑습니다. 반갑습니다. 반갑습니다.

아련하면서도 힘이 느껴지는 청아한 목소리로 전해지는 노래 가사에 모두가 처음부터 신이 났다. '동포와 형제를 만나서 반갑다'고 노래하는 가사로 오늘 처음 알게 된 남한 동무들을 만나서 반갑다는 의미를 전하는 것 같아 고마웠다. 그런 의미를 느끼며 우리는 박수로 화답을 하였고 서로를 바라보며 흥겨움을 즐겼다. 아울러 맑은 목소리로 얼마나 흥겹게 노래를 잘하는지 감탄하지 않을 수 없었다. 노래와 함께 곁들어지는 작은 율동도 한복 치마를 따라 섬세함을 풍겼다. 무대를 주름잡는 솜씨도 노련하였다.

이어진 노래는 '고향의 봄'이었다. 학창 시절 학교에서 선생님의 풍금 반주에 따라 불렀던 그 노래였다. 어린 동심이 색을 담아 가던 시기에 잔잔함을 주었던 동요, 언제 들어도 어린 시절을 떠올리게 하는 그 동요가 '고향의 봄'이었다. 그 동요가 북한 평양의 식당에서 접대원으로부터 들려오고 있었다. 아마도 북한에 있는 학생들도 학교에서 이 노래를 부르는지 모르겠다.

(1절) 나의 살던 고향은 꽃 피는 산골. 복숭아 꽃 살구 꽃 아기 진달래. 울긋불긋 꽃 대궐 차린 동네. 그 속에서 놀던 때가 그립습니다.

(2절) 꽃 동네 새 동네 나의 옛 고향. 파란 들 남쪽에서 바람이 불면. 냇가에 수양버들 춤추는 동네. 그 속에서 놀던 때가 그립습니다.

어린 시절 살던 고향 집의 풍경이 가사에 그대로 담겨 있는 이 노래는 모두의 가슴에 녹아 있는 추억을 들추어낸다. 마이크를 잡고 노래를 하던 접대원이 한 손을 들어 좌우로 천천히 흔들어 보였다. 같이 즐거움을 만끽해 보자는 신호였다. 이에 맞춰 우리도 덩달아 노래 반주에 맞추어 양손을 들고 천천히 좌우로 흔들었다. 고향이라는 말은 언제나 사람의 심금을 울리게 한다. 일행들은 조그만 목소리로 노래를 따라 불렀다.

그렇게 몇 곡의 노래가 계속되었다. 공연에 집중하던 접대원은 우리 일행을 바라보며 잠시 노래를 멈추고 마이크를 잡았다. 그리고 우리에게 대화를 시도해 왔다. 서로 대화를 하면서 조금 쉬어 가는 시간을 마련하는 듯하였다.

"남한에서 오신 동무 여러분, 즐거우셨습니까? 저희의 노래에 화답해 주셔서 감사합니다. 혹시 남한 동무 중에서 노래를 해 보고 싶은 분이 계시면 앞으로 나오셔도 되겠습니다. 좋아하시는 노래를 한 곡 불러 주시면 너무나 고맙겠습니다."

북한 접대원의 갑작스러운 제안에 우리 일행은 서로 바라만 보았다. 어느 누구도 그 제안에 반응을 보이지 않다가, 우리 일행 중의 여교수님이 식탁 의자에서 살며시 일어나 무대 쪽으로 발걸음을 내디뎠다. 그 용기에 모두가 박수를 보냈다.

"북한의 여성 동무들이 너무나 노래를 잘하여 감명을 받았습니다. 음식으로, 노래로 우리 일행을 환대해 주셔서 고맙게 생각합니다. 저는 노래 실력이 좋지는 못하지만, 좋아하는 노래가 있어 한 번 불러 보려고 합니다. 노래 제목은 선구자입니다."

여교수님이 말을 마치자 바로 노래 반주가 나왔다. 무대에 있는 북한 접대원들이 '선구자'라는 제목의 노래를 연주하기 시작한 것이다. 누구나 귀에 익은 반주가 시작되자 모두의 시선이 여교수님에게로 향했다. 노래를 시작하려는 여교수님을 응원하기 위해 양쪽 옆으로 북한 접대원이 자리를 잡았다. 우리는 의자에 앉아 눈빛으로 교수님을 응원하였다. 교수님은 약간 긴장한 듯 보였으나, 반주에 따라 차분히 노래를 불렀다. 노래가 진행될수록 음색도 안정되었고 실력도 발휘되었다.

(1절) 일송정 푸른 솔은 늙어 늙어 갔어도, 한 줄기 해란강은 천년 두고 흐

른다. 지난날 강가에서 말 달리던 선구자, 지금은 어느 곳에 거친 꿈이 깊
었나.

(2절) 용두레 우물가에 밤새소리 들릴 때, 뜻깊은 용문교에 달빛 고이 비
친다. 이역 하늘 바라보며 활을 쏘던 선구자, 지금은 어느 곳에 거친 꿈이
깊었나.

(3절) 용주사 저녁 종이 비암산에 울릴 때, 사나이 굳은 마음 길이 새겨 두
었네. 조국을 찾겠노라 맹세하던 선구자, 지금은 어느 곳에 거친 꿈이 깊
었나.

노래가 끝나자 모두가 일어서서 박수를 보냈다. "교수님 멋져요. 아름
다운 곡이었어요"라고 일행 중의 정 주무관이 소리 높여 환호를 보냈다.
북한 접대원들은 여교수님께 한 곡 더 불러 달라고 부탁하였다. 그렇게
흥겨운 노래가 계속 이어졌다. 그런 시간도 벌써 1시간을 향해 달려가고
있었고, 조금씩 무대 행사는 마지막을 향해 갔다. 마쳐야 할 시간이 되어
이제 마지막 한 곡을 모두 함께 합창하자는 제의가 있었고, 우리 일행 모
두와 북한 보위부의 직원도 무대로 올라섰다. 북한 접대원과 보위부 직
원, 남한의 일행이 한 사람씩 한 사람씩 섞여 일렬로 서서 자리를 잡았다.
그리고 옆에 서 있는 사람의 손을 각각 서로 잡았다. 이렇게 모두가 하나
의 연결고리로 이어졌다.

나의 오른쪽 옆에는 북한 여성 접대원이, 왼쪽 옆에도 여성 접대원이
자리를 잡게 됨에 따라 나의 양손은 각각 여성 접대원의 손을 잡게 되었
다. 북한 여성과의 만남을 넘어 손을 잡아 본 것도 처음이라 나는 어쩔 줄
몰랐다. 약간 주저하는 나의 모습을 보았는지 여성 접대원은 나의 손을

스스럼없이 꽉 잡아 주었다. "남한 동무, 손이 참 따뜻합니다"라는 접대원의 말에 나의 볼은 살짝 붉어졌다. 2시간 정도 되는 잠시의 만남이었다 하더라도 만나서 너무나 반가웠다는 마음을 듬뿍 전해 주는 느낌이었다. 무대에 자리를 함께한 모두가 손을 잡은 후, 우리 일행과 북한 접대원들이 상의한 끝에 마지막 곡을 선정하였다. 그 노래는 바로 '우리의 소원은 통일'이었다. 통일을 염원하는 마음은 남과 북이 하나임을 다시 한번 되새기는 선곡이었다.

우리의 소원은 통일, 꿈에도 소원은 통일, 이 정성 다해서 통일, 통일을 이루자. 이 겨레 살리는 통일, 이 나라 살리는 통일, 통일이여 어서 오라, 통일이여 오라.

이 노래를 몇 번이고 부르고 불렀다. 이제 헤어져야 한다는 것이 모두에게 아쉬움이었다. 그 아쉬움을 달래기 위해 몇 번이나 '우리의 소원은 통일'이라고 외쳤던 것이다. 노래가 마무리되자 눈물을 보이는 접대원도 있었다. 같이했던 시간이 기껏해야 2시간 정도에 불과하였으나 어느새 서로에게 한민족의 정을 느꼈는지도 모르겠다. 안타까운 아쉬움을 남긴 채 우리는 오찬을 즐겼던 민족 식당에서 나와 자리를 떠났다.

점심 식사와 함께 진행된 무대 공연을 즐기고 이동하는 우리에게 많은 여운이 다가왔다. 간혹 방송으로만 접하던 북한의 무대 공연을 직접 보고 느끼는 기회를 가진 것은 참으로 새로운 경험이었다. 예로부터 예술은 북한 지역에서 더 융성하였던가?

76

다음으로 우리가 향한 곳은 북한의 개선문이었다. 개선문은 전쟁터에서 승리해 돌아오는 장군이나 영웅을 기리기 위해 세우는 문을 의미하는데, 가장 유명한 것이 프랑스 파리에 있는 개선문이다. 나폴레옹이 19세기 초에 프랑스군의 승리와 영광을 기념하기 위해 건립한 것으로 제2차 세계대전에서 독일을 물리치고 파리를 해방시켰다는 '샤를 드골' 장군이 이 개선문 아래로 당당히 행진하였다고 전해진다. 그런 개선문이 평양 모란봉 구역에도 있는데 그 높이가 60미터, 길이는 50미터에 이르러 프랑스 개선문보다 더 큰, 세계에서 가장 큰 개선문이라 한다. 프랑스를 가면 모든 관광객이 들르는 곳이 개선문인데, 프랑스가 아닌 평양에 개선문이 있다는 것을 보고 새삼 놀라지 않을 수 없었다.

"이 개선문은 경애하는 김일성 수령님의 독립운동과 조국 해방을 기념하기 위해 김일성 수령님의 탄생 70주년이 되는 1982년에 건립되었습니다. 개선문의 외곽은 사각 모양으로 조성하고, 개선문을 통과하는 자리, 중앙 부분을 무지개 모양의 곡선으로 조형하였는데, 그 부분의 테두리를 보시면 진달래꽃이 조각되어 있음을 보실 수 있습니다. 이 진달래꽃은 모두 70송이이고 70주년 기념이기 때문에 각 꽃 한 송이가 한 해를 의미한다고 볼 수 있겠습니다."

진달래꽃은 강한 생명력을 자랑하는 꽃으로 북한에서는 봄을 알리는 전령으로 불리고, 김일성의 아내이자 김정일의 어머니인 김정숙의 꽃으로도 불린다. 김정일 위원장은 "어머니가 제일 사랑하던 꽃이 진달래꽃이다"라고 얘기하였다고도 전해진다. 그러한 연유로 진달래를 소재로 하는 많은 문학 작품이 북한에서 창작되기도 하였고, 2000년 남북정상회담에서 남한의 대통령을 환영해 주던 주민들의 손에 들린 꽃도 진달래꽃이었다고 한다.

남한에서도 진달래꽃은 아름다운 문학의 소재가 되었다. 김소월의 시 '진달래꽃'은 모든 사람의 가슴에 사랑과 이별을 일깨워 주었다. "영변의 약산 진달래꽃 아름 따다 가실 길에 뿌리 오리다"라는 외침은 나를 떠나는 임이지만 기쁜 마음으로 가시라는 반어적 표현의 절정으로 꼽힌다. 시인은 평안북도 영변 약산의 진달래꽃을 추억하고 있는데, 지금의 평안북도 영변은 핵 시설로 점령당하여 민족의 아픔이자 문학의 무덤이 되어 버려 아쉬움을 남긴다.

"개선문 규모가 웅장합니다. 프랑스 개선문을 모방하여 건립한 것이군요. 개선문 양 기둥에 숫자가 1925, 1945가 크게 적혀 있는데 무엇을 의미합니까?"

"남한 동무, 프랑스의 개선문을 모방한 것이 아니라 세계에서 가장 큰 높이의 독창적인 개선문입니다. 유념해 주시어요. 개선문의 양쪽 기둥에 있는 숫자인 1925는 영도하신 김일성 수령님이 만경대 생가를 떠나 독립운동을 위해 만주로 떠난 해를 의미하고, 1945는 남한 동무들도 잘 알고 있듯이 일제로부터 우리 조국이 해방된 해를 의미하는 숫자입니다. 다시 말씀드리지만, 평양의 개선문은 프랑스의 개선문보다 그 규모가 크고 웅장하고, 밤이 되면 조명을 켜서 개선문의 화려함과 장관을 볼 수 있게 합니다."

안내원의 얘기를 들으면서 '아차' 싶었다. '프랑스 개선문을 모방하였다는 말이 평양 개선문을 폄훼하는 것으로 오인될 수도 있겠구나! 말실수를 하였나?'라고 잠시 긴장하였으나 안내원의 설명이 끝나고 별다른 문제 제기가 없이 지나갔다. 북한 사람에게는 사적에 가까운 건축물로 평가받는 개선문을 다른 나라 건축물을 모방하였다는 말로 자극할 필요는 없었다. 한숨을 쉬고 우리 일행은 서로를 바라보며 눈빛으로 서로를 위로하였다.

개선문 바로 옆으로는 김일성 광장이 있고, 그 옆으로 김일성종합대학도 보였다. 개선문을 배경으로 우리는 기념사진을 찍었다. 보위부 직원 2명도 함께 사진을 찍었고, 오늘의 만남을 오래오래 기억하자고 다짐하였다. 개선문을 관람하고 우리는 김일성 광장을 지나서 다양한 상품이 밀집되어 있는 상가가 있는 시내로 이동하였다. 보위부 직원은 평양 방문을 기념하기 위해 기념품을 살 수 있도록 안내해 주겠다고 하였다. 평양을 방문하는 외국인들은 모두 한 번씩 들렀다 가는 상가일 것으로 짐작이 되었다. 상가 건물에 내리자 옷가게, 화장품 가게, 액세서리 가게, 인삼 가게 등 다양한 상품들이 진열된 가게가 줄이어 보였다. 우리는 상가를 구경하면서 좋은 기념품도 찾아보았다. 무슨 상품이 기념이 될 수 있을지 알 수 없었다. 보통 해외를 가는 경우 기념품으로 사 오는 열쇠고리나 병따개 등도 보였다. 특히, 백두산 사진을 붙여 만든 열쇠고리가 눈에 들어왔다. 나는 10달러를 지불하고 열쇠고리 10개를 구매하였다. 기념품으로 직원들에게 나눠 줄 용도였다.

기념품을 구매하고 상가 옆에 서서 시내를 바라보았다. 평양 시내를 다니는 버스는 전차처럼 보였다. 버스 지붕 위로 전선에 연결된 선이 보였고, 기차의 선로와 같은 레일 위로 운행을 하고 있었다. 간혹 택시가 정차되어 있었고, 승용차가 운행되는 모습은 자주 보이지 않았다. 지나가는 시민들은 남성의 경우 양복 차림과 짧은 스포츠머리를 한 군복 차림이었고, 여성들은 간소해 보이는 한복 차림이 다수였다. 학생 교복으로 보이는 옷을 입고 다니는 젊은 남녀도 눈에 들어왔다. 기념품을 구입했던 상가 건물이 고급스러워 보였는데, 일반 시민들은 쉽게 다니지 못하는 듯하였다. '이곳은 상류층만 다니는 곳인가?'라는 생각이 들 정도였다. 그래서인지 평양 시민 중 평범한 작업복을 입고 다니는 일반인들을 상가에서 만날 수는 없었다.

상가 옆에 서서 잠시 휴식을 취하고 있을 즈음, 보위부 직원이 다가왔다. 기념품은 다 구매하였냐고 물으며 친근하게 다가왔다. 그리고 이마에 흐르는 땀을 훔치며 '남한 담배 있으면 한 대 줄 수 있냐'고 물어 왔다. 나는 호주머니에서 담배를 꺼내 보위부 직원과 한 대씩 나누며 불을 피웠다. 먼 산 위로 오후의 뜨거운 햇살이 기울어 가는 모습을 보고, 시계를 바라보니 시간은 벌써 5시를 넘어서고 있었다. 보위부 직원은 담뱃불을 입으로 당기며 6시가 되면 모든 상점이 문을 닫으니 기념품을 추가로 구입하려면 서둘러야 한다고 알려 주었다. 이른 아침부터 평양을 방문한다는 설레고 긴장된 마음이었는데, 평양에서의 하루가 이렇게 쏜살같이 지난 것 같아 아쉬웠다. '하루 더 평양에 머물 수 없을까?' 하는 바람도 있었지만 현실이 될 수는 없었다. 이제 곧 우리도 다시 남포항의 숙소로 돌아갈 시간이 다가왔다.

"보위부 동무, 평양에도 지하철이 다니고 있다고 들었는데 한번 구경해 볼 수 없을까요? 평양시민들도 지하철을 이용합니까? 서울 지하철과 어떤 차이가 있는지 보고 싶습니다."

"김 동무, 지하철은 우리가 관람계획에 넣지 않았습니다. 통제가 심한 관계로 들어갈 수 없는 곳이니 양해하시기 바랍니다. 시민들이 이용하는 지하철은 서울이 더 잘되어 있지 않겠습니까? 평양 지하철은 이용하는 시민이 많지 않습니다."

이렇게 평양의 하루를 마치면서 평양의 지하철은 볼 수 없었다. 지하 공간이라 군사적으로 예민하였는지 관람시켜 줄 마음이 아예 없어 보였다. 아쉬움을 뒤로하고 이런저런 얘기를 나누고 있는 사이에 우리 일행들이 쇼핑을 마치고 약속 장소로 하나둘 모였다. 쇼핑 가방에 기념품을 한가득 구매해 오신 분도 있었다. 옷이나 술, 인삼 등은 평양에서 생산된 소재로 만들어진 제품이라 더 신비로워서 많이 구매하였다고 말해 주었다. '평양에서 술을 사 오는 것은 나쁘지 않은 선택이다'라는 말을 나도 들어 본 적이 있었다. 그만큼 남한에서 평양 술에 대한 인기는 높았다. 백두산 들쭉술은 가장 인기가 높은데, 백두산에서 생산되는 제품으로 만들어진 술이기 때문일 것이다.

77

먼 산 너머로 기울어 가는 저녁노을을 바라보며 우리는 아침에 평양으로 오면서 탑승하였던 자동차에 다시 올랐다. 대동강물도 저녁 달빛을 맞이하려는 듯 잠시 휴식을 취하고 있는 것만 같았다. 떠나야 하는 평양의 저녁 시간은 고요함만이 넘쳤다. 등 뒤로 평양의 어둠을 밀어내고 우리 일행이 탑승한 차량은 무심하게도 속도를 높여 남포항으로 달려갔다. 오늘이 벌써 남포항에 정박한 지 이틀째였다. 내일이면 이제 남포항에서의 시간도 마무리되고 남쪽으로 돌아가야 한다. 3일간의 시간, 북한을 제대로 느끼기에는 턱없이 짧기만 했다. 남포항으로 이동하는 차량에서 우리는 아쉬움을 가득 품은 채 창밖을 쳐다보았다.

우리 일행이 탑승했던 차량은 쏜살같이 달려 어느덧 남포항에 있는 남포항 여인숙 앞에 도착하였다. 북한 보위부 직원은 마지막까지 우리와 같이 자리를 해 주었다. 보위부 직원과 헤어지지 전 우리 일행은 또 다른 부탁을 해야만 했다. 남포항에 도착한 첫날에 환영 만찬 자리에서 약속을 받았던 월드컵 축구 예선 경기 시청과 관련한 부탁이었다. 내일 새벽 4시에 2006년 독일 월드컵 축구의 예선전이 중계되기 때문이었다.

"보위부 동무, 내일 새벽 4시에 월드컵 축구 경기가 있는데, 우리 일행을 시간에 맞추어서 비료를 싣고 온 선창호로 데려다줄 수 있겠습니까? 지난번에 흔쾌히 약속해 주셨는데, 내일 새벽 일정이라 다시 한번 여쭈어봅니다. 프랑스와 2차 예선전을 하는데, 16강으로 가기 위한 매우 중요한 경기여서 꼭 보고 싶습니다. 협조해 주시면 감사하겠습니다."

"그렇습니까? 지난번에 한 번 말씀 주신 것 같은데요. 그 경기가 내일 새벽이군요. 너무 걱정하지 마시고 오늘 밤은 푹 쉬십시오. 저희가 새벽 3시 40분까지 이 숙소로 와서 남한 동무들을 선창호까지 데려다줄 테니 시간 늦지 않게 준비해서 내려오시지요."

"고맙습니다. 오늘 평양 나들이가 매우 좋았습니다. 보위부 동무들 덕분입니다. 오늘 저녁 만찬은 남한에서 온 일행들이 보위부 동무들을 모시고 싶은데 괜찮으십니까? 평양 방문의 뒷얘기도 하면서 저녁 식사를 같이하고 헤어지지요."

"고마운 말씀이지만 사양하겠습니다. 저희는 지금 평양으로 돌아가서 나머지 업무를 마무리하여야 합니다. 오늘 하루 종일 남한 동무들과 시간을 보내고 나니 업무 생각에 한시가 지금 바쁩니다. 식사는 여인숙에서 제공할 테니 편히 드시고 내일 새벽에 뵙도록 하겠습니다."

"그럼, 어쩔 수 없군요. 조심히 돌아가시길 바라고 내일 새벽에 뵙겠습니다."

우리 일행은 보위부 동무들을 보내고 일행끼리 저녁 식사를 마쳤다. 그 후 일행은 숙소 밖 야외 벤치에 앉아 오늘 아침부터 저녁까지의 일정을 되돌아보며 다양한 일을 되새겨 보았다. 북한과 평양에 대해 알지 못했던 사항을 많이 깨닫고 눈으로 직접 확인할 수 있었다며 모두 만족감을 표시하였다. 오늘을 알차게 보냈다는 뿌듯함과 함께 오늘 저녁이 북한에서의 마지막 밤이라는 생각에 씁쓸함도 밀려왔다. 여러 생각의 혼돈 속에서 빠져 있다가 잠시 잊고 있었던 피곤함이 밀려와 일행은 각자의 숙소로 이동하였다.

나는 숙소에서 샤워를 마치고 창밖으로 눈을 돌려 밤하늘을 바라보았다. 빛나는 별빛이 까만 하늘을 휘어 젓고 다녔다. 고요함이 가득한 가운데 멀리서 파도 소리가 가끔씩 들렸다. 멍한 눈으로 세상을 잊은 채 무상무념 속에 휩싸였다. 그런 와중에도 머릿속을 떠나지 않는 광경 하나가 나의 신경을 곤두세웠다. 그 광경은 바로 평양의 만경대에서 바라보았던 대동강물의 모습이었다. 크게 한 줄기로 합쳐졌던 대동강물이 만경대 앞, 김일성 생가 앞에서 큰 섬과 작은 섬을 만나 물줄기가 세 갈래로 나누어지던 모습이 나의 머릿속을 떠나지 않고 가득 채웠다. '왜 하필이면 김일성 생가 앞에서 하나의 큰 대동강물은 세 갈래로 변할까?' 이것이 의미하는 바는 무엇이란 말인가?

멍하게 떠 있던 눈이 스르르 감기며 나도 모르게 잠자리로 빠져들었다. 여인숙이 안겨 주는 푹신한 침대는 나를 꿈나라로 이끌었다. 내일이면 새벽 일찍 잠자리에서 깨어나 또 다른 하루를 시작하며 시원한 새벽 공기를 마셔야 한다. 새벽 4시에 중계되는 대한민국의 월드컵 축구 예선 경기를 놓칠 수 없기 때문이다. 남포항에서 월드컵 축구 경기를 볼 수 있다는 것도 참으로 신기한 일이었다. 북한 지역에서도 세계 바다를 항해하는 화물선은 스포츠 중계 위성을 잡을 수 있다고 하니 반갑기만 하다. 우리를 태우고 온 선창호가 우리 일행에게 주는 특별한 선물이었다. 북한 방문 여정에서 빠질 수 없는 특별한 추억의 한 페이지이다.

시계 알람 소리에 잠을 깼다. 피곤이 아직 남아 있었지만 월드컵 축구 예선 경기를 응원해야 한다는 마음으로 일어나 간단한 세수를 하고 1층 로비로 내려갔다. 아직 캄캄한 새벽, 안개만이 자욱하게 우리 주위를 감쌌다. 일행 모두가 모였고, 북한 보위부 직원도 차를 가지고 여인숙 앞에 대기하고 있었다. 이른 새벽 시간에 우리를 위해 수고해 주셔서 고맙다는 인사를 하고 우리는 차량을 타고 남포항의 선창호로 이동하였다.

"오늘 남측의 축구 선수들이 힘을 내서 경기에서 승리하길 기원하겠습니다. 프랑스라는 나라가 축구의 강국이긴 한데, 힘을 내면 좋은 승부가 될 수 있을 겁니다."

"오늘 프랑스와 무승부만 해도 16강으로 가는 확률이 높아집니다. 첫 예선 경기에서는 월드컵 본선에 처음 출전한 아프리카의 어느 나라를 이겼기 때문에 오늘도 좋은 경기가 될 것입니다. 북한 동무들도 응원해 주고 있으니, 좋은 소식이 있겠지요."

"기대하겠습니다. 승리 소식을 우리에게 전해 주시기 바랍니다."

차량으로 10분 거리의 선창호 앞에 내렸다. 보위부 직원들은 다시 차량을 타고 돌아가고, 우리는 선장의 안내에 따라 배 갑판을 따라 올라가 텔레비전이 있는 식당으로 들어갔다. 텔레비전은 벌써 우렁찬 소리로 축구 경기가 시작되기를 기다리고 있었다. 아나운서들도 흥분된 목소리로 여러 가지 전술적 얘기나 선수들의 컨디션, 상대 국가의 약점에 대해서 이야기를 나누었다. 우리는 식탁의 의자에 자리를 잡고 축구 경기가 시작되기를 기다렸다. 선장은 냉장고에서 맥주 캔을 가지고 와서 한 잔씩 마시면서 응원하라며 흥을 돋우어 주었다. 위성을 통해 중계되는 화면이어서 그런지 화면이 아주 깨끗하게 보이지는 않았다. 특히 북한의 항구에 정박한 배였기에 더 그런지도 몰랐다. 그렇지만 축구 경기를 관람하는 데 큰 지장은 없었다.

우리 일행은 선장과 함께 맥주를 한 모금 마시고 텔레비전에 비치는 화면에 집중하였다. "대~한민국, 대~한민국, 대~한민국!" 대형 태극기를 혼들며 응원하고 있는 응원단의 목소리도 우렁차게 들렸다. 독일로 원정 응원까지 간 열성 팬과 독일에 거주하는 교민들이 어우러진 듯 보였다. 드디어 경기 시작 5분 전, 양국의 선수들이 심판을 선두로 하여 입장하였다. 붉은색 상의에 푸른색 하의를 입은 대한민국 선수단이 늠름하게 비춰졌다. 그리고 이어진 양 국가의 국기가 화면으로 중계되는 상태에서 국가 연주가 진행되었다. 크게 펼쳐진 태극기가 화면에 가득하였고 애국가도 울려 퍼지면서 응원단이 애국가 부르는 목소리도 들렸다. 이렇게 국가 연주가 끝나고, 선수들이 상호 인사를 나누었다. 경기장 중앙에는 축구공 하나가 놓여 있고, 선수들이 경기장에 자리를 잡자 경기 시작을 알리는 심판의 호루라기가 울렸다. 경기가 시작되는 신호가 울리자 경기장의 응원과 환호 소리도 더욱 높아져 갔다. 한국을 응원하는 응원단의 북소리와 징소리도 텔레비전 소리로 들렸다.

경기가 시작되고 프랑스의 공격이 줄기차게 이어졌다. 세계 최강의 축구 강국 프랑스, 몸값이 높은 선수들이 즐비하였다. 프랑스의 공격이 계속되어 가슴을 조이며 화면을 응시하였다. 한국 선수들의 수비력도 만만치 않았다. 가끔 한국의 반격도 있었으나 쉽게 프랑스의 수비를 뚫을 수는 없었다. 그렇게 공격과 수비가 번갈아 이루어지는 상태에서 실점 없이 잘 버텨 가다가 전반전 40분이 지난 시점에서 프랑스의 선제골이 터졌다. 아쉬움에 탄식이 저절로 쏟아졌다. 일행의 얼굴도 어두워졌다. 그렇게 전반전은 마무리가 되었다.

휴식 시간이 지나고 후반전이 다시 시작되었다. 후반전에는 우리가 공격으로 승부를 걸어야 했다. 이렇게 경기를 마칠 수는 없었다. 한국 선수들도 전술에 따라 공격을 이어 갔다. 그러나 프랑스 선수들의 수비는 막

강했고, 이어지는 프랑스의 역습 공격에 가끔 위험한 순간을 맞이하기도 하였다. 그렇지만 추가적인 실점은 없었다. 위기가 있으면 기회도 있는 법, 한국은 점수를 만회하기 위해 최선의 노력을 기울였다. 어느덧 후반 전 시간이 벌써 30분을 지났다. 남은 시간은 15분, 득점을 올리지 못하면 패한다. 패배를 용납할 수 없다는 듯 시간이 갈수록 응원단의 목소리도 커졌다. 모든 관중과 시청자는 한국 선수들이 힘을 더 내 주기를 염원하였다. 우리 일행도 기도하는 마음으로 경기를 바라보고 있었다.

후반전 남은 시간은 5분, 대한민국 선수들은 마지막 힘을 다했다. 상대의 공격을 수비하던 선수가 공을 빼앗아 공격수에게 바로 연결하였다. 공을 이어받은 선수는 바로 프랑스의 오른쪽 골대 근처에 있던 한국 선수에게 공을 다시 띄워 보냈다. 골대 앞에서 공을 이어받은 선수가 가슴으로 골을 받아 발아래로 떨어지는 공에 왼발로 강한 슛을 날렸다. 골대에서 5미터도 떨어지지 않은 거리였으므로 공은 강한 속도로 골대 안으로 파고들었다. 드디어 골이 터졌다. 동점을 만드는 환상적인 골이었다. 선수들은 골을 넣었다는 기쁨에 서로를 부둥켜안고 기뻐하였고, 관중석의 응원단과 시청자들도 두 손을 번쩍 들고 '골, 골, 골!'이라고 외쳤다. 골이 터지면서 모든 사람이 하나가 되었다. 패할 수 있다는 두려움이 현실로 서서히 다가오던 경기가 마지막 4분을 남기고 드디어 동점을 이루었다. 이렇게 기쁜 순간이 있을까? 한 편의 드라마를 찍은 듯한 극적인 동점골이 모두를 흥분으로 몰아갔다.

그 이후 양 국가 모두 추가적인 득점에는 실패하고, 1 대 1 동점으로 경기를 마무리 지었다. 한국은 축구 강국 프랑스를 상대로 무승부를 기록하였으므로 선전한 경기였다. 1차 예선전에서 승리하였고, 2차 예선전에서 무승부를 기록하였으므로 16강으로 가는 길이 순조로울 것으로 판단되었다. 우리 일행도 열심히 응원한 보람이 있었다. 북한에 와서까지 축구 예선전을 응원하겠다고 이 새벽에 북한 보위부 직원의 도움을 받아 선창호까지 와서 축구 경기를 지켜보았는데, 결과가 만족스러웠다. 경기가 마무리되고 선창호 아래로 내려오니 시간은 벌써 동이 틀 시간이었다. 새벽 6시임에도 보위부 직원들은 선창호 근처에서 우리 일행을 기다리고 있었다. 2시간이나 여기서 기다린 것일까?

"축구 경기가 잘 끝났습니까? 동무들 얼굴이 밝아 보입니다."

"축구 강국 프랑스와 1 대 1로 무승부를 이루었습니다. 너무 강한 상대로 어려운 경기가 될 것으로 전망하였는데, 무승부를 이루었으니 좋은 결과를 이룬 것이지요."

"대단합니다. 남한 축구가 프랑스를 상대로 비등한 경기를 하였다니 존경스럽습니다. 저도 덩달아 기분이 좋아집니다. 앞으로도 좋은 성적을 계속 이루기를 바랍니다."

78

새벽에 축구 경기를 본다고 잠을 제대로 이루지 못했지만, 우리 일행은 기쁜 마음으로 숙소로 돌아왔다. 잠시 쉬었다가 아침 식사를 하면서 북한에서의 마지막 하루를 시작할 예정이었다. 오늘은 특별한 일정이 남아 있지는 않았다. 남한에서 비료를 싣고 같이 왔던 선창호의 출항 시간이 오후 4시였으므로 그때까지 남포항에서 남은 시간을 보내야 했다. 여유로운 마지막 하루였다. 잠시 눈을 붙였다가 8시에 다시 모여 아침을 먹었다. 그리고 남포항 여인숙 근처에서 자유롭게 시간을 보냈다. 항구 구경도 하고, 여인숙에 붙어 있는 자그마한 가게에도 가 보았다. 평온해 보이는 남포항, 선창호의 비료 하적 작업도 마무리되어 북한 노동자도 보이지 않았다. 날씨도 더없이 맑았다. 저 먼 바다까지 깨끗하게 보일 만큼 화창한 날이었다. 우리 일행은 남포항 여인숙 인근에 있는 상가를 방문하였다. 옷가게 하나와 잡동사니를 파는 가게 하나가 전부였다. 옷을 좋아하는 여교수님은 쇼핑을 시작했다. 작은 옷가게 한 벽면을 가득 채우고 있는 동물 가죽옷이 돋보였다. 점원은 백두산 호랑이 가죽으로 만든 털옷이라며 자랑스럽게 말하였다. 백두산 호랑이 가죽이라는 말에 여교수님은 눈을 번쩍 떴다. 옷의 디자인은 조금 허술해 보였으나 백두산 호랑이 가죽이라는 말이 사람을 매료시켰다.

"이 털옷이 진짜 백두산 호랑이 가죽으로 만든 것이 맞나요?"

"이 털을 만져 보십시오. 부드러우면서 강한 질감이 느껴지지 않으십니까? 2년 전 백두산에서 실제로 잡은 호랑이의 가죽이 맞습니다. 그리고 선명하게 보이는 호랑이 머리 부분의 까만색 줄무늬를 자세히 보시기 바랍니다. 백두산 호랑이는 머리 부분의 줄무늬가 유독 더 색깔이 진하게 나옵니다. 이것은 북한에 있는 몇 개 되지 않는 상품으로 남한 동무들이 남포항에 정박한다고 하여 평양에서 급하게 배송해 온 아주 귀한 상품입니다. 아무에게나 보여 주지도 않는 것입니다. 그러니 의심하지 않으셔도 됩니다."

그 말이 사실일까? 아닐까? 누구도 알 수 없었다. 투박하게 재단된 털옷이라 호랑이 아닌 다른 동물의 가죽일지도 모른다는 의심이 들었지만, 가죽은 매우 두꺼워 보였다. 아직도 백두산 호랑이가 존재하는 것일까? 백두산 호랑이 가죽으로 만든 털옷이라면 이 제품은 정말 대박이라 할 수 있었다.

"가격은 얼마입니까? 한번 입어 봐도 될까요?"

"물론입니다. 이리 오셔서 한번 입어 보십시오. 입으시면 백두산 호랑이의 기운이 전해질지도 모릅니다. 가격은 그렇게 비싸지 않습니다. 미국 달러로 300달러입니다."

고민하던 여교수님은 옷을 입어 보았다. 무릎 아래까지 내려오는 롱코트였다. 입고 나니 호랑이의 검은 줄무늬가 더 선명하게 눈에 들어왔다. 일행은 그 모습을 보고 "오우, 괜찮아 보입니다. 정말 백두산 호랑이 가죽과 털로 만든 옷처럼 보입니다. 교수님에게 잘 어울리는데요"라고 평가해 주었다. 거울을 통해 자신의 모습을 보던 여교수님은 호랑이가 사냥감을 정하고 거침없이 달려드는 것처럼 백두산 호랑이 털옷을 구매하겠다고 주저 없이 결정하신 듯 보였다. 털옷을 벗어 들으시고는 지갑을 꺼내 덥석 돈을 지불하고 구매하였다. 설령 가짜라 하더라도 북한에서 구입한 것이니 그만큼 가치가 있다고 판단한 듯 느껴졌다. 일행 모두가 박수를 보냈다. 좋은 선택이라고 응원해 주었다.

여교수님이 백두산 호랑이 한 마리를 몸에 걸친 모습을 본 이후 나는 잡동사니를 판매하는 작은 가게로 들어갔다. 북한을 방문한다고 하니 우표를 수집하는 친구가 북한 우표를 좀 찾아와 달라고 부탁하였었다. 친구의 부탁이 생각나 점원에게 북한 우표가 있으면 구매하고 싶다고 말하였다. '북한 우표를 원하는 남조선 동무도 있구나!'라는 표정을 지으며, 어느 구석진 곳에서 상자를 꺼내 왔다. 얼마나 원하는지 물어와, '있는 우표 다 달라'고 말하였다. 점원이 가져온 빛바랜 작은 상자에는 사용한 우표와 사용하지 않은 우표가 섞여 있었다.

"그 상자에 있는 우표를 모두 구매하고 싶습니다. 이미 사용이 된 우표도 기념으로 다 갖겠습니다. 다 합해서 비용은 얼마나 될까요?"

"북한에서의 우표 가격은 매우 저렴합니다. 사용하지 않은 우표도 1장에 10원 남짓 됩니다. 이 상자에 들어 있는 우표 다 합해서 드릴 테니 미달러로 10달러만 주시면 되겠습니다."

내 지갑에는 북한으로 출발할 때 받은 여비 130달러 중에서 10달러만이 남아 있었다. 다행이었다. 10달러를 흔쾌히 지불하고 그 상자를 통째로 받았다. 점원은 10달러를 받으며 "좋은 기념이 되길 바랍니다"라고 말해 주었다. 북한 우표를 구매함으로써 북한에서 나에게 주어진 개인적 과제도 마무리가 되었다. 우표 수집에 관심이 많은 친구에게 북한 우표는 좋은 선물이 될 것이었다. 어디서든 북한이 발행한 우표를 수집하는 것은 결코 쉬운 일이 아니기 때문이다. 다른 일행도 마지막 기념품 구매를 위해 고민하였다. 그렇게 마지막 기념품 구매에 집중하면서 오전 시간을 다 보내고, 점심까지 먹었다. 이제 북한을 떠날 시간이 3시간 정도만 남았다. 다른 일정은 없었으므로 우리는 숙소를 정리하고 떠날 채비를 마쳤다.

남은 시간은 북한의 보위부 직원들과 잡담을 나누며 보냈다. 3일간의 북한 체류를 되돌아보기도 하였다. 남포항으로 입항하여 남포항에서 출항하기까지 시간이 머리를 스쳐 지나갔다. 뜻깊고 알찬 시간이었다. 평양을 방문하여 보고 느낀 것은 평생 잊지 못할 것이다.

"남한 동무들, 북한에 좋은 선물을 인도하러 오셔서 그간 고생이 많으셨습니다. 경애하는 김정일 위원장께서 남한 동무들을 정성껏 모시라는 분부가 있어 저희도 최선을 다하였는데 만족하셨는지 모르겠습니다. 3일간의 체류가 보람이 있었습니까?"

"3일이 너무 빠르게 지난 것 같습니다. 환대해 주셔서 고맙습니다. 덕분에 편히 지내다 갑니다. 특히, 평양을 다녀온 기억은 절대 머릿속을 떠나지 않을 것 같습니다. 보위부 동무도 저희 일행들과 일정을 같이한다고 고생 많이 하셨습니다. 건강하시길 바랍니다."

"편히 지내다 간다니 저희도 마음이 좋습니다. 남한 동무들, 안녕히 잘 가시기 바랍니다."

그렇게 마지막 인사를 하고 우리 일행은 선창호에 올랐다. 선창호는 우리 일행이 승선하면 바로 떠날 준비를 마친 상태였다. 우리는 승선한 이후 손을 흔들어 주며 남포항의 모습을 다시 한번 눈에 담았다. 그리고 선창호의 뱃고동 소리가 남포항을 크게 뒤흔들었다. 선창호가 미끄러지듯 움직이면서 북한의 남포항 모습은 서서히 멀어져 갔다.

79

남포항과 이별하고 바다 한가운데로 나오니 망망대해만 보일 뿐이었다. 다시 여수항까지 돌아가기 위해서는 꼬박 2일, 47시간이 소요될 것이었다. 일행은 아쉬움과 안도감을 함께 느끼며 각자의 방에 짐을 다시 풀고 식탁에 둘러앉았다. 무사히 임무를 완수하고 다시 여수로 돌아간다는 안도감이 다가왔다. 그리고 당시 남북관계가 우호적이었지만 북한에서 아무런 불상사 없이 지내다 돌아간다는 사실에 대해서도 감사한 마음이었다. 북한에서 보았던 풍경, 들었던 이야기, 체험한 경험, 느꼈던 감정은 고스란히 나의 몸에 간직되었다. 몸과 마음이 기억하는 그 풍경과 이야기, 경험, 감정을 어떻게 풀어갈 것인가 하는 숙제가 나에게 새로운 임무로 다가왔다. 이른 시기에 나에게 기억된 모든 것들을 생생히 기록하여 오래도록 간직하고 싶었다. 누구나 겪을 수 없는 소중한 시간과 경험이었기에 더 그러했다.

식탁에 둘러앉은 일행을 위해 이른 저녁 식사가 나왔다. 선장은 무슨 즐거운 일이 있었는지 싱글벙글 웃음이 가득하였다. 저녁 식사도 조금 특별하게 준비되었다. 소갈비 안주에 위스키를 식탁에 차렸다. 패스포트 21년이라고 적힌 사각 모양의 병, 비싼 양주였으므로 제대로 식탁이 차려진 것이었다. 웬일인가? 일행의 허전한 마음을 간파한 것일까? 선장은 분위기를 고조시키려는 듯 큰 목소리로 대화를 시도하였다.

"수고가 많으셨습니다. 이제 돌아가는 길이니까 마음이 한결 가볍습니다. 우리 배도 비료를 다 하적하고 나니까 무척 가볍습니다. 인도 요원 일행분들도 모두 마음이 가벼우시죠? 가볍지 않다면 오늘 저녁은 위스키 한잔 마시고 편히 주무시지요."

선장의 제의는 진정 우리 일행을 위함이었다. 북한으로 오는 시간과 남포항과 평양에서의 시간 가운데 무의식적으로 가졌던 피로와 아쉬움, 긴장을 풀어도 되는 시간이었다.

"맞습니다. 임무는 다 완수했고, 무사히 돌아가는 일만 남았습니다. 선장님도 고생이 많으셨고 돌아가는 길도 안전을 부탁드립니다. 우리 일행도 이제 편안한 마음으로 돌아갑시다. 배에 위스키도 준비해 주셨으니 유쾌한 저녁 시간이 될 듯합니다. 다 털어 버리고 위스키 한잔 마시며 여로를 풀어 봅시다. 자, 모두 한잔 받으십시오."

적십자사 이 부장님은 위스키를 잡고 모두의 잔에 술을 따라 주었다. 하지만 위스키를 준비한 선장은 술잔을 거부하였다. 배 운항 중에는 금주해야 한다고 하였다. 선장은 좋은 위스키니까 스트레이트로 마시면서 목에 전해지는 짜릿한 맛을 느껴 보라고 권하였다. 위스키 잔에 술이 가득 채워진 뒤 일행 4명은 술잔을 들어 쨍 소리가 나게 부딪혔다. 그리고 건배를 하였다. 건배사는 '조통세평(祖統世平, 조국의 통일과 세계의 평화를 위하여)'이었다. 이 부장님의 '조통'이라는 선창에 이어 '세평'이라고 외쳤다. 첫 잔이니 완샷이었다. 한 모금의 찐한 위스키가 입안을 적시고 목을 따라 위까지 스며들었다.

위스키와 함께 소갈비도 먹으며 즐거운 시간을 보냈다. 한 잔, 한 잔 술잔이 쌓여 가면서 술기운도 조금씩 올라왔다. 선장은 여기에 노래방 기기도 있으니 노래를 부르며 즐기셔도 된다며 마이크를 준비해 주었다.

노래를 좋아하는 여교수님이 먼저 마이크를 잡고 노래를 불렀다. 선창호는 벌써 먼 바다 위에서 남쪽을 향해 운항하고 있었는데, 파도에 밀려서인지 조금씩 흔들림이 느껴졌다. 노래를 부르며 배의 흔들림을 따라 우리의 몸도 흔들렸다. 흔들리는 배를 따라 흔들리는 우리의 몸, 그것은 자연스럽게 하나의 춤이 되었다.

80

　한바탕의 유흥이 끝나고 잠자리에 들었다. 침실의 낡음과 지저분함도 문제가 되지 않았다. 불편한 침실에 익숙해진 것일까? 잠자리의 달라진 환경에 대해 예민하지 않았던 나는 꿈나라로 자연스럽게 들어갔다. 특히, 돌아가는 길이라는 느낌 때문에 더욱 아무런 거리낌이 없이 편안하게 잠을 청할 수 있었다. 술기운이 있어서인지 더 깊이 잠에 빠져들었는지도 모른다.

　꿈속에서 나는 또 다른 여행을 하고 있었다. 나의 발길이 어느새 만경대 위에서 배회하였고, 나의 눈은 흐르는 대동강물을 뚫어지게 바라보았다. 강 중앙에 조성된 숲에서 거닐고 있는 황새와 두루미가 나의 눈동자를 자극하였다. 천연기념물로 지정된 조류와 동식물의 서식처로도 유명하다는 큰 섬과 작은 섬 하나, 좁은 강물을 사이에 두고 마주 보는 듯하였다. 평양 시내를 흐르는 대동강이 평양의 북쪽에서 내려오는 보통강을 만나 더 큰 하나의 물줄기로 합쳐졌다가 김일성 생가를 지나는 지점에서 큰 섬과 작은 섬을 만나 세 줄기의 강물로 갈라져 흐르고 있는 모습도 더욱 선명하게 내 눈으로 들어왔다. 이게 무엇일까? 왜 여기서 대동강물이 세 줄기의 강물로 변화하는 것일까? 이 의문이 꿈에서도 나의 머리를 감싸고 돌았다.

　홀로 서 있는 만경대 주위로 구름이 몰려들었다. 구름이라기보다 강물이 뿜어내는 새하얀 안개가 서로 어우러져 나를 향해 다가왔다. 안개가 자욱해지면서 흐르는 강물의 모습은 나의 눈에서 사라져 버렸다. 떼를 지은 안개만이 주위를 휩쓸며 김일성 생가의 초가지붕을 지나 나를 감싸다가 하늘 위로 발걸음을 재촉했다. 하늘을 향하던 안개구름은 더 깊은 하늘로 끝없이 올라가면서 갑자기 허리케인처럼 변해 버렸다. 하늘로 올라갈수록 회오리 모양을 그렸다가 사라졌다. 안개구름이 형성한 한 번의 회오리 소용돌이가 치고, 잠시 후 또 다른 회오리 소용돌이가 형성되었다가 자취를 감추자, 세 번째로 형성된 구름안개의 회오리 소용돌이마저 하늘로 올라갔다. 나는 회오리 광경에 정신을 잃어버린 채 멍하니 소용돌이치는 안개구름만 바라볼 뿐이었다. 참으로 기이한 자연의 현상이로구나!

꿈속에서 허우적대던 나는 잠에서 깨어나 눈을 떴다. 아직 새벽 시간이라 어둠이 짙게 드리워져 있었고, 캄캄한 침실에는 퀴퀴한 냄새만이 자욱할 뿐이었다. 새하얀 구름안개와 회오리 소용돌이는 보이지 않았다. '아! 꿈이었구나' 하고 깨닫고 나자 가슴이 답답해져 왔다. 답답한 가슴을 씻으러 침실을 빠져나와 배의 갑판 위로 올라오자 바닷바람이 세차게 불어왔다. 여름에 접어드는 시절이라 차갑지 않은 바닷바람을 쐬면서 멍하던 정신은 조금 안정을 찾아갔다. 나는 여전히 고요한 서해 바다의 한가운데 있었다.

'자다가 꾸는 꿈이라는 건 원래 허망한 것이다'라며 나를 위로하고, 나는 담배 한 대에 불을 붙였다. 담배 불빛은 빛나다가 모습을 감추기를 반복했고, 담배 연기는 내 입에서 뿜어져 나오자마자 감쪽같이 사라졌다. 가끔은 담배가 나에게 위안을 주는 친구가 되기도 한다. 애써 헛된 꿈이려니 생각하려 하였지만, 그 잔영은 계속 나의 머릿속에 남았다. 만경대에 올라 대동강물을 바라보며 큰 섬과 작은 섬이 김일성 생가 앞에서 형성되어 있음을 처음으로 본 시점부터 계속해서 나에게 던져진 질문은 '이

것이 무엇을 의미하는 것인가?'였다. 그 의문이 귀국길에서 다시 나의 머리 밖으로 뛰쳐나온 것이다.

질문에 대한 답을 찾아야 했다. 어찌 보면 이 의문에 대한 해답을 찾는 것이 나의 북한 방문의 종지부라 할 수도 있었다. 며칠간에 걸친 북한 방문길에 있어서 이 의문만큼 나의 머리와 마음을 사로잡은 것은 없었기 때문에 더욱 그러하였다. 해답을 찾아야 한다는 마음은 달아오르는데, 답을 찾을 수는 없어 답답한 마음을 부여잡기만 하였다. 무엇이란 말인가? 무엇이란 말인가? 왜 나를 시름에 들게 하는가?

갑갑한 마음을 억제하지 못하고 머리를 박박 긁으면서 다시 침실로 들어와 잠을 청하였다. 아침에 일어나 아침 식사를 위해 다시 식탁으로 모였다. 식탁 한켠에는 서울에서 발행되는 일간신문이 놓여 있었는데, 벌써 1주일 전쯤에 발행된 신문이었다. 우리 일행이 북한 방문을 위해 여수항을 출발하던 날에 발행된 신문인 것으로 추정되었다. 나는 아침을 먹고 신문이나 보겠다는 마음으로 신문을 내 옆으로 끌어당겼다. 간단한 식사를 마치고 특별한 일정이 없었던 일행은 다시 개인 시간 보내기에 돌입하였고, 나는 신문을 집어 들고 침실로 돌아왔다. 침실 침대에 누워 신문을 두 손으로 받쳐 들고 스포츠 기사가 있는 뒤쪽부터 한 장, 한 장 넘겼다. 생각 없이 넘겨 가던 신문이 마지막 장에 이르렀을 때 큰 제목의 기사가 눈에 들어왔다. '3대 세습을 준비 중인 김정일 위원장'이라는 제목이었다. 나이에 비해 건강이 좋지 못했던 김정일 위원장이 후계자를 정하고, 세습 준비에 박차를 가하고 있다는 기사였다. 그 기사 안에는 20대 중반의 젊은 아들을 후계자로 정하였는데, 과연 '세습이 제대로 성공할 수 있을까?' 하는 우려에서부터 '김정일 위원장에게 갑작스러운 변사가 생긴다면 북한 정권은 혼란을 거듭하다가 무너질 수도 있다'라는 진단까지 다양하게 소개되었다. 너무나 젊은 후계자이기 때문에 북한 체제의 안정이 깨어지고, 격변이 일어날 수 있다는 예측까지 제시되면서 북한의 정세는 매우 불안정한 상태라고 말하고 있었다.

'북한 정권의 3대 세습?'이라는 내용을 접하는 순간, 나의 머리에는 유성이 부딪혀 온 듯한 전율이 일었다. 아마도 번개가 나의 머릿속을 스치고 갔는지도 모르겠다. '아~ 아~ 그거였단 말인가?'라는 혼잣말이 무의식 상태에서 흘러나왔다. 나의 온몸은 힘이 빠져 흐느적거렸다. 3대 세습과 대동강 3개의 물줄기, 하나의 큰 대동강 물줄기는 김일성 생가 앞을 지나면서 큰 섬과 작은 섬을 만나 3개의 물줄기로 나누어지는데 그 연관성이란 말인가? 야릇하면서도 그럴듯하다. 때로는 거역할 수 없는 역사의 흐름도 있는 법이다. 인위적인 작용에 반하여 흘러가는 인생도 있다. 개인의 한계를 넘어 수많은 사람이 상호작용하면서 복잡하게 얽혀 있는 사회이기 때문이다.

나의 의문에 대한 해답은 이렇게 해결되었다. 읽던 신문을 접어 침대 위에 무심하게 던져 놓고, 나는 다시 선창호의 갑판 위로 나왔다. 맑은 하늘, 고요한 바다, 후덥지근한 바람이 나를 맞아 주었다. 배의 가장 뒤쪽인 선미 쪽으로 걸어가 난간을 붙잡고 서서 배가 가르는 물결을 바라보았다. 아무런 생각이 없는 상태에서 멍하니 바다만 바라보았다. 바보처럼 한순간 정신이 나가 버렸다. 지난 기억이 모두 사라지고 머리는 새하얗게 비워졌다. 어떤 일이나 사건에 대해 아무런 생각도, 잡념도, 선입견도 없어지는 백지상태(白紙狀態)가 되었다는 말이 이런 순간을 말하는 것임을 알게 되었다.

81

얼마나 시간이 지났을까? 따가운 햇살이 나를 괴롭히고 있다는 것을 느꼈을 때 나는 다시 이성적인 모습을 되찾았다. 내 옆에는 통일부 주무관이 언제 왔는지 자리하고 있었다. 멍하게 있는 내 모습을 보면서 아무런 말도 걸지 않고 있었던 모양이다. 나와 시선이 마주치자 통일부 주무관은 말을 걸어왔다.

"무슨 생각을 그렇게 깊게 하고 계세요? 제가 온 것도 느끼지 못하면서…."

"오셨군요. 미안합니다. 침실이 답답해서 바람이나 쐬려고 나왔는데, 흐르는 바다를 보니 그냥 멍해지는군요. 그래서 아무 생각 없이 그냥 바닷물을 바라만 보고 있었습니다. 이 바닷물은 어디로 갈까요? 종착지가 있을까요?"

"글쎄요. 쉬우면서도 어려운 질문이네요. 흐르는 바닷물도 무엇인가 목적지를 찾아가겠죠? 바다는 달과 별이 움직이는 곳으로 가는지도 몰라요. 어떤 순간에는 휘몰아치다가 또 어떤 순간에는 고요하기만 하잖아요. 이게 다 지구가 해와 달, 별이 당기는 힘에 따라 움직여서 그렇다고 어디선가 본 것 같아요. 그건 그렇고 북한 방문을 마치고 돌아가는 느낌이 어떠세요?"

통일부 주무관의 말에 나는 심경이 복잡하였다. 나의 머릿속을 떠나지 않았던 만경대에서의 대동강물과 두 개의 섬, 그 광경이 무엇을 의미할까 하는 고민이 계속적으로 나의 머릿속에 남아 있었기 때문이다.

"경험하기 어려운 시간을 보내고 돌아가니 너무 행복하기는 한데, 아쉽고 허망한 느낌도 조금 있어요. 이번 경험은 두고두고 계속 기억에 남을 것 같아요. 선창호에서의 추억, 남포항에서의 시간, 평양에서의 느낌, 모두 다 소중하게 느껴집니다. 아무리 시간이 흘러도 잊히지 않을 기억이 되길 소망하고 있습니다."

"제가 가지고 갔던 카메라로 찍은 사진들이 있는데 한번 보시겠습니까? 단체 사진도 가끔 찍었는데, 이 사진들이 기억을 오래 간직하는 데 도움이 될 겁니다. 사진은 남한으로 돌아가서 인터넷 메일로 보내 드릴게요. 소중히 간직하세요."

통일부 주무관이 찍은 사진에는 여러 장면이 있었다. 김일성 생가에서 우물물을 마시는 모습과 안내원 동무와 함께 찍은 단체 사진, 개선문을 뒷배경으로 하여 찍은 사진, 민족 식당이라는 곳에서 점심을 먹는 모습과 접대원과 함께 노래를 부르던 광경, 남포항을 떠나면서 북한 보위부 직원들과 찍은 장면도 있었다. 이 사진은 모두 북한 보위부 직원의 허락을 받아 찍은 것이었다. 사진 촬영에 있어서는 북한 상부의 통제가 있거나 관계자의 주저함이 없다는 느낌을 주었다. 아쉬운 점은 만경대에 올라 흘러가는 대동강물의 모습을 찍지 못한 것이었고, 주체사상탑 전망대에서 평양 시내 광경의 모습을 담지 못한 것도 아쉬웠다.

"그러셨군요. 감사합니다. 카메라도 챙겨 가시다니 준비를 매우 잘하여 다녀오셨네요. 저는 아무것도 아는 것이 없어서 카메라도 없이 그냥 갔는데, 허허허. 북한에서 사진을 많이 찍었네요. 사진으로 다시 보니 기억이 새롭습니다. 평양에서의 모습을 사진으로 담아 보내 주신다니 그 사진으로 지인들에게 자랑해야겠어요. 북한 평양 갔다 왔다고.”

"이런 사진은 아무 곳에서도 구할 수 없으니까 잘 간직해야 할 겁니다. 사진을 촬영하는 것과 관련해서는 북한도 조금 너그러워진 것 같았습니다. 그렇게 통제가 심하지는 않았어요. 다시 생각해 봐도 우리 일행은 운이 좋았어요. 비료 인도 요원으로 가는 노선이 남포항이었으니까 평양도 갈 수 있었지요. 만약에 신의주나 청진으로 가는 노선이었다면 이동하는데 시간은 더 오래 걸리고 시골 동네만 보고 돌아와야 했을 겁니다. 평양은 그런대로 도시화가 진행되어 있지만, 북한의 다른 지역은 여전히 개발이 이루어지지 않았다고 합니다. 북한 주민들이 남한처럼 풍요로운 생활을 하면 좋을 텐데, 현실이 그렇지 않아 늘 마음이 짠합니다. 그런 측면에서 남북통일이 요긴하다는 생각이 듭니다. 남한과 북한이 지리적, 문화적으로는 멀거나 생소하지 않으나 통일이 되기까지는 아직도 멀고 먼 장애물이 많이 있겠죠?"

그렇다. 남한과 북한의 통일은 언제나 될 것인가? 통일은 되어야만 하는 것인가? 통일이 된다면 어떤 방식으로 되는 것이 바람직할까? 누구도 장담할 수 없고, 이것이 정답이라고 말하기도 난해한 이슈다. 단순히 감성적으로 하나의 민족이니까 통일이 되어야 한다는 생각, 통일이 되면 경제적인 측면에서 좋은 이익이 될 것이라는 판단도 조심스러울 때가 있다. 서로 다른 이념을 가진 국가체제이므로 우위에 있는 체제가 흡수할 수밖에 없는 것이 현실적이지 않은가라는 주장도 개진될 수는 있다. 하지만 통일의 당위성, 통일의 시점, 통일의 방식에 대해서는 여전히 논쟁 중이다.

82

    통일에 대해 고민해 보자. 평양을 방문하여 보고, 듣고, 느꼈던 내용과 기존에 인지하고 있었던 내용을 잘 조합해 보면 또 다른 통찰력이 떠오를지도 모를 일이다. 한반도의 분단은 일제로부터 해방된 이후 주변국의 복잡한 이해관계와 국내에서 전개된 이념의 갈등 속에서 이루어졌지만, 통일에 대한 생각과 판단은 복잡한 국제정세와 이론적 지식으로만 논하기에는 부족함이 있을지 모른다. 베를린의 장벽이 무너지면서 이루어진 독일의 통일도 갑작스럽게 다가왔다고 하지 않았던가?

    먼저, '통일은 왜 되어야 하는가?'라는 의문이다. 국가체제와 경제적 시스템이 다른 상태에서 통일이 되었을 경우의 사회적 혼란과 경제적 부담이 너무나 과도하다는 우려, 분단이 벌써 70년 가까운 세월이 흐르는 동안 계속되었는데 서로 한 체제로 다시 통합될 수 있겠느냐는 걱정을 생각하면 고난과 역경이 있을 수밖에 없는 것이 현실이다. 그러나 통일이 되어야 하는 이유도 다양한 차원에서 제기할 수 있다. 아래에서 그 내용을 풀어 보자.

    우리는 한민족으로 반만 년의 역사를 가진 단일민족이라는 자부심을 가지고 있다. 역사는 이를 말해 주지 않는가? 단군 할아버지부터 시작해서 부족국가, 삼국시대, 통일신라, 후삼국시대, 고려, 조선, 일제강점기의 시대를 거치며 우리는 끊임없이 단합된 힘을 보여 주며 험난했던 국가의 위기를 극복해 왔고, 단일민족의 지속성을 유지해 왔다. 그래서 나는 감히 말하고 싶다. 현재의 대한민국 분단 상태는 민족사적 흐름에서 非正常의 상태라고⋯ 물론 단일민족이기에 하나의 국가체제가 되어야 한다는 것이 합리적 이유가 아닐 수는 있다. 그러나 우리의 역사에서 국토가 서로 나뉘어져 있을 때는 끊임없이 하나가 되기 위해 노력해 왔다는 것은 역사적 진실이 아닌가?

아울러 북한주민의 인권을 보장하는 휴머니즘 측면에서, 한반도를 둘러싼 동북아의 평화가 세계 평화의 중요한 요충지라는 측면에서, 세계 속의 중심국가로 발돋움하려는 우리의 경제발전 측면에서, 살기 위해 북을 탈출하는 탈북자들의 생명을 보호하고 혈연지간이 서로 떨어져 살아야 하고 상호 연락도 못하는 아픔을 극복하는 인도주의적 측면에서, 온갖 어려움 속에서도 민족웅비의 기틀을 세우고 백의민족으로 평화를 숭상하고 널리 인간을 이롭게 한다는 홍익인간의 이념을 달성하고자 하는 조국의 역사적 완성 측면 등에서도 비정상적인 상태로 직면하고 있다. 그래서 우리는 정상 상태로 돌아가야 한다고, 그것이 우리의 시대적 소명이라고 말하고 싶다. 정상 상태는 분단이 아니라 단일국가인 것이다.

그래서 남북통일은 반드시 이루어진다고, 현재에도 통일의 시대가 서서히 다가오고 있다고 믿는다.

- 김홍섭, 『비정상에서 정상으로 가는 길』, 2011

여러 가지 측면에서 비정상적인 상황을 정상적인 모습으로 만들어 가는 것이 통일의 당위성이라고 말하고 싶다. 이번 북한 방문 여정 중 평양의 민족 식당이라는 곳에서 점심을 먹고 북한의 접대원들과 마지막으로 합창한 노래도 '우리의 소원은 통일'이었는데, 남과 북은 모두 통일을 원하고 있었다. 다만, 그 방향이나 방법에 있어 의견의 차이는 있지만 통일 자체를 반대하고 있지 않음은 분명하다.

두 번째로 '통일은 언제 이루어질 것인가?'라는 의문이다. 만약 누군가가 통일이 되는 시점을 얘기한다면 그 근거가 무엇인지 등을 요구하며 엄청난 사회적 논쟁으로 이어질 것이다. 그만큼 미래에 대한 예측은 어렵고, 더구나 모든 국민이 관심을 가지는 통일시대를 예측하고 이를 대비한다고 하면 북한의 반발과 공세가 더욱 심해질 것이고, 북핵 문제로 오랜 기간 국제사회가 대립하고 있는 현실에서 국제정치학적 논쟁도 더욱 커질 것이다. 그래서 통일의 시기를 예측하기를 모두가 조심스러워한다. 그럼에도 불구하고 누군가는 통일이 되는 시점을 예견하고, 통일을 준비하는 모습에 동력을 실어 준다면 그것도 의미가 있을 것이다. 그런 관점에서 통일이 이루어지는 시점을 과감하게 얘기해 보고자 한다.

흐르는 대동강의 큰 물줄기 속에 한강의 여의도 밤섬과 같은 섬이 두 개가 형성되어 있었다. 그 섬에는 천연기념물 또는 희귀동물이 서식하고 있고, 어디서나 볼 수 없는 철새들이 거쳐 간다고 설명해 주었다. 자연의 작은 보고인 것이다. 그 섬들로 인해 대동강물이 나뉘어져 세 개의 물줄기가 형성된다. (중략) 나는 풍수지리를 잘 모른다. 별로 관심도 없다. 그런데 자꾸만 그 광경이 눈에서 그리고 기억 속에서 떠나지 않는다. 왜 한 줄기로 흐르던 웅대한 대동강물이 김일성 생가 앞에서 세 지류로 나뉘어져 흐를까? 고민을 거듭하던 차에 머리를 스치는 것이 있었다. 뭔가 풍수지리적 측면에서 의미가 있지 않을까? (중략)

아마 그것은 3대까지는 집안이 번성한다는 게 아닐까? 그것도 세대마다 통치의 기간이 차이를 가지면서 말이다. 통상적으로 3대의 기간은 90년(1세대가 30년이라 가정)이라 볼 때 2037년(1947년에 북한헌법이 제정되었고, 그때부터 국가가 형성되었다고 가정)까지 북한 정권이 유지된다고 판단된다. 그래서 통일은 2037년에 이루어질 것이라 감히 전망해 본다.
- 김홍섭, 『비정상에서 정상으로 가는 길』, 2011

내가 북한 평양을 다녀온 다음 해인 2007년 북한 연구 전문가는 신문 칼럼에서 '앞으로 통일, 30년은 더 기다려야'라는 제목을 달기도 하였는데, 그 제목에 따르면 통일의 시점이 나의 전망과 비슷하였다. 특정 시점을 확정할 수 없다 하더라도 통일은 통일을 같이 고민해 온 현재의 세대가 꼭 이루어 내야 한다. 후세에게 이를 넘기는 것은 민족의 동질성 회복 측면에서도 더 아득해질 수 있다. 더 시간을 낭비하면서 주저하면 통일이 완전히 물 건너갈 수도 있음을 명심해야 한다.

세 번째로 '통일은 어떻게 이루어질 것인가?'라는 의문이다. 통일은 가장 평화롭게, 가장 자연스럽게, 최소한의 비용으로 이루어져야 한다. 무력과 전쟁에 의한 통일은 최악의 선택이다. 다시는 이 땅에 한국전쟁과 같은 무력 충돌은 없어야 한다.

그러면 통일은 어떻게 될 것인가? 1국가 2체제의 과도기를 거치고 통일, 남북이 대등한 입장에서 통일, 아니면 흡수통일 등 다양한 방안이 논의되고 있다. 어느 것이 가장 바람직한지는 알 수 없다. 그러나, 현실적인 문제를 가지고 진단한다면 '남한이 북한 주민을 껴안는 흡수통일이 현실적이지 않을까?'라고 조심스럽게 예측해 본다. 그 현실적 문제라는 것은 가난과 기아에 허덕이는 북한주민들이 북한을 탈출하여 중국, 동남아 등으로 이탈하는 문제가 더욱더 심해지고 있다는 것이다. 현재 북한 주민은 2,500만이라 한다. 현재의 탈출러시가 지속된다면 2037년까지 1,500만 이상(자유에 대한 억압과 경제적 어려움으로 인한 애로 등을 고려할 때 탈출 규모는 매년 기하급수적으로 증가할 것으로 전망)이 북을 버리고 탈출할 것이다. 그렇다면 북한정권은 1,000만 명도 되지 않는 주민을 이끌고, 탈출러시가 더 강해지는 북한 영토를 통치할 수 있을까? 스스로 무너질 것으로 예상된다. 그렇다면 우리는 남아 있는 북한주민과 북을 탈출한 북한이탈주민을 껴안아야 한다. 이렇게 통일은 북한정권과 북한주민을 자연스럽게 흡수하면서 이루어질 것이다.

90년대 초반 우리가 지방자치제도를 시작할 때 지방자치제도가 필요한 논리로 지방발전과 주민복지를 내세웠다. 선거를 통해 지자체장을 선출하면 주민이 지역의 주인이 된다. 주민의 선택을 받은 지자체장은 자기 지역을 살기 좋은 고장으로 만들기 위해 지자체별로 경쟁하게 될 것이다. 그렇게 경쟁이 이루어지다 보면 지역은 발전되고 주민이 더 살기 좋은 고장으로 발전할 것이라 판단했던 것이다. 또한, 지역별로 차별화도 진행될 것이다. 그렇게 되면 주민은 자기가 살고 싶은 도시로 이주하는 등 살고 싶은 지자체를 선택하여 이주할 수도 있게 된다는 논리가 성립된다. 즉 '발로 투표(Vote On Foot)'한다는 정치적, 행정적 이론을 제시했던 것이다. 이처럼 북한 주민들도 가난과 기아에 허덕이고 자유가 없는 북을 떠나 자유를 찾아, 번영을 찾아 다른 나라로 탈출할 것이고, 그렇게 되면 북한정권 유지가 어려워지는 순간에 다다르고, 그 시점에 통일은 자연스럽게 이루어진다고 본다.

- 김홍섭,『비정상에서 정상으로 가는 길』, 2011

　1989년 11월 9일, 베를린 장벽이 무너지면서 통일이 이루어진 독일처럼 통일이 우리에게는 갑작스럽게 다가오지 않았으면 한다. 갑작스러운 통일 이후 독일은 동독에 매년 100조 원씩 15년을 지원했다고 한다. 베를린 장벽이 무너졌을 때 무서울 정도의 경제적 부담이 예상되었지만 독일의 헬무트 콜 총리는 "역사의 창이 우리에게 잠깐 열렸을 때 우리는 그 틈으로 들어가야 한다. 다시 그 창이 닫히기 전에…"라고 말하며 통일을 받아들였다. 이렇듯이 갑작스러운 통일이 온다면 우리도 너무나 큰 경제적 부담과 혼란을 겪어야 하기 때문이다. 우리는 통일의 시대가 언제 도래하더라도 철저한 준비를 통해 혼란을 최소화하면서 통일시대를 열어 가야 한다. 이것은 우리의 사명이고 우리의 시대적 정신이다. 평화롭게 이루는 통일은 민족의 대행운이 될 것이다.

83

선창호 갑판 위에 서서 나는 통일의 그림을 그려 보았다. 상상만 해도 전율이 흘렀다. 며칠간 나의 머릿속을 어지럽게 했던 의문도 풀려 더없이 가벼운 마음이었다. 미래의 전개를 상상할 수 있고, 그 미래를 조금이나마 확신하게 될 때 가지는 뿌듯함이 다가왔다. 역시 미래는 꿈을 꿀 때 기다림으로 다가오나 보다. 선창호는 나의 고민과 감정 변화에는 아랑곳하지 않고 파도를 따라 선체를 흔들며 망망대해를 헤쳐 가고 있었다.

드디어 우리 일행이 출발했던 여수항에 선창호가 도착하였다. 6박 7일간의 북한으로의 비료 인도 일정을 마무리하는 순간이었다. 나는 일행들과, 그리고 선창호와 선창호 선장과도 마지막 인사를 나누고 급히 자리를 옮겼다. '무사히 남한으로 복귀했구나'라는 감정을 느낄 겨를도 없었다. 북한 평양의 지도를 빨리 찾아봐야 한다는 생각이 너무나 간절했기 때문이다. 내가 만경대에서 바라본 대동강물의 모습이 정말 사실인지를 지도를 통해 확인해 봐야겠다는 생각이 간절하였다. 그리하여 인터넷을 사용해 볼 수 있는 곳을 찾다가 노동부의 지역조직인 순천고용센터로 이동하였다. 그곳에서 북한이탈주민 직업훈련업무를 담당하는 직원과 연락이 닿았기 때문이다.

"잘 지내셨습니까? 제가 조금 전에 북한에 비료 인도 요원으로 갔다가 돌아왔는데, 제가 찾아보고 싶은 것이 있어서요. 인터넷을 검색해 봐도 되겠습니까?"

"그러셨군요. 많이 피곤해 보이십니다. 이쪽으로 오세요. 여기 컴퓨터를 이용해 보세요. 민원인이 필요할 때 사용할 수 있도록 설치되어 있는 컴퓨터입니다."

오후 늦은 시간이어서인지 고용센터는 민원인이 거의 없는 조금 한산한 모습이었다. 나는 급한 마음에 컴퓨터 앞에 앉아 구글을 검색하기 시작했다. '평양 지도'라고 검색어를 입력하였다. 너무 많은 지도가 화면에 보여 어지러웠다. '평양 만경대 지도'라고 다시 검색어를 입력하였다. 여러 지도 화면을 클릭하여 보다가 평양시 중심부의 주요 건물과 만경대 인근을 제대로 보여 주는 지도를 하나 찾아내었다. 실제의 지도를 토대로 지형을 그대로 묘사하면서 중요 시설들만 그림 형식으로 돋보이게 보여 주는 지도였다. 지도의 왼쪽 측면의 아래쪽으로 만경대와 만경대 옛집(김일성 생가)이 있고, 그 앞으로 흐르는 대동강물, 그리고 큰 섬과 작은 섬이 선명하게 그려져 있는 모습을 볼 수 있었다. 내가 만경대에 올라 직접 본 모습과 지도에서 보이는 모습이 일치하였다. '내가 잘못 본 것은 아니구나!'라는 안도감이 밀려왔다. 나의 불안감은 그렇게 하나씩 해소되어 갔다.

순천고용센터 업무가 마무리되는 6시까지는 30분의 시간이 더 남아 있어서 인터넷을 통해 통일에 대한 논의, 북한 정권의 3대 세습에 대한 갑론을박, 김정일 위원장의 건강상태와 관련한 추측 기사도 검색해 보았다. 김정일 위원장의 건강이상설이 퍼지면서 인터넷으로 소개되는 뉴스와 칼럼에서는 부쩍 통일과 남북문제에 대한 언급이 증가하고 있었다. 남북문제 전문가는 북한이 북한방송 또는 노동신문을 통해 발표하는 내용들을 근거로 북한 내부 사정을 분석하고 향후 북한에서 전개될 여러 가지 정세 전망을 내어 놓고 있었다. 북한의 실체는 무엇이고 현재 어떤 상황에 직면하고 있는 것일까? 과연 앞으로 어떤 상황이 도래될 것인가? 풀리지 않는 수수께끼인 양 우리의 머리를 복잡하게 파고들었다. 그러나 어느 전문가도 북한의 현재와 미래를 자신 있게 말하고 있지는 않았다. 이런저런 사실을 고려하면 앞으로 이렇게 될 것으로 추측된다, 예상된다는 말이 결론이었다. 북에서 남으로 귀순해 온 인사도 북한 내부의 지난 사실을 토대로 더 깊이 있게 파고들어 다양한 내용을 전개해 주고 있었지만 앞으로 북한의 세습이 무난히 이루어질지에 대해 예측하기보다는 문제가 많다, 혼란이 가중될 것이다, 하는 당위적인 이야기 중심으로 논의를 전개하고 있어 조금 답답한 마음도 들었다.

순천에서 직원과 저녁을 먹고, 피로를 풀기 위해 시원한 생맥주도 한잔 마셨다. 직원은 북한을 다녀온 이야기를 해 달라고 하였고, 나는 개략적으로 지난 일정을 되짚어 보았다.

"현 정부가 북한에 인도적 지원을 많이 하고 있는데, 그 대표적인 물품이 쌀과 비료입니다. 남북 간 적십자사를 통해 북으로 전달되는데, 주로 화물선을 통해 이동하게 됩니다. 저는 우연한 기회에 비료를 인도해 주는 요원으로 참여하게 되었는데, 여수항에서 비료를 5,700톤 싣고 가는 여정이었고 서해를 지나 북의 남포항으로 가게 되었습니다. 남포항까지는 47시간이 걸렸고, 남포항에서 비료 하적 작업을 하는 동안 머물게 되었는데 그중의 하루는 평양을 방문할 수 있었습니다. 평양에서는 만경대 옛집(김일성 생가)과 주체사상탑, 개선문, 기타 여러 시설들을 둘러보고 남포항으로 돌아와 지내다가 다시 화물선을 타고 오늘 오후에서야 여수항으로 무사히 돌아왔습니다."

"쉽지 않은 기회인데 어떻게 해서 북한을 갈 수 있는 기회를 얻게 되었는지요? 북한 평양의 모습은 어떠했는지요? 북한 사람도 만나셨겠네요. 특별한 경험은 없었나요? 이런 특별한 이야기를 언제 들어볼 수 있겠습니까? 얘기를 해 주세요."

직원의 질문 세례를 받으며 나는 가장 생생한 기억이 남아 있을 때 그 기억을 머릿속에 담는다는 생각으로 상세히 그 여정들과 경험, 추억을 설명해 주었다. 직원은 신비롭다는 듯이 나의 얘기에 집중하면서, 나로부터 북한 여정과 평양 모습을 처음으로 듣는 영광을 가진다며 즐거워하였다. 북한에 대한 경험담은 일상에서 나누는 주제가 아니기 때문에 누구에게나 생소한 느낌을 주게 마련이다. 그렇지만 북한에 대한 이해를 더 잘하고 싶은 마음이 있는 것도 사실이라 북한의 이야기는 솔깃하기도 하다. 그런 느낌과 얘기 속에서 시간이 흘렀고 시원한 생맥주를 마시면서 함께 보내던 초여름 날의 밤은 깊어 갔다.

나는 순천에서 하룻밤을 더 머물렀다가 그다음 날 서울로 올라왔다. 이렇게 해서 나의 북한 방문 일정, 비료 인도 요원으로의 여정은 다 마무리가 되었다. 설레면서도 조금은 불안한 마음으로 시작했던 북한 여정이 신비로움과 깊은 여운으로 가득하게 남았다. 나에게 많은 경험과 추억을 안겨 준 시간으로 길이 기억될 것이었다.

VI

다시 타향살이 현장으로

84

기회가 될 때마다 직원들과 나눈 지난 이야기, 첫째는 2000년 7월 ~2001년 7월 장관 수행비서관으로서의 기억이고, 두 번째는 2001년 8월 ~2004년 8월 사우디아라비아 노무관으로서의 생활과 역할이며, 세 번째는 2006년 6월 비료 인도 요원으로서의 북한 남포항과 평양 방문 여정이었다. 특이한 경험을 토대로 전개하는 이야기를 생생하게 전달하려는 목적으로 조금씩 나누어서 순차적으로 얘기해 왔다. 또한, 너무나 소중한 시간들이어서 보다 상세하게 전달하려다 보니, 모든 이야기를 한 번에 다 얘기할 수는 없었다. 그날의 상황 전개도 중요하였지만, 때때마다 가지게 된 느낌과 그 순간에서의 긴장감도 잘 표현해 주어야 했기 때문이다. 특히, 북한에서의 기억은 북한 특유의 말투를 흉내 내면서 표현하려고 하였다. 그래야 더 소중한 기억이 더 풍성해질 것만 같았다. 그러다 보니 이야기를 나누기 위한 직원들과의 저녁 자리가 종종 마련되었다. 저녁 자리에서는 식사와 함께 술도 함께 동반되었다. 과하지 않은 술은 이야기를 더 생동감 있게 풀어 가기 위한 하나의 촉진제로 작용하였다.

술잔을 기울이다 보면 지난날의 기억이 하나의 추억으로 승화된다. 단순한 기억을 넘어 기억과 함께 떠오르는 사람들의 얼굴을 떠올리면서 어느새 기억은 추억으로 변해 간다. 어떤 경험도 그 경험을 함께 나누었던 사람과의 이야기로 엮다 보면 아름다운 추억이 되는 것이다. 기억도 경험도 결국은 모든 것이 사람과의 관계고, 사람은 그의 얼굴로 말한다. 내 경험과 기억의 순간에 많은 추억을 만들어 준 그 사람들의 얼굴을 다시 되새겨 본다. 그 얼굴들이 지금도 그날의 기억과 함께 술잔에 스며든다. 술잔을 나눌 때마다 술잔에 스며드는 얼굴이 있기에 기억과 경험이 또 다른 추억으로 남겨진다.

"기억 속에 품고 있었던 이야기를 풀어 주시니 한 편의 드라마 같아요. 20년도 지난 시절도 있는데 너무나 잘 기억하고 계셔서 놀랍기도 합니다. 풀어 주시는 이야기를 들어 보니 지금까지 공직 생활을 하시면서 일반적으로 경험할 수 없는 경험과 시간을 가지시고 기억으로 간직하신 것 같아요. 한편으로는 신비롭고, 한편으로는 부럽습니다. 그 기억을 절대 혼자만 소유하지는 마시고 같이 공유해 주세요."

"그래야지요. 이곳에 부임하고 와서 우연한 기회에 지난 이야기를 하다 보니 공직 생활을 시작하고 나서부터의 10년간 시절을 다 얘기해 버렸네요. 모두 지난 이야기지만 가끔 꺼내어 보면 개인적 역사가 되는 듯한 느낌입니다. 그 이야기들을 다시 떠올릴 수 있게 해 주어서 오히려 제가 고맙습니다. 아주 오래전 일이지만 쉽게 남에게 얘기할 수는 없었으나 이제는 시간이 많이 흘렀으니 세상 밖으로 내어 보내도 무방할 것 같아 스스럼없이 얘기해 보았습니다. 저의 경험과 기억들이 직원들께도 조금이나마 도움이 되었으면 좋겠네요."

"시간이 날 때마다 관사에서 책을 집필하고 계신다고 얘기하셨던 것 같은데, 우리에게 해 준 이야기를 글로 적고 계신 거죠? 언제쯤 책으로 만날 수 있을까요? 글로 표현된 내용은 어떻게 다가올까 기대됩니다. 말과 글은 또 다른 묘미를 주니까요."

"기억하고 계셨군요. 아침 이른 시간, 점심시간, 퇴근 후 저녁 시간에 틈틈이 글을 써 왔어요. 글을 쓴다는 것이 마음처럼 쉽지는 않더군요. 이야기로 풀어내면 순간순간 그날의 느낌을 다양하고 풍부하게 표현할 수 있는데, 글로 적다 보니 이야기가 너무 평면적으로 흐르는 것 같아 걱정도 됩니다. 또한, 어떤 날은 생생한 기억들이 글로 자연스럽게 이어지는데, 어떤 날은 글을 적으려고 아무리 노력해 보아도 한 줄을 쓰기가 힘들 때도 있더군요. 글이란 것도 마음대로 되는 것 아닌가 봐요. 어떤 일이든지 내 마음의 정성이 가득할 때 이루어지나 봅니다. 글을 쓰면서 새삼 느끼게 되었습니다."

이야기와 글은 너무나 다를 수 있다. 글을 통해 표현되는 것이라 할지라도 보다 입체적으로 전개될 수 있기를 바라면서 노력을 기울여 왔으나 쉽지는 않았다. 어느새 가을의 찬바람이 불어오기 시작하는 9월 말이다. 이곳의 가을은 찬바람이 앞선다. 맥주잔과 함께 깊어 가는 직원들과의 가을밤, 맥주잔에 스며드는 얼굴이 아른거린다. 나의 오래전 경험담을 풀어 가던 10년간의 이야기에 등장하는 이들의 얼굴이다. 다시 생각해 봐도 늘 반가운 그들의 얼굴을 되새기며, 나는 직원들과 가게의 음반에서 흘러나오는 노래, '홀로 아리랑'을 음미하면서 맥주잔을 부딪쳤다.

저 멀리 동해 바다 외로운 섬, 오늘도 거센 바람 불어오겠지.
조그만 얼굴로 바람 맞으니, 독도야 간밤에 잘 잤느냐.
아리랑 아리랑 홀로 아리랑, 아리랑 고개를 넘어가 보자.
가다가 힘들면 쉬어 가더라도, 손잡고 가 보자 같이 가 보자.
금강산 맑은 물은 동해로 흐르고, 설악산 맑은 물도 동해 가는데.
우리네 마음들은 어디로 가는가, 언제쯤 우리는 하나가 될까.

아리랑 아리랑 홀로 아리랑, 아리랑 고개를 넘어가 보자.

가다가 힘들면 쉬어 가더라도, 손잡고 가 보자 같이 가 보자.

백두산 두만강에서 배 타고 떠나라, 한라산 제주에서 배 타고 간다.

가다가 홀로 섬에 닻을 내리고, 떠오르는 아침 해를 맞이해 보자.

아리랑 아리랑 홀로 아리랑, 아리랑 고개를 넘어가 보자.

가다가 힘들면 쉬어 가더라도, 손잡고 가 보자 같이 가 보자.

후기

시간은 참으로 소중하다. 현재의 시간도 중요하지만, 과거의 시간도 경시할 수 없다. 과거의 시간 속에서 남겨진 기억과 경험, 추억이 현재의 나를 지배하기 때문이다. 아울러 미래의 시간은 더 중요하다. 과거와 현재의 시간이 미래의 삶을 결정할 수 있기 때문이다. 이렇듯 과거와 현재, 그리고 미래는 구분된 개념이 아니라 하나의 흐름이다.

이 글에서는 아주 오래전의 기억과 경험, 추억을 되새겨 보았다. 과거의 시간이지만 그 오래전의 기억과 경험, 추억이 현재의 나를 지배하고 있고, 또 나의 미래를 설계하는 소중한 힘이 될 것이다. 내가 아닌 다른 누군가에게도 미래를 열어 감에 있어 나의 기억과 경험, 추억이 작은 의미로 다가갈 수 있기를 기대해 본다.

나의 기억과 경험, 추억을 같이 나누었던 많은 사람들에게도 감사를 드린다. 그 사람들이 없었다면 이루지 못했을 시간이었다. 나는 과거의 시간을 떠올릴 때마다 나의 술잔에 스며드는 얼굴에 존경과 감사의 마음을 품는다.

술잔에 스며드는 얼굴

ⓒ 김홍섭, 2024

초판 1쇄 발행 2024년 3월 29일

지은이   김홍섭
펴낸이   이기봉
편집   좋은땅 편집팀
펴낸곳   도서출판 좋은땅
주소   서울특별시 마포구 양화로12길 26 지월드빌딩 (서교동 395-7)
전화   02)374-8616~7
팩스   02)374-8614
이메일   gworldbook@naver.com
홈페이지   www.g-world.co.kr

ISBN   979-11-388-2882-6 (03810)

- 가격은 뒤표지에 있습니다.
- 이 책은 저작권법에 의하여 보호를 받는 저작물이므로 무단 전재와 복제를 금합니다.
- 파본은 구입하신 서점에서 교환해 드립니다.